COMME DES ÉCLATS DE TOI

MARIE JOUDINAUD

COMME DES ÉCLATS DE TOI

roman

ARCHIPOCHE

Collection « Instants suspendus »
dirigée par Virginie Fuertes

Notre catalogue est consultable à l'adresse suivante :
www.archipoche.com

Éditions Archipoche
92, avenue de France
75013 Paris

ISBN 979-1-0392-0277-0

1

Bérénice

Assis sur un canapé en cuir brillant comme du papier glacé, il releva la tête au moment où son menton s'apprêtait à tomber sur sa chemise, puis il se ressaisit d'un mouvement sec en passant sa main dans des cheveux gominés par la fumée et l'alcool.

Son voisin, hilare, lui tendit le joint qu'il tenait entre ses doigts. Il n'entendit pas ce que ce dernier, un inconnu entouré de deux blondes magnifiques, lui disait, et se contenta d'attraper le pétard pour en inspirer une longue bouffée. Le voisin, aussi blond que les deux créatures qui l'entouraient, portait un ignoble costume légèrement irisé. En affichant sur son visage un air lubrique, il enfonça sa tête dans le cou d'une des filles qui se mit à glousser tandis qu'il lui pinçait la poitrine. Légèrement mal à l'aise, Ulysse se tourna vers le reste de l'assemblée.

La musique battait son plein. Les fenêtres étaient grandes ouvertes et, malgré cela, la fumée avait transformé la pièce en aquarium : il imagina chacun des protagonistes comme un immense poisson aux écailles multicolores et sourit à sa vision. Le parquet jonché de mégots de cigarettes résonnait sous les dizaines de talons aiguilles : les points de Hongrie ne seraient sans doute pas beaux à voir une fois la fête terminée. Il ricana en remarquant le déhanché vulgaire d'une des deux blondes qui s'était levée du canapé et se trémoussait maintenant sur la piste face à son voisin.

Il ignorait chez qui il était.

Tout ce qu'il sentait, c'était l'enivrante fumée du joint qui apaisait son cerveau et le goût amer qui se répandait dans ses veines.

Il passait une bonne soirée à observer les personnages qui peuplaient son quotidien, ravagés par les excès. À ses pieds qu'il avait nonchalamment posés sur la table basse, il vit une carte bleue briller à la lueur d'un spot, baignant dans les vestiges d'un rail de cocaïne. Il la reconnut, s'en saisit et la mit dans sa poche avant de l'oublier définitivement.

Soudain, l'autre blonde s'adossa au canapé à côté de lui : elle n'avait pas l'air bien. Sa peau luisait, ses bras tremblaient. Ses yeux fermés et maquillés apparaissaient comme deux pastilles noires figées sur son visage. Il se pencha vers elle et lui demanda si tout allait bien. Elle se contenta de grogner lourdement. Le type en costume irisé avait disparu avec la seconde fille. Ulysse était assis là, tout seul, et se demandait ce qu'il pouvait faire de cette belle étrangère mal en point.

Alors qu'il s'interrogeait, elle tourna la tête vers lui et ouvrit les yeux : cela ne dura que deux secondes, mais il ne pourrait jamais plus les oublier. Grand et chatoyant, l'iris avait des éclats de violette, un soupçon de lilas : clairs, lumineux, immenses, ses yeux juraient par leur netteté et leur justesse avec l'ensemble de ce visage triste. Il attrapa son menton entre ses doigts et fixa son regard dans le sien : un instant, la détresse apparut, et ce petit éclair éveilla ses sens. Ce fut comme une douche froide.

— Je vais te ramener chez toi.

Livide, l'inconnue referma les yeux et se laissa conduire jusqu'au vestiaire où il récupéra son manteau, elle ignorait ce qu'elle avait fait du sien. La musique tambourinait dans ses oreilles sans qu'elle puisse l'arrêter, le sol se dérobait sous ses jambes minces, tandis que des frissons parcouraient son dos ; elle finit par attraper une grande cape de fourrure blanche dans laquelle elle s'enroula : elle ne lui appartenait pas, mais elle était si douce… Le grand garçon la saisit par le bras et l'aida à franchir l'entrée bondée. Sur le chemin, deux ou trois personnes les arrêtèrent pour qu'ils restent encore quelques minutes, mais ils fendirent la foule et se retrouvèrent bientôt sur le palier. Elle se sentait si mal. Il avait dû le comprendre car il avait repoussé chacune des personnes qui tentaient de les convaincre de prendre un dernier verre, pour lui creuser un passage au milieu de tous. Qu'est-ce qu'il lui voulait ? Où l'emmenait-il ? Elle n'avait pas très envie d'y penser : après tout, elle s'en fichait. Ce ne serait pas la première fois qu'elle se réveillerait dans le lit d'un type à qui elle n'avait jamais parlé. Tout ce qu'elle voulait, c'était s'allonger sur un matelas et dormir, dormir, dormir…

Ils descendirent par l'ascenseur et se retrouvèrent rapidement dans la rue. Maintenant, il la portait à moitié. Il fallait qu'il soit drôlement cinglé pour vouloir d'elle dans cet état.

Comme il le craignait, il n'y avait pas le moindre taxi aux alentours. Il n'était pas en état de conduire, il le savait, mais il n'avait pas non plus l'intention de la ramener à pied.

Alors tant pis, il sortit sa clé de sa poche et l'entraîna vers sa voiture, une belle petite Porsche grise garée sous un marronnier.

Il tenait la jeune femme par les épaules, mais au moment où il voulut ouvrir la portière, son talon glissa sur la marche du trottoir, et la belle droguée tomba sur le goudron : le manteau de fourrure blanche constellé de taches boueuses s'étalait autour d'elle comme un grand éventail. Allongée sur le dos, elle avait fermé ses paupières pailletées. Sa bouche entrouverte laissa échapper un murmure tandis que sa tête roulait sur le côté. Il la contempla, et la pitié qui l'envahit serra son cœur quelques secondes. Elle était si jolie. Il se pencha à nouveau sur elle :

— Où habites-tu ? Comment t'appelles-tu ?

Comme elle ne répondait pas, il s'assit à genoux sur la marche et prit son visage entre ses mains en repoussant les mèches de cheveux dorés qui lui collaient aux joues.

— Il faut que tu m'aides, s'il te plaît. Je veux te ramener chez toi, au chaud, mais je dois savoir comment tu t'appelles et où tu habites.

Elle se voyait étendue sur le trottoir gelé qui la faisait trembler. Il lui parlait. Pourquoi voulait-il son nom et son adresse ? Pourquoi ne la ramenait-il pas chez lui pour en faire ce qu'il voulait ? Sa voix était chaude, douce comme du velours dans ses oreilles douloureuses... Elle eut envie de se blottir contre lui et de s'endormir, mais elle n'avait pas la force de se relever. Alors elle murmura tout bas :

— Bérénice.

Il répéta son nom plusieurs fois et la souleva dans ses bras pour l'installer sur le siège de la voiture. Tout tournait autour d'elle : elle avait l'impression de voler.

La chaleur s'empara de son corps en quelques secondes : il transpirait tant que le tissu de sa chemise lui colla bientôt à la peau. L'habitacle s'emplit de buée lorsqu'il démarra. Avachie dans le fauteuil à côté de lui, Bérénice n'avait pas bouclé sa ceinture. Il se pencha pour l'attacher après avoir quitté sa place de parking. Le manteau de la jeune fille, couvert de boue, laissait de grandes traînées sur le cuir beige des fauteuils. Il n'y fit pas attention, inquiet de la tournure que prenaient les événements. Bérénice transpirait elle aussi en poussant des gémissements. Ses bras et ses jambes tremblaient légèrement. La tête en arrière, elle avait baissé ses paupières charbonneuses.

— Bérénice, ouvre les yeux, tu vas être malade si tu ne regardes pas la route…

Elle ne l'écoutait plus. Il se demanda ce qu'elle avait pu prendre pour se retrouver dans un tel état. Il conduisait prudemment, et se sentait à l'aise malgré la quantité de gin qu'il avait avalée et les rails de cocaïne qu'il s'était enfilés. La détresse de la jeune femme l'avait sorti de son misérable état. Et puis sans doute avait-elle l'habitude, pensa-t-il en s'arrêtant à un feu rouge.

Paris était désert. Les ampoules des lampadaires brillaient comme de jeunes soleils dans la nuit noire : l'humidité voilait leurs contours dans une brume à la fois pénétrante et délicate qui rendait l'atmosphère de cette fin de nuit presque poétique. La petite Porsche traçait sa route dans les avenues vides. Il avait décidé de conduire Bérénice chez lui : c'était ce qu'il y avait de plus simple maintenant. De toute façon, elle serait incapable de se coucher seule.

En arrivant sur la place de la Concorde, il ouvrit la fenêtre pour laisser entrer un peu d'air et de fraîcheur dans la voiture. La brise vint frôler les narines de Bérénice qui se cambra soudainement. Puis son visage tomba en avant, ses bras et ses jambes se crispèrent et son corps tout entier s'anima de soubresauts tandis que sa tête repartait en arrière. Il cria, coupa le contact, attrapa le visage de la jeune fille entre ses deux mains : les paupières s'ouvrirent sur deux yeux révulsés. Il chercha son téléphone pour appeler les secours. Il retourna toutes ses poches, regarda dans la boîte à gants que venaient heurter les jambes de Bérénice. Mais où l'avait-il mis, putain ? Sans doute l'avait-il oublié à la soirée… ou alors on le lui avait pris, en tout cas il n'était pas dans ses poches. Bérénice n'avait même pas son sac à main : ça ne servait à rien de chercher le sien. Il réfléchit trente secondes, mit le contact et repartit dans un crissement de pneus qui vint briser l'obscurité de la ville. À Paris, on n'est jamais loin d'un hôpital : l'y emmener était la meilleure solution. Il fit demi-tour et se précipita vers les quais qui s'ouvraient devant lui, vides, déserts.

Il ne remarqua pas l'autre voiture, l'autre Porsche, qui s'aventurait elle aussi vers les quais. Il ne vit pas le regard terrifié de la femme qui conduisait le véhicule au moment où les deux machines se heurtèrent dans un hurlement de métal. Le choc résonna dans ses oreilles, son corps, son cerveau, au moment où il sentit sa tête heurter l'airbag. Puis les ténèbres envahirent son esprit.

Un chatouillement fit frémir les narines de Madeleine, et la força à relever les paupières. Le froid la paralysait… à moins que ce ne soit la peur ? À travers ses longs cils, son regard se posa sur les taches noires qui maculaient le bitume gelé, à quelques centimètres de son nez. Elle releva la tête, fut prise d'un vertige et s'écroula aussitôt, son menton heurtant la chaussée dans un bruit sec. Elle rouvrit les yeux et s'aperçut que la neige s'était mise à tomber. En lui caressant le nez, les flocons qui dansaient au-dessus de sa tête l'avaient ramenée chez les vivants. Un vent glacé la cloua au sol, en même temps qu'une douleur vive lui martelait le crâne. Elle allait à nouveau s'évanouir quand un bruit lui fit quitter sa torpeur : un gémissement s'élevait tout près d'elle, assourdi par le froid et le vent, la forçant à s'appuyer sur ses bras pour se relever… et contempler l'ampleur du désastre.

Les deux voitures n'étaient plus que débris de tôle et de ferraille fumantes.

Madeleine, qui attachait rarement sa ceinture de sécurité, par mépris des règles parfois, et parce qu'elle l'oubliait souvent, avait été propulsée à travers le pare-brise, ce qui expliquait les coupures qui lui entaillaient les joues et le front, les taches de sang sur la chaussée, ainsi que le profond mal de tête qui lui cognait les tempes. La plainte reprit, longue et insistante. Elle réprima un haut-le-cœur et parvint à s'asseoir sur le pavé : son regard se porta sur la voiture la plus proche. Il faisait sombre et les réverbères parisiens révélaient mal l'ensemble de la scène. La neige tourbillonnait maintenant devant ses yeux, l'empêchant de voir d'où provenait la plainte. Une ombre sembla remuer dans l'habitacle. Elle se releva entièrement, se hissa sur ses pieds et s'approcha en boitillant de la carcasse de la Porsche qui avait fini sa course dans la rambarde en pierre à l'entrée du métro. Sa propre voiture était un peu plus loin, au milieu de la rue. Elle appuya ses mains aux montants de la portière, sans prendre garde aux éclats de verre qui lui déchirèrent la peau, et se pencha vers le corps sombre qui gémissait. L'airbag s'était gonflé, atténuant l'effet du choc, mais le visage du conducteur paraissait bleu et gonflé. Sur le siège voisin, un second corps reposait, blanc dans cette nuit d'hiver, éclaboussé de marques rouges, presque noires.

Madeleine se raidit, un tremblement de panique la secoua violemment. Autour d'elle, pas un bruit de moteur, pas un passant. Certes, il était tard, mais elle n'aurait jamais imaginé que les rues de Paris pussent être si désertes la nuit. Elle se précipita tant bien que mal vers les ruines de sa voiture. À travers la portière pliée, elle parvint par miracle à attraper le sac qui se trouvait toujours à ses côtés lorsqu'elle conduisait. À genoux sur les pavés, elle en vida le contenu par terre, s'empara de son téléphone qui lui glissa deux fois des mains, et composa finalement le numéro des pompiers, en sanglotant : « Venez, venez vite, il y a eu un accident, à la Concorde. Je vais bien, mais… oh, mon Dieu… je crois que j'ai tué les deux autres… » Puis Madeleine s'évanouit.

Il voulait ouvrir les yeux mais ses paupières ne lui répondaient plus.

Des bruits lui parvenaient aux oreilles, des cris, une sirène hurlante, des voix, des chuchotements, le crissement d'une machine qui semblait broyer la tôle autour de lui.

— Vous m'entendez ?

Tout lui revint soudain à l'esprit : la soirée, l'alcool, la nuit, l'autre voiture, l'accident, les ténèbres dans lesquelles il avait sombré… et surtout, Bérénice, ses longs cheveux, ses yeux sublimes et ses convulsions soudaines, dans la Porsche.

Il tenta de hurler : « Oui ! Occupez-vous d'elle ! Il y a quelques instants, elle vomissait sur le siège, et ses yeux, ses si beaux yeux violets, tournaient dans tous les sens : laissez-moi, je vais bien, occupez-vous d'elle ! »

Mais le seul son qui sortit de sa bouche n'exprimait rien de compréhensible : en entendant cet étrange et écœurant borborygme, il eut l'impression qu'il allait étouffer. Alors sa conscience craqua, et il s'enfonça de nouveau dans la nuit.

Lorsqu'il revint à lui, on l'extirpait des boyaux de la machine infernale et fumante. Son corps désarticulé ne lui obéissait plus : il se demanda s'il était paralysé. Cette fois, ses yeux s'ouvrirent. On animait un ballon au-dessus de sa tête, vraisemblablement pour l'aider à respirer, puis on lui braqua une lumière dans les pupilles.

— Il est conscient ! On le tire de là et on l'embarque !

Il n'eut pas le temps de tourner les yeux vers Bérénice : une innommable douleur lui transperça les jambes, et il se sentit arraché de l'habitacle par des bras puissants qui le posèrent aussi délicatement que possible sur une civière.

Au milieu des cris, il ne vit pas qu'il s'était mis à neiger. À toute vitesse, les pompiers installèrent la civière dans le camion et refermèrent les deux portes battantes. La sirène se mit à hurler, et le bolide fila dans la ville, laissant derrière lui, au milieu des tristes épaves de cette sinistre soirée, la silhouette immobile d'une jeune femme rouge, blanche et violette dont l'âme fragile venait de s'envoler.

2

Madeleine

Le bip d'un téléphone sur répondeur la réveilla. Elle ouvrit les yeux, battit des paupières, éblouie par le néon suspendu au plafond, tourna la tête à gauche puis à droite : le bruit n'était pas celui d'un répondeur, mais il provenait d'une machine qui ronflait à son côté. Elle poussa un long soupir et les souvenirs de l'affreuse nuit qu'elle avait passée se faufilèrent dans sa mémoire.

L'accident. La place de la Concorde vide. Les deux voitures en miettes, la neige, la fumée, le froid. Et surtout, ce que son esprit ne pourrait jamais oublier, le visage tuméfié de l'homme retenu par les jambes dans l'habitacle. À côté de lui, une silhouette désarticulée, repliée sur l'airbag. Un haut-le-cœur la secoua, et avant qu'elle ait le temps ne serait-ce que de gémir, une infirmière apparut pour lui maintenir le visage au-dessus d'une bassine afin qu'elle puisse se soulager. Elle vomit, grogna, pleura et s'allongea à nouveau dans les draps jaunes de l'Assistance publique. La jeune infirmière lui souffla des paroles réconfortantes en lui épongeant le front.

— Madame, vous m'entendez ? Vous êtes à l'hôpital, tout va bien. Vous êtes en état de choc, mais vous êtes sortie d'affaire.

Madeleine ne voulut pas répondre, pas tout de suite. Elle se rappela avoir déambulé jusqu'à son sac, avoir composé le numéro des pompiers, leur avoir parlé. Après, c'était le vide, le trou noir. Elle ignorait totalement comment elle avait été transportée jusqu'ici.

Elle n'aurait jamais dû prendre sa voiture ce soir-là. Elle n'était pas ivre, elle avait toujours fait très attention à sa consommation d'alcool, qu'il faille conduire ou non, mais elle était profondément fatiguée. Elle avait décidé de se rendre en voiture à cet ennuyeux dîner mondain, par flemmardise. Les amis qui l'avaient reçue habitaient à quelques stations de métro de son appartement, mais elle se doutait qu'il serait difficile de trouver un taxi après minuit, qu'elle serait plus libre si elle circulait par ses propres moyens.

La liberté… elle agissait toujours au nom de cette prétendue liberté, qui le lui faisait parfois payer bien cher.

On avait enfoncé l'aiguille d'une perfusion dans sa main droite, et la peau de son visage, qui tirait affreusement, avait sans doute été recousue, tout comme ses avant-bras. Elle décida d'appeler la jeune infirmière pour lui demander un calmant, mais elle était si fatiguée que le son resta bloqué dans sa gorge. Elle insista et finit par pousser un vague murmure, au bruit duquel l'infirmière arriva précipitamment. Cette dernière, très jeune, s'adressa à Madeleine avec une infinie douceur. Elle portait une tenue vert pâle, aux allures de pyjama, et ses longs cheveux blonds étaient relevés sur le haut de son crâne, en un chignon exécuté à la va-vite. Elle se déplaçait silencieusement, donnait l'impression de glisser sur le sol.

— Bonjour, madame, vous êtes à l'hôpital, tout va bien. Comment vous sentez-vous ? Le médecin va bientôt venir vous examiner, mais d'ici-là, dites-moi si vous souffrez.

— J'ai mal à la tête…

— Oui bien sûr, c'est normal. Nous allons renforcer la perfusion. Dans quelques dizaines de minutes, vous vous sentirez mieux. Voulez-vous que nous contactions quelqu'un ? Avez-vous un parent ou un ami qui puisse venir vous tenir compagnie ?

Madeleine réfléchit un instant. De la famille, elle n'en avait pas. Ses parents s'en étaient allés pour l'autre monde depuis belle lurette, la laissant seule pour affronter la jungle de la vie. Célibataire endurcie, qui avait toujours fait passer son travail avant le reste, elle ne s'était pas mariée et n'avait pas eu d'enfants. Des amis, elle en avait des tonnes : le répertoire de son téléphone regorgeait de numéros, de contacts, d'adresses en tout genre. Et pourtant, parmi eux, elle ne voyait pas qui appeler. Sur qui pouvait-elle compter ? Accepterait-elle que l'un d'entre eux la voie dans l'état où elle se trouvait ? Sur quelle épaule pourrait-elle se pencher et céder à l'angoisse de cette nuit en déversant le torrent de larmes qui s'agglutinaient en elle ? Toutes ces questions, qu'elle connaissait pourtant bien, ne s'étaient pas posées depuis longtemps. Bien sûr, il y avait Francis…

Elle soupira et répondit calmement :

— Merci, vous êtes gentille, mais je suis seule. Il faudrait juste que je prévienne mon employeur que je ne viendrai pas au bureau aujourd'hui.

— Je vais m'en occuper si vous le souhaitez. Avez-vous ses coordonnées quelque part ?

— Vous êtes un ange, mademoiselle. Vous trouverez les coordonnées de Francis Dulac dans mon répertoire téléphonique, à la lettre F. Je suis son attachée de communication.

Aussi incroyable que cela puisse paraître, le téléphone de Madeleine avait bel et bien résisté à l'accident. La jeune femme fouilla dans le placard où ses vêtements et son sac avaient été rangés, en sortit le téléphone et quitta la chambre pour passer le coup de fil dans le couloir.

Madeleine s'enfonça dans son oreiller, et la solitude s'abattit sur elle de plein fouet. Elle se sentit désemparée, malheureuse et démunie. Qu'est-ce qu'une femme de près de cinquante ans comme elle, qui avait tracé sa route et s'était bâti une solide réputation à la force de ses petits bras, faisait à l'hôpital, seule ? Pourquoi n'y avait-il pas à son chevet un mari, un compagnon, un amant ou un enfant, pour la veiller et la réconforter ?

La rage et la colère prirent racine au fond de sa gorge. Lorsque l'infirmière revint dans la pièce, accompagnée d'un médecin, elle sanglotait.

Celui-ci s'approcha de son chevet et chaussa ses lunettes. Il n'avait pas plus de trente-cinq ans, et sous sa blouse blanche, on devinait la démarche assurée des êtres solides. Son visage fin et sa peau claire rompaient nettement avec sa tignasse de cheveux châtains et la barbe qui courait le long de ses joues. Il commença par l'ausculter, regarda ses pupilles à l'aide d'une minuscule lampe de poche, prit sa tension. Une fois son rituel terminé, il saisit la fiche installée au bout du lit, y inscrivit quelques lignes au stylo-bille, vérifia que la perfusion était bien réglée, et la regarda pour la première fois :

— Madame, je suis le médecin de service, je me suis occupé de vous cette nuit, et j'ai la joie de vous annoncer que vous êtes une miraculée… Vous n'avez rien. Mis à part quelques contusions, quelques points de suture, votre corps est en parfait état. Vous pouvez remercier le ciel jusqu'à la fin de votre vie. Vous avez été éjectée de votre voiture, vous êtes aplatie sur la chaussée, êtes restée inconsciente quelques minutes sans doute, mais vous êtes indemne.

Après un court silence, il ajouta :

— Tout le monde ne peut pas en dire autant.

Madeleine tourna la tête et ferma les yeux pour retenir en elle les larmes qui lui brouillaient la vue. Elle avait soigneusement évité de penser aux autres depuis qu'elle avait repris ses esprits. Les autres, ceux dont elle avait vu les corps déchiquetés dans le fond de la voiture fumante. Elle se mit à trembler. Le jeune médecin se pencha sur elle, et contre toute attente, d'un geste doux et tendre, il posa sa main sur son bras pour l'apaiser. Les larmes roulèrent sur ses joues, elle réprima un sanglot, avant de se tourner vers lui et de plonger son regard dans le sien. L'infirmière se tenait à côté, le visage légèrement penché, les yeux tristes, les lèvres retroussées dans un demi-sourire. Madeleine demanda comment se portaient « les autres ». Pour l'une, elle avait peu de doutes… Mais le second ? Peut-être s'en était-il tiré ?

Très calmement, l'infirmière répondit :

— Malgré tous nos efforts, la passagère de la seconde voiture n'a pas pu être ranimée. Le conducteur est encore entre les mains des chirurgiens à l'heure qu'il est, son état est critique.

Les tremblements de Madeleine reprirent, et le désespoir qui l'avait envahie à son réveil l'étreignit de nouveau. Elle crut qu'elle allait étouffer, se releva sur ses oreillers et céda à la panique. Cette solitude qu'elle avait ressentie en ouvrant les yeux, cette peur qui l'accaparait et broyait son âme depuis quelques minutes, ce malaise sournois qui l'empêchait de respirer, c'était la culpabilité qui s'immisçait en elle.

Le médecin saisit fermement ses épaules pour la maintenir allongée, pendant que l'infirmière tournait la molette de la perfusion. Madeleine sentit son souffle s'apaiser, avant de plonger dans l'obscurité.

En reprenant ses esprits, Madeleine n'ouvrit pas les yeux tout de suite. Elle avait senti sa présence. Il avait dû se précipiter à son chevet en entendant la nouvelle de la bouche de l'infirmière, par téléphone. Elle n'avait pas très envie de le voir.

Il devait se faire un sang d'encre. À travers ses paupières closes, elle entendait sa respiration rauque, alourdie par des années de tabac, sentait son odeur tenace, percevait presque l'ombre de son imposante carrure. Il devait feuilleter un journal, ou un livre, car elle entendait par moments les pages glisser entre ses doigts. Elle le connaissait par cœur, pouvait prédire ses moindres gestes, comprenait ses sentiments avant qu'il ne les admette lui-même. Elle l'avait suivi dans toutes ses aventures professionnelles, l'avait soutenu dans les moments de crise, l'avait conseillé sans jamais faillir. Elle était son roc, sa balise, une sorte de bonne étoile qui avait toujours œuvré pour son succès et la reconnaissance de son talent. Cela faisait maintenant vingt ans qu'elle travaillait pour lui.

Elle se souvenait encore parfaitement de son entretien d'embauche, au lendemain de ses vingt-huit ans. Elle avait terminé ses études d'attachée de presse quelques années auparavant, et après une première expérience décevante dans le milieu de la mode, elle souhaitait revenir vers le monde du théâtre qui la fascinait depuis son enfance. Ce qui l'attirait, ce n'était pas tant les comédiens que l'incroyable créativité que renfermait cette sphère très prisée. Pour elle, le théâtre révélait la parole et l'écriture, en lui donnant le premier rôle. Dans les salles feutrées et tamisées qu'elle fréquentait pendant ses études, enfoncée dans son fauteuil en velours moelleux, elle fermait souvent les yeux et se laissait bercer par la mélodie des mots, leur douceur, leur dureté parfois, et leur puissance toujours. Elle n'était pas snob. Le théâtre de boulevard, sans prétention, qui cherchait à divertir, à faire rire, l'intéressait presque autant que le théâtre classique.

À l'époque, elle était bien plus timide, et savait pertinemment qu'elle n'aurait jamais le courage de se lancer sur scène pour déclamer Racine, Rostand ou encore Anouilh : elle ne se sentait pas l'âme d'une comédienne. Il fallait qu'elle s'emploie à une tâche qui lui permette d'apprivoiser ce grand univers, d'y évoluer, de découvrir sans cesse de nouvelles pièces et de nouveaux auteurs, de les promouvoir. Elle avait donc décidé de suivre des études d'attachée de presse dans le but de travailler dans la communication d'un grand théâtre parisien.

Elle avait passé quelques entretiens pour différents établissements, plus ou moins réputés, sans succès. On lui reprochait son manque d'expérience, de relations, de contacts. « Cela pouvait s'acquérir si on lui laissait tenter sa chance », avait-elle l'habitude de répondre. Rien n'y faisait.

Et puis un jour, alors qu'elle commençait à perdre patience, une agence l'avait contactée. On cherchait quelqu'un de sérieux et de discret, qui assisterait l'une des attachées de presse de l'agence en charge de plusieurs grands artistes, comédiens pour la plupart. L'entretien avait duré cinq minutes. On l'avait reçue dans un charmant appartement du VIIIe arrondissement, caché au rez-de-chaussée d'une petite cour d'immeuble haussmannien. C'était un contrat court, peu lucratif, peu valorisant, qui n'attirait pas les foules. Pourtant, elle avait perçu cela comme une opportunité, et s'était engagée auprès de cette agence. Elle avait commencé par assister Chantal, la sublime et brillante attachée de presse qui faisait la renommée du cabinet, bien plus que les quatre personnes qui y travaillaient également.

La quarantaine, Chantal était belle, drôle, compétente. Elle avait pris Madeleine sous son aile et lui avait beaucoup appris. Au départ, c'était elle qui s'occupait de Francis, jeune comédien inconnu du grand public. Comme les enjeux étaient peu importants pour l'agence, elle avait progressivement confié le travail à sa nouvelle assistante, Madeleine, qui un soir, en découvrant ce dernier jouer le Créon d'*Antigone* dans un petit théâtre du XVe arrondissement, s'était promis d'aider l'artiste à grimper les marches du succès. Elle avait vu son potentiel et secrètement souhaité que le monde entier découvre son talent. Au cours de cette première représentation, les larmes étaient montées aux yeux de la jeune femme sous le coup de l'émotion que Francis savait transmettre par sa voix, ses gestes, ses déplacements sur scène. Il habitait le rôle, valorisait le texte, donnait aux mots leur sens profond en les faisant résonner contre les murs de l'obscur petit théâtre, comme aucun des autres comédiens. Il semblait pourtant bien jeune pour jouer Créon.

Le courant était vite passé entre eux, si bien que lorsque le contrat de Madeleine avait touché à son terme, Francis lui avait tout naturellement proposé de poursuivre son travail pour lui, indépendamment de l'agence.

Évidemment, c'était un risque pour elle. Il la paierait correctement à condition que l'argent rentre, et pour que l'argent rentre, il fallait lui faire une belle publicité. Elle avait peu d'expérience, peu de contacts, mais elle avait choisi de relever le défi, car elle croyait profondément en lui.

Pour mener à bien sa tâche, elle avait décidé de rester dans l'ombre de Francis. Elle s'était donnée corps et âme, avait affronté sa timidité, s'était acharnée à le promouvoir et à lui obtenir des auditions. Progressivement, l'alliance entre le travail de Madeleine et le talent de Francis avait porté ses fruits. Il était devenu l'un des comédiens les plus en vogue des années 1990. Puis, il avait eu envie de diversifier ses compétences : son regard original et acéré lui avait permis de mettre en scène diverses pièces que la critique, comme le public, avaient accueillies avec des tonnerres d'applaudissements. Là encore, Madeleine l'avait aidé.

Dans ce si petit milieu, on savait qui elle était, mais on parlait rarement d'elle, de sa personnalité, de son travail. Elle déambulait solitaire dans les couloirs du théâtre où Francis se produisait, juchée sur ses hauts talons, la tête légèrement baissée, saluait les techniciens et les ouvreuses par leur prénom, d'un grand sourire et d'un geste de la main, d'un petit rire, avant d'aller chercher au contrôle les amis de Francis, constellés de paillettes et de grands airs. Ils l'appelaient « chérie », l'embrassaient, lui tenaient le bras, avant d'aller saluer le grand comédien. On reconnaissait ses qualités, mais personne n'aurait jamais avoué que Francis lui devait beaucoup : sans elle, il ne serait jamais devenu l'illustre artiste qu'il était désormais. Cette réalité se gardait comme un secret, depuis des années, même dans leur entourage proche. Elle avait cru en son talent, l'avait promu sans faiblir, l'avait encouragé, aidé à se ressaisir après ses échecs. Elle était son ange gardien.

Tout au long de ces années, leur relation s'était renforcée, demeurant néanmoins strictement professionnelle. Ils étaient toujours restés amis, ne franchissant jamais la ligne blanche de la tentation amoureuse et cela avait assurément sauvé leur coopération.

Elle admirait profondément l'artiste qu'il était, ce qui l'avait convaincue de travailler pour lui pendant si longtemps : son timbre de voix parfait, l'allure qu'il adoptait quand il montait sur les planches, la façon qu'il avait d'avancer ses mains lorsqu'il prenait le spectateur à témoin, le regard qu'il portait sur les œuvres théâtrales qu'il mettait en scène ; tout cela suscitait son émerveillement et son profond respect. Mais elle connaissait trop ses défauts pour tomber amoureuse de lui. On leur avait prêté une relation au début de leur collaboration. Quand la célébrité de Francis s'était accrue, les ragots de comptoir avaient cessé devant l'indifférence des deux principaux concernés. Madeleine, tout comme Francis, faisait fi des cancans, laissant les gens parler dans leur coin sans se soucier de ce qui pouvait être dit, et cela ne les empêchait pas de se montrer très tendres l'un envers l'autre.

La mission qu'elle s'était donnée l'avait totalement accaparée. Au départ, il avait fallu faire connaître Francis, puis il avait fallu maintenir son aura en s'assurant qu'il se produisait assez. Elle avait fait une croix sur sa vie personnelle pendant tout ce temps. Bien sûr, elle avait eu des amants, des soupirants, mais aucun d'eux n'avait réussi à la détourner de ses objectifs, de sorte qu'à l'anniversaire de ses quarante-huit ans, qu'elle avait passé avec Francis et leur petite troupe de fidèles, elle avait finalement pris conscience de sa solitude. Elle était seule, sans mari ni enfants. Sa carrière était brillante, certes, mais ses nuits et ses vacances l'étaient nettement moins. Elle aurait pu lever le pied, consacrer plus de temps à sa personne… mais elle ne l'avait pas fait. Le constat était sans appel : aujourd'hui, il n'y avait que Francis dans sa vie.

Quant à ce dernier…

Une carrière comme la sienne laissait peu de temps au véritable amour, qui se nourrit du quotidien et se construit dans la trivialité du réel. Il avait vécu de nombreuses histoires, s'était marié à plusieurs reprises, et vivait désormais avec une jeune femme de quinze ans sa cadette, Sally, à qui il avait donné un enfant dont elle raffolait, le petit Hugo. Ils se voyaient peu, passaient quelques vacances ensemble et se retrouvaient pour les fêtes de famille. Il l'aimait à sa façon, elle semblait s'en accommoder.

Madeleine poussa un soupir et finit par ouvrir les yeux.

Elle l'avait toujours trouvé beau, et les années n'avaient pas altéré son allure de jeune premier. Derrière ses lunettes à grosse monture, on distinguait un regard noir, perçant, capable de fouiller dans le plus profond de votre âme, et de vous faire baisser la tête. Elle aimait la franchise de ses yeux, et flanchait rarement lorsqu'il la regardait ainsi. Ses cheveux épais et bruns s'étaient parsemés de reflets poivre et sel avec le temps, offrant à son aspect la maturité des hommes plus âgés. Les rides, qui avaient creusé le coin de ses paupières et le contour de ses lèvres, avaient joué sur la perfection de son visage, tout en le rendant plus jovial, moins froid, plus charmant. Ses traits, toujours aussi fins malgré les années et l'épaississement sournois de sa silhouette, continuaient à faire tourner les têtes.

En voyant les yeux de Madeleine s'ouvrir, son visage s'éclaira, il lâcha son journal et se précipita vers elle pour lui saisir la main et la couvrir de baisers.

— Mad, tu m'as fait tellement peur ! Comment te sens-tu ?

Elle constata qu'elle avait changé de chambre, et qu'il lui avait apporté un magnifique bouquet de roses rouges et blanches. Leur parfum flottait dans l'air, égayant l'atmosphère malgré la lumière grise de l'hiver qui filtrait à travers les rideaux. Francis adorait les fleurs. Quelle que soit la situation, il apportait souvent des fleurs, ce qui étonnait ses amis.

La perfusion coulait toujours. Elle se sentait endolorie, ankylosée, aurait souhaité se lever pour faire quelques pas, mais une lassitude profonde engourdissait son corps et l'empêchait de bouger.

— Ça va, je suis juste un peu fatiguée.

— Tu as eu une chance incroyable, d'après l'infirmière. Visiblement, tu n'as quasiment rien. Le choc a pourtant été très violent… Ils m'ont dit que tu subirais quelques examens de contrôle mais que tu pourrais vite rentrer chez toi.

En entendant le mot « choc », elle se mit à gémir, et les larmes coulèrent à nouveau le long de ses joues, sans qu'elle puisse les arrêter. Francis se leva et la prit dans ses bras. Il s'installa sur le lit à côté d'elle et la berça longuement en lui murmurant des paroles réconfortantes. Elle s'agrippa à ses longs bras puissants, et se laissa cajoler par la seule personne qui comptait vraiment dans sa vie, avant de prononcer les mots qui l'obsédaient depuis qu'elle s'était relevée sur la chaussée froide et glissante, après l'accident :

— Je les ai tués Francis…

Il la laissa pleurer quelques minutes avant de lui répondre calmement, dans un chuchotement :

— Non, tu ne les as pas tués, Mad. Le jeune homme est en vie. Je me suis renseigné en venant. Ils roulaient comme des fous au moment de l'impact, totalement ivres apparemment. Tu n'y es pour rien. Ils auraient pu te tuer, mais tu as survécu, tu es une miraculée, Mad.

Ces paroles ne lui furent d'aucun secours. Si sa voiture ne s'était pas trouvée là, à cette heure de la nuit, tout le monde serait encore vivant. Elle ne parvenait pas à se raisonner, et les larmes continuaient à couler. Elle était en état de choc.

— Le jeune homme est en vie, Mad. Visiblement, il va s'en sortir. Tu entends ?

Elle releva ses yeux, le supplia de son beau visage pâle :

— Et l'autre ?

Francis détourna son regard, et secoua la tête de gauche à droite.

— Quand les secours sont arrivés, elle était déjà morte. Personne n'a rien pu faire. La police a lancé son enquête, il y a peu de doute. Ils ont grillé un feu, manqué une priorité, ils t'ont foncé dessus, Mad : ce n'est pas ta faute.

Elle pleurait encore dans les bras de Francis, animée de sanglots et de convulsions, quand on vint frapper à la porte de sa chambre, qui s'ouvrit sur deux grands gaillards en doudounes noires. Ils étaient de la police et souhaitaient recueillir son témoignage.

Francis laissa Madeleine avec les deux policiers. Il était apparemment nécessaire qu'elle témoigne le plus vite possible. En quittant la pièce, il l'avait embrassée sur le front en lui murmurant de douces paroles pour l'apaiser. Lorsqu'il ferma la porte, il constata que ses genoux tremblaient, et s'assit sur une chaise dans le couloir avant que le sol ne se dérobe sous ses pieds. Il transpirait à grosses gouttes, ses mains étaient moites, ses yeux embués. Il retira ses lunettes, passa un mouchoir sur son visage trempé et fixa son attention sur le linoléum jaune. Il avait eu si peur. La voix de l'infirmière qui l'avait appelé au petit matin, résonnait encore dans ses oreilles.

— Monsieur Dulac ? Ici les urgences de Saint-Joseph. Je ne vous dérange pas ?

En un éclair, il avait imaginé sa femme, Sally, et le petit Hugo. Il avait passé la nuit au théâtre, comme cela lui arrivait souvent… Cela ne l'empêchait pas de les aimer tous les deux profondément. Il imaginait toujours le pire. Cela s'expliquait sans doute par le passé de sa famille, décimée par la Shoah. La sombre histoire des camps avait marqué son enfance : on se racontait de terribles souvenirs, autour du thé le samedi après-midi. Caché derrière la porte entrouverte, il ne perdait pas une miette de ces récits qui l'effrayaient tout en le fascinant. Il était fier de sa famille qui avait survécu aux pires atrocités, mais les détails des horreurs que ses grands-oncles, grands-tantes et grands-parents avaient traversées, hantaient ses nuits, l'empêchant de dormir, ou le réveillant en sursaut. Avec le temps, ces peurs s'étaient atténuées. Toutefois, en vieillissant, il s'était rendu compte qu'il imaginait toujours les pires situations, de façon souvent irrationnelle.

— Sally, Hugo ? Ils vont bien ?

— Pardon ? Je vous appelle au sujet de Madeleine Plantier qui travaille avec vous, si j'ai bien compris.

Il s'était immédiatement assis. Madeleine, son ange gardien, la femme qui veillait sur lui aussi bien que sa propre mère, depuis vingt ans, celle qui croyait en lui, le portait, l'aidait dans les moments de doute. Il avait failli laisser tomber son téléphone, sur le coup de l'angoisse et de l'émotion.

— Oui, nous travaillons ensemble, que se passe-t-il ?

L'infirmière s'était tue quelques secondes, sans doute pour le laisser reprendre ses esprits.

— Ne vous inquiétez pas monsieur, elle va très bien, elle a eu beaucoup de chance. Elle a eu un accident de voiture cette nuit, mais elle s'en sort indemne. Nous devons la garder en observation quelques jours. Elle m'a demandé de vous informer qu'elle ne pourrait pas venir travailler ces prochains jours.

Un long soupir s'était échappé de sa gorge, libérant sa poitrine enserrée par l'émotion pendant quelques secondes. Il s'était mis à trembler, puis à rire. Sacrée Mad… Évidemment, si professionnelle…

— Madeleine Plantier travaille avec moi, mais c'est avant tout une amie. Puis-je venir la voir ?

— Bien sûr, elle est réveillée depuis quelques minutes et je pense que retrouver un proche lui ferait beaucoup de bien. Voyez-vous, elle n'est pas seule impliquée dans cet accident et, malheureusement, les autres n'ont pas été si chanceux… J'ai peur qu'en apprenant cela le choc soit difficile à encaisser.

— Vous voulez dire qu'elle n'était pas seule dans sa voiture ?

— Non, non, elle était bien seule, mais il y avait deux personnes dans l'autre véhicule.

Maintenant qu'il savait Madeleine saine et sauve, il était redevenu très rationnel.

— Je vois… Madeleine est-elle en tort ? Vous dites que les autres n'ont pas eu autant de chance : qu'entendez-vous par là ? Ont-ils été blessés ?

L'infirmière resta silencieuse quelques minutes avant de reprendre :

— Je regrette, monsieur, je ne peux vous donner ces informations par téléphone. En revanche, nous pourrons vous expliquer ce que nous savons si vous venez à l'hôpital. La police ne devrait pas tarder à venir interroger Mme Plantier, je vous suggère de faire au plus vite, si cela vous est possible.

— Très bien, je serai là d'ici une demi-heure.

Il était 7 heures lorsque son téléphone avait retenti. En regardant par la fenêtre de sa loge, il avait constaté que la neige était tombée toute la nuit. Comme cela arrivait rarement à Paris, elle avait posé son manteau blanc sur les trottoirs, les voitures et les bancs publics. On était dimanche, et le calme de cette matinée un peu particulière était accentué par le velours de la neige qui semblait draper chaque bruit, chaque mouvement, piégeant les sons dans un épais silence. Le jardin public qui enserrait le théâtre était immaculé. Les oiseaux eux-mêmes paraissaient l'avoir déserté : leurs petites pattes n'avaient pas encore foulé le tapis blanc, on ne distinguait pas encore les piaillements du réveil. Comme une grande majorité des Parisiens, ils faisaient la grasse matinée dans leur nid douillet. Encore allumés, les lampadaires éclairaient d'une lumière orangée ce décor un peu froid, et réchauffaient ainsi la scène pour en faire un beau spectacle hivernal.

Francis ne s'attarda pas. Après s'être passé de l'eau sur le visage, il attrapa dans un vase le bouquet qu'on lui avait offert la veille, avant de dévaler les escaliers quatre à quatre, manteau, écharpe et chapeau sous le bras. En bas des marches, il composa le numéro de téléphone de son chauffeur, Mickey, pour l'informer de la triste nouvelle. Mickey aimait beaucoup Madeleine : il fallait qu'il soit l'un des premiers à savoir, mais ce dernier ne devait pas encore être levé. Il lui laissa un message, lui demandant de le retrouver à l'hôpital. Puis il se dirigea vers la borne de taxis qui se situait au croisement voisin. Ses chaussures n'étaient adaptées ni à la neige, ni au verglas, si bien qu'il crut s'étaler deux ou trois fois avant d'atteindre l'unique voiture de la file, qui semblait l'attendre, une ampoule verte allumée sur son toit. Il sauta dans l'habitacle et fila au chevet de Madeleine.

Pendant que le taxi glissait dans les rues enneigées, il repensa au parcours de Madeleine à ses côtés. Elle ne l'avait jamais trahi, fidèle tout au long de ces années pendant lesquelles il avait construit sa renommée. Il savait qu'il lui devait beaucoup. En fait, par moments, il avait le sentiment qu'il lui devait tout : sa carrière qu'elle avait portée depuis le début, sa confiance en lui, son succès. Elle l'avait toujours mis en situation de réussite, planifiant avec rigueur la moindre audition, le préparant avec chaleur et enthousiasme des jours avant les premières représentations, l'apaisant par son sourire et ses mots de réconfort. Elle n'avait jamais faibli. Même au moment de sa rencontre avec Sally, elle l'avait soutenu, comprenant bien avant lui que cette femme beaucoup plus jeune, qui n'en voulait ni à son argent, ni à son carnet d'adresses, lui apporterait une forme de stabilité. Subtilement, elle lui avait soufflé cette réalité à l'oreille, l'amenant à demander à Sally de l'épouser. Cette dernière l'admirait beaucoup, même si les deux femmes n'étaient pas spécialement amies. Quant à son fils Hugo, il adorait Madeleine, la considérant comme la tante qu'il n'avait pas, Sally et Francis n'ayant ni frère ni sœur. Pourtant, Madeleine ne voulait pas interférer dans sa vie privée : elle ne participait à aucune réunion de famille, passait Noël et Pâques de son côté, laissant Francis, Sally et Hugo retrouver grands-parents et cousins éloignés à Saint-Jean-Cap-Ferrat où sa famille possédait depuis longtemps une villa.

Seul dans ce taxi qui le conduisait vers l'hôpital, dans la lumière du matin qui se levait à peine sur cette triste journée, il prit conscience que jamais, au cours de ces nombreuses années, il n'avait su exprimer la reconnaissance qu'il éprouvait à l'égard de son amie.

Les policiers l'avaient interrogée. Visiblement, ils étaient convaincus de la culpabilité des autres victimes, avant même de lui poser leurs questions. Ils étaient deux, vêtus de gros anoraks hivernaux, un brassard orange passé au-dessus du coude droit, la quarantaine bien tassée. Leur mine patibulaire n'inspirait pas vraiment confiance : il avait fallu qu'ils montrent leur insigne pour que Madeleine comprenne à qui elle avait affaire. C'était la procédure. Après un accident de la route de cette ampleur, l'ensemble des protagonistes engagés dans l'affaire devaient être entendus par la police, pour que l'enquête puisse aboutir le plus rapidement possible. On avait fait passer des tests à Madeleine, afin de s'assurer qu'aucune substance n'ait pu altérer sa conduite. Calée contre ses oreillers, elle s'était prêtée à l'interrogatoire très naturellement. Raconter l'accident à de parfaits inconnus l'avait étrangement apaisée. Intérieurement, elle espérait presque autant qu'elle craignait qu'ils lui révèlent sa culpabilité, tant elle sentait la responsabilité de cette affreuse nuit peser sur ses épaules. Mais ils n'en avaient rien fait.

Selon eux, seul le second véhicule était en faute. Madeleine s'était trouvée au mauvais endroit au mauvais moment. L'autre véhicule avait foncé sur sa voiture et le conducteur se trouvait en bien piètre état au moment où il avait pris le volant. Les analyses de sang avaient révélé un état d'ébriété avancé, sans compter qu'il avait sans doute absorbé une drogue dure, de la cocaïne pour ne pas la nommer, au cours des douze précédentes heures. Quant à la jeune femme, une vraie beauté, selon les deux flics, elle était en pleine overdose au moment de l'accident. Personne n'avait rien pu faire, ni les pompiers, ni les médecins.

Bref, Madeleine était innocente.

L'assurance couvrirait le rachat d'une nouvelle voiture – la sienne étant bonne pour la casse. Ils précisèrent qu'elle était en droit de porter plainte, qu'elle gagnerait sans doute son procès si elle se lançait là-dedans.

Elle se fichait pas mal de l'état de sa Porsche.

En fait, ces éléments pratiques ne l'intéressaient absolument pas. Le sort des deux autres personnes l'obnubilait, si bien que lorsque les policiers firent mine de prendre congé, elle les arrêta d'un geste de la main et leur demanda :

— Excusez-moi, messieurs, j'aimerais que vous me parliez davantage des deux personnes qui étaient dans l'autre voiture.

Ils se regardèrent en haussant les sourcils. L'un des deux ordonna à l'autre de rester avec Madeleine pendant qu'il terminait sa tournée du service. Le second poussa un soupir, et s'installa sur la chaise à côté du lit de Madeleine. Elle remarqua que son visage portait la trace d'une longue cicatrice sur la joue droite lorsqu'il tourna la tête pour se servir un verre d'eau.

— Qu'est-ce que vous voulez savoir exactement ?

— J'aimerais connaître l'âge des deux personnes, savoir si leur famille est ici, dans quel état l'homme se trouve aujourd'hui, s'il est réveillé. Bref, dites-moi ce que vous savez…

— Madame, ce n'est pas la procédure : théoriquement, je n'ai rien le droit de vous dire… Si jamais vous portiez plainte, le fait que je vous livre des informations personnelles pourrait se retourner contre le type, et ce n'est pas très juste… Vous en savez déjà beaucoup trop, d'ailleurs.

— Je ne porterai pas plainte, j'ai eu suffisamment de chance. Je veux juste savoir. S'il vous plaît.

Le policier la regarda droit dans les yeux. Cette franchise plut à Madeleine : elle comprit qu'il n'était sans doute pas si mauvais bougre qu'il en avait l'air. Il baissa la tête, regarda ses chaussures et dans un soupir, commença :

— La femme avait tout juste trente ans. Quand nous sommes arrivés à l'hosto, son père était en route. Visiblement, il gardait sa petite-fille à Paris hier soir. Comme on vous le disait tout à l'heure, elle était droguée jusqu'à la moelle au moment de l'accident, apparemment en pleine overdose. On ignore quelles relations elle entretenait avec le type qui conduisait. J'ai noté qu'elle était mannequin. Elle était magnifique, grande blonde, cheveux très longs, jambes interminables, de type nordique si vous voyez ce que je veux dire.

Les larmes montaient aux yeux de Madeleine.

— Pourriez-vous me donner son nom ?

— Je n'ai vraiment pas le droit.

— Si vous ne me le donnez pas, je le récupérerai par moi-même en partant, ça ne doit pas être très compliqué, et je peux vous assurer que quand je veux quelque chose, je l'obtiens. Vous me feriez juste gagner un peu de temps.

Il la regarda à nouveau droit dans les yeux.

— Pourquoi vous voulez savoir ça ? D'habitude, les gens à qui il arrive ce genre de chose souhaitent oublier les événements bien vite, mettre l'accident derrière eux, ne plus en entendre parler. Vous voulez vous torturer l'esprit ou quoi ?

Elle n'avait pas l'intention de se torturer, non : ce qu'elle désirait, c'était comprendre les causes de cette terrible nuit, avoir toutes les cartes en main. Elle aimait maîtriser les événements, et cet accident lui avait échappé : elle souhaitait pouvoir en anticiper le contrecoup, tant pour elle que pour les autres.

— S'il vous plaît.

Il vit que ses yeux brillaient. Il poussa un soupir, laissa échapper un juron et reprit :

— Bérénice Pajol, cette fille s'appelait Bérénice Pajol.

Elle ferma les yeux pour le remercier. Deux larmes glissèrent le long de ses joues.

— Et le garçon ? Que pouvez-vous me dire à son sujet ?

Il ne lui avait pas encore donné son âge, mais elle était persuadée qu'il était jeune, comme Bérénice.

— Au point où j'en suis... Vous ne direz pas que je vous ai raconté tout ça, hein ?

— Vous avez ma parole.

— Le type a quasiment le même âge, trente-deux ans. Lorsqu'on est venu vous voir, il n'était pas encore réveillé : il est resté au bloc toute la nuit, je crois qu'ils ont eu du mal à le récupérer, il était dans un sale état. Il a été opéré par un pro, apparemment : il devrait s'en sortir. Totalement ivre au moment de l'accident, sans doute drogué, comme indiqué tout à l'heure. D'après nos premières informations, ils étaient à une soirée. Bien arrosée, la soirée, si vous voulez mon avis. C'est un type riche et brillant qui travaille dans une société américaine de *consulting* – ne me demandez pas ce que ça veut dire. *A priori* célibataire, sans enfants. Ses parents sont arrivés il y a une demi-heure. Ils s'entretenaient avec le médecin en question au moment où nous avons commencé avec vous. Mon collègue doit être avec eux à l'heure qu'il est. Juridiquement parlant, il est mal barré : si les parents de la petite décident de porter plainte contre lui – ce qu'ils devraient faire selon moi – il va sans doute écoper de quelques mois de prison.

Au fur et à mesure qu'il décrivait le jeune homme, le policier regardait ses notes sur un petit bloc-notes orange qu'il avait posé sur ses genoux. Madeleine répondit :

— Cela ne ramènera pas leur fille…

— Quoi donc ? De porter plainte ? Non, c'est sûr, mais bon… Ça les soulagera, et ça permettra à ce petit salopard de retenir la leçon : on ne conduit pas dans l'état dans lequel il était.

Madeleine détourna le visage. Le policier n'avait pas totalement tort, sur la dernière phrase du moins.

— Vous allez l'interroger ?

— Bien sûr, mais pour le moment, il a des tuyaux dans le nez et la bouche. Le médecin nous a dit que ce serait possible d'ici une semaine, si tout se passe comme prévu.

— Il aura sûrement des choses à dire pour expliquer ce qu'il s'est passé.

— Je vous crois trop optimiste, madame. Des cas comme celui-ci, j'en ai vu mille. Les gens prennent le volant, sans imaginer une seule seconde ce qui peut leur arriver. L'alcool et la drogue font de tels ravages…

En disant cela, il détourna son visage et ses yeux s'arrêtèrent quelques secondes sur le magnifique bouquet que Francis avait apporté. « Quelle idée… » eut-il l'air de penser. Elle sentit qu'il était mal à l'aise.

— Je vais partir maintenant, je vous ai dit tout ce que je sais, et c'est déjà trop.

Il se leva d'un bond, fit un petit signe de tête pour la saluer et se dirigea vers la porte.

— S'il vous plaît, son nom ? Celui du jeune homme ?

Il resta de dos, la main sur la poignée, et murmura, sans la regarder, tout juste assez fort pour qu'elle puisse l'entendre :

— Ulysse Chevalier.

Il ouvrit la porte et s'engouffra dans le couloir sans se retourner, alors que Madeleine s'affaissait sur ses oreillers en le remerciant dans un soupir. Une fois la porte refermée, elle murmura :

— Ulysse Chevalier et Bérénice Pajol.

Ces deux noms qu'elle répétait faiblement dans cette petite chambre d'hôpital lugubre, ces deux noms inconnus qui reflétaient à la fois la vie et la mort, venaient de prendre possession de son cœur, et ne le quitteraient plus jamais.

3

Ulysse

Une voix le réveilla. Il ne parvint pas immédiatement à ouvrir les yeux.

— Tu passes le voir toutes les quinze minutes, entendu ? Le chirurgien a été très clair sur ce point. Ces douze prochaines heures vont être décisives, et nous devons rester vigilants si nous ne voulons pas que nos efforts aient été vains. Ses parents sont là depuis hier matin, ils ont passé la nuit dans le couloir, je vais les faire rentrer. Ça va aller ?

— Oui, oui, pas de problème, j'ai compris.

Les voix se turent. Il se sentait épuisé : son corps ne lui répondait pas. Ses membres refusaient de bouger. Durant quelques secondes, il se demanda pourquoi il se sentait aussi mal, mais tout lui revint soudain : la soirée bien trop arrosée, Bérénice, la voiture, l'accident, la douleur, le manteau blanc couvert de taches rouges et noires dans la nuit, les sirènes du camion de pompiers, ses hurlements. Il eut envie de crier mais quelque chose lui obstruait la gorge. Aucun son ne sortit de ses poumons. Une main se posa sur son poignet, et il ouvrit les yeux sur l'horreur dans laquelle cette nuit affreuse l'avait plongé. Sa mère, en larmes, le contemplait, partagée entre l'effarement et la tendresse ; les yeux de son père brillaient, un rictus qui ne ressemblait ni à un sourire, ni à une grimace tordait sa bouche étroite.

Une infirmière, sans doute l'une de celles qu'il avait entendues plus tôt, accourut. Il tenta de parler mais un ignoble râle s'échappa de son gosier, alors qu'une douleur lui transperçait la gorge. Elle se précipita sur les tuyaux qui couraient le long de ses bras, ajusta quelques molettes, et posa sa main sur son front :

— Bonjour et bienvenue parmi nous, vous dormez depuis presque vingt-quatre heures. Vous ne pouvez pas encore parler, mais cela va s'arranger très vite, on va vous retirer le tube qui est dans votre gorge dès que le médecin sera là. Je l'appelle immédiatement.

Elle était belle et douce malgré sa large blouse informe. Elle n'avait pas plus de vingt-cinq ans, mais semblait sûre d'elle, caressant son front avec gentillesse.

Il se sentit terrorisé par la quantité de tuyaux qu'on lui avait attachés aux bras et des larmes commencèrent à glisser le long de ses joues. Sa mère se pencha vers lui avec un mouchoir, en murmurant des paroles qu'il ne comprenait pas bien.

— Mon pauvre petit... on a eu si peur... Dans quel état tu t'es mis...

Outre le fait qu'il ne parvenait pas à articuler, une immense crainte s'empara de lui lorsqu'il réalisa qu'il lui était impossible de bouger. Était-ce l'effet des médicaments qu'on lui injectait à travers les tuyaux qui couraient le long de ses bras tuméfiés, ou finirait-il sa vie en fauteuil? Sa colonne vertébrale s'était-elle brisée sur le bitume? D'incontrôlables secousses l'agitèrent quelques instants. La jeune infirmière tenta de l'apaiser en lui murmurant des paroles réconfortantes, tandis que ses parents s'éloignaient, et qu'un inconnu en blouse blanche entrait dans la chambre. Ce dernier s'approcha, aida l'infirmière à le calmer, et lui sourit largement avant de prendre la parole:

— Bonjour, monsieur Chevalier, je suis très heureux de vous rencontrer. Je me suis occupé de vous à votre arrivée ici hier matin, je suis Boris Pastoureau.

Ce type paraissait à peine plus âgé que lui. Il portait des lunettes rondes à large monture en écaille, derrière lesquelles de grands yeux bleus intelligents brillaient intensément. Il ne s'était visiblement pas rasé depuis quelques semaines, et sa barbe châtaine, presque rousse par endroits, s'accordait parfaitement avec son épaisse tignasse. De profonds cernes barraient son visage, mais les ridules qui naissaient au coin des yeux, en pattes d'oie, l'égayaient d'une expression sympathique. Immédiatement il lui inspira confiance. Il consulta quelques chiffres sur les écrans qui clignotaient à côté du lit, passa une lampe de poche devant ses yeux, posa quelques questions à l'infirmière et lui fit deux ou trois recommandations, avant d'avancer un tabouret, et de s'y installer.

Ses parents s'étaient reculés dans l'ombre du placard, sous la télévision. Il les voyait à peine. Le médecin enfonça ses mains dans ses poches et commença :

— Si cela ne vous ennuie pas, je vais vous appeler par votre prénom.

Il hocha timidement la tête en signe d'assentiment.

— Je vais être franc, Ulysse : vous avez eu doublement de la chance.

Il marqua une courte pause et le contempla de son regard de glace :

— Premièrement, après vous être assommé le crâne avec je ne sais quel alcool, vous vous êtes pris une voiture de plein fouet au beau milieu de la nuit. La conductrice de cette même voiture a eu assez de présence d'esprit pour appeler les pompiers qui sont parvenus à vous extirper des débris de votre épave sans trop de casse, je ne sais comment. Ce sont des héros, vous pourrez leur écrire une carte postale en sortant de l'hosto pour les remercier. Et comme vous n'aviez pas eu assez de chance, il a fallu que votre cœur, écrasé par votre cage thoracique brisée en mille morceaux, reparte après s'être arrêté deux fois, pour vous ramener parmi nous. Vous êtes un sacré veinard. Vous êtes en vie, Ulysse, c'est le principal, et je voudrais que vous vous en souveniez au moment où je vais retirer de votre gorge le tube qui vous permet de respirer. Des hommes qui échappent à ce genre d'accident, il y en a très peu : je suis bien placé pour le dire, croyez-moi. Vous ne vous en tirez pas sans séquelles, certes, mais vous êtes vivant, et dans quelques mois, vous serez en pleine forme. Vous comprenez ce que je vous raconte ?

À nouveau, il planta son regard dans celui d'Ulysse qui hocha lentement la tête. En réalité, ce dernier l'entendait sans vraiment le comprendre : il voulait qu'on lui retire ce tuyau en plastique, il voulait parler, il voulait prendre des nouvelles de Bérénice. La vision obsédante de la jeune femme étalée sur son manteau blanc s'était imprimée contre les parois de son crâne.

— Vous allez être courageux, Ulysse, et vous allez remercier le ciel de vous avoir laissé en vie : si vous me promettez cela, je vous enlève le tube.

Ulysse hocha à nouveau la tête. Il fallait en finir avec toutes ces palabres.

Le médecin appela l'infirmière. Ils se penchèrent sur le malade, détachèrent les sparadraps, placèrent un masque sur son nez, puis l'homme en blouse blanche saisit soigneusement le tube et l'attira vers lui. Ulysse sentit un désagréable frottement dans le fond de sa gorge, mais il ne souffrit pas. L'infirmière attira sa tête sur le côté : un long filet de bile et de sang s'écoula dans une bassine que la jeune femme tendait fermement, tout en lui soutenant le front. Un instant, il eut du mal à respirer : il toussa, cracha, déglutit avant de reprendre son souffle, lent et saccadé. On le rallongea sur de larges oreillers. Il voulut parler, mais sa gorge douloureuse ne le lui permettait pas encore. Il regarda ses parents qui s'étaient reculés dans le fond de la chambre, les joues baignées de larmes. Pourquoi pleuraient-ils puisque c'était un miraculé ? Était-ce le contrecoup de la peur, l'émotion qu'elle avait éveillée chez eux qui les faisait réagir ainsi, eux qui ne se laissaient jamais aller à la moindre faiblesse ?

Le chirurgien lui tenait le bras d'une main. De l'autre, il enserrait la molette de l'une des perfusions.

Un détail, plus bas, attira son attention, et il posa ses yeux sur son corps, enroulé dans un pyjama en papier informe, sur le matelas blanc.

C'est alors qu'il vit.

Les tremblements reprirent violemment, au moment où il constata que sa jambe droite avait disparu. À la place, à côté de sa jambe gauche enrobée d'épais bandages blancs, il n'y avait que le drap. Sa jambe était restée prisonnière de la carcasse fumante. Les sanglots l'étouffèrent et des grognements s'échappèrent de sa gorge. L'infirmière le serra contre elle, tandis que le médecin répétait : « Ulysse, vous êtes en vie, c'est le principal. »

Au bout de quelques secondes, il s'évanouit.

Après l'avoir réveillé, le Dr Pastoureau ordonna qu'on augmente la dose de calmant qui coulait dans ses artères, ce qui assomma Ulysse et le plongea dans le sommeil. Au-delà de l'amputation de la jambe droite à laquelle il avait malheureusement dû se résoudre, le corps d'Ulysse avait subi de lourds dommages. Il en aurait pour des semaines avant de se rétablir, sans compter le temps qu'il lui faudrait pour apprendre à marcher avec une prothèse. Là où Ulysse pouvait réellement s'estimer chanceux, c'est que sa colonne vertébrale n'avait pas été touchée. Le parcours serait long, mais il pourrait reprendre une vie normale, travailler, avoir des enfants, fonder un foyer, à condition de ne pas se laisser happer par le désespoir. Tous les accidentés de la route ne pouvaient en dire autant, à commencer par la jeune femme qui l'accompagnait. Ceci dit, il avait entendu qu'elle était déjà sans doute condamnée au moment de l'accident.

Le médecin pensait réellement ce qu'il avait dit à Ulysse : il était chanceux, même s'il imaginait à quel point cela devait être dur de se réveiller dans cet état. Il aurait voulu l'aider davantage, mais son travail s'arrêtait aux conditions physiques du patient, et d'ici quelques semaines Ulysse changerait de service, voire d'hôpital, pour se concentrer sur son rétablissement et sa rééducation.

4

Madeleine

Six jours s'étaient écoulés depuis l'accident.

Madeleine avait reçu la veille l'autorisation de quitter sa petite chambre lugubre ; elle attendait, assise sagement sur son lit que Francis vienne la chercher. Il avait tant insisté pour la ramener chez elle, qu'elle n'avait pas eu la force de l'en dissuader. Pourtant, elle aurait préféré être seule. Son cœur était partagé : d'un côté, elle avait hâte de quitter cet épouvantable endroit, et de l'autre, elle avait l'impression d'y laisser une partie de son âme. La culpabilité qu'elle avait ressentie en apprenant la mort de Bérénice ne l'avait pas quittée : elle la rongeait de l'intérieur, l'empêchait de dormir la nuit, la tétanisait littéralement. Parfois, elle sentait son esprit se volatiliser, et lorsqu'elle revenait à la réalité, ses membres tremblaient. Le jeune médecin lui avait fortement conseillé de rencontrer le psychologue attaché au service. Selon lui, Madeleine traversait un état de choc profond qui risquait fort de se transformer en dépression si elle ne le prenait pas au sérieux dès maintenant. Il lui avait prescrit quelques calmants légers, qu'elle avait refusé d'avaler. Les antidépresseurs la terrorisaient : l'image de son beau-père dépressif, contraint de suivre un traitement sévère l'avait profondément marquée. Son esprit le lui rappelait, errant dans les couloirs de la maison familiale, bras ballants, regard vide, avançant au ralenti, tel un fantôme perdu dans le passé. Inconsciemment, elle s'était promis de ne jamais se retrouver dans cet état. Elle savait que ce type de traitement pouvait aussi se montrer salvateur, mais elle avait pris la ferme décision de ne pas y avoir recours.

Francis lui avait suggéré de partir quelques jours en vacances, afin de reprendre du poil de la bête, au-delà des deux semaines d'arrêt maladie qui lui avaient été prescrites à l'hôpital. Il l'avait encouragée à prendre du bon temps, à se détendre au soleil, et lui avait même proposé de loger quelques jours dans la maison de Saint-Jean-Cap-Ferrat. Physiquement, elle se sentait en forme ; moralement, c'était autre chose… Elle avait conscience de sa chance, sans toutefois pouvoir s'empêcher de penser qu'elle aurait dû être à la place de la jeune femme.

Bérénice avait la vie devant elle, une petite fille, des parents aimants qui n'attendaient sans doute que ses visites en Bretagne… Alors qu'elle, Madeleine… À quoi ressemblait sa vie ? La seule personne sur laquelle

elle pouvait réellement compter, et qui comptait vraiment pour elle, c'était son patron. Certes, leur amitié unique était belle, et souvent elle en était fière. Mais que valait-elle, cette amitié, à côté de l'amour d'un enfant, des grands yeux d'un tout-petit tournés vers sa mère, de son besoin de tendresse ? Que valait-elle face à l'amour des parents de Bérénice pour leur fille et leur petite-fille, ces relations qu'elle-même ignorait, mais qu'elle savait indestructibles ? Elle avait longtemps cru que cet amour ne lui manquerait pas et que la vie qu'elle s'était choisie, libre et indépendante, lui apporterait tout le bonheur possible… Mais, au fond, elle savait qu'elle s'était fourvoyée et les années étaient passées sans qu'elle puisse revenir en arrière. Maintenant, il était trop tard. Trop tard pour fonder un foyer, et découvrir tout ce qu'elle s'était refusée pendant ces longues années.

Les quelques informations glanées auprès des policiers avaient nourri son imagination : elle s'était dépeint la jeune Bérénice, son enfant, son père et sa mère, et voyait nettement leur profil se détacher dans les affres de son cerveau chaque fois qu'elle repensait à l'accident. Ce n'était pas leur visage qui apparaissait, mais l'idée qu'elle s'en était faite, tout aussi puissante que la réalité. Sur son smartphone, elle avait fini par taper le nom de Bérénice : de magnifiques photos de mode étaient apparues. La jeune femme, longiligne, immense, au regard violet et mystérieux et à la longue chevelure de soie, semblait venir de l'Antiquité.

Derrière ses paupières fermées, ces images tournaient en boucle, lorsque Francis entra dans la chambre après avoir frappé à la porte. Théâtral, comme toujours, il se précipita sur Madeleine, la prit dans ses bras et la fit se lever d'un bond. Il attrapa la petite valise à roulettes contenant les affaires qu'il lui avait apportées trois jours plus tôt, et quitta la pièce, Madeleine sous le bras, en moins de temps qu'il ne faut pour l'écrire.

— Allez ma belle, l'hosto, c'est terminé ! Tu vas voir, il fait très beau aujourd'hui et respirer notre bon air parisien va te faire un bien fou. Je me suis occupé de ta sortie administrative, tu n'as rien à faire. Je t'emmène prendre un petit-déjeuner chez Claudine pour te requinquer et te faire oublier la bouffe de merde que tu as pu manger ici.

Madeleine sourit. Francis était rarement vulgaire, mais lorsqu'il s'agissait de nourriture son vocabulaire changeait radicalement, et il s'autorisait toute sorte de grossièreté : pour lui, la cuisine constituait un art, tout autant que la littérature et le théâtre. Il avait sa table dans les plus grands restaurants parisiens, et savait dénicher les bonnes adresses. Claudine en était une. De l'extérieur, son petit bistrot ne payait pas de mine mais, lorsqu'on y pénétrait, de riches parfums venaient chatouiller vos papilles et vous ouvraient systématiquement l'appétit. Elle servait d'excellents petits-déjeuners, composés de viennoiseries dont elle avait le secret, d'œufs brouillés bien crémeux et de thés fumés chinois que Madeleine aimait particulièrement. Cette perspective lui réchauffa le cœur.

Sur le trajet qui les menait au café de Claudine, Madeleine resta muette. Elle réfléchissait. Les images de Bérénice valsaient toujours dans son esprit. C'était une femme d'action : pour quitter cette torpeur morbide qui l'habitait depuis l'accident, il lui faudrait agir. Comment ? Telle était la question. Elle resta silencieuse mais Francis parlait pour deux. Il débitait des banalités sur le temps et le travail, les propositions qu'il avait reçues ces derniers jours… Une pièce de Beckett, pourquoi pas… « Qu'en dis-tu, Mad ? Ça pourrait me faire du bien… Ça changerait de mon classicisme habituel… » Elle répondait à peine, l'écoutait d'une oreille… « Oui, mais là où tu es vraiment bon, c'est justement quand tu es classique… Après, comme je te l'ai souvent dit, tu peux te permettre une fantaisie de temps en temps… Qui est le metteur en scène, et quelle est la pièce ? » *En attendant Godot*… « Bof, franchement… Fais ce que tu veux, Francis… Tu l'aimes, toi, cette pièce ? » Elle lui répondait mais ses pensées étaient ailleurs, son esprit tournoyait dans la carcasse de sa Porsche : elle revivait l'impact des deux voitures et voyait les longs cheveux de Bérénice voler à travers le pare-brise, la neige couvrir les pavés parisiens. Son esprit s'emballait… Que pouvait-elle faire ? Comment éloigner ces visions ?

Elle ne voulait pas oublier les événements : ce qu'elle souhaitait, c'était les réparer. C'était impossible, mais elle voulait tout de même s'y atteler.

Claudine l'accueillit comme une reine. Francis lui avait raconté ce qui s'était passé : pour tenter de faire naître un peu de joie dans les yeux de Madeleine, elle lui avait concocté un véritable festin, ce qui fit sourire la convalescente. Ils étaient si bons avec elle qu'elle devait montrer un minimum de reconnaissance. Elle remercia, sourit, fit mine de se régaler, se resservit mille fois de viennoiseries, se gava de thé et d'oranges pressées.

Claudine était sensible : elle voyait bien que Madeleine se forçait à être joyeuse… pour Francis et pour elle-même. C'était sa façon de les remercier, de leur dire qu'ils comptaient pour elle, mais son esprit s'était envolé. La restauratrice connaissait bien les accidents de la route. Ses parents s'étaient tués sur l'A1 quelques années auparavant : ils adoraient la vitesse et les motos, et roulaient souvent de nuit pour voir ce que leur bolide avait dans le moteur. Ce soir-là, ils devaient être fatigués car l'engin avait quitté la route en pleine ligne droite, pour aller se planter dans un arbre. Elle se souviendrait toute sa vie du coup de téléphone de l'hôpital, à 4 heures, alors qu'elle finissait de ranger les derniers vestiges d'une soirée arrosée au restaurant avec ses amis. Francis et Madeleine étaient d'ailleurs de la partie ce soir-là, se rappela-t-elle. Elle avait immédiatement vendu le gros scooter avec lequel elle se déplaçait dans Paris et s'était promis de ne plus jamais remonter sur un deux-roues. Elle évitait également la voiture et préférait le TGV... C'était plus rapide, plus fiable, et vu le rythme auquel elle prenait des vacances, elle pouvait financièrement se le permettre.

Madeleine resta quelques heures en compagnie de Francis et Claudine. Ils n'évoquèrent pas l'accident. Au bout d'un moment, elle voulut rentrer chez elle et proposa de régler l'addition. Claudine leva les yeux au ciel et posa sa main sur son avant-bras en murmurant :

— Arrête tes bêtises... Je suis si heureuse que tu t'en sois sortie... Tu dois passer par de terribles moments, alors s'il te plaît, si tu as un coup de mou, appelle-moi, passe me voir, empiffre-toi autant que tu voudras... Si je peux t'aider de quelque manière que ce soit, fais-moi signe.

Madeleine repartit accompagnée de Francis qui la conduisit chez elle. Il la laissa au pied de son immeuble. Elle habitait dans le XVIIe arrondissement dans un bel appartement acheté au début de sa carrière. Elle avait dû se serrer la ceinture mais elle ne l'avait jamais regretté. Elle avait un toit sur la tête qui lui appartenait totalement maintenant. La façade de l'immeuble haussmannien était somptueuse : dotée de volutes et de riches ornements, elle avait la particularité d'être également munie d'une large porte à marquise qui permettait que l'on s'abrite si la pluie se mettait à tomber. Lorsqu'elle avait visité l'appartement, c'était d'abord cette marquise qui lui avait tapé dans l'œil.

Elle embrassa Francis sur les deux joues, récupéra sa valise, le remercia chaleureusement et s'engouffra dans la chaleur de son immeuble sans se retourner. Elle traversa le hall dont le carrelage en damier de marbre noir et blanc résonna sous ses talons et grimpa les marches qui la séparaient de son foyer, au premier étage. Dieu merci, elle ne rencontra personne, ni la gardienne, ni les voisins. Elle ramassa le courrier glissé sous le paillasson, enfonça sa clé dans la serrure de la lourde porte blindée et pénétra dans son entrée au joli parquet en point de Hongrie. Elle jeta son manteau et son sac sur une chaise, claqua la porte derrière elle et s'affala de tout son poids sur le confortable canapé du salon sans prendre la peine d'appuyer sur l'interrupteur. Il était midi mais l'appartement restait sombre. Elle ferma les yeux pendant quelques minutes. Elle se sentait bien chez elle. La culpabilité l'assaillait toujours, mais elle se sentait enfin libre… Libre de pleurer, de jurer tout haut, de prendre un bain pendant des heures, de rester en peignoir toute la journée si elle le souhaitait. Elle se dit que passer quelques jours dans cet appartement, seule, coupée de Francis et de sa vie professionnelle, lui ferait du bien. Ici, elle pourrait élaborer le plan qui lui permettrait de se libérer de son fardeau sans qu'on ne vienne la déranger. Elle se releva et sortit de son sac à main le petit carnet bleu qui l'accompagnait toujours. Elle y notait tout ce qui lui passait par la tête : numéros de téléphone, adresses, références de livres ou de vêtements, horaires de pièces de théâtre ou de films… C'était un précieux pense-bête. Sur une page immaculée, elle avait noté les noms suivants :

Bérénice Pajol, Ulysse Chevalier.

Elle passa ses doigts sur les noms des deux accidentés et baissa les paupières.

Comment pouvait-elle espérer réparer l'irréparable ? Que pouvait-elle faire face à cette mort hideuse ? L'angoisse la tétanisait. Et pourtant, elle sentait également que de l'horreur de cet accident pourrait naître un peu d'espoir… Il fallait qu'elle trouve comment.

5

Ulysse

Il était achevé. Anéanti. Fini. Il n'avait plus rien à attendre de l'avenir.

Ce vide le laissait sans répit. On avait beau lui répéter toute la journée qu'il devait s'estimer heureux d'être en vie, rien ne pouvait mettre fin à la nuit dans laquelle il s'était éveillé.

Que valait cette vie dont on lui parlait ? Prothèses, rééducation, exercices, convalescence… Il ne voulait rien de tout cela. Ce qu'il souhaitait maintenant, c'était dormir. Dormir et oublier. Il n'ouvrait pas les yeux, ou très rarement. Voilà des jours que sa mère était à son chevet : elle pleurait et lui racontait des banalités. Elle cherchait aussi à le réconforter en lui narrant comment les membres de leur famille avaient réagi, en apprenant l'accident et son amputation. Visiblement, tout le monde le plaignait beaucoup. Et tout le monde connaissait quelqu'un à qui il était arrivé le même genre de chose, qui s'en sortait très bien avec une prothèse ou deux, un bras ou une jambe en moins, voire les deux… « De nos jours, on fabrique des instruments magnifiques, mon chéri… Tu pourras marcher normalement, tu pourras même courir et skier si tu le souhaites ! Il te faudra un peu de temps pour apprivoiser ton corps, mais cela viendra… » Et elle finissait toujours par pleurer. Son père avait repris le travail le jour de son réveil. Il passait de temps en temps en fin de journée, et lui apportait les journaux, « pour te détendre, mon fils ».

Son meilleur ami était également venu le voir. Lui aussi avait pleuré. Il n'était pas resté longtemps car « le client » ne pouvait attendre : Arthur travaillait dans la même société de conseil qu'Ulysse, à la fois cotée et controversée. Les jeunes consultants, triés sur le volet, proposaient leurs services aux plus grandes sociétés internationales. En échange de sommes astronomiques, les jeunes prodiges recrutés par le cabinet livraient de judicieuses analyses à d'exigeants patrons. En contrepartie de salaires mirobolants, ils étaient corvéables à merci.

Arthur et Ulysse s'étaient rencontrés en intégrant une brillante école d'ingénieur dix ans auparavant, et depuis, ils s'étaient suivis : ils avaient les mêmes amis, les mêmes loisirs, travaillaient dans cette même société ultra-élitiste et partaient en vacances ensemble. Pourtant, leur amitié n'était pas si profonde, et s'ils se considéraient beaucoup, s'estimaient et se respectaient, ils savaient aussi qu'un jour, l'un ou l'autre prendrait un chemin différent, menant à leur séparation. Ils s'amusaient bien, mais dans le fond leur indépendance prendrait forcément le dessus. En voyant Arthur quitter sa chambre, Ulysse comprit que ce jour était venu. Cela ne le peina pas vraiment. Son ami poursuivrait sa brillante carrière, retournerait skier à Courchevel, organiserait de nouvelles soirées dans de somptueux hôtels particuliers parisiens, partirait en vacances à Marrakech et aux Maldives, tandis que pour lui, tout s'était arrêté avec l'accident.

Il avait l'impression qu'un siècle s'était écoulé depuis cette nuit funeste, que jamais son corps ne quitterait ce lit d'hôpital aux mécanismes rouillés. Les médecins ne lui avaient pas encore donné le droit de se lever, ce qui l'arrangeait bien. Il n'osait imaginer son reflet dans le miroir, sa jambe unique, son pied unique, son mollet unique, son visage dévasté, son corps décharné.

Il voulait dormir et oublier.

Oublier cette soirée, cette nuit lointaine, la fumée des pétards, l'alcool, sa voiture, l'autre voiture, le bitume froid et glissant.

Oublier ses amis, Arthur, ses clients, le ski nautique, Courchevel et les Maldives.

Et surtout, l'oublier, elle.

Il voulait oublier son visage, ses yeux violets, ses cheveux blonds, ses jambes interminables. Il voulait oublier son regard désespéré, ses gémissements dans la voiture, sa silhouette teintée de blanc et de rouge dans la nuit noire.

Depuis qu'on lui avait appris la mort de Bérénice, elle le hantait. Il la voyait partout, même en fermant les yeux. Il l'imaginait à son chevet à côté de sa mère, errer dans les couloirs, juchée sur ses immenses talons. Il l'imaginait aux côtés des médecins le contemplant lorsqu'on lui changeait son pansement et qu'il n'osait poser les yeux sur cette jambe qui n'existait plus. Elle le regardait avec tristesse, et semblait lui demander pourquoi ils ne s'étaient pas rencontrés autrement.

Dans une autre vie, ils auraient pu se connaître, s'apprécier, peut-être s'aimer. Ils auraient pu boire des cafés, des verres en terrasse quand les beaux jours seraient revenus, aller au théâtre, au cinéma, à Courchevel et aux Maldives. Il aurait pu la couvrir de cadeaux, se pavaner à ses côtés, l'aider à arrêter la coke. Il l'aurait emmenée à la plage, en bateau, en avion, en montgolfière. On les aurait regardés flâner dans les ruelles, elle si grande, si belle, lui si amoureux. On aurait jalousé leur joie de vivre, leurs aventures autour du monde, leur intelligence et leur beauté.

Mais, au lieu de cela, elle n'ouvrirait plus jamais les yeux, et reposait par six mètres de fond dans un affreux cercueil en chêne massif. En l'imaginant seule dans cette boîte noire, son estomac se retournait. Car il avait le sentiment de l'y avoir enfermée, alors qu'elle l'appelait au secours.

Des policiers l'avaient interrogé. Deux grands gaillards à l'air sinistre qui n'étaient pas restés bien longtemps dans sa chambre. Visiblement, Bérénice n'était pas morte à cause de l'accident. Elle était en train de faire une overdose au moment du choc, et il aurait été difficile de la sauver. La conductrice de l'autre voiture, qui s'en était sortie sans trop d'égratignures, avait décidé de ne pas porter plainte contre lui, de sorte qu'Ulysse s'en tirait plutôt bien : il aurait à payer une amende, que ses parents s'empresseraient sans doute de régler à sa place, on lui avait retiré son permis, il aurait une peine de prison avec sursis.

Les flics lui avaient fait la morale au sujet de l'alcool, de l'ivresse au volant, de la coke et toutes ces saloperies qui circulaient dans les milieux branchés. Il en connaissait bien les méfaits, et s'en méfiait le plus souvent... Mais il se laissait parfois aussi tenter, ignorant un peu pourquoi. Comme ce soir-là. S'il n'avait pas bu, s'il n'avait fumé, il aurait sans doute évité l'autre voiture, et peut-être aurait-il sauvé Bérénice ? Il savait que refaire l'histoire en émettant toutes sortes d'hypothèses ne ramènerait pas la jeune femme à la vie, mais cette triste réalité l'obsédait autant que ses yeux violets. Dans son esprit, il l'avait tuée et ne méritait pas de vivre.

6

Georges

Il étendit le chemisier pour la troisième fois. Tout devait être impeccablement plié. Il recommencerait jusqu'à ce que cela soit parfait. Ça n'était pas facile car le tissu de bonne qualité, une soie très fine presque transparente, glissait entre ses doigts. Lorsqu'il fut enfin satisfait du résultat, très délicatement, il glissa le vêtement dans le carton ouvert sur le lit à côté de lui.

Il pliait les affaires de sa fille sans réfléchir, mu par l'impression qu'un jour, Églantine lui demanderait de les lui montrer. Il n'avait pas le cœur à les donner : ces quelques morceaux de tissu renfermaient encore le délicat parfum de Bérénice, dont il n'imaginait pas se défaire pour toujours. En emprisonnant ces étoffes dans une boîte, il espérait que ce parfum ne disparaisse jamais.

Il ignorait comment gérer la situation au quotidien : Églantine pensait encore que sa mère allait revenir. Il avait essayé de lui expliquer que Bérénice ne rentrerait pas en la serrant fort dans ses bras maladroits, mais elle n'avait pas saisi ce qu'il lui racontait. Il s'était mis à sangloter, elle avait murmuré « pleurer grand-papa », avant de lui tendre un petit mouchoir tiré de sa poche à lui. Il songea souvent que Sidonie aurait su trouver les mots justes pour parler à la petite fille. Mais il devait faire sans elle, comme toujours depuis qu'elle les avait quittés, des années plus tôt.

Ce jour-là, Sidonie avait claqué la porte sans se retourner, ni sur Georges, ni sur Bérénice : elle avait décidé de tout laisser derrière elle, son quotidien, son métier, ses amis, sa fille et son mari, pour vivre sans eux, à l'autre bout de la terre. Elle s'était envolée pour le Brésil, en compagnie d'un obscur comptable qui l'avait convaincue de mettre les voiles. Préparant sa fuite dans le secret, elle s'était contentée de disparaître un matin en emportant quelques affaires dans une valise. Elle avait laissé un mot sur la table de la cuisine pour expliquer son geste : lorsque Georges l'avait découvert, il était trop tard. Sidonie se trouvait déjà dans l'avion qui l'emmenait vers Rio, et il ne la reverrait jamais.

Il avait encaissé le choc sans se plaindre, se concentrant sur la librairie, ses lectures, ses amis. Il avait aussi essayé de comprendre les motifs de son départ. Combien de fois avait-il feuilleté les pages de leurs albums photo, cherchant les premiers signes de l'ennui qui avait gagné sa femme ?

Tout ce qu'il voyait pourtant à travers les clichés qui défilaient sous ses yeux, c'était l'intense bonheur qui avait façonné leur vie commune, en tant que couple, puis en tant que parents. Sur chacune des photos, Sidonie semblait heureuse et fière de sa famille qu'elle avait tant désirée : Bérénice était née par surprise, alors qu'ils pensaient ne pas pouvoir avoir d'enfant. Cette petite fille qu'ils considéraient l'un et l'autre comme un trésor les avait épanouis : ils l'avaient choyée, gâtée, tendrement aimée, et en retour, elle leur avait apporté sa joie de vivre.

Ne trouvant pas quelle erreur il avait pu commettre, Georges avait fini par penser que son ex-femme avait un jour perdu pied. Par moments, il ressassait encore le passé, gagné par un lourd sentiment de culpabilité, mais il avait fini par se résigner, comprenant que cela ne ramènerait pas Sidonie. Elle avait fait son choix, il devait vivre en conséquence.

Malheureusement, Bérénice n'avait pas supporté le départ de sa mère de la même façon. Dans son esprit, Sidonie l'avait abandonnée. Après avoir lu le mot de sa mère – un condensé de banalités tournant autour de l'ennui et de la nécessité de prendre sa vie en mains –, Bérénice s'était enfermée dans sa chambre. Elle y était restée plus de quarante-huit heures, et lorsqu'elle en était sortie Georges avait réalisé que leur fille ne serait plus jamais la même. Comment Sidonie n'avait-elle pas compris que leur enfant, d'une sensibilité à fleur de peau, avait besoin d'elle pour s'épanouir au quotidien ? Comment l'égoïsme avait-il pu l'emmener si loin d'eux ?

Quelques semaines plus tard, la jeune fille laissa tomber les études d'infirmière vers lesquelles elle s'était dirigée après le lycée, et décida d'intégrer le monde cruel de la mode en cherchant à devenir mannequin. Elle nourrissait ce rêve depuis longtemps mais elle avait préféré suivre le conseil pragmatique de ses parents : avant de partir à la conquête des podiums, et malgré les années qui défilaient, il fallait qu'elle obtienne un diplôme pour se mettre à l'abri du besoin. Georges et Sidonie n'avaient jamais vu d'un bon œil la passion de leur fille : à tort ou à raison, cet univers dont ils ignoraient tout les effrayait, et ils espéraient secrètement qu'avec le temps, Bérénice l'oublie d'elle-même.

Sur le moment, Georges tenta de la raisonner, mais la douleur du départ de Sidonie l'accaparait trop pour qu'il puisse réellement se battre contre sa fille : elle suivit sa voie, emménageant dans un petit studio parisien. Et plus rapidement qu'il ne l'avait imaginé, elle décrocha des contrats. La beauté de Bérénice n'avait pas d'égale. Georges s'était d'ailleurs demandé comment sa femme et lui avaient pu créer un être si parfait. Ils n'étaient pas mal, certes, mais leur charme n'avait rien de comparable avec l'élégance et la distinction de leur fille. Ses grands yeux violets, sa chevelure dorée, ses longues jambes, le grain de sa peau, la délicatesse de ses traits, la finesse de son sourire, la façon dont elle se déplaçait… La silhouette de Bérénice marquait quiconque croisait sa route.

Georges et Bérénice restèrent très proches. Il lui rendait visite à Paris, elle lui téléphonait tous les deux jours, mais Georges sut bien vite qu'il ne parviendrait pas à combler le manque laissé par Sidonie : aussi douloureux que cela fût, il ne parvint jamais à panser les plaies de sa fille.

Peu de temps après la signature de ces premiers contrats, les ennuis commencèrent.

Leur fille, si raisonnable et si douce, dont l'unique bêtise (si l'on peut parler de bêtise) se résumait au piercing au nombril qu'elle s'était fait faire en secret, à l'âge de quatorze ans, s'était doucement laissée dériver. En dehors des défilés et des séances de shooting, elle combla sa peine en sortant tous les soirs : elle buvait à outrance et découvrit la cocaïne qui lui donna l'impression fugace d'un bonheur facile.

Georges pensait intimement qu'elle agissait ainsi pour attirer l'attention de sa mère : par ses excès, elle voulait lui signifier son amour, lui faire comprendre que sa fille avait encore besoin d'elle, qu'elle devait rentrer. Le problème, c'est que Sidonie ne s'en souciait pas. Elles se téléphonaient de temps en temps, se virent même une ou deux fois, lorsque les campagnes de pub ou les défilés de Bérénice la conduisirent sur les plages brésiliennes, mais leur relation s'arrêta là et Bérénice en crevait à petit feu.

Au bout de quelques années au rythme effréné des défilés et des soirées qui suivaient, elle tomba enceinte. Elle décida alors de mettre sa carrière de côté pendant quelque temps, pour revenir s'installer dans la maison de son enfance, avec son père, au Croisic, où elle accoucha d'un amour d'enfant qui avait immédiatement ravi le cœur de Georges. Il n'entendit jamais parler du père d'Églantine : c'est lui qui accompagna sa fille à la maternité lorsque les contractions apparurent. Il se remémorait ces quelques mois comme une parenthèse de bonheur intense. Bérénice semblait si épanouie qu'il avait même pensé qu'elle abandonnerait cette vie dans laquelle elle se perdait. Elle nourrissait d'ailleurs le projet de reprendre des études en histoire de l'art : comme il lui faudrait faire vivre sa fille, elle continuerait à défiler, mais elle lèverait le pied. Georges lui proposa de l'aider en venant garder Églantine à Paris, de temps en temps. Elle accepta, pleine d'enthousiasme.

Sidonie ne leur rendit pas visite. Elle se contenta de lui téléphoner pour féliciter Bérénice, rien de plus. Elle ne souhaita pas voir l'enfant de sa fille : la naissance d'Églantine ne l'intéressait pas, et Georges ne pouvait rien contre cela. Les soins qu'il tenta de prodiguer à la blessure de sa fille ne suffirent pas. La plaie s'était creusée, la douleur de Bérénice s'était renforcée. Quelques semaines plus tard, ses deux trésors repartirent pour Paris.

Bérénice reprit ses études, comme envisagé pendant son congé maternité. Georges l'encourageait, volant à son secours, dès qu'elle le lui demandait.

Il s'occupait d'Églantine pendant ses partiels, il la gardait aussi lors de ses déplacements à l'étranger. Il la promenait dans sa poussette, lui achetait des gaufres et des glaces, l'emmenait à Notre-Dame, au Grand Palais, au Louvre et sur les Champs-Élysées.

Malheureusement, pendant ce temps, les bêtises de Bérénice reprirent de plus belle. Parfois, lorsqu'elle rentrait d'une soirée, alors que Georges jouait les baby-sitters, il l'entendait se réfugier dans la salle de bains où elle vomissait toutes ses tripes pendant de longues minutes. Elle était si maigre qu'il avait peur que ces crises ne la tuent. Il ouvrait les yeux dans la nuit, murmurait quelques prières, allumait la lampe de sa chambre pour qu'elle sache qu'elle pouvait lui demander de l'aide, qu'il était réveillé, qu'il l'entendait, que sa porte lui était ouverte… mais elle se couchait en silence. Un matin, il la vit saigner du nez dans la cuisine. Il lui tendit un mouchoir d'un air entendu, avant de retourner aux carottes qu'il pelait pour Églantine.

Il ne disait rien, se contentant de faire les gros yeux en lui servant le café. Il ne fallait pas la froisser. Au fond, il ne voulait pas qu'elle l'abandonne comme l'avait fait Sidonie. Il voulait rester dans sa vie, voir Églantine grandir, lui offrir ses premiers patins à roulettes.

Pourtant, au moment où il pliait ce chemisier blanc si pur, il regrettait ses silences. S'il avait parlé, s'il l'avait mise en garde, s'il l'avait grondée, s'il lui avait dit à quel point il l'aimait, peut-être serait-elle encore en vie… En se taisant, il s'était rendu complice de ses erreurs, faisant d'Églantine la victime de sa lâcheté.

Quelques mois auparavant, par pressentiment peut-être, Sidonie lui avait transmis par mail un numéro de téléphone auquel il pouvait la joindre en cas d'extrême urgence. Il ne l'avait jamais utilisé. Jamais avant cette nuit terrible.

La sonnerie retentit un nombre incalculable de fois avant qu'une voix masculine ne décroche. Il demanda à parler à son ex-femme. L'interlocuteur baragouina quelques mots incompréhensibles, il entendit son rire dans le lointain, elle saisit finalement le combiné.

— Allô, Sido ?

Elle ne répondit pas, il crut que la communication s'était coupée.

— Sido, tu m'entends ?

Elle s'éclaircit la voix :

— Oui, je t'entends. J'imagine que tu as une bonne raison de m'appeler.

Il lutta pour ne pas fondre en larmes avant de lui apprendre l'affreuse nouvelle. Elle ne dit rien. Puis il l'entendit pleurer et elle raccrocha.

Il pensa qu'elle rentrerait pour les funérailles : il s'était trompé. Il avait tant espéré voir la porte de l'église s'ouvrir sur sa silhouette, mais Sidonie n'était pas venue enterrer sa propre fille. Quelques jours plus tard, il reçut un mail qu'il n'oubliera jamais :

Georges,

Tu as dû m'en vouloir terriblement de ne pas être à tes côtés pendant l'enterrement.

J'ai voulu venir, crois-moi. Mais au moment de prendre l'avion, mes pieds se sont dérobés ; je n'étais pas capable de parcourir tous ces kilomètres pour te retrouver Georges, toi, nos amis, devant le corps sans vie de Bérénice. Alors, j'ai réalisé que ma présence ne ramènerait pas notre fille. J'ai rebroussé chemin. Comprends-moi : je n'ai plus aucune attache auprès de toi. Bérénice était tout ce qui pouvait nous lier l'un à l'autre, et maintenant qu'elle n'est plus là, nous n'avons plus aucune raison ni de nous voir, ni de nous parler. Ma vie me satisfait : je ne reviendrai jamais. Pleurons notre fille, mais faisons-le chacun de notre côté.

Sido.

La colère l'avait envahi. Il imagina lui téléphoner pour lui dire ses quatre vérités et lui expliquer que Bérénice était morte par sa faute : sans son départ, leur fille serait restée la même. Elle aurait poursuivi ses études d'infirmière, sans chercher à attirer son attention coûte que coûte. Elle aurait été diplômée brillamment, elle aurait rencontré un gentil garçon, ils se seraient installés ensemble, ils auraient fondé une famille. Elle aurait été heureuse, et eux aussi. Il avait saisi le combiné, mais au fur et à mesure qu'il pianotait les chiffres du numéro sur le cadran, l'absurdité de sa colère lui était apparue : les absents ont toujours tort… C'était facile d'en vouloir à Sidonie, mais dans son village brésilien, elle ne pouvait voir la détresse de sa fille, alors que lui… Il l'avait sous les yeux.

Il se rabattit alors sur le conducteur de la voiture. Quelqu'un devait bien payer pour la mort de son enfant ! Il l'avait haï pour son geste, celui de prendre le volant soûl comme une barrique. Il pensa porter plainte, comme le lui suggérait la police, mais là encore, il renonça : la drogue avait tué sa fille, bien plus que l'accident. Et d'une certaine façon, il en portait la responsabilité.

Anéanti par la culpabilité qui accablait ses épaules, et par les souvenirs de ces derniers jours qui affluaient en masse malgré lui, Georges s'écroula sur le lit : il n'avait pas su la protéger. Une petite tête chaude vint se blottir contre son pantalon de velours, et deux bras minuscules enserrèrent ses jambes pour réclamer des baisers. Georges essuya ses larmes d'un geste de la main et se pencha vers la petite fille qui avait couru vers lui.

Bérénice était partie, mais elle avait laissé une véritable merveille, un trésor dont il devait prendre soin. Il hissa l'enfant de deux ans dans ses bras pour la cajoler, elle éclata de rire.

Églantine avait les mêmes yeux violets que sa mère, les mêmes pommettes hautes, les mêmes joues rosées. Ses cheveux courts et blonds, presque blancs tant ils étaient clairs, encadraient son joli visage d'épaisses boucles emmêlées. Sa petite bouche parfaitement dessinée souriait constamment au-dessus d'un menton pointu et volontaire. Elle tenait à la main son inséparable souris, une peluche offerte par Georges à sa naissance, aux bras et aux jambes interminables, qui lui avaient fait penser à Bérénice. Il l'avait achetée comme un clin d'œil pour sa fille. La vendeuse avait approuvé son choix en expliquant que les nourrissons aimaient particulièrement les peluches qui s'attrapaient facilement, ce qui était le cas de cette fameuse souris aux membres allongés. Églantine l'avait tout de suite aimée. Elle la fixait de ses grands yeux, dans le fond de son berceau, et dès qu'elle avait été en âge de s'en saisir, de la mâchouiller et de la câliner, elle l'avait fait avec passion.

Lorsqu'il regardait Églantine, il croyait contempler Bérénice à son âge. Cette vision le ramenait des années en arrière, et l'emplissait d'une douce mélancolie, juste avant que son cœur ne se serre : plus jamais sa fille ne foulerait les pavés de la jetée du Croisic comme elle l'avait fait petite, et comme Églantine le ferait à son tour.

La petite fille fourra son pouce dans sa bouche et le scruta de ses grands yeux, en murmurant « Maman ? ». Elle n'avait pas encore compris que sa mère ne reviendrait plus. Georges se fit la promesse qu'elle n'apprendrait jamais la vérité : dans son esprit, la responsabilité de sa mort ne reviendrait qu'à l'accident. Pour la petite fille, Bérénice resterait une mère aimante et bienveillante, une femme à la beauté merveilleuse dont le sourire sur la photo sur sa table de nuit témoignait.

Georges installa délicatement l'enfant sur ses genoux. Il lui expliqua à nouveau qu'elle ne verrait plus Bérénice, que cette dernière veillait sur elle, même si on ne la voyait pas. Il se sentait gauche et maladroit dans ses explications, mais il savait aussi que par son amour il serait en mesure d'aider Églantine à traverser cette épreuve que la vie lui imposait si jeune. En s'occupant de sa petite-fille du mieux qu'il le pourrait, il implorerait le pardon de sa fille : ainsi seulement, il pourrait se racheter.

Quelques jours après l'enterrement de Bérénice, Georges apprit qu'il lui revenait de s'occuper d'Églantine. Aucun père n'ayant reconnu l'enfant à sa naissance, et Sidonie vivant à des milliers de kilomètres de Paris, il était désormais sa seule famille. Par acquit de conscience, il écrivit un mail à son ex-femme pour lui demander si elle souhaitait rencontrer la petite fille. Elle lui répondit laconiquement qu'il lui était compliqué de traverser le Pacifique : le restaurant qu'elle avait ouvert avec le comptable ne supporterait apparemment pas la moindre de ses absences. Il relut le message deux fois pour être sûr d'en avoir bien compris le sens, puis il haussa les épaules, et passa à autre chose : après tout, elle n'était pas venue à l'enterrement, alors on n'en était plus à une énormité près.

Il décida de garder l'appartement de Bérénice : il pourrait ainsi revenir de temps en temps avec Églantine, et si cette dernière souhaitait un jour faire ses études à Paris, elle y aurait d'ores et déjà un toit. Rien ne s'opposait donc à ce qu'il rentre chez lui, retrouver ses livres et son port breton, sa petite-fille sous le bras. Ses amis l'attendaient d'ailleurs de pied ferme : ils avaient hâte de le retrouver pour lui manifester leur soutien.

Pourtant, quelque chose le taraudait, comme un pressentiment dont il ne parvenait pas à se défaire.

Après l'enterrement, il contacta les quelques connaissances que Bérénice évoquait parfois en sa présence. Ces derniers se montrèrent à la fois polis et surpris de ses coups de téléphone. En fait, Georges s'interrogeait : Bérénice avait-elle confié l'identité du père de sa fille à l'une d'entre elles ? Il fut surpris de constater que certains ignoraient même l'existence d'Églantine : apparemment, Bérénice avait scindé sa vie professionnelle et sa vie personnelle. Ces prétendus amis ne mettaient jamais les pieds chez elle, elle n'évoquait sa famille que très rarement… Alors de là à se confier sur sa vie amoureuse, il y avait un monde. Malgré ses efforts, il dut se rendre à l'évidence : hormis Bérénice, personne ne savait qui était cet inconnu.

Il lui restait pourtant une piste à explorer.

Il n'avait pas envie de la suivre, mais c'était la seule façon d'éclaircir la situation, une bonne fois pour toutes. Il l'avait tordue dans tous les sens, cherchant à la discréditer par n'importe quel moyen, sans succès : il fallait qu'il en ait le cœur net.

Cette piste le mena à cette porte devant laquelle il se tenait désormais, sans oser toquer. Dans la poussette à ses côtés, Églantine grignotait d'une main un ourson en chocolat et en guimauve, déniché dans la cafétéria de l'hôpital. De l'autre, elle faisait virevolter sa souris en la tenant par le bout du bras. Elle gazouillait tranquillement, sans poser de questions, bien trop occupée à déguster sa friandise.

Il finit par lever le bras et frappa trois fois. Personne ne répondit. Il vérifia que la lumière indiquant que le patient recevait des soins n'était pas allumée : théoriquement, ce dernier était disponible. Peut-être dormait-il ? Il essaya à nouveau. Un léger grognement se fit entendre, une voix venue d'outre-tombe lui intima d'entrer.

Georges prit une grande inspiration, tourna la poignée de la porte et entra dans la chambre comme un gladiateur entre dans l'arène.

Devant lui, étendu sur les draps roses de l'Hôpital public, gisait l'homme avec lequel sa fille avait passé les derniers instants de sa vie. Il se tenait maladroitement assis, le corps enturbanné dans de nombreux bandages, le visage tuméfié et les mains blanches. Georges remarqua tout de suite l'épais pansement qui venait interrompre sa jambe droite et s'entourer autour du genou amputé.

Ulysse Chevalier devait être un beau jeune homme : ses yeux clairs renvoyaient un regard franc, sincère. Son visage finement dessiné, carré et masculin, encadré de cheveux un peu trop longs, inspirait confiance. Aussi étrange qu'il y paraisse, Georges dut admettre qu'il ne ressemblait guère à l'épave qu'il avait imaginée. Paradoxalement, cela le rassura : sa fille n'avait donc pas fini sa vie aux côtés d'un déchet. Pourtant, en plongeant ses yeux dans les siens, il perçut également l'incommensurable détresse qui habitait cet inconnu.

Pétrifié par sa propre audace, Georges resta silencieux un court instant. Interrogatif, Ulysse entama alors :

— On ne se connaît pas, il me semble : peut-être vous êtes-vous trompé de chambre ?

Puis il jeta un regard vers la poussette :

— Je ne suis pas certain qu'il soit idéal de faire venir cette petite fille ici…

Comprenant qu'on parlait d'elle, Églantine leva les yeux, et partit d'un grand éclat de rire en se tortillant dans sa nacelle. Elle sauta à terre et s'approcha du jeune homme en ouvrant comme des soucoupes ses beaux yeux violets.

7

Aliénor

Ses yeux se posèrent sur les arbres qui défilaient à travers la baie vitrée du wagon-bar. Agglutinés, ils formaient une longue traînée verte, une masse végétale au sein de laquelle il était impossible de les distinguer les uns des autres : la vitesse brouillait les pistes, mêlant les formes et les couleurs, comme dans l'œil d'un kaléidoscope. À moins de regarder le paysage lointain, elle songea qu'il était difficile de ne pas être pris de vertiges en scrutant le paysage qui bordait la voie ferrée.

Elle avala une gorgée du café brûlant qu'elle tenait entre ses mains, saisit l'un des délicieux cookies dans le paquet posé à côté, le déposa avec précaution sur sa langue et le savoura avec délice. Depuis sa sortie de l'hôpital, elle devait se faire violence pour se nourrir : seules quelques friandises triées sur le volet trouvaient grâce à ses yeux, parmi lesquelles ces excellents gâteaux. Sa mère lui répétait qu'à force de maigrir on finirait par ne plus la voir. Ces remarques glissaient sur elle comme des gouttes de pluie sur un ciré breton : c'était le cadet de ses soucis car gourmande comme elle l'était avant ce séjour hospitalier, l'appétit reviendrait assurément un jour.

Un homme, qui devait avoir la trentaine comme elle, s'assit à son côté. Il posa un épais sandwich enrubanné d'un film transparent sur l'étroite tablette qui filait le long de la fenêtre, ainsi qu'un sachet de chips et un gobelet de café qu'il avait acquis auprès de « Stéphane, le barista du TGV, à votre service en voiture 14 ». Aliénor l'observa à la dérobée. Vêtu d'une veste élégante et cintrée, ainsi que d'une chemise à manches mousquetaires, il portait une paire de lunettes rondes, à grosse monture, conformes à la mode du moment. Il ouvrit son paquet de chips et mordit dans son sandwich. Aliénor détourna la tête, mais il avait remarqué qu'elle le scrutait discrètement. Avec un sourire aimable, les lèvres parsemées de tomates et de sauce moutarde, il lui tendit le paquet de chips. Un peu étonnée, Aliénor déclina poliment. Il entama alors la conversation :

— Vous vous arrêtez à Marseille ?

— Non, je vais jusqu'au bout…

— Je compatis, moi aussi je vais jusqu'à Nice. On en a encore pour quatre heures… Il n'y a pas à dire, les wagons-bars sont quand même moins confortables que les anciens wagons-restaurants. À l'époque, on pouvait s'asseoir sans risquer de valser à la moindre secousse. Tel que vous me voyez, je suis à peine posé sur ce minuscule tabouret, et je manque de me casser la figure à chaque fois que je tourne la tête vers vous.

Aliénor sourit avant de répondre :

— Vous m'avez tout l'air d'un expert en matière de confort ferroviaire.

— Vous avez raison, j'ai l'impression de passer ma vie dans le train. Je le prends une à deux fois par semaine et je vous assure que les usagers tels que moi mériteraient que l'on s'intéresse davantage au bien-être de leur postérieur.

Aliénor n'avait pas grande envie de bavarder, mais ce jeune homme sympathique avait éveillé sa curiosité et elle se surprit à répondre :

— Vous faites toujours le même trajet ou vous préférez varier les plaisirs ?

— Toujours le même. Ma petite amie vit à Nice, j'habite à Paris.

— Vous ne prenez jamais l'avion ? C'est quand même bien plus court.

— Ça nous arrive mais le train reste moins onéreux, surtout lorsqu'on dispose d'un abonnement.

— Mais il faut avoir un peu de temps devant soi… six heures de voyage, cela occupe une bonne partie de votre journée.

— Oui, c'est vrai, mais j'ai la chance de pouvoir travailler un peu partout, alors quand je prends le train, je ne perds pas vraiment mon temps, sauf si je bavarde avec d'autres voyageurs au wagon-bar.

Elle sourit à cette remarque malicieuse et au clin d'œil qui suivit.

— Que faites-vous dans la vie, si ce n'est pas indiscret ?

— Je suis journaliste, je travaille en free-lance pour divers magazines... Ça ne paye pas très bien mais je ne changerais de métier pour rien au monde. Je suis libre comme l'air, je bosse sur des tas de sujets qui me passionnent, je me déplace souvent... Peu de jobs permettent autant de liberté. Et vous ? Qu'allez-vous faire à Nice ?

Prise au dépourvu, Aliénor détourna le regard quelques secondes, et en profita pour attraper un second petit gâteau. Elle baissa les yeux avant de répondre :

— Un break.

N'ayant pas remarqué sa gêne, son interlocuteur reprit :

— Vous venez en vacances ?

Trop heureuse d'avoir cette occasion de se rattraper aux branches, Aliénor acquiesça en hochant la tête. Le journaliste énuméra alors les diverses qualités de leur lieu de destination : la douceur du climat, la beauté du site, son architecture hétéroclite, le bleu de la mer, la chaleur du soleil... Aliénor le laissa parler, mais elle n'écoutait que d'une oreille. Déjà, son esprit vagabond s'était envolé. Au fond, elle se demandait aussi ce qu'elle faisait là. La nécessité de partir lui était apparue quelques jours auparavant – elle ne pouvait rester plus longtemps à Paris – mais par moments, la solitude qui l'attendait dans cette ville inconnue l'effrayait presque autant que les souvenirs auxquels elle essayait d'échapper. Cela ne durait que quelques secondes, mais ces dernières suffisaient à la déstabiliser. « Accroche-toi, pensait-elle alors, ne fais pas machine arrière, tiens bon. »

Son compagnon de voyage poursuivit son monologue pendant quelque temps, avant qu'Aliénor ne le remercie pour ce moment partagé. Elle se leva et prit congé tandis qu'il la saluait en souriant, la bouche encore pleine des barres de chocolat qu'il avait retirées de ses poches. Elle regagna son siège en déambulant à travers les couloirs du TGV, encombrés de bagages et de voyageurs.

Arrivée à sa place, elle appuya son front contre la vitre à côté de son siège. Elle ferma les yeux : ses nuits étaient si agitées depuis sa sortie de l'hôpital qu'elle profitait de n'importe quel trajet en voiture, en train ou en bus pour s'assoupir quelques instants. Le roulement du train produisit l'effet escompté : comme bercée par la progression du TGV, elle s'endormit en cinq minutes.

Lorsqu'elle se réveilla, le train ralentissait. Elle avait dormi d'un trait, d'un sommeil lourd et réparateur. Autour d'elle, les passagers, debout, attendaient patiemment dans le couloir central du wagon que les rames s'arrêtent tout à fait. Elle les rejoignit, attrapa tant bien que mal l'imposant sac à dos qui lui tenait lieu de valise dans le compartiment à bagages, et s'avança vers la porte, partagée entre l'impatience de quitter ce train et l'anxiété qui la gagnait à l'idée de sauter dans l'inconnu. Elle posa doucement le pied sur le quai, tandis qu'au loin une voix de synthèse accueillait les voyageurs à travers un haut-parleur : « Mesdames et Messieurs, vous êtes arrivés en gare de Nice ville. Assurez-vous que vous n'avez rien laissé… »

Elle fit quelques pas et releva la tête : au-dessus d'elle, la haute verrière de la gare laissait apparaître un ciel azur, balayé des rayons d'un soleil brûlant. Une brise légère caressa sa peau, la douceur de l'air l'envahit tout entière. Elle était arrivée, et cette sensation qui l'habitait depuis quelques minutes, était celle d'un nouveau départ.

8

Ulysse

Un long frisson parcourut le dos d'Ulysse.

Dès que la petite fille posa son regard sur lui, il sut en face de qui il se tenait. Il dut fermer les yeux et inspirer profondément pour se calmer.

Lorsqu'il releva les paupières, le regard violet – le même que celui qui occupait toutes ses pensées – le fixait avec attention.

L'enfant lui tendit un ourson en guimauve avant de se réfugier dans les bras de l'homme qui l'accompagnait. Âgé d'une soixantaine d'années, ce dernier portait un pantalon de velours marron, une chemise bleu ciel, et une élégante veste en tweed. Il avait accroché son manteau à la poignée de la poussette dans laquelle la petite fille ne tarda pas à grimper. Du haut de son mètre quatre-vingt-dix, il scrutait Ulysse de ses grands yeux gris, la bouche pincée par l'appréhension sans doute. Il avait soigneusement peigné ses cheveux blancs, pour les ramener en arrière, ce qui lui donnait l'allure d'un sage.

Ulysse avait devant lui l'homme qu'il avait privé de sa fille pour toujours. Et pire que tout, il avait devant lui l'enfant de Bérénice. L'enfant qui grandirait sans elle. Cette vision allait l'achever. L'homme se présenta :

— Bonjour, effectivement, on ne se connaît pas. Je suis un peu gêné… Disons que je ne suis pas très à l'aise… Je n'avais pas envie de venir vous voir, mais je m'en sens obligé. Je suis Georges Pajol… le père de Bérénice Pajol, la jeune femme avec laquelle vous étiez au moment de l'accident. Et voici Églantine, que vous connaissez déjà peut-être…

Surpris, Ulysse releva les yeux vers lui : comment pourrait-il connaître cette enfant ? Il resta muet. L'homme reprit :

— Oui, voilà… Ma fille était très secrète, je connaissais peu ses amis, et encore moins ses… *fiancés*, dirons-nous… J'aimerais en savoir plus sur… la soirée que vous avez passée ensemble… sur votre relation éventuellement… Connaissiez-vous bien ma fille ?

Pendant qu'il parlait, il avait joint ses mains, les trituraient l'une l'autre de ses longs doigts. Ses yeux, qu'il baissa en achevant sa phrase, brillaient de chagrin. Ulysse sentit une profonde douleur envahir sa poitrine : rien n'apaiserait jamais la souffrance de cet homme.

— Je sais que ma fille avait... des problèmes avec certaines substances... Ne me préservez pas, les médecins m'ont bien expliqué la cause de sa mort.

Qu'avait-il à dire? Ayant fait la connaissance de Bérénice quelques minutes avant l'accident seulement, il ignorait tout d'elle. Il appuya du bout des doigts sur le bouton grâce auquel le matelas se relevait automatiquement, afin de se redresser et, de la main, il désigna une chaise au père de Bérénice. En bougeant ainsi, il devait faire attention à ne pas basculer sur le côté. Sa jambe absente lui jouait de mauvais tours, abîmant ses réflexes et menaçant son équilibre.

— Asseyez-vous, je vous en prie.

Georges déplaça la chaise en plastique pour l'installer à côté de la poussette, face à Ulysse. Il agissait automatiquement, sans réfléchir. Quelle idée avait-il eu de venir ici? C'était absurde... Il avait beau se dire qu'Ulysse n'était pas vraiment responsable de la disparition de sa fille, il lui semblait impossible de le regarder dans les yeux, de l'écouter, de rester assis dans la même pièce que lui.

Pourtant, si cet homme était le père de la petite fille, comme il le pressentait depuis plusieurs jours, et s'il souhaitait faire partie de sa vie, Georges ferait en sorte qu'un lien se crée entre eux, pour Églantine. Ce serait difficile, mais il apprendrait à museler sa colère.

Ulysse posa sa tête sur l'oreiller et commença:

— Je vous remercie de cette visite. J'imagine seulement à quel point me rencontrer doit être douloureux pour vous. Je souhaite que vous sachiez que je me sens coupable, même si cela vous est sans doute insupportable à entendre. Je voudrais tant que tout cela se soit passé autrement…

Georges releva le front pour poser son regard sur l'homme défait qui se trouvait devant lui. Dans le fond, il éprouvait une immense pitié pour ce type qui avait foutu sa vie en l'air en quelques secondes. Son visage tuméfié semblait ravagé par le dégoût, et ses yeux enfoncés renfermaient une intense détresse. Georges ne répondit pas, l'invitant à poursuivre son discours :

— Malheureusement, je ne pense pas pouvoir vous aider. J'ai rencontré Bérénice le soir de l'accident. Je ne sais rien d'elle, pas même qu'elle avait une petite fille.

Un immense soulagement gagna la poitrine de Georges. Il pouvait partir en claquant la porte : cet homme ne viendrait pas lui reprendre sa petite Églantine. Il pouvait quitter Paris pour l'emmener dans son affectueux Croisic, la dorloter, la gâter, la câliner loin de la grisaille et du métro. Il voulut se lever pour fuir cette chambre d'hôpital lugubre, mais il interrompit son geste. Il songea qu'Ulysse pourrait lui raconter les derniers instants de Bérénice. Il avait imaginé les quelques heures qui précédaient le drame, et il tenait là l'occasion d'en savoir plus. Le récit ne serait sans doute pas glorieux, mais il serait vrai. Georges n'aurait plus à imaginer : il saurait. Comme s'il avait compris sa demande, Ulysse poursuivit :

— J'étais à cette soirée par hasard, invité par un ami. Il y avait beaucoup de monde, nous n'étions pas beaux à voir. Si vous saviez comme j'ai honte aujourd'hui… Je ne me souviens plus de grand-chose. Je me revois assis sur un canapé, contemplant la foule qui piétine le parquet dans des volutes de fumée. Et puis tout à coup, à côté de moi, je vois Bérénice. Je ne sais pas encore qu'elle s'appelle Bérénice, mais je suis saisi par sa beauté. Elle danse le front baissé, les cheveux lâchés, elle a l'air ailleurs. Elle est accompagnée d'un type que je ne connais pas, et d'une autre fille qui ricane bêtement. Je ferme les yeux quelques minutes, j'ai peur de m'endormir. C'est en les rouvrant que je vois que Bérénice s'est assise à côté de moi. Elle n'a pas l'air bien. Le type et l'autre fille sont partis. On échange deux ou trois mots et je l'emmène avec moi pour la raccompagner chez elle. Je décide de m'occuper d'elle, d'en prendre soin, elle a l'air si fragile. Au début, je crois qu'elle est ivre, que ça va passer. On quitte l'appartement en y laissant son sac et ses affaires. Dans la rue, je ne trouve aucun taxi : comme j'ai oublié mon téléphone à la soirée, je décide de la reconduire chez elle en voiture. Sur le moment, je sais que c'est une connerie, mais elle paraît si mal. Elle s'affale sur le trottoir et ne parvient pas à me donner son adresse : je vais l'emmener chez moi, elle pourra se reposer. Je l'installe sur le siège passager, boucle sa ceinture. On démarre, je me sens bien, j'ouvre les fenêtres. Bérénice s'est endormie, cela me rassure. Et puis à un moment, tout part en vrille. Elle se met à trembler, et ses tremblements se transforment en convulsions. Elle a les yeux révulsés : je ne sais pas quoi faire, j'essaye de garder mon sang-froid, de ne pas paniquer. Elle doit aller aux urgences. Je change de direction à toute vitesse : c'est à ce moment-là que l'autre voiture surgit.

Ulysse marqua une pause car le souffle lui manquait : haletant, il attrapa le verre d'eau posé sur sa table de chevet et rejeta sa tête en arrière, sur l'oreiller fadasse dans lequel il aurait voulu disparaître. Ces quelques instants avaient fait de lui un assassin et un infirme. Il ne pourrait plus jamais se regarder dans un miroir : revivre ces moments l'enfonçait davantage dans le désespoir.

Il aurait tout donné pour oublier ces dizaines de minutes, et paradoxalement, il lui était indispensable de se souvenir. Se souvenir pour ne pas l'oublier, elle.

Les grands yeux violets de la petite fille le scrutaient attentivement. Ulysse poursuivit doucement, si bas que Georges dut tendre l'oreille pour bien comprendre.

— Lorsque j'ai repris mes esprits, j'étais coincé dans l'habitacle. Je ne sentais rien, j'étais terrorisé. J'ai vu Bérénice à côté de moi. Je vous promets que toutes mes forces se sont tournées vers elle, mais je ne pouvais plus bouger. J'étais paralysé, prisonnier de la tôle et de la ferraille de ma voiture. Lorsque les secours sont arrivés, j'ai voulu les prévenir qu'ils devaient s'occuper d'elle en priorité, mais je ne pouvais plus parler. Je suis tellement désolé… Je donnerais n'importe quoi pour que les rôles soient inversés.

Sa voix se brisa. Il serra ses poings de toutes ses forces, sans oser regarder les deux visiteurs.

Georges n'écoutait plus Ulysse. Il avait saisi Églantine dans ses bras. Ses joues baignées de larmes caressaient celles de la petite fille qui mâchaient encore ses nounours en guimauve. Triste, il se sentait également soulagé : il n'ignorait plus comment tout cela s'était passé. Ce n'était pas heureux. C'était même sordide, sinistre. Mais il savait. Il savait comment sa Bérénice s'était envolée.

Pendant l'enterrement, il avait beaucoup pensé à ces quelques minutes : avait-elle souffert ? S'était-elle sentie mourir ? Avait-elle eu peur ? Ces questions le torturaient.

Il l'avait laissée quelques heures auparavant, sur le pas de sa porte, certes fatiguée, mais vivante. Il passait alors quelques jours à Paris dans sa chambre d'ami, pour s'occuper d'Églantine pendant d'importants castings qui occupaient ses journées, et devaient l'emmener à Londres dès le lendemain. Elle était sortie sans entrain ce soir-là. Perchée sur de hauts talons, enveloppée dans un manteau de daim beige qui n'avait été retrouvé ni dans la voiture, ni dans l'appartement où s'était tenue la soirée, elle avait dévalé les escaliers à reculons, ses longs cheveux dénoués tombant sur ses épaules. Elle avait promis de ne pas rentrer tard : elle devait prendre l'Eurostar de 7 h 31…

À 4 heures, il avait commencé à s'inquiéter. Il s'endormait rarement avant qu'elle ne rentre, comme à l'époque du lycée et du piercing au nombril. Doucement, un mauvais pressentiment s'empara de lui, et lorsque le téléphone sonna vers 6 heures, il sut qu'il s'était passé quelque chose. Bien sûr, on ne lui dit rien : il fut sommé de se rendre à l'hôpital dans les plus brefs délais. Oui, c'était au sujet de sa fille Bérénice. Il s'était habillé à toute allure, un peu n'importe comment, avait enveloppé la petite dans une couverture et s'était précipité aux urgences. Il ne se souvenait pas bien de la suite, comme si son esprit s'était volatilisé pendant quelques heures. Il avait ensuite appelé Sidonie, puis quelques amis du Croisic.

Et il avait fallu reconnaître le corps de son petit ange. Là aussi, les souvenirs n'étaient plus nets. Tout se brouillait. Il voulait oublier. Oublier que pendant qu'il buvait cette satanée tisane dans la cuisine en se faisant un sang d'encre, sa Bérénice l'abandonnait pour toujours.

Georges releva la tête et se tourna vers Ulysse.

Il n'était pas encore prêt à lui pardonner, mais il savait qu'un jour, il le ferait. La rancœur est le pire des poisons. Elle s'immisce en vous, coule dans vos veines, s'empare de votre âme, et vous empêche de grandir, d'avancer : le temps se fige et vous devenez plus froid qu'une statue. Le départ de Sidonie l'avait beaucoup éclairé à ce sujet. En comprenant qu'elle ne reviendrait pas, il lui en avait terriblement voulu. Il l'avait détestée, et cette haine l'avait progressivement transformé, rongeant son âme et ses pensées. Il s'était muré dans le silence, ruminant son malheur, gagné par la solitude et l'ennui. Et puis un soir, en regardant le soleil se coucher sur la Côte sauvage, un hiver où le temps s'était montré particulièrement clément, il avait compris qu'à force de détester, il ne voyait plus la beauté. Il ne voyait plus la beauté des lieux, ni la beauté des hommes. Le reflet du soleil doré sur l'océan, les couleurs pastel du ciel, mêlant au rose l'indigo, le violet, le jaune et l'outremer, avaient réchauffé son âme, lui rappelant à quel point la vie était précieuse. Il avait alors senti sa haine s'envoler, allégeant son cœur devenu si lourd au fil des jours sans sa femme.

Le chagrin ne disparaîtrait pas, mais il avait tourné le dos à la haine.

De la même façon, la perte de sa fille broyait son âme de douleur, mais il refusait de se laisser gagner par la colère. Il jugeait son fardeau déjà bien suffisant.

Églantine quitta les bras de son grand-père pour déposer un petit ourson en guimauve sur le drap rose, à côté d'Ulysse. Une chaleur profonde enveloppa le cœur de Georges dont le visage s'éclaira d'un large sourire. Cette petite fille était un trésor qu'il devait absolument protéger. Il la reprit contre lui et répondit au long monologue d'Ulysse.

— En fait, Bérénice n'a jamais fait allusion au père d'Églantine, qui ne l'a pas reconnue lorsqu'elle est née. J'ai pensé que vous pouviez être ce père, mais je me trompais. Je vous remercie parce que grâce à vous, je sais comment tout cela s'est terminé. Je vous crois lorsque vous dites avoir voulu aider ma fille, et il me semble qu'un jour, je serai capable de vous pardonner. Maintenant, je vais vous donner un conseil : vous aussi, empruntez le chemin du pardon et vivez. Apprenez de cette terrible erreur, et vivez. Je ne vous connais pas, mais laissez tomber tout cela, l'excès, l'argent, l'alcool, la drogue… redécouvrez la vie. Je vous parle comme j'aurais pu parler à Bérénice, comme j'aurais dû lui parler plus exactement. Elle n'a pas eu votre chance. Pour elle, pour moi et pour Églantine, ne vous détruisez pas : vous nous devez de grandir, et de vivre une vie exceptionnelle. Ouvrez les yeux, quittez vos habitudes médiocres : je suis certain que vous en êtes capable.

À bout de souffle, Georges se leva. Il installa Églantine dans sa poussette, et passa son manteau. Il avait parlé sans réfléchir, et dans le fond, Georges savait qu'Ulysse était arrivé trop tard. En voulant aider Bérénice, il avait commis l'irréparable.

Pourtant, rien ne prouvait qu'en la laissant à cette soirée, son sort eût été différent. Elle aurait pu faire son overdose dans les toilettes, ou les escaliers, seule et anonyme. Si seulement elle l'avait appelé, comme elle le faisait quand elle avait seize ans et qu'il fallait venir la chercher en boîte de nuit à 4 heures… Il avait toujours préféré être réveillé plutôt que la laisser rentrer seule, même en taxi.

Avant de quitter la pièce, il s'approcha du lit et sans bien comprendre son geste, il avança le bras. Ulysse écarquilla les yeux, se releva tant bien que mal et serra vigoureusement la main que Georges lui tendait en murmurant :

— Je vous promets d'essayer de suivre vos conseils.

Georges répondit :

— Il ne faut pas essayer : il faut réussir. Souvenez-vous-en : pour elle, pour sa fille, et pour moi.

Puis il disparut derrière la porte qui se referma doucement sur sa longue silhouette, tandis qu'Églantine salua le jeune homme de la main et murmura « bye bye », la bouche pleine de guimauve, les lèvres noires de chocolat.

9

Madeleine

Après l'accident, Madeleine écouta les conseils de Francis en partant quelques jours dans la villa qu'il avait mise à sa disposition à Saint-Jean-Cap-Ferrat. Elle en profita pour faire de longues balades en solitaire : la marche avait toujours eu un effet bénéfique sur elle, tant sur le plan physique que moral. Tous les matins, elle chaussait ses baskets et passait un sweat à capuche pour descendre jusqu'au bout du jardin de la propriété, où une petite porte en fer forgé ouvrait directement sur le chemin des douaniers, qui faisait le tour de la presqu'île.

L'hiver, la Côte d'Azur revêt un manteau bien différent de celui qu'on lui connaît l'été. La mer se teinte de tonalités marines, parfois brunes et obscures, qui rappellent presque les nuances sombres de l'Atlantique. Le sentier côtier permet de marcher au plus près des rochers et de l'eau, dans une solitude absolue.

La villa de Francis, acquise par sa famille des dizaines d'années plus tôt, bénéficiait d'une vue imprenable sur la mer, au-delà du phare. Construite dans les hauteurs de la pointe du Cap, elle jouissait d'un immense jardin descendant jusqu'au rivage. Enfouie dans les pins et les cyprès, on ne la devinait pas depuis le sentier côtier. Son toit de tuiles rouges, ses murs couverts d'un enduit rose et ses volets de bois vert faisaient d'elle l'exemple architectural parfait de ce coin de paradis, profondément marqué par la proximité italienne. Lorsqu'il avait hérité de la propriété à la mort de ses parents, Francis avait entamé de lourds travaux, ajoutant à l'ancienne demeure une extension moderne et discrète, ouvrant de magnifiques baies sur le jardin. À l'intérieur, tout était confortable et chaleureux. Le mobilier, choisi avec soin par un architecte d'intérieur renommé, avait valu à la maison de figurer dans plusieurs magazines de décoration. Au rez-de-chaussée, une pièce immense faisait office de salon, salle à manger et cuisine. En son centre, une large cheminée permettait de distribuer l'espace, agissant comme un pivot. Le soir, Madeleine se blottissait dans un canapé au coin du feu, et lisait pendant des heures dans le silence de la nuit provençale. Aux deux étages, on trouvait des chambres à coucher ainsi qu'une salle de jeu pour Hugo et ses copains.

Francis était fier de cette maison dans laquelle il aurait aimé se rendre davantage. Sa carrière l'emmenait sur les routes et, lorsqu'il rentrait à Paris, il était heureux de profiter de son foyer quelque temps, sans avoir à repartir. La villa était donc souvent inoccupée, bien qu'il la prêtât quelquefois à ses amis. Ainsi, il en avait bien volontiers confié les clés à Madeleine, déplorant simplement qu'elle y aille seule… Mais elle avait besoin de réfléchir, et elle ne pouvait le faire correctement que seule. Ses longues balades matinales et ses cafés sur le port de Saint-Jean lui avaient permis d'organiser son retour à Paris.

Mais les choses ne s'étaient pas vraiment passées comme prévues… En réalité, rien ne s'était passé comme prévu, et voilà qu'elle se retrouvait assise en première classe de ce TGV qui filait vers l'ouest.

Pendant son séjour dans le Sud, elle avait nourri une idée qui lui semblait à la fois évidente et saugrenue : rencontrer les victimes de l'accident était devenu obsessionnel.

Concernant Ulysse, le salut viendrait grâce au secours qu'elle lui proposerait. Il appartiendrait au jeune homme de l'accepter ou de le rejeter, mais il était de son devoir de lui tendre la main. Elle imaginait son désespoir, celui du survivant, à l'heure où l'autre s'en est allé. Elle l'aiderait à soigner son corps en lui apportant un soutien logistique, tandis qu'il panserait ses plaies morales.

Pour Bérénice, la situation était différente. Madeleine souhaitait rencontrer sa famille pour lui présenter sa peine, en même temps que ses excuses. Par moments, cela lui semblait profondément égoïste : était-ce bien l'empathie qui dictait sa conduite ? Ne cherchait-elle pas davantage à soulager sa conscience ? Elle ignorait comment répondre à ces questions, mais elle savait que sans passage à l'acte, elle deviendrait folle. Il lui fallait donc agir et parler à cette famille.

En rentrant du cap Ferrat, elle annonça à Francis qu'elle désirait prendre un peu de recul, qu'elle avait besoin de temps pour elle. S'il le permettait, elle disposerait désormais de ses week-ends, sauf cas de force majeure. Il ouvrit de grands yeux, sa mâchoire se décrocha, il balbutia, avant de comprendre que Madeleine ne céderait pas. Saisissant que c'était à la fois indispensable pour son amie, et non négociable pour son employée, il accepta de bonne guerre.

Elle profita de l'un de ces week-ends pour rencontrer Ulysse, encore hospitalisé. Lorsqu'elle le découvrit, étendu sur ce lit froid, éclairé par les rayons diaphanes d'un néon sordide, la culpabilité commença par l'empêcher de parler. Se pouvait-il que cet homme si beau, si jeune, dont les yeux tristes avaient sans doute été autrefois pleins de vie, soit si mal par sa faute ? Pourtant, l'échange qu'ils eurent ce jour-là, lui mit du baume au cœur. Contrairement à ce qu'elle avait imaginé, Ulysse ne nourrissait aucune haine à son égard. Il trouvait la vie injuste et dégueulasse, mais il se contentait de culpabiliser tout seul. Pour lui, Madeleine était en dehors du coup. C'était absurde, mais il n'en démordait pas. Lorsqu'elle se présenta, il se contenta de lui répondre :

— Heureusement que vous êtes en vie. Vous au moins, je ne vous ai pas tuée.

Madeleine comprit qu'ils étaient tous deux animés d'un même sentiment de honte. Puis, Ulysse raconta. Il raconta comment Bérénice s'était retrouvée dans sa voiture, il ne passa aucun détail, ni sur son état à elle, ni sur le sien. Il se remémora les quelques secondes qui avaient suivi son réveil dans la carcasse du véhicule, au milieu de la nuit enneigée, la remercia d'avoir appelé les pompiers : « Apparemment, je vous dois la vie… »

Madeleine ne savait plus où se mettre.

Elle aurait aimé disparaître dans le linoléum, s'évaporer dans l'air conditionné. Elle le laissa poursuivre son discours, avant de lui proposer son soutien. Elle pouvait lui apporter des magazines, organiser son retour dans son appartement quelques semaines plus tard, prendre ses rendez-vous chez le prothésiste, l'emmener au cinéma, pousser sa chaise roulante, et tout simplement lui rendre visite.

Elle débita son discours, comme un enfant à qui l'on va dire non.

Ulysse se contenta de sourire timidement. Cette femme l'intriguait, autant qu'elle l'attirait. Ils avaient vécu le même traumatisme, elle le comprendrait peut-être mieux que sa propre famille. Plus simplement qu'elle ne l'avait imaginé, il accepta son aide et ils convinrent de se voir une fois par semaine.

Au commencement, Madeleine se rendit à l'hôpital. Elle apportait des livres, du thé, des macarons. Ulysse l'écoutait. Elle lui racontait Francis et son métier pour le divertir, tout en essayant de lui donner des forces pour affronter l'avenir. Elle n'évoquait jamais sa jambe, mais elle parlait de voyages, de spectacles, d'expositions, espérant lui donner l'envie de sortir un jour. Il détournait les yeux, répondait plus ou moins à ses questions. À la fin de chacune de ses visites, elle lui rappelait qu'ils étaient chanceux. Cela lui coûtait de le dire, mais elle le faisait pour lui.

Lorsqu'il put rentrer chez lui, elle continua ses visites. Il refusait encore de sortir en fauteuil roulant, mais elle espérait pouvoir un jour le conduire au restaurant ou au théâtre. Ces moments la réconfortaient. Aux côtés d'Ulysse, elle se sentait profondément utile. Était-ce à cette fin qu'on lui avait laissé la vie ?

Forte de ces moments, elle chercha à rencontrer la famille de Bérénice. Elle n'en parla pas à Ulysse. L'évocation de la jeune femme restait douloureuse, tant pour elle que pour lui. Elle commença par feuilleter les Pages blanches. Il y avait malheureusement beaucoup de Pajol dans l'annuaire, et elle s'imagina mal les contacter un par un. Elle décida finalement de se rendre chez Bérénice : peut-être y apprendrait-elle quelque chose ? Le mannequin habitait un bel immeuble haussmannien dans le IXe arrondissement, pas loin de la place Pigalle, qui donnait dans une petite rue ombragée, protégée du tumulte des touristes qui affluent tous les week-ends au Moulin-Rouge.

Devant la porte, elle se remaquilla rapidement, lissa ses cheveux courts et se munit de beaucoup de courage pour appuyer sur le bouton de l'interphone portant le nom de Pajol. Son cœur battait la chamade. Si on répondait, que dirait-elle ? Elle sonna une fois. Deux fois. Personne n'ouvrit la porte.

Grelottant de terreur, elle s'installa dans le café qui se trouvait à l'angle de la rue. Elle sirota un thé de Ceylan en guettant la porte de l'immeuble. Était-ce un signe ? Devait-elle abandonner ?

Elle décida de persévérer et attendit ainsi longtemps dans le café. Vers 19 heures, une femme apparut sur le pas de la porte. Elle allait sortir les énormes poubelles stockées dans l'entrée de service. Madeleine se précipita au comptoir pour régler son thé, avant de se jeter sur elle. La jeune femme, petite et un peu ronde, fut d'une grande amabilité. Elle la regarda avec dépit en entendant qu'elle cherchait la famille de Bérénice, avant de s'essuyer le coin de l'œil à l'aide d'un mouchoir tiré de sa manche.

— Ah, ma petite madame… La pauvre Bérénice… Si jeune… Si belle… Vous êtes une amie ?

Madeleine répondit vaguement. La femme poursuivit, peu intéressée par les propos de l'étrangère :

— Je suis Dorothée, la gardienne du 16. Ici on est au 18, mais je m'occupe quand même du courrier, du ménage et des poubelles. Et je travaille aussi dans quelques appartements… dont celui de la belle Bérénice… et sa pauvre petite, si mignonne, si malicieuse…

Cette fois, Dorothée s'arrêta pour se moucher bruyamment dans le carré de tissu qu'elle tenait toujours à la main.

— Quelle tristesse… Ce n'est pas une enfance, ça, orpheline… Pas de père – enfin je l'ai jamais vu – plus de mère… Heureusement, il y a M. Pajol. Lui, il saura s'occuper d'elle. Elle l'adore : on les sent complices tous les deux… Mais, quand même… Et puis, d'accord, il a l'air en pleine forme, mais il ne doit plus être si jeune… En tout cas, sans doute pas assez pour être père ! Ça demande beaucoup de boulot, vous ne trouvez pas ?

Madeleine acquiesça tout en notant ces informations dans un coin de son esprit. Dorothée continua :

— La mère de Bérénice, je l'ai jamais vue non plus… Elle me parlait souvent de son papa, mais jamais de sa mère… Soit elle restait toujours en Bretagne, soit elle est plus de ce monde car elle n'est jamais venue ici. Vous les connaissez bien ?

— Je n'ai jamais rencontré la famille de Bérénice, mais je souhaiterais leur présenter mes condoléances en personne. Savez-vous où je peux les trouver ? Sont-ils à Paris en ce moment ?

Dorothée baissa les yeux et poussa l'une des gigantesques poubelles devant elle d'un geste adroit. Elle secoua la tête de gauche à droite :

— Ils sont partis. M. Pajol a emmené la petite en Bretagne il y a de ça un mois environ. Il a commencé à vider l'appartement, mais je crois que c'était trop dur. Il a pris Églantine sous le bras et ils sont partis en train. Je le sais car il m'a prévenue qu'il ignorait quand il reviendrait. Il m'a demandé de continuer à faire le ménage une fois par semaine en attendant.

Devant la mine dépitée de Madeleine, Dorothée ajouta :

— Si vous voulez, j'ai ses coordonnées dans ma loge. Je dois lui faire suivre le courrier qui arrive pour Bérénice.

Madeleine hésita quelques secondes. Cette absence n'était-elle pas le signe qu'elle devait arrêter ses investigations ? Au fond de son cœur, elle se demanda à nouveau s'il ne s'agissait pas seulement de laver sa conscience en exprimant ses regrets, sa culpabilité, sa peine, à des gens qui n'avaient sans doute pas besoin d'elle. Ces pensées tournoyaient en elle, mais elle accepta tout de même la proposition de Dorothée qu'elle suivit dans l'immeuble voisin où se trouvait sa loge. Elle resta sur le pas de la porte en attendant que la jeune femme revienne avec une petite carte de papier Canson à la main, qu'elle tendit à Madeleine :

— Ça vous ennuie de recopier ? Je voudrais garder la carte, je la trouve jolie.

Le petit rectangle de papier invitait au voyage. En son centre, on pouvait lire *Librairie La Frégate grise*, et derrière l'inscription, la silhouette d'un voilier peint à l'aquarelle se démarquait avec délicatesse dans des tons bleu ardoise. Ces quelques traits reflétaient avec justesse cette touche bretonne si particulière, à la fois brute et poétique. C'était une simple carte de visite, mais Dorothée ne se trompait pas, elle était belle.

Au bas de la carte, elle lut : *Georges Pajol, 10, rue Saint-Christophe, 44490 Le Croisic.* Un numéro de téléphone avait été noté à la main. Elle sortit son iPhone de son sac pour photographier la carte, avant de remercier Dorothée. Cette dernière la raccompagna, secouant de nouveau la tête :

— Un vrai drame… J'ai entendu dire que les autres s'en sont sortis… Tant mieux pour eux, mais pourquoi elle ?

À ces mots, Madeleine sentit son estomac se nouer. Au fond d'elle-même, cette même question résonnait inlassablement.

Madeleine laissa passer des semaines avant de se décider, jetant parfois un coup d'œil à la photo de la carte de visite, sur l'écran de son téléphone. Finalement, elle se connecta au site de la SNCF pour réserver un billet pour Le Croisic.

Les Pajol étaient donc libraires. Jamais elle n'aurait imaginé un tel métier pour les parents d'un mannequin. C'était idiot, elle était bien placée pour le savoir : les gens qui fréquentent le milieu du show-biz et ses mirages ont plus d'une corde à leur arc et sont rarement les moins érudits, bien au contraire.

Il aurait été plus simple de faire l'aller-retour dans la journée, mais la faible fréquence des trains en cette période de l'année l'avait contrainte à réserver l'aller le samedi matin, et le retour le lendemain en début d'après-midi. Après tout, ce serait l'occasion de découvrir ce petit port de pêche qu'elle ne connaissait pas. Les tournées de Francis l'avaient souvent conduite à La Baule, voisine du Croisic, dont la plage l'avait charmée, mais son métier chronophage ne lui avait jamais permis de visiter les environs. La sonorité même du nom du Croisic lui plaisait, et elle sut tout de suite qu'il serait agréable d'y passer quelques heures, quelle que soit l'issue de sa rencontre avec les parents de Bérénice. Elle mangerait des crêpes, boirait du cidre et contemplerait la danse des mouettes au-dessus des bateaux de pêche, tout en inspirant un grand bol d'air marin.

Elle réserva une chambre d'hôtes en plein centre, à deux pas de La Frégate grise, chez un couple passionné de vieilles pierres, qui avait entièrement retapé une bâtisse datant du XVIIe siècle. C'est le nom de la demeure, « La Tour des goélands », qui séduisit Madeleine en premier lieu. Les notes élogieuses et les commentaires que des clients conquis avaient laissés sur leur livre d'or en ligne avaient achevé de la convaincre.

Madeleine ne souffla mot de cette expédition à personne. À ses yeux, ce devait être un moment hors du temps. Elle agit de façon très automatique lorsqu'elle dut prendre son train le samedi suivant, réfléchissant peu à la façon dont elle aborderait les parents de Bérénice. Elle avançait mue par son instinct, nourrie par le pressentiment qu'elle faisait ce qu'il fallait.

Elle voyagea à côté d'une jeune femme et de son bébé âgé de quelques mois, une petite fille aux yeux clairs qui lui fit des tas de sourires tout au long du trajet. Elles papotèrent pendant une bonne partie du voyage, vantant la sagesse exemplaire du bébé qui n'avait quasiment pas pleuré. Madeleine réalisa soudain que Bérénice avait sans doute effectué le même trajet, dans le même train, dans la même direction, rencontrant des voisines comme elle, qui s'étaient vraisemblablement extasiées sur sa petite fille.

Les heures filèrent et Madeleine se retrouva bientôt sur le quai du Croisic, sous un crachin typiquement breton. Elle marcha le long des pontons des différentes chambres du port, se laissant gagner par la poésie du lieu, malgré la pluie. Elle eut l'impression de retrouver les voiles de la carte de visite et en quelques minutes, bien que trempée, une douce mélancolie s'empara de son cœur, la réchauffant étrangement. Un léger vent faisait tinter les haubans des bateaux et le cri des oiseaux qui s'élevait par salves perçait la sourde plainte de la pluie.

Elle trouva vite La Tour des goélands, située tout près de l'ancienne mairie, une magnifique maison en granit, avec des volets peints en rouge. Antoine et Valentine, les propriétaires, l'accueillirent avec beaucoup de chaleur, l'invitant à les rejoindre au coin du feu, une fois qu'elle aurait déposé ses maigres bagages dans sa chambre.

Valentine était une belle femme, d'environ quarante ans, mince et grande, dont les épais cheveux blonds tombaient sur des épaules fines. Sa peau hâlée lui donnait bonne mine, et ses yeux clairs, presque transparents, brillaient de franchise. Elle grimpa les escaliers au côté de Madeleine, lui expliquant la nature des travaux qu'ils avaient menés trois ans auparavant :

— Lorsque nous sommes arrivés, la maison était inhabitable. Nous l'avons achetée sur un coup de cœur, persuadés de son potentiel… Nous avons décidé de procéder étage par étage. Comme nous avons tout fait nous-mêmes, ça n'a pas été évident, surtout pour les enfants qui devaient faire leurs devoirs malgré tout le fatras ! Au départ, nous avons vécu chez des amis, et au bout de trois mois, nous avons pu camper au rez-de-chaussée…

Dans l'escalier, elle montra les photos des ruines de la maison, pendues au mur. Il était difficile d'imaginer qu'on se trouvait au même endroit. Tout avait été arrangé avec délicatesse et chaque détail pensé avec soin. Madeleine fut admirative en apprenant qu'aucun architecte ne les avait aidés. Le plan de la maison était simple : au rez-de-chaussée, on trouvait les parties communes, salon, salle à manger, cuisine, salon de lecture. Le premier étage abritait les chambres d'hôtes, au nombre de trois. Le second étage était réservé à Valentine, Antoine et leurs trois enfants. L'escalier en colimaçon niché dans une tour desservait l'ensemble de la maison, à laquelle cette dernière avait aussi donné son nom. La chambre de Madeleine était sobre et élégante, de taille modeste, et une petite salle de bains privative la rendait particulièrement confortable.

Antoine et Valentine se montrèrent très sympathiques. Ils conversèrent au coin du feu pendant une bonne demi-heure, parlant du Croisic, de la vie hors saison, de la difficulté à maintenir les activités de pêche dans un port où le tourisme prenait de plus en plus de place, de l'affluence des vacanciers l'été. Puis Madeleine les laissa pour déjeuner dans une crêperie où crêpes et galettes étaient apparemment exquises. Valentine lui prêta un ciré jaune pour la maintenir au sec, ainsi que des bottes trois fois trop grandes, et c'est ainsi qu'elle arpenta les rues de la petite cité, emmitouflée dans une toile bien épaisse, protégée des pieds à la tête.

Madeleine longea les quais, repoussant le moment pour lequel elle était pourtant venue. Mais après quelques beurre-sucre accompagnées de cidre, elle prit son courage à deux mains et se dirigea vers La Frégate grise.

La rue Saint-Christophe, parallèle au quai et particulièrement étroite, accueillait de très jolies maisons parmi lesquelles le n° 10, où se situait la librairie, se distinguait nettement.

Cette large bâtisse dotée de deux étages surplombait la rue de ses grandes fenêtres à petits carreaux, et de son imposante stature de granit foncé. Un toit à pentes d'ardoises chapeautait l'ensemble avec panache et élégance. Au centre de la façade, une large porte de bois gris était couronnée d'un linteau sculpté, au-dessus duquel une niche taillée dans la roche abritait une statuette du saint patron des voyageurs, elle aussi en granit. Les pierres avaient vécu, et Madeleine se figura tout de suite que cette demeure qui renfermait sans doute de nombreux souvenirs, s'était forgée une âme à travers le temps.

La maison occupait l'angle de la rue, et c'est là que les Pajol avaient installé leur librairie. Une large baie vitrée donnait sur une pièce de taille confortable, dont les murs avaient été tapissés de bibliothèques en bois clair, au sein desquelles des centaines d'ouvrages aux dos multicolores invitaient à la lecture. Des livres s'entassaient également sur des tables du même bois, tandis que dans un coin, de gros fauteuils composaient un petit salon de lecture. Contre la vitre de la devanture, de grands cartons à dessins posés sur des tréteaux attendaient qu'on les feuillette. Au-dessus de la vitrine, à l'extérieur, un panneau de bois peint portait le nom de la librairie, comme s'il s'agissait d'un antique magasin.

Sous ce ciel particulièrement sombre et l'épaisse pluie qui obscurcissait encore davantage l'atmosphère, la lumière que dégageait La Frégate grise attirait à la fois le cœur et le corps.

Madeleine resta ainsi quelques secondes, immobile et sans voix, contemplant ce lieu qui lui plut au premier coup d'œil. Derrière la caisse, assis dans un fauteuil confortable, un homme aux cheveux blancs lisait les jambes croisées, à travers des lunettes à monture épaisse. À ses pieds, à même le coco dont le sol était recouvert, et qui ne devait pas être bien moelleux, une toute petite fille jouait avec des animaux en bois.

La scène était paisible. Personne ne pouvait imaginer le drame vécu par ces deux êtres.

Sans doute un mouvement de Madeleine attira le regard du lecteur en le déconcentrant suffisamment pour qu'il lève la tête. Un instant leurs yeux se fixèrent avec étonnement, avant qu'il lui fasse signe d'entrer dans la boutique. Un sourire se peignit sur son visage. L'enfant releva également la tête, se précipitant vers la vitre contre laquelle elle plaqua ses deux petites mains.

Madeleine était pétrifiée.

Elle se retourna pour vérifier que c'était bien à elle que l'homme faisait signe. Lorsqu'elle reposa les yeux à travers la vitrine, constatant qu'elle était seule dans la rue, il était déjà debout, traversant la pièce à grandes enjambées pour venir lui ouvrir.

Que devait-elle faire ? Répondre à l'invitation, parler, expliquer sa venue ? Ou partir en courant ?

En quelques secondes, elle acquit l'absolue certitude qu'il fallait se taire. Aussi sûre qu'elle avait été de devoir parler, elle savait maintenant qu'elle devait garder le silence sur les motivations de sa venue et laisser ces deux naufragés relever la tête, sans leur infliger le coup de grâce.

C'est précisément au moment où elle franchit le seuil de la porte qu'elle perdit le contrôle des événements.

10

Ulysse

Lorsque le réveil sonna, il ne dormait plus depuis longtemps, guettant les chiffres rouges et lumineux qui défilaient à l'écran de l'appareil posé sur sa table de nuit.

Sa mère avait voulu qu'il s'installe chez eux à sa sortie de l'hôpital, prétextant que ce serait plus simple, qu'ils lui faciliteraient la vie, « au moins au début », mais il avait refusé de manière catégorique. Il voulait être chez lui. Au terme de trois mois d'hospitalisation, il avait donc retrouvé son radio-réveil, sa chambre, son gigantesque lit, ses photos, ses livres, sa cuisine… Bref, son chez-lui. Il avait attendu ce moment avec impatience, pensant naïvement que son appartement, sa chaleur, ses affaires, tout cela lui donnerait la force de reprendre ses bonnes vieilles habitudes. Hélas, c'était sans compter quelques détails pratiques, comme le fait qu'il lui manquait une jambe, et qu'il était encore bien loin de pouvoir marcher.

En pénétrant chez lui, il se sentit comme un étranger, un intrus dans cette vie réglée comme du papier à musique, pleine de certitudes et d'évidences. Tout lui semblait terriblement futile à présent, des tableaux d'art contemporain accrochés dans le salon à la bouteille d'huile de truffe posée dans la cuisine, en passant par la penderie qui débordait de chemises Figaret et de chaussures Weston. Il n'avait jamais vraiment aimé l'huile de truffe, et les croûtes pendues aux murs lui donnaient la nausée… Quant aux vêtements, il les aurait bien jetés par la fenêtre. Au bout de quinze jours, il se décida à décrocher les tableaux en question et les déposa dans un coin de l'entrée. Il proposerait à sa mère de s'en débarrasser pour lui.

Cette dernière dormit dans la chambre d'amis pendant les premiers jours, « le temps de l'installer », accompagnée de la jeune femme philippine qui vivait chez elle en tant qu'employée de maison. Nancy était très gentille. Sans elle, ses parents étaient totalement perdus. Sa mère l'aidait à se lever, à s'habiller ; elle lui faisait la conversation pendant que Nancy préparait de bons petits plats. Elle lui donnait ses médicaments aussi, veillant scrupuleusement aux doses prescrites par l'hôpital, sans doute avertie par les médecins qu'Ulysse présentait certaines addictions… ou par crainte qu'il ne saute le pas, peut-être. Son père leur rendait visite le soir, restait dîner avec eux, avant de repartir dans l'appartement familial.

Ce manège dura une semaine, au bout de laquelle sa mère regagna ses pénates. Ulysse appréhenda sa première nuit seul, mais ce petit cirque commençait à l'agacer. Ses parents ne s'étant jamais vraiment occupés de lui au quotidien, ils n'allaient pas s'y mettre maintenant, sous prétexte qu'il se retrouvait unijambiste. Pourtant, il dut bien reconnaître que sa mère lui était d'un grand secours et que, d'une certaine façon, sa présence l'apaisait.

Bien que très seul et profondément heurté par l'accident et les semaines d'hospitalisation qui avaient suivi, Ulysse s'astreignit à adopter une nouvelle routine. Organiser son quotidien lui permit de penser qu'il reprenait le contrôle de sa vie. C'était déjà un grand pas pour lui.

Façon de parler.

Tous les matins, à 8 heures pétantes, une infirmière venait refaire le pansement qui recouvrait le moignon de sa jambe droite: elle le bandait bien serré « pour favoriser la cicatrisation et la résorption de l'œdème », avait-elle expliqué. Elle en profitait également pour vérifier son état de santé général et la cicatrice qui barrait désormais son thorax. Visiblement, il se remettait très bien, compte tenu des opérations qu'il avait subies. D'ici quelques semaines, elle n'aurait plus besoin de venir chez lui: il pourrait faire vérifier ses cicatrices auprès de son médecin généraliste une à deux fois par mois. « Vraiment, vous avez été chanceux… », répétait-elle inlassablement.

Les quinze jours qui suivirent son retour chez lui, il ne se déplaça qu'en fauteuil roulant. On ne pourrait parler de prothèse qu'une fois la cicatrisation suffisamment avancée. Lorsque ce fut le cas, il prit rendez-vous chez le médecin recommandé par l'hôpital.

Le Dr Duval, un homme d'une cinquantaine d'années au regard vif et au sourire franc se montra fort courtois. Il lui expliqua calmement que si la fameuse prothèse ne remplacerait jamais sa jambe, elle lui permettrait toutefois de marcher, de monter les escaliers, de se promener avec ses amis. S'il désirait reprendre le sport, il pourrait également s'équiper de prothèses plus spécialisées : certaines lui permettraient de nager, d'autres de skier. Ulysse aurait à développer sa force physique, mais plus que tout, ce serait sa patience qui serait mise à rude épreuve ces prochains mois.

Après l'avoir examiné, le Dr Duval l'informa qu'il pouvait entamer sa rééducation dès la semaine suivante, dans un centre spécialisé localisé dans le VIIIe arrondissement de Paris. Un physiothérapeute lui montrerait comment retrouver un maximum d'autonomie, en compensant ce qu'il ne pouvait plus faire avec sa jambe droite grâce à la partie gauche de son corps. Progressivement, ses problèmes d'équilibre s'atténueraient. Il commencerait à travailler sans prothèse, le temps que celle-ci soit réalisée, puis il apprendrait à l'utiliser. Le Dr Duval assisterait à certaines séances de rééducation. Ils pourraient ainsi travailler ensemble aux réglages de la prothèse. Selon lui, tout était question de réglage…

Il l'encouragea également à prendre contact avec un psychologue, mais Ulysse s'y refusa. À l'hôpital, il en avait vu plusieurs, auxquels il n'avait pas été désagréable de parler, mais maintenant qu'il était chez lui, cela lui semblait incongru. Ce qu'il voulait, c'était progresser, du moins était-ce ce qu'il se répétait à longueur de temps. Car, au fond de lui-même, il ignorait s'il serait un jour capable de reprendre une vie normale… En avait-il envie ?

Quant aux yeux violets de Bérénice, ils continuaient à le poursuivre nuit et jour.

L'un des meilleurs moments de la semaine, c'était assurément celui qu'il passait en compagnie de Madeleine.

Quand elle lui rendit visite à l'hôpital, il fut à peine surpris : après la venue du père de Bérénice, plus rien ne l'étonnait. Il la laissa parler sans l'interrompre, curieux de voir ce qu'elle avait à lui raconter. Puis il comprit à travers son discours que cette culpabilité qu'il ressentait à l'égard de Bérénice, elle la connaissait également. Ils parlèrent de la jeune femme, l'un et l'autre rongés par les remords et l'amertume. Comme à Georges, il lui raconta sa soirée, ses yeux brillaient dans la pénombre de sa chambre. Elle prit ses mains dans les siennes pour lui donner des forces.

C'est incroyable comme de parfaits inconnus peuvent soudain prendre une place de choix dans votre vie, parce qu'ils sont là au bon moment, parce qu'ils savent trouver les paroles et les gestes qui réconfortent. En quelques heures, Madeleine devint une amie. Cet accident avait tissé un lien indéfectible entre eux. Ils se comprenaient, s'apportant l'un à l'autre le soutien dont ils avaient tant besoin.

Elle passait chez lui tous les samedis après-midi. Ils partageaient une tasse de thé, elle apportait des magazines, racontait son métier, les excentricités de son patron, ses qualités, ses défauts aussi.

Il parlait peu, préférant l'écouter. Parfois, il évoquait sa vie qui avait précédé l'accident, elle lui paraissait lointaine. Il avait alors le sentiment de parler d'un autre, un homme qui lui ressemblait sans être lui, comme si cet Ulysse-là, brillant, fêtard et sûr de lui, avait péri sur le pavé, cette nuit de novembre. L'homme que l'on avait extrait de la voiture était différent, il ignorait encore qui il était. Une chose était sûre : il ne retrouverait jamais son ancienne vie. Parce qu'il n'en avait pas l'envie et parce qu'il l'avait promis.

Il reposa les yeux sur les chiffres rouges qui clignotèrent enfin tandis que la musique se mit en route. Sept heures. Il alluma sa lampe de chevet et contempla le plafond. Encore une nuit sans sommeil, ponctuée de réveils en sursaut, de terreurs et de lancinants maux de tête. Sa jambe le faisait également souffrir, dans d'étranges douleurs qualifiées de « fantômes » car elles tiraillent le membre qui n'existe plus. Il tourna la tête vers le fauteuil roulant qui l'attendait à côté du lit. Il ravala ses larmes et se redressa tant bien que mal, s'installant le plus confortablement possible contre ses oreillers. Il disposait d'une heure avant qu'Astrid, l'infirmière, sonne à la porte. Il lui avait donné les clés, mais elle sonnait toujours. Il se tourna maladroitement sur le sommier, basculant son pied gauche dans le vide. C'était une manœuvre délicate car l'absence de sa jambe droite le déséquilibrait sournoisement. Puis il posa les mains sur les bras du fauteuil, prit appui sur son pied et se hissa dans la chaise dont il avait pris soin de bloquer les roues.

À force d'efforts, ses bras et son torse se musclaient progressivement. Au début, il avait souffert d'intenses courbatures, mais son corps s'habituait peu à peu à ces gestes nouveaux. Il inspira profondément, et fit tourner les roues de son fauteuil pour se diriger vers la salle de bains.

Un an auparavant, il avait eu la bonne idée de faire installer une douche à l'italienne. Avec un bac, il n'aurait pas pu se laver seul, ce qui aurait achevé de lui plomber le moral. Il jeta un coup d'œil à la baignoire d'angle qu'il avait également fait installer à ce moment-là. Elle lui faisait terriblement envie depuis son retour de l'hôpital, mais il ignorait quand il lui serait possible de prendre un bain, tant à cause de ses cicatrices que pour les manœuvres qu'il allait devoir maîtriser pour se glisser dans la baignoire.

Grâce à ces premières semaines d'efforts considérables, il parvenait à passer du fauteuil roulant à la chaise en plastique qui l'attendait dans la douche. La manœuvre inverse était plus délicate car il était trempé et il risquait ainsi de glisser au moment de basculer dans le fauteuil. Mais il n'avait pas peur de tomber : son indépendance lui était si précieuse qu'elle méritait un peu d'audace.

Il laissa l'eau ruisseler sur son corps pendant de longues minutes, se demandant si le sommeil reviendrait un jour. Ses cheveux, qui n'avaient pas été coupés depuis l'accident, lui arrivaient quasiment aux épaules. Il avait pris la décision que lors de sa première sortie, il se rendrait chez le coiffeur… Mais il en repoussait sans cesse l'échéance. Il aurait pu demander à sa mère de l'accompagner, ou à Madeleine, mais il n'en avait pas envie. Il souhaitait y aller seul, car l'idée d'être accompagné pour ce genre de sortie, sans intérêt, le rendait malade. En pratique, il aurait été capable de rouler jusque chez Pablo, le coiffeur du coin de la rue qui le connaissait bien. Mais la réalité échappe parfois à la pratique et le regard de Pablo l'effrayait plus que tout. Ce dernier n'était vraisemblablement pas au courant de l'accident, et Ulysse craignait de voir apparaître la pitié dans ses yeux, au moment où il constaterait l'absence de sa jambe. Ulysse n'avait jamais suscité la compassion de quiconque et il avait la ferme intention que cela reste ainsi.

Alors il repoussait ce rendez-vous chez le coiffeur, et chaque jour, son reflet dans le miroir lui rappelait qu'il était un peu ridicule.

Il faudrait bien qu'il s'y colle.

Il s'aspergea de shampoing, se savonna vigoureusement en prenant garde à la cicatrice qui taillait son torse en deux, sans un regard pour son moignon qu'il avait enturbanné de plastique pour le protéger de l'eau pendant la douche. Pour le moment, il ne parvenait pas à le regarder lorsque Astrid en réajustait le pansement. Il se sentait envahi de frissons et la nausée ne tardait pas. À l'hôpital, les fameux psychologues lui avaient expliqué que c'était normal : il devait apprendre à reconnaître son corps. Il se réfugiait derrière ces explications.

Il stoppa le jet de la douche, se contorsionna pour attraper une serviette pendue au lavabo dans laquelle il s'enroula rapidement. Puis il se mit debout pour regagner son fauteuil à cloche-pied. Il se rasa, se brossa les dents et s'habilla à toute allure. Il évitait son regard dans le miroir car il ne reconnaissait pas son reflet, gris, maigre et chevelu. Il ne savait pas quoi faire avec sa jambe de pantalon qui pendait, vide comme un vieux chiffon. Il l'aurait bien découpée, mais on le lui avait déconseillé : « Dans quelques semaines, avec la prothèse, on n'y verra que du feu ! » Tu parles…

Il se dirigea ensuite vers la cuisine en soupirant. Il se forçait à grignoter un morceau de pain en buvant un bol de thé le matin, car en réalité il n'avait plus faim depuis l'accident. À vrai dire, il s'obligeait à suivre cette routine pour éviter de penser au désert de lassitude, d'ennui et de culpabilité qui l'attendait pour le reste de la matinée. L'après-midi passait plus vite : il se rendait au centre de rééducation où il retrouvait un kinésithérapeute qui l'aidait à progresser pendant de longues heures. Malgré sa bonne volonté, les exercices qu'il effectuait chaque jour inlassablement lui semblaient insurmontables. Exténué et un peu désespéré, il repartait toujours en fauteuil roulant.

Ce matin-là pourtant, un événement inattendu déstabilisa l'ordre des choses. Comme tous les matins, Astrid rendit visite à son patient, et comme tous les matins, Ulysse détourna le regard au moment où elle retirait le pansement au bas de sa cuisse pour en faire un nouveau. Ils échangèrent quelques banalités, parlèrent de la pluie et du beau temps, du fils de la jeune femme qui commençait à peine à parler et dont les progrès revenaient souvent dans leurs conversations. Mais juste avant de quitter son appartement, l'infirmière lui adressa une requête. Alors qu'elle s'apprêtait à ouvrir la porte d'entrée pour le quitter, elle revint sur ses pas et demanda à son patient :

— Ulysse, avant de partir, j'aimerais vous poser une question au sujet de la photo de l'Indienne que vous avez accrochée dans votre cuisine, vous savez, celle qui nourrit son fils…

Ulysse comprit immédiatement de quel cliché l'infirmière parlait. On y voyait une jeune femme à la peau dorée et aux cheveux d'ébène, vêtue d'un magnifique sari aux couleurs du lapis-lazuli, elle nourrissait un petit enfant lové dans le creux de ses bras protecteurs. Son visage semblait illuminé de douceur et d'amour pour cet être si fragile qu'elle regardait avec tendresse. La lumière particulièrement vive se reflétait sur les bijoux de la jeune mère, dans les fils d'or du sari, sur sa peau qui semblait briller dans le soleil.

Il fronça les sourcils et hocha la tête, l'infirmière reprit :

— Je la trouve magnifique… Et bien que je pense que son acquisition soit largement au-dessus de mes moyens, je voudrais me renseigner sur le photographe qui en est l'auteur : vous pourriez m'indiquer où vous vous l'êtes procurée ?

Les traits d'Ulysse se détendirent : il la regarda médusé et éclata de rire. Puis il roula jusqu'à ladite photo qu'il décrocha avec précaution.

— Vous êtes en voiture ? Faites attention, elle a été imprimée sur du plexi, c'est assez lourd…

Elle hocha la tête tandis qu'il lui collait le tableau dans les mains. Gênée, elle refusa, déclina, toussota, mais quand même… Cette femme était si belle ! Elle devait valoir une fortune, elle ne pouvait accepter… Pourtant, cette photo lui avait tant tapé dans l'œil et Ulysse semblait la lui confier de bonne grâce !

Elle finit par se retrouver sur le palier avec le portrait dans les bras, ravie et ébahie par la générosité d'Ulysse. En ouvrant le coffre de sa voiture pour y entreposer son précieux cadeau, elle remarqua une signature au dos du plexi, apposée sur une discrète étiquette carrée. En dessous, elle lut :

Ulysse Chevalier, souvenir de New Delhi, août 2007.

Cet événement apparemment anodin constitua un tournant dans le chemin de reconstruction sur lequel Ulysse s'était engagé.

11

Aliénor

Aliénor releva les yeux. Ce bleu l'éblouissait toujours. Depuis son arrivée dans la région quelques mois plus tôt, elle ne s'était pas lassée de le peindre. La mer brillait dans un soleil éclatant, scintillant de mille nuances. Turquoise, profonde, marine, transparente, l'eau se déclinait en un inépuisable camaïeu, mêlant l'outremer au cyan, le cobalt au saphir. Elle prit son pinceau et le fit tournoyer sur les petits godets qui s'alignaient dans sa vieille boîte en fer noire. Elle avait acquis de nombreux bleus dans l'un des magasins les plus réputés de la ville, et pourtant, elle n'était pas encore parvenue à rendre l'éclat si particulier de la Méditerranée. Chaque jour, elle préparait ses pinceaux, mélangeait ses diverses teintes, mouillait le papier à gros grain et tentait de retranscrire sa vision sur une feuille vierge. Ses précédentes tentatives n'étaient pas ratées à proprement parler, mais elles n'étaient pas parfaites. Or, Aliénor voulait atteindre la perfection dans ses teintes, pour cette mer qui lui paraissait plus grandiose de jour en jour. L'opération n'était pas facile. Elle devait se dépêcher de coucher son panel de bleus sur le papier, avant que l'eau ne s'évapore. Une fois que c'était fait, il fallait attendre que la peinture sèche pour juger du résultat. Avec l'aquarelle, aucune correction n'était possible, si bien que son geste revêtait un caractère urgent et imprévisible qui le rendait unique à chaque fois.

En ce début d'après-midi, le soleil flamboyait, rendant la tâche particulièrement ardue. Aliénor ne disposait que de quelques secondes pour étaler ses pigments. Après avoir déposé l'eau sur le papier à l'aide d'un gros pinceau, elle brouilla la feuille des trois teintes qu'elle avait préparées, traçant des lignes dont les limites se fondaient les unes dans les autres. Voir la couleur se frayer un chemin à travers l'eau l'émerveillait toujours autant. Quelque chose de magique naissait grâce à ce style de peinture. Quoi que l'on fasse, on ne pouvait jamais être certain du résultat. Il ne s'agissait pas seulement de maîtriser le mélange des couleurs, il fallait également jouer avec l'eau, le vide, le blanc du papier. C'était à la fois évident et extrêmement difficile.

Elle contempla le résultat en posant son pinceau. Pas mal. Mais pas parfait.

Aliénor chaussa ses lunettes et se releva en jetant un coup d'œil à sa montre. Il fallait encore qu'elle arrose les plantes avant de filer. Elle sauta à travers la porte-fenêtre, attrapa un petit arrosoir sur le rebord de l'évier qu'elle vida consciencieusement dans les pots de terre cuite installés sur le balcon. On était en février et le citronnier qu'elle s'était offert ployait déjà sous le poids de quelques agrumes au jaune éclatant. Elle débarrassa la table installée entre les arbustes, mit ses pinceaux à tremper et passa rapidement sa palette sous le robinet. Installé confortablement dans l'unique fauteuil de la pièce, Tartempion ronronna de plaisir lorsqu'elle lui adressa une petite caresse pour le saluer. Il se roula sur le dos, prêt à jouer, agitant ses pattes et ses moustaches pour qu'Aliénor vienne le câliner.

— Désolée, mon vieux, je suis déjà en retard… Je laisse la porte du balcon ouverte, tu fais attention à ne pas tomber par-dessus bord, d'accord ?

Elle redoutait les excentricités de son chat, mais l'idée de le laisser enfermé un après-midi entier dans son minuscule studio l'effrayait plus encore. Elle l'avait fait une fois, et s'était promis de ne jamais recommencer : Tartempion avait transformé l'appartement en champ de bataille, éparpillant ses peintures et ses pinceaux aux quatre coins de la pièce, et laissant derrière lui des empreintes multicolores, après avoir joué avec la boîte d'aquarelle. Elle l'avait retrouvé, avachi sur son lit, heureux et presque narquois, fier de sa drôle de farce.

Il faut dire que son jeune chat avait des excuses. Parachuté quelques mois auparavant dans la vie d'Aliénor, cette dernière l'avait trouvé, gisant comme mort entre deux étals du cours Saleya.

Ce jour-là, alors qu'elle déambulait entre les échoppes, ses yeux se posèrent sur la minuscule boule de poils lovée entre une botte de tulipes et un magnifique bouquet de mimosa. Elle s'accroupit, saisit délicatement l'animal qui n'était pas plus grand qu'une pelote de laine, et constatant qu'il respirait encore, elle s'empressa de le réchauffer en l'emmitouflant dans son foulard. Comme aucun des marchands de fleurs ne semblait le réclamer, elle l'emporta avec elle et se précipita dans une supérette où elle se procura un biberon et une brique de lait. Elle le nourrit ainsi pendant quelques jours, en lui donnant le biberon comme s'il avait été un nouveau-né, et ses efforts payèrent puisqu'en une semaine, le chaton était sur pied. Une belle amitié naquit de ce sauvetage. Le chat se prit d'amour pour sa maîtresse qui l'appela Tartempion, sans vraiment savoir pourquoi. Lorsqu'il fut un peu plus grand, la jeune femme prit l'habitude de l'emmener dans ses périples picturaux. Elle le glissait alors dans sa besace, elle-même posée dans le panier de son vélo, et ils filaient ainsi tous les deux le long de la Côte. Tartempion sortait alors sa petite tête du sac, prenant appui de ses deux pattes avant sur les rebords du panier métallique. Le vent glissait dans ses moustaches, il ronronnait de plaisir, Aliénor souriait et ils roulaient ainsi jusqu'à ce que la jeune femme s'arrête et se décide à peindre, généralement à l'abri des regards. Le chat se blottissait contre elle, profitant de ce moment de répit pour piquer du nez.

Malheureusement, il n'était pas question qu'elle l'emmène lorsqu'elle allait travailler : il fallait donc lui permettre de se divertir, en laissant la porte entrouverte, à moins de vouloir retrouver son studio en ruine.

Elle enfila des tennis blancs sous les yeux du chat déçu, prit son sac à main, vérifia qu'il contenait ses clés et son portable, traversa le studio en trois enjambées et claqua la porte derrière elle. Elle ne pouvait se permettre d'être en retard : au Cornet doré, la ponctualité était de rigueur. Elle dévala les escaliers à toute allure et se retrouva dans la rue en quelques secondes.

Outre le balcon dont elle profitait beaucoup grâce à l'aquarelle, l'un des points forts de cet appartement était sa proximité avec la promenade des Anglais. Elle détacha le cadenas de son vélo et s'élança à la suite des nombreux cyclistes qui parcouraient la « Prom' », le nez au vent, pour se diriger vers le centre-ville en fendant l'air.

À Paris, elle n'utilisait jamais le vélo, préférant la sécurité des transports en commun. Déambuler au milieu d'automobilistes passablement énervés, prêter attention aux bus en accordéon qui la doublaient en faisant tinter leur cloche, slalomer entre voitures mal garées et taxis rebelles, tout cela l'effrayait bien trop pour qu'elle considère que ce moyen de transport présente le moindre avantage.

À Nice, c'était différent. Elle se sentait étrangement en sécurité sur un vélo, et bien que le relief escarpé rende la tâche difficile, elle utilisait presque exclusivement ce mode de transport. Au départ, après ses promenades dans les collines, d'intenses courbatures lui mordaient les membres, mais elle s'était progressivement musclée, affrontant le dénivelé avec obstination. Peu sportive au demeurant, elle songeait souvent que ses amis ne la reconnaîtraient pas.

Arrivant vers la vieille ville, elle accrocha son vélo à son emplacement habituel, et parcourut à pied le dédale de maisons rouges et ocre qui la séparait du Cornet doré. Elle se précipita dans l'arrière-cuisine du glacier par la petite porte réservée au personnel. La saison venait tout juste de commencer avec le carnaval et les premiers cars avaient déversé leur flot de touristes asiatiques sur la Riviera.

Aliénor salua Grégoire et Alexis, arrivés quelques minutes avant elle.

— Salut, la Parisienne !

Il y avait maintenant plusieurs mois qu'elle avait endossé un tablier chez le célèbre glacier mais ils n'étaient pas près d'oublier ses origines. Les garçons aimaient la taquiner sur ce point. Au début, cela la vexait un peu, mais elle avait compris que ce surnom était purement affectueux. Elle leur répondit en déposant ses affaires dans son casier, avant de passer son tablier et d'enfoncer un carnet et un crayon dans le fond de sa poche.

Aujourd'hui, elle commençait par le service en salle, ce qu'elle préférait.

Aliénor appréciait cet emploi qui ne faisait appel à aucune capacité intellectuelle particulière. Elle aimait échanger avec les étrangers, saluer les habitués, plaisanter avec les enfants. C'était amusant, et cela lui faisait prendre l'air, ce qui était exactement ce qu'elle avait cherché en venant s'installer dans la région. Et puis ses collègues étaient sympathiques, ils la faisaient sortir le samedi soir, et elle retrouvait souvent Gabrielle pour un café sur la plage… Bien entendu, ils ne savaient rien d'elle, mais cela n'avait pas l'air de les déranger. Lorsqu'elle se dérobait à l'une ou l'autre de leurs questions, ils lui adressaient un sourire compréhensif et battaient en retraite sans insister.

À un moment donné, quelques semaines après son arrivée au Cornet doré, elle s'était demandé s'il fallait continuer à se taire comme elle le faisait. N'était-ce pas le moment de lâcher la bride et de se confier ? Mais elle avait vite arrêté de se tourmenter. Ces journées au Cornet doré, loin de sa vie antérieure, de ses amis, de ses proches lui faisaient progressivement oublier ce qu'elle s'était promis de laisser derrière elle, preuve que sa solution fonctionnait. Mieux valait donc rester muette, même si certains jours, elle aurait voulu hurler sa peine et ses regrets.

Elle lissa ses cheveux qu'elle remonta en queue de cheval et positionna la petite toque sur le haut de son crâne. Puis elle fit irruption dans la salle pour relever Gabrielle, dont c'était le tour d'aller se reposer.

Cette dernière, une grande brune à la peau mate et au regard sombre, avait accueilli Aliénor avec gentillesse. Originaire de Nice, elle avait beaucoup baroudé, et conservait de ses nombreux voyages de multiples tatouages répartis sur l'ensemble de son corps. « Un par destination », avait-elle l'habitude d'expliquer. Il y avait les perruches australiennes, le tigre indien, les caractères thaïlandais… et sans doute bien d'autres que ses vêtements cachaient. Aliénor n'aimait pas les tatouages, mais elle devait bien admettre qu'ils conféraient à la jeune femme un style hors norme, reflet d'une forte personnalité.

Elles s'embrassèrent chaleureusement, avant que Gabrielle ne disparaisse dans l'arrière-cuisine, visiblement épuisée. La journée serait longue…

Cela n'empêcha pas Aliénor de sourire en contemplant la grande salle du Cornet doré.

Elle admirait particulièrement cet endroit au décor baroque : le plafond à caissons dorés, les colonnes en trompe-l'œil imitant le marbre rose, les grandes toiles aux murs représentant cupidons, angelots, bergères et autres mignonneries du XVIIIe siècle… C'était d'ailleurs le charme de cette salle qui l'avait encouragée à répondre à l'offre d'emploi qu'elle avait vue punaisée sur un tableau en liège à l'entrée, la première fois qu'elle était venue. Elle avait pensé « pourquoi pas ? » Après tout, elle avait besoin d'argent, et c'était un emploi comme un autre.

Jacquotte fut un peu surprise en lisant son CV lors de son entretien la semaine suivante. Aliénor avait pris soin de noter sa seule et unique expérience de serveuse, qui remontait à l'été de ses dix-huit ans, au milieu du reste. Elle avait travaillé dans une crêperie à Montparnasse pendant le mois d'août pour pouvoir s'offrir un stage d'aquarelle à Lisbonne, prévu pendant les vacances de la Toussaint. Elle en gardait de bons souvenirs.

Après lui avoir posé quelques questions, et l'avoir scrutée des pieds à la tête et de la tête aux pieds, Jacquotte lui demanda ce qu'elle fabriquait si loin de chez elle et de ses centres d'intérêt habituels. « Un break », répondit-elle en la regardant droit dans les yeux. Après un court silence, la patronne du Cornet doré reprit :

— Mon petit moineau, je ne te demanderai rien de plus. Ce que tu as fait à Paris, je m'en fiche un peu… Je ne veux savoir ni ce que tu cherches, ni ce que tu fuis. Tu peux venir demain pour un essai d'une journée. Si tout se passe bien, je t'embauche.

Et tout se passa comme sur des roulettes. Elle apprécia tout de suite l'ambiance qui régnait ici. Jacquotte menait sa barque impeccablement, mêlant une poigne de fer à une sensibilité singulière. Elle avait l'habitude de dire « ma seule famille, c'est le Cornet » : elle vouait à l'entreprise dont elle avait hérité de son père une énergie débordante, mêlant exigence, qualité et authenticité, le « cocktail du succès » selon ses propres mots, elle ne comptait pas ses heures et ne quittait jamais la région. Elle se montrait compréhensive, tout en restant intraitable au moindre bobard. Il ne fallait pas la prendre pour une idiote, et surtout, il fallait être à l'heure. Le moindre petit retard se transformait en mémorable savon. Aliénor réprima un ricanement en se rappelant celui qu'elle avait adressé à Grégoire trois jours plus tôt. Son collègue, pourtant grande gueule, s'était retrouvé dans ses petits souliers, dansant d'un pied sur l'autre, le front baissé, les joues écarlates, sous l'œil goguenard d'Alexis qui connaissait apparemment l'inavouable raison du retard de son ami. La conquête de la veille, une Suédoise de passage à Nice, était apparemment fort belle…

Aliénor sortit un carnet de sa poche et se dirigea vers la table où venaient de s'installer trois touristes américains. « C'est parti, mon petit moineau », pensa-t-elle intérieurement.

12

Georges

Georges remonta l'allée bordée d'hortensias flamboyants. Chaque matin, c'était le même cirque et chaque matin, il devait s'empêcher de faire demi-tour. Il avait confiance en Alice, et c'était tout ce qui comptait. Il savait qu'elle s'occupait parfaitement de sa petite-fille, qu'elle lui apportait la tendresse et l'attention nécessaires à son apprentissage de la vie.

Il avait bien réfléchi en revenant au Croisic avec Églantine sous le bras : il ne pouvait s'en occuper à temps complet. Non seulement il ne se sentait pas capable de faire tourner la librairie tout en veillant sur elle à temps plein, mais il pensait aussi que sa seule présence ne suffirait pas. Il ne concevait pas qu'elle grandisse avec pour seule et unique compagnie celle d'un grand-père, le plus aimant soit-il. Elle devait rencontrer des enfants, s'amuser, jouer avec eux, se battre même parfois pour récupérer ses jouets si on les lui chipait. Et elle devait aussi recevoir l'attention d'une femme, qui sans remplacer sa maman lui rappellerait sa tendresse.

Très rapidement, Georges avait donc fait passer le mot sur la presqu'île : il cherchait une jeune femme pour garder sa petite-fille trois jours par semaine. Des amis l'avaient aidé à débusquer la perle rare, qui était apparue en la personne d'Alice. Cette dernière était assistante maternelle. Il aimait cette dénomination qui englobait la figure de la mère. Pour Alice, les enfants étaient une passion. Elle considérait son emploi comme une mission, et mettait l'apprentissage et la progression de ceux qu'on lui confiait au cœur de ses prérogatives, en plus de la tendresse qu'elle leur prodiguait naturellement. Les deux autres enfants, avec lesquels Églantine était gardée, l'adoraient et la couvraient de baisers en arrivant le matin et en repartant le soir. Georges savait que sa petite-fille ne manquait de rien lorsqu'elle était gardée par Alice. Elle jouait, riait, apprenait, grandissait.

Et pourtant, tous les matins c'était le même cirque.

Au moment où ils arrivaient devant la maison d'Alice, les babillages d'Églantine cessaient et cette dernière se transformait en petite carpe. Lorsque Georges la hissait hors du siège qu'il avait installé sur le porte-bagages de son vélo, elle le regardait avec ses grands yeux violets, d'un air perplexe, dubitatif, comme si elle n'éprouvait aucun plaisir à retrouver la jeune femme, comme si elle ne comprenait pas ce qui lui arrivait. Heureusement, elle ne pleurait pas, mais ce regard interrogateur creusait un grand trou dans le ventre de Georges qui devait lutter pour ne pas repartir sur son vélo, la petite sur le porte-bagages.

Alice était d'une grande douceur. Elle accueillait l'enfant avec un immense sourire, la prenait dans ses bras avec bienveillance, et l'encourageait à saluer Georges gentiment, de sa jolie main fluette. Églantine baissait alors le regard et détournait son visage pour le nicher dans le creux du cou de l'assistante maternelle. Le cœur de Georges se tordait. Il leur tournait le dos et enfourchait sa bicyclette en direction de la librairie. Il ruminait ses doutes, se servait un thé fumé en parcourant les pages de son roman, et tentait d'oublier la tristesse qu'il lisait chaque matin dans les yeux de l'enfant.

Deux jours par semaine, Églantine venait avec lui. Tout était alors très différent puisque sa bonne humeur l'accompagnait toute la journée. Elle s'installait sagement dans un coin de la librairie que Georges lui avait aménagé, jouait avec les jolis animaux en bois qu'il lui avait offerts, dessinait sur une petite table en rotin, promenait sa poupée dans une poussette. Lorsque le petit ange s'ennuyait, Georges devait user de stratagèmes toujours plus ingénieux pour la divertir. Il vidait les tiroirs de son bureau, sortait de vieux carnets de comptabilité sur lesquels elle traçait de grandes arabesques multicolores, lui prêtait le tampon encreur avec lequel il signait sa correspondance et dont elle usait avec passion sur ces mêmes cahiers de comptabilité.

Depuis leur retour de Paris, Églantine était évidemment devenue la coqueluche de la librairie : certains clients ne venaient que pour la voir, lui apporter des bonbons, la gratifier d'un petit baiser ou d'un nouveau jouet. Au passage, ils saluaient Georges, prenaient parfois une tasse de thé en sa compagnie, s'arrêtaient sur un ouvrage ou deux.

Globalement, il s'estimait chanceux. Non seulement Georges vivait de sa passion, les livres, mais en plus, il vivait correctement, et pouvait élever sa petite-fille confortablement. Il faut dire que les librairies de qualité ne couraient pas les rues dans la région, et Georges avait fait le choix de proposer une large gamme d'ouvrages, du roman populaire à l'essai politique ; il brassait donc une clientèle très diverse, ce qui lui procurait beaucoup de plaisir. Il échangeait parfois, à quelques minutes d'intervalle, avec le punk de passage, passionné de romans policiers, et la jeune femme rangée qui préférait une littérature plus classique. Bien sûr, le commerce fonctionnait mieux l'été. Mais même l'hiver, il parvenait à vendre tant aux touristes qui préféraient le froid et la rigueur des ondées bretonnes du mois de mars, qu'aux habitants de la presqu'île qui aimaient lire.

En arrivant à la librairie ce matin-là, Georges prit soudain conscience que pour la première fois depuis la mort de Bérénice, il abordait cette nouvelle journée dans l'apaisement. Certes, les grands yeux tristes d'Églantine lui avaient retourné les entrailles. Certes, ces mêmes grands yeux l'avaient fait voyager dans le temps, et le souvenir de sa fille au même âge, dans un siège enfant pour vélo similaire, lui avait comprimé le cœur, mais ces sensations si pesantes s'étaient allégées le long du trajet qui le séparait de la librairie, et en relevant le rideau de fer, il eut presque envie de siffloter.

Il ouvrit la boutique, retira sa veste, et mit de l'eau à chauffer pour le thé. Puis il déballa le carton de polars islandais qu'il avait reçu la veille et que la présence de sa petite-fille l'avait empêché de dépaqueter, étiqueta les ouvrages un par un, et les glissa sur les rayonnages des bibliothèques qui tapissaient les murs du magasin. Il attacha un Post-it à la couverture de ceux qu'il avait lus antérieurement, sur lequel il avait pris soin de rédiger une courte critique, incitant les lecteurs à dévorer le roman. Puis il s'installa confortablement dans son fauteuil, ouvrit son livre de compte en dégustant son thé fumé, et attendit le premier client.

La pluie avait cessé pendant la nuit. Ce matin, il faisait un temps merveilleux, et la lumière dorée du début du jour conférait à l'atmosphère une chaleureuse clarté. Les goélands s'ébattaient dans le ciel, faisant résonner les pavés du quai de leurs cris stridents et entêtant.

Alors seulement, Georges s'autorisa à penser à la visiteuse qu'il avait rencontrée la veille.

Il était en train de dévorer un polar haletant, une sordide histoire de tueur sans visage qui ne s'en prenait qu'à des femmes de grande taille, lorsque son regard fut attiré vers la fenêtre sans qu'il sache exactement pourquoi. Il avait levé la tête et découvert une silhouette en ciré jaune poussin, figée devant la porte, apparemment congelée.

Leurs regards ne s'étaient croisés qu'un instant, mais il avait eu cette étrange sensation de l'avoir déjà rencontrée. Ses cheveux courts ruisselaient autour d'un visage droit et anguleux, pâli par le froid. Il se leva immédiatement, et se précipita vers la porte pour accueillir l'inconnue et lui offrir asile de la pluie dans sa petite librairie.

— Entrez donc, ne restez pas sous la pluie, il fait un froid de canard.

Elle tendit son visage vers lui, pétrifiée, la bouche entrouverte, avant de s'ébrouer et de le suivre à l'intérieur du magasin.

— Je ne voudrais pas inonder votre si belle boutique, veuillez m'excuser, je vais rester sur le pas de la porte, le temps que la pluie s'arrête.

Elle se débattait avec sa capuche, arrosant allègrement les murs et la devanture, en voulant pourtant rester discrète. Cette attitude à la fois gênée et un peu gauche lui donna le sourire, et il partit dans un éclat de rire. Elle le regarda, à nouveau pétrifiée :

— Je suis vraiment désolée, votre magasin se transforme en piscine à cause de moi.

Il l'aida à se débarrasser du ciré jaune qui gouttait tant et plus sur le sol en coco.

— Si vous voulez, vous pouvez même retirer vos bottes…

Elle contempla ses pieds, dubitative. Les fameuses bottes étaient trempées, pleines de boue, et elle risquait de salir toute la boutique si elle les trimballait ainsi à travers les rayonnages. Elle le remercia à nouveau et se pencha en avant pour se déchausser, tandis que son hôte s'éloignait à pas de loup.

— Est-ce que vous souhaitez un thé pour vous réchauffer ? J'allais justement m'en préparer un, en même temps que le goûter de ma petite-fille.

— Avec grand plaisir, vous êtes vraiment très aimable.

Il s'engouffra dans le recoin qui lui servait de cuisine, séparé du reste du magasin par une haute verrière, et l'observa attentivement. Elle se tenait debout devant une étagère, les mains négligemment glissées dans les poches arrière de son pantalon. Il jugea qu'elle n'avait guère plus de quarante-cinq ans. Elle tenta de se recoiffer négligemment, en lissant ses cheveux du plat de la main. Elle aurait presque eu besoin d'une serviette de toilette pour se sécher car l'averse l'avait littéralement trempée. Son profil se découpait nettement à travers la devanture de la boutique. Elle avait des traits fins, des pommettes hautes, un nez droit et légèrement pointu. Ses yeux clairs brillaient au milieu de ce visage doux. Georges eut à nouveau le sentiment de l'avoir déjà rencontrée, mais il était bien incapable de dire à quel endroit. Il eut envie d'en savoir plus.

Curieux de caractère et naturellement philanthrope, Georges éprouvait souvent cette envie de parler avec ses clients, d'apprendre à les connaître au fil de leurs visites. Il leur proposait un thé, et lançait une conversation à partir de tel ou tel livre que son interlocuteur tenait à la main. Généralement, l'échange n'allait pas tellement plus loin, mais cela lui permettait d'apprendre le goût des visiteurs, de sorte que quand il commandait un ouvrage, il l'associait à ses potentiels acheteurs.

Il avait par exemple pensé à Mme Pléchu en se procurant les polars islandais : cette femme de quatre-vingt-cinq ans passait dans sa boutique au moins deux fois par semaine. Elle dévorait les romans policiers et autres thrillers qu'il lui vendait à la vitesse de l'éclair. Elle avait englouti la série des *Millénium*, les romans noirs de Camilla Läckberg ou Jean-Christophe Grangé, sans compter Harlan Coben, Douglas Kennedy et encore bien d'autres… Mme Pléchu avait découvert les romans policiers sur le tard, et depuis qu'elle avait perdu son mari quelques années auparavant, ils l'aidaient à affronter ses longues heures de solitude. Elle se constituait ainsi une belle bibliothèque qu'elle céderait à ses petits-enfants quand ils auraient l'âge de s'intéresser à ce genre de lecture, lui avait-elle expliqué.

En sortant de sa petite cachette, un plateau garni de deux tasses, d'une théière et de sablés bretons sur les bras, Georges entama la conversation, en jetant un œil au livre que la visiteuse tenait à la main :

— Le nouveau Joël Dicker est très bien. Avez-vous lu son premier ? Enfin je dis le premier, mais c'est en réalité le second car le premier, *Les Derniers Jours de nos pères* n'a pas remporté le succès de ces deux-là…

L'étrangère se retourna vers lui et l'aida à installer le plateau sur la table basse, le regard pétillant.

— Oui, j'avais beaucoup aimé *La Vérité sur l'affaire Harry Quebert*, mais je n'ai pas entendu de très bons échos de celui-ci…

— Les critiques sont parfois cruelles. Pour ma part, j'ai bien aimé *Le Livre des Baltimore*. C'est un magnifique roman familial, qui traite des liens fraternels avec une grande finesse. C'est profondément triste, humain, poignant… Ce roman laisse peu de place à la légèreté, mais je l'ai trouvé d'une grande justesse.

C'est ce moment qu'Églantine choisit pour rappeler sa présence. Elle se hissa sur la pointe des pieds, attrapa un sablé et le tendit de sa main délicate à l'inconnue, à grand renfort de « gâteau ? gâteau ? » Georges rit de bon cœur et ajouta :

— Merci, Églantine, tu joues parfaitement la jeune fille de la maison !

Le sourire de la petite fille illumina la pièce pourtant assombrie par la pluie. L'étrangère sourit à son tour et accepta le gâteau offert par son hôtesse, tandis que Georges poussait un confortable fauteuil en cuir et l'invitait à s'asseoir :

— Je ne veux pas vous obliger à prendre le thé avec nous bien sûr, mais vu le temps, j'ignore si vous trouverez mieux à faire cet après-midi…

Elle déposa le livre sur la table basse et s'installa sous le regard brillant de malice de la petite fille.

— J'accepte votre invitation avec plaisir.

Georges servit le thé et tendit un biberon à Églantine qui l'attrapa et commença à l'engloutir goulûment sans quitter des yeux l'inconnue.

— Tout le plaisir est pour nous… Églantine et moi aimons beaucoup accueillir les voyageurs perdus dans notre modeste palace. Puis-je vous demander ce qui vous a conduite jusqu'à La Frégate grise ?

L'inconnue reposa sa tasse et attrapa le second gâteau que lui tendait la petite fille en la remerciant.

— Je suis logée dans une chambre d'hôtes, pas très loin d'ici. Il y avait une carte de votre magasin à l'entrée, et comme je l'ai trouvée très jolie, j'ai eu envie de voir à quoi ressemblait cette Frégate. Je ne suis pas déçue ! Votre librairie est superbe, et tellement accueillante. Sans parler de son hôtesse…

Debout à côté de son grand-père, Églantine tripatouillait l'oreille de la peluche qui la suivait partout. En comprenant qu'on parlait d'elle, elle sourit à nouveau, à travers les dernières gorgées de son biberon. Celui-ci terminé, elle s'installa à même le sol et entama un dessin à l'aide de pastels secs, sur un cahier déjà en partie gribouillé. Georges reprit :

— Avez-vous des amis ou de la famille dans les parages ?

— Pas du tout… Je suis venue à l'aventure !

L'inconnue réajusta une mèche de cheveux qu'elle passa derrière son oreille en avalant une gorgée de thé brûlant. Elle lui expliqua que l'homme pour lequel elle travaillait depuis plus de vingt ans lui avait parlé de ce petit port de pêche à de nombreuses reprises : il aimait venir s'y ressourcer chez des amis qui possédaient une maison sur la côte. Elle avait donc fini par poser quelques jours et prendre un billet de TGV pour venir admirer par elle-même la fabuleuse lumière du soleil couchant sur le Traict, sillonner la côte escarpée de la presqu'île, et déguster des galettes de blé noir dans l'une des nombreuses crêperies du port. Malgré le temps maussade… ou peut-être grâce au temps maussade, qui dessinait une atmosphère de bout du monde, à mi-chemin entre la lande bretonne et les Highlands écossais, elle trouvait l'endroit inoubliable.

Georges raconta spontanément comment il était tombé amoureux de la presqu'île, comment il avait décidé d'abandonner sa carrière bien tracée pour fonder La Frégate grise et retaper la maison de la rue Saint-Christophe.

Il n'évoqua ni Sidonie ni le bonheur qui avait été le leur pendant des années.

Elle lui apprit qu'elle travaillait pour Francis Dulac, qu'elle avait placé son travail au cœur de sa vie jusqu'à ce qu'un événement survenu quelques mois auparavant lui rappelle qu'elle n'emporterait pas son carnet d'adresses d'imprésario dans la tombe. Il comprit que sa vie avait basculé, et ne l'interrogea pas davantage. Il ne parla pas de sa fille. Et pourtant, il en avait eu envie. Cette femme inconnue lui inspirait confiance, et pour la première fois depuis bien longtemps, il souhaitait lâcher prise, dire ce qu'il avait sur le cœur, confier ses états d'âme et sa tristesse, raconter ce qu'il était, un homme blessé et humilié, qui continuait à espérer. Mais il était aussi très pudique, et l'idée de s'étendre sur son triste sort l'effrayait au moins autant que l'envie de parler le taraudait.

Elle lui révéla son prénom, Madeleine. Il le répéta avec délicatesse, apaisé par sa douceur.

Le temps fila à toute allure. Madeleine quitta la librairie quelques ouvrages sous le bras, parée d'un rendez-vous pour le lendemain : en fin d'après-midi, Églantine et lui l'emmèneraient se promener à Pen-Bron, la presqu'île qui fait face au port du Croisic, une fois le magasin fermé.

Il avait achevé la journée gaiement, fredonnant comme un pinson sous les yeux un peu surpris de sa petite-fille.

Et voilà qu'il se surprenait à attendre l'heure des retrouvailles comme un adolescent. Alice déposerait la petite à 16 h 30 à la librairie et tous trois embarqueraient sur son modeste bateau à moteur vers 17 heures.

Pour la première fois depuis la mort de Bérénice, une certaine forme d'envie l'animait. Il était impatient de fouler la plage si belle et si pure de Pen-Bron en compagnie d'Églantine et de Madeleine, de déambuler dans les dunes et de flâner le long du Traict…

En entrant dans sa librairie, Madeleine avait fait entrer la joie chez eux.

13

Aliénor

Aliénor se réveilla très tôt ce matin-là. Pendant quelques secondes, ce fut comme si rien ne s'était passé, comme si elle se trouvait encore à Paris, Hector endormi à ses côtés, dans leur appartement de la rue Princesse. Elle eut presque l'impression de sentir son corps chaud reposer contre son corps. Et cette sensation dans le creux de son ventre… Mais les moustaches de Tartempion lui frôlèrent la joue, elle ouvrit les yeux et constata qu'elle n'était plus à Paris. Elle fixa le plafond de longues minutes, tandis que les souvenirs affluaient dans son esprit. Elle tentait de les balayer de sa mémoire depuis des mois, mais ce matin, ils semblaient plus nombreux, plus forts, plus saisissants. Elle capitula.

Un an.

Un an plus tôt, sa vie avait basculé.

Elle se répétait dix fois par jour qu'elle n'était pas la première femme à traverser ce genre d'épreuves, qu'elle se relèverait, plus forte et grandie, que l'avenir lui réservait sans doute bien des surprises… Mais ce matin, en consultant la date affichée sur l'écran de son réveil, l'autopersuasion ne suffit pas. Sa gorge se noua. Son chat se lova dans ses bras, elle ferma les yeux et tenta de se rendormir. La journée serait longue…

Vers 10 heures, la sonnerie du téléphone l'extirpa de son sommeil. Tartempion bondit sur ses pattes dans un sursaut de terreur, et se précipita sous le lit. Aliénor se releva et décrocha, encore à moitié assoupie. C'était sa sœur, Sophie :

— Je te réveille ? Vraiment, le Sud, c'est la belle vie !

La petite sœur d'Aliénor poursuivait des études de médecine, elle n'imaginait pas une seconde que l'on puisse se prélasser au lit passé 7 heures.

— Tu sais pourquoi je t'appelle ?

Assise en tailleur, Aliénor posa son front sur sa main, et répondit en bâillant à moitié :

— J'ai ma petite idée. La date ?

— Bingo !

Le silence s'installa quelques secondes avant que Sophie ne reprenne :

— Je voulais te dire que je pense à toi. En fait, je pense à toi tous les jours, mais ce matin, j'ai voulu te le dire en personne. Je t'aime Aliénor. Ce n'est pas parce que nous sommes loin l'une de l'autre que je n'imagine pas ce que tu ressens aujourd'hui.

Les yeux d'Aliénor se gorgèrent de larmes. Elle se leva, arpenta la pièce en se mordant le poing aussi fort qu'elle le put, avant de ravaler sa peine et de répondre à sa sœur :

— Merci, Sophie, cela me touche, mais tu as d'autres chats à fouetter… Ne t'occupe pas de moi, tout va bien.

Au son qu'elle émit dans le téléphone, Aliénor imagina la tête que faisait sa sœur : elle levait vraisemblablement les yeux au ciel en enroulant une boucle de ses cheveux blonds autour de son index.

— Aliénor, donne-moi davantage de nouvelles et j'arrêterai de m'inquiéter. Tout se passe bien chez Häagen-Dazs ?

Aliénor ne put s'empêcher de sourire. Le caractère bien trempé de sa sœur lui manquait plus qu'elle ne voulait l'admettre… Pour elle, rien n'était plus salvateur que le rire. Elle disait souvent que les patients les plus combatifs étaient généralement les plus drôles.

— Le Cornet doré, tu veux dire ? Tout va bien, oui. Je n'ai pas encore goûté les 152 parfums du menu, si tu veux tout savoir, mais ça va.

— Tu te fais des amis ou tu préfères traîner ton âme en peine toute seule sur la promenade des Anglais ?

— Sophie… Arrête un peu… On dirait maman. Je te rappelle que je suis l'aînée ! C'est à moi de m'inquiéter pour toi, pas l'inverse.

— Excuse-moi de m'intéresser à toi ! Tu ne donnes quasiment pas de nouvelles. Par moments, j'en viens même à me demander si tu existes ! Qui me dit que tu n'es pas le fruit de mon imagination débordante ?

Elle éclata franchement de rire. Effectivement, elle donnait peu de nouvelles. Si Sophie ne l'avait pas appelée, elle aurait sans doute attendu quelques semaines avant de lui envoyer un mail ou un texto. Elle dut bien admettre qu'elle peinait à gérer la distance avec ses proches.

Elles bavardèrent quelques minutes. Aliénor lui parla de ses collègues, Grégoire et Gabrielle, de leur gentillesse, de leur discrétion. Elle évoqua sa patronne, Jacquotte, son emploi du temps, ses aquarelles, le bleu de la mer, les palmiers et le soleil à travers sa baie vitrée. Sophie écouta poliment avant de trépigner :

— Mais, toi, Aliénor, comment vas-tu ? Tu ne ressasses pas, j'espère ?

— J'essaye de passer à autre chose, même si ce n'est pas facile. Je progresse, je te le promets. T'en veux la preuve ? Il y a quelques semaines, j'aurais pleuré en voyant la date sur mon téléphone. Ce matin, je n'ai pas versé une larme.

— Bravo, au bout d'un an, tu peux déboucher une bouteille de champagne.

— T'es vache, Sophie ! Je pensais que tu avais compris à quel point j'en avais bavé.

— Mais oui, je l'ai compris. J'essaye juste de te donner le sourire. Le soleil et les palmiers, c'est bien, mais les êtres humains, c'est encore mieux pour rigoler. Si tu ne sais pas comment faire passer la pilule de cette vilaine journée, propose à tes collègues de te payer des glaces et dégustez-les ensemble.

— Sophie, je travaille chez un glacier, je n'y vais pas pour m'empiffrer !

La conversation se poursuivit à bâtons rompus, avant que Sophie n'annonce qu'elle devait raccrocher : elle arrivait chez elle après une garde, il fallait vraiment qu'elle dorme un peu pour être en mesure de réviser ses partiels dans l'après-midi.

Aliénor reposa son téléphone portable sur sa table de nuit en souriant. Décidément, sa sœur savait toujours comment la mettre de bonne humeur.

Seuls sa sœur et ses parents connaissaient sa cachette. Elle avait simplement expliqué à ses amis qu'elle souhaitait changer de vie, faire une pause, et revenir plus forte un jour. Ils n'avaient pas posé de questions. Les plus loyaux lui écrivaient souvent des e-mails. Certains l'appelaient de temps en temps, mais à trente ans, l'amitié n'est plus la même qu'à vingt ans. Chacun bâtit sa vie de son côté, poursuit ses propres objectifs, ses rêves et les relations évoluent. On s'intéresse les uns aux autres, on s'aime toujours autant, mais les priorités changent. Aliénor répondait à leurs messages, sachant qu'un jour elle les retrouverait, mais pour le moment, elle n'était pas capable de plus.

Le message que lui envoyèrent ses parents la toucha particulièrement. Ils avaient tant souffert pour elle, elle ne l'ignorait pas... Mais elle avait besoin de se reconstruire toute seule. Son père l'avait bien compris. En l'emmenant à la gare le jour de son départ pour Nice, il lui avait expliqué que leur porte lui serait éternellement ouverte et qu'elle pouvait les appeler à n'importe quelle heure du jour ou de la nuit. Ils sauteraient dans le premier avion si elle l'exigeait.

Ma chérie, papa et moi pensons à toi. Nous espérons que tu passes la journée en compagnie de nouveaux amis et que cette vie au soleil t'apporte le réconfort dont tu as besoin aujourd'hui. Nous t'aimons et sommes fiers de toi, comme nous l'avons toujours été.

Papa et maman.

Sans doute ses parents n'avaient-ils pas rêvé cette nouvelle vie pour elle. Serveuse chez un glacier, c'était assurément moins chic que ce à quoi elle avait prétendu lorsqu'elle vivait à Paris. Pourtant, elle savait que dans leur esprit, son bonheur comptait plus que tout. Elle leur répondit rapidement, joignant au mail une photo de Tartempion qui avait quitté sa cachette, sous le lit, pour rejoindre sa terrasse. Assis sur la petite table en métal, il contemplait les voitures défilant à ses pieds sur la célèbre promenade. Au loin, la mer s'étendait à perte de vue. Avec une telle photo, ils ne douteraient pas de la qualité de vie qu'elle avait découverte en arrivant sur la Côte d'Azur.

Elle s'habilla en quatrième vitesse, passa son sac à main en bandoulière, salua Tartempion et claqua la porte avant de dévaler les escaliers. Travailler permettrait à son esprit de se focaliser sur autre chose. Elle pédala jusqu'au Cornet doré en slalomant au milieu des piétons qui prenaient la piste cyclable pour un trottoir, et poussa la porte du glacier pile à l'heure.

Pourtant rien ne se passa comme elle l'avait espéré : ses pensées vagabondes préféraient repartir en arrière, aux côtés d'Hector, dans cette chambre d'hôpital lugubre. Elle revoyait ses yeux, sentait son souffle sur ses joues, c'était plus fort qu'elle. Parachutée un an avant, elle ne parvenait pas à se concentrer plus de cinq minutes. Elle s'emmêla les pinceaux dans les commandes, inversa des parfums, fit tomber un banana split en plein milieu de la terrasse, manqua de faire valser une théière d'eau bouillante sur des clients chinois. Elle avait le cerveau en compote. Au bout de deux heures de service, la faim se fit sentir. Elle se rappela alors qu'elle n'avait pas pris de petit-déjeuner, encore moins de déjeuner et tandis que Jacquotte s'approchait pour lui demander de s'occuper des clients installés en terrasse, elle sentit le sol se dérober sous ses pieds et tomba la tête la première sur le parquet. Au moment de choir alors qu'elle voyait les lattes de bois se rapprocher doucement de son visage, elle songea qu'il aurait été prudent de prendre sa journée.

Lorsqu'elle reprit ses esprits, elle était installée sur une chaise en plastique dans l'arrière-cuisine. Jacquotte, les yeux écarquillés, penchée sur elle, murmura en souriant :

— Alors mon petit moineau, tu n'es pas très en forme aujourd'hui… Tu nous as fait peur ! Prends une petite glace pour te requinquer et sors quelques minutes pour t'aérer, tu veux bien ? Ça va aller ? Grégoire, accompagne-la, s'il te plaît.

Sans un mot, et pleine de reconnaissance vis-à-vis de sa patronne, elle sortit sur la place, un cornet de glace à la main, pour s'asseoir sur le rebord de la fontaine. Prévenant, Grégoire la suivit de près.

— Ça va, Aliénor ? Tu as besoin de quelque chose ? Je peux aller à la pharmacie si tu veux, et j'ai du doliprane dans mon casier.

Elle sourit, le remercia et lui demanda une cigarette, une fois sa boule de glace terminée. Il prit un air ébahi puis offusqué :

— Comment ça, une cigarette ? Tu fumes, toi, maintenant ?

Elle se contenta de sourire à nouveau, avec lassitude :

— Ça m'arrive de temps en temps…

Il s'en alluma une aussi, et ils restèrent l'un et l'autre silencieux, dans le léger vacarme des touristes attablés qui prenaient leur café au soleil, en profitant de la douceur de vivre niçoise.

Aliénor aimait beaucoup Grégoire qui était doux et sincère. Il se distinguait par son humour pince-sans-rire et une épaisse chevelure rousse qu'il avait bien du mal à faire rentrer dans la toque du Cornet doré. Ils avaient à peu près le même âge et partageaient quelques centres d'intérêt, le cinéma et la peinture. D'une certaine façon, il était comme elle, il ne resterait pas chez le glacier pendant des années, mais il avait eu l'envie de faire une pause et de s'adonner à sa passion un petit moment, la voile. Il avait quitté son poste dans le BTP, s'était acheté un bateau qui mouillait au port de Nice, et quand il ne travaillait pas, il était en mer. C'était un bon vivant qui aimait sortir, boire et faire la fête. Il se tourna vers Aliénor en lui disant :

— Écoute, Aliénor, je vois bien que tu n'es pas dans ton assiette. Toi, la reine des serveuses, tu fais plein de gaffes, tu tombes à moitié dans les pommes, et tu me demandes une cigarette ! Il y a un truc qui cloche… Tu n'es pas obligée de m'en parler bien sûr, on se connaît mal, mais sache que si tu as besoin de te confier, je suis là. Je n'en ai pas forcément l'air, mais je sais tenir ma langue. Avec moi, les secrets sont bien gardés. Donc n'hésite pas !

Aliénor lui donna un petit coup de coude et enchaîna pour le remercier :

— Merci, Grégoire, c'est vraiment sympa. Aujourd'hui, c'est un anniversaire qui n'est pas simple pour moi et j'ai du mal à faire mon boulot correctement. J'ai plein de souvenirs dans la tête, plein de pensées qui s'entremêlent avec les boules de glaces et les théières… Je voudrais seulement que cette journée soit terminée. Ça ira mieux demain.

Grégoire sortit une seconde cigarette. Il l'alluma sans un mot, le regard un peu triste. Puis d'un coup, des étincelles apparurent autour de ses pupilles et il s'exclama :

— J'ai peut-être ce qu'il te faut pour oublier. Ça t'intéresse ?

Il avait l'air si enjoué qu'elle n'eut pas la force de l'envoyer valser. Pourtant, elle savait que seul le temps adoucirait ces événements. Elle le regarda d'un air intrigué, il reprit en riant :

— Du rhum, bien sûr ! Ce soir, on organise une soirée dans un bar sur le port avec des copains. Viens avec nous, tu verras, ils sont sympas et te feront oublier tous tes mauvais souvenirs à coups de shots de rhum !

Sur un ton plus sérieux, il ajouta :

— Je te promets que c'est très efficace…

Aliénor éclata de rire.

— Tu veux me soûler ? Attends que je raconte ça à Jacquotte… Elle va t'étriper !

Il gloussa à son tour et se rembrunit devant l'expression d'Aliénor lorsqu'elle reprit :

— Merci, Grégoire, c'est vraiment gentil de ta part, mais je crois que j'ai envie d'être seule ce soir. En plus, je suis épuisée.

— Comme tu veux… Tu peux toujours changer d'avis, je t'envoie l'adresse du bar par texto, d'accord ?

Elle acquiesça en tirant une dernière bouffée de tabac sur sa cigarette, se leva, lissa son tablier et se dirigea vers le Cornet doré.

Toujours assis sur la fontaine, Grégoire la regarda s'éloigner en poussant un soupir. Il écrasa son mégot contre le cendrier de la poubelle à côté de lui, réajusta sa toque et suivit la jeune femme en secouant la tête et en traînant des pieds.

Il était 15h30 lorsqu'elle vit son nom apparaître sur l'écran de son téléphone. Il lui restait une demi-heure de service. Elle enfonça l'appareil dans la poche de son tablier, préférant attendre d'avoir terminé sa journée de travail pour lire le contenu du message.

Hector.

Elle réprima un haut-le-cœur en lisant ces six lettres. Un haut-le-cœur, et en même temps, elle sentit un profond soulagement : une onde de chaleur parcourut son corps, et des papillons s'envolèrent en elle. Lui non plus n'avait pas oublié.

Elle souhaitait ne jamais le revoir ; pourtant, elle était soulagée.

Elle se serait bien volontiers giflée d'éprouver le moindre sentiment à son égard, aussi fugace soit-il. Depuis leur rupture, elle s'était demandé s'il lui arrivait de penser à elle. De son côté, pas une journée ne s'achevait sans que le passé n'ait ressurgi.

Les minutes s'écoulèrent tout doucement, ponctuées par deux boules de chocolat-marron, une dame blanche, un cornet mangue-citron…

Elle agissait mécaniquement, notant les commandes comme un pantin, obnubilée par le message qui semblait brûler sa poche. Enfin, la pendule de la cuisine afficha 16 heures et Jacquotte lui signala qu'elle pouvait partir :

— Et profite de ton après-midi pour dormir, mon petit moineau, t'es blanche comme un linge.

Aliénor se précipita auprès de son casier, espérant rester seule quelques minutes. Elle arracha son tablier, posa son téléphone sur l'étagère. Devait-elle lire ce message ? En l'effaçant, elle tirerait un trait définitif sur lui… Vraiment ? Tu parles… Elle passerait plutôt le reste de ses jours à s'interroger sur son contenu.

Elle faisait les cent pas dans le vestiaire, s'arrachant les cheveux, sentant une vague de panique gronder en elle. Finalement, elle attrapa l'appareil, et lut à toute vitesse :

Comment vas-tu depuis tout ce temps ? J'ai pensé à toi aujourd'hui… à nous. Où es-tu ? H.

Elle s'affala sur une chaise dans un coin de la pièce, prit sa tête entre ses mains, mordit dans son tablier de toutes ses forces. Lorsque Grégoire apparut dans l'embrasure de la porte, elle le regarda et pointa son index sur lui :

— Je te suis ce soir, il va me falloir du rhum.

14

ULYSSE

Ulysse ouvrit la porte pour attraper le courrier que la gardienne avait pris soin de déposer sur le paillasson, comme chaque matin. Parfois, elle sonnait pour prendre des nouvelles, mais comme il répondait rarement, elle le faisait de moins en moins. Ulysse n'était pas encore prêt à affronter son regard, aussi bienveillant soit-il.

La manœuvre n'était pas chose facile : il devait s'accroupir sans perdre l'équilibre en basculant sur sa jambe en métal. Cette fois, il réussit du premier coup, en se tenant fermement à la poignée de la porte.

Peu de temps après être rentré chez lui, il avait décidé de faire une croix sur sa vie passée. Il avait eu la chance de gagner beaucoup d'argent ces dernières années. Suffisamment pour ne pas avoir à se soucier de l'avenir sur le plan financier, ce qui lui permettrait de réfléchir à la nouvelle vie qu'il souhaitait construire. En vrai. Concrètement. Pas derrière un ordinateur.

Dans un premier temps, il se promit de se remettre sur pied, au sens figuré comme au sens littéral du terme. Il accéléra donc le rythme des séances de rééducation. Tous les après-midi, il allait dans le centre de rééducation, où il apprenait à se tenir debout, à marcher, à se pencher, à s'accroupir. Sa mère était folle de joie, tout comme Astrid, son infirmière, et Madeleine, les seules personnes qu'il avait autorisées à lui rendre visite. Et force était de constater que ses efforts commençaient à porter leurs fruits : en quelques mois, il était parvenu à reléguer son fauteuil roulant dans un coin de son esprit et de son appartement. Il avait désormais le sentiment de trotter, même s'il lui était encore nécessaire de s'aider d'une canne. Certains mouvements demeuraient très compliqués, tels que monter des marches, aussi basses soient-elles, s'accroupir ou s'asseoir sans avoir le sentiment de se jeter sur le fauteuil, mais il tenait le bon bout. C'était tellement gratifiant, tellement réconfortant.

Il voulut appeler Madeleine et tomba à nouveau sur son répondeur. Elle était partie en vacances quelques jours. Il ignorait quelle était sa destination exacte, mais il imagina qu'elle était loin, perdue dans une lande inconnue ou tout au bout d'une pointe rocheuse et désertique, puisque la majorité de ses appels restaient sans réponse. Il ne lui en voulait pas. Elle aussi avait droit à sa part de secret.

Ils partageaient cette culpabilité mordante, qui les rongeait du matin au soir, mais Madeleine était plus forte, plus résignée, malgré son apparence fragile et délicate. Elle s'était reprise en main plus vite, et l'aidait désormais à se relever. Elle avait décidé de s'octroyer du temps personnel, de délaisser sa fonction les week-ends et de s'offrir des vacances de temps en temps, ce qui ne lui était quasiment jamais arrivé en vingt années de carrière. Elle avait raconté à Ulysse sa rencontre manquée avec Georges : il avait déjà quitté Paris lorsqu'elle s'était décidée à sonner à la porte de Bérénice. Il lui avait décrit leur entrevue, la grandeur d'âme de Georges, l'innocence et la beauté d'Églantine. Madeleine l'avait écouté, fascinée par tant de prévenance et de bonté.

Les femmes qui s'occupaient de lui avec respect et abnégation lui étaient d'un grand secours. Astrid, sa mère, Madeleine, chacune à sa façon l'aidait à se reconstruire, si bien que par moments, les paroles du chirurgien qui l'avait réveillé, lui revenaient et prenaient un sens nouveau : il pouvait s'estimer heureux d'être en vie. Il revoyait le chirurgien penché sur lui, grave et concentré, dire et redire ces paroles : « Vous êtes en vie, et c'est le principal. »

Ulysse se releva, regarda sa montre et trotta jusqu'au salon qui avait pris des allures de studio photo grâce aux achats que Madeleine avait accepté de réaliser pour lui. De grands panneaux blancs, en tissus fins et soyeux, des parapluies accrochés aux moulures du plafond et, au milieu de la pièce, un solide trépied avaient remplacé les fauteuils Starck et les chaises Vitra. Par terre, il avait simplement laissé un tapis aux motifs graphiques, bleu et gris, rapporté d'une de ses expéditions marocaines quelques années plus tôt. En son centre, un simple tabouret de bois trônait à la façon d'un siège royal.

Pour le moment, il ne prenait que des portraits de ces femmes qui l'accompagnaient sur le chemin de la rédemption, sa mère, Madeleine et Astrid.

Lorsque, quelques semaines auparavant, cette dernière lui avait demandé qui avait pris la photo de la jeune Indienne allaitant son bébé, il avait été surpris et un peu flatté aussi. Il adorait prendre des photos, collectionnait les *Chasseur d'images*, se promenait souvent avec son barda lorsqu'il voyageait. Ses parents lui avaient offert un superbe boîtier pour ses vingt ans, une merveille technologique qui ne l'avait plus quitté. Il avait ensuite acquis des objectifs toujours plus perfectionnés, cherchant à améliorer sa technique au fil du temps. Dernièrement, il avait délaissé cette passion, absorbé par son travail, ses amis, ses week-ends bling-bling et ses soirées branchées.

La remarque d'Astrid lui donna envie de se replonger dans les clichés qu'il avait pris plus jeune, et qu'il gardait stockés sur son ordinateur. La jeune femme indienne était l'une des seules photos qu'il ait osé exposer au regard des autres sur les murs de son appartement. Il en était fier car il avait su capter l'âme et le mouvement des protagonistes à travers sa lentille. Lorsqu'il la contemplait, il avait presque l'impression d'entendre les tétées ravies du bébé glouton, accompagnées de la voix douce et mélodieuse de la jeune mère qui le berçait.

Grâce aux centaines de photos méthodiquement consignées sur son disque dur, il était reparti à travers le monde, revivant ces voyages, traquant les souvenirs passés que la routine de ces derniers temps avait occultés. Les odeurs, les matières, les paysages avaient dansé devant ses yeux. Il sélectionna quelques clichés, plus réussis que les autres, ignorant encore ce qu'il en ferait, puis il alla se coucher des couleurs plein la tête, animé d'un étrange sentiment de satisfaction.

Il ne ferma pas l'œil de la nuit, à la fois tiraillé par des idées saugrenues et des rêves envoûtants, paralysé par le doute et la peur de l'inconnu. À l'aube, il se releva, se servit un café court, et se posta devant sa penderie. Il attendit de longues minutes avant d'en ouvrir la porte, puis il tira le tiroir qui renfermait l'appareil photo. L'envie s'était insinuée dans l'esprit d'Ulysse : une envie de voyages, d'évasion, emmener son boîtier partout avec lui, et photographier... Il prit sa décision, ce désir ne devait plus le lâcher : il s'y cramponna, et s'ouvrit de nouveaux horizons.

Ulysse s'installa devant le grand écran du Mac flambant neuf acheté en ligne, et s'octroya le plaisir de corriger quelques clichés avant de filer sous la douche. Le numérique avait ouvert une nouvelle voie pour les photographes comme lui. Il ne s'agissait pas seulement d'appuyer sur le déclencheur après avoir effectué les réglages, il fallait ensuite retravailler le fichier numérique avant d'éventuellement l'imprimer. Les ajustements effectués auparavant en chambre noire, à la lueur tamisée d'ampoules rouges, au moment où la photo était développée, étaient désormais réalisés sur un écran d'ordinateur, en pleine lumière. Certes, on y perdait en termes de poésie et de magie, mais ce travail permettait également à Ulysse d'analyser ses photos de façon plus précise, plus rationnelle, en s'appuyant sur les données que le fichier contenait. Il pouvait expérimenter de nouvelles idées qui lui venaient en tête, s'amuser à l'infini avec l'exposition des sujets, la chaleur des teintes, la profondeur du noir et blanc, tout en conservant le cliché original de la photo et en traçant sa progression.

Lors de la première séance photo qu'il organisa avec Madeleine, il eut l'impression d'avoir perdu ses réflexes. Son appareil semblait plus lourd, sa lentille moins claire, mais plus rapidement qu'il ne le pensait, les sensations revinrent, et il parvint à produire ce qu'il avait à l'esprit. Madeleine n'était pas très à l'aise, mais c'était un beau modèle, gracieux et élancé et, au bout de quelques minutes, elle se détendit. Elle avait commencé par refuser la proposition d'Ulysse, arguant qu'elle détestait être photographiée. Ce dernier avait insisté avec sincérité, et lorsqu'elle avait compris à son regard qu'il s'agissait d'un projet réel, elle avait finalement cédé de bon cœur.

Ulysse prit ainsi de nombreuses photos de son amie. Il lui demanda de se tenir assise, debout, de rire, de sourire, de rester impassible en le regardant fixement. Il lui mit un livre dans les mains, une écharpe sur les épaules, un foulard dans les cheveux, puis un chapeau dégoté au fond de son armoire. Au bout d'une heure, il était exténué… Exténué et satisfait, presque heureux. Bien sûr, il avait encore beaucoup de travail à fournir et le résultat était loin de le convaincre pleinement, mais il avait l'impression d'avoir emprunté un chemin nouveau, une piste presque invisible qu'il devait maintenant suivre coûte que coûte.

Les jours suivants, il demanda à sa mère et à Astrid de poser pour lui. Puis il réaménagea le salon avec l'aide de Madeleine, après qu'elle eut acheté ses pare-soleil et ses parapluies. De nombreuses séances s'ensuivirent, grâce à la bienveillance de ses deux amies et de sa mère, qui à tour de rôle défilaient dans le studio, parées d'accessoires différents tous les jours. Il savait toutefois que ces exercices étaient insuffisants. Ce qui lui plaisait, c'était les photos prises sur le vif, lorsque les protagonistes ignorent qu'on les observe, ces moments capturés à l'insu de tous, qui figent pour l'éternité un regard, un geste, une pensée même parfois. Pour réaliser ce genre de photos, il fallait se heurter à la vie, rencontrer le monde, sillonner les routes, les trains, échapper aux frontières, s'aventurer vers l'inconnu, qu'il soit français ou étranger… Il n'en était pas là.

Ces moments, durant lesquels il songeait à cette vie dont il avait commencé à rêver, étaient comme un voyage. Pendant quelques instants, il s'imaginait gravir l'Everest, traverser le Pacifique, voguer par monts et par vaux à la conquête du meilleur souvenir, du meilleur cliché. Il s'imaginait faire connaître des espaces inconnus, des peuples inconnus, découvrir et apprendre à travers la focale de son petit objectif. Mais ces escapades étaient de courte durée, car très vite, sa jambe absente se rappelait à lui par ces terribles douleurs fantômes, et le reflet que lui renvoyait le miroir achevait de l'abattre avec amertume. Ces idées d'évasion s'éloignaient alors, et il se répétait qu'il n'était pas prêt.

Il retravailla les portraits d'Astrid capturés la veille : sur ceux-ci, on ne voyait que son visage, légèrement détourné. Ses taches de rousseur prononcées contrastaient sur sa peau claire, offrant un joli grain à son élégant visage. Ses grands yeux émeraude contemplaient un point, derrière le photographe, et sa bouche charnue et rehaussée d'un rouge à lèvres brun semblait sourire. Ses cheveux auburn et épais encadraient avec perfection son visage arrondi, et retombaient avec la grâce du velours sur ses épaules légèrement fluettes. Il avait demandé à la jeune femme de porter des boucles d'oreilles qu'il affectionnait particulièrement, et qu'elle mettait souvent, ornées de deux plumes de paon véritables, dont les tonalités bleues et vertes rappelaient discrètement les yeux du modèle. Elle avait posé sur un fond très sombre, qui contribuait à faire éclater la pureté de son teint, et rappelait la poésie des toiles de Vermeer : sur ces photos, Astrid paraissait intemporelle. Ulysse ne se prenait pas pour le génie hollandais, mais il n'avait pas imaginé que le résultat lui rappellerait ces tableaux, et cela le séduisit.

Il achevait ses dernières retouches lorsqu'on sonna à la porte.

La gardienne étant déjà passée pour le courrier, il se demanda qui osait s'aventurer dans l'antre du jeune ermite qu'il était devenu, sans lui avoir téléphoné auparavant. Il se hissa sur sa jambe valide, posa délicatement sa prothèse par terre et s'avança le plus silencieusement possible vers la porte d'entrée. On toqua alors d'une main ferme et vigoureuse, et une voix sourde se fit entendre à travers la porte blindée.

— Ulysse, tu es là ? C'est ton père. Peux-tu m'ouvrir ?

Il poussa un profond soupir, ouvrit à Oscar, le salua et l'embrassa négligemment, en lui laissant le soin de refermer derrière lui. Puis il s'en retourna vers le précieux Mac pour enregistrer ses dernières modifications, en ajoutant :

— Je te préviens, je dois prendre une douche avant d'aller à ma séance de rééducation, je suis déjà en retard. Donc si tu veux me parler, ce sera à travers la porte de la salle de bains.

Oscar retira son imperméable et l'accrocha au portemanteau design de l'entrée, avant de suivre son fils vers ladite salle de bains. Il s'arrêta en passant dans la cuisine, qui ouvrait sur le salon transformé en studio, et demanda :

— Je peux me faire un café ? T'en veux un ?

Il avait sorti de la poche de son imperméable un petit sachet en papier qui renfermait un assortiment de mini-viennoiseries qu'il installa sur le comptoir, avant d'appuyer sur le bouton de la machine Nespresso et de lancer le premier café.

Il allait devoir la jouer finement, cette partie, s'il ne voulait pas l'apeurer. Après avoir été absent si longtemps, il s'était mis dans le crâne qu'il allait aider son enfant, ce grand gaillard qu'il avait un jour bercé dans des bras jeunes et emplis de tendresse. Il pensait avoir trouvé une bonne façon de le faire, mais en vérité, il était effrayé par ce fils qu'il avait souvent du mal à comprendre.

Cela n'avait rien à voir avec ses études, ni son parcours professionnel sans faute. Ulysse possédait certaines aptitudes qu'il avait su exploiter, c'était indéniable, mais ces qualités lui avaient en partie facilité la tâche, et réussir comme il l'avait fait n'avait pas été si difficile pour le jeune homme brillant qu'il était. Mais Ulysse avait aussi des dons qui intimidait Oscar : il avait toujours pensé que l'âme de son fils ne brûlait pas du même feu que la sienne, qu'il était en mesure de voir des choses que le commun des mortels était incapable de déceler.

À l'adolescence, Ulysse était d'une insatiable curiosité qui l'encourageait à se renseigner sur tout ce qui pouvait l'intéresser de près ou de loin. Cela allait de la DGST à la fusion des atomes en passant par le Pérou et les pêcheurs islandais. Il punaisait toutes sortes de posters aux murs de sa chambre, ce qui faisait pester sa mère et amusait beaucoup Oscar. Sur chaque image, Ulysse écrivait quelques mots : le nom d'une compagnie aérienne qui desservait la destination lorsqu'il s'agissait d'un lieu, les prix du billet d'avion, quelques phrases traduites dans la langue de la destination, une définition, une date… Les murs tapissés de ces images hétéroclites composaient un immense kaléidoscope, et lorsqu'il entrait dans la chambre de son fils, Oscar avait l'impression de voyager. Il aimait s'asseoir sur le lit, le regarder travailler assis sérieusement à son bureau, comme si son père n'avait pas été là, imaginer la personne que ce petit bout d'homme si intelligent et sensible allait devenir. Généralement, il quittait la pièce sans avoir osé ouvrir la bouche, sans s'être approché de cet enfant que pour rien au monde il ne voulait gêner, déranger, déconcentrer. Il repartait à pas de loup et vaquait à ses occupations, le cœur rempli d'orgueil et de fierté.

Mais avec le temps, cette fierté s'était muée en timidité puis en crainte, et un beau jour, Oscar s'était rendu compte que son fils l'effrayait. Il avait peur de ne pas être à la hauteur. À partir de ce moment, il n'avait cessé de se demander ce que son cerveau basique et terre à terre pourrait enseigner à ce fils prodige, et il s'en était insconsciennemnt et progressivement éloigné. Il n'était plus venu s'asseoir sur son lit le soir alors qu'il faisait ses devoirs. Puis sa carrière l'avait rattrapé et il s'était jeté à corps perdu dans le travail. Pendant ce temps, Ulysse s'était mis à prendre des photos. Pour l'encourager dans cette voie, Oscar lui avait offert un bel appareil argentique, avec lequel l'adolescent mitraillait ses amis, sa chambre, ses posters, les rues de sa ville. Pour ses vingt ans, cet appareil photo vintage avait été remplacé par un boîtier numérique de la plus haute qualité qu'Ulysse avait emporté dans ses nombreux voyages autour du monde.

En bon cartésien, Oscar avait tout de même poussé son fils à suivre le parcours le plus sélectif et prestigieux qui soit, et c'est ainsi qu'après ses classes préparatoires, Ulysse avait intégré l'une des écoles d'ingénieurs françaises les plus renommées, puis décroché son premier emploi dans ce cabinet de conseil si réputé. Par moments, cette réussite scolaire, académique permettait au père pragmatique qu'il était de se donner l'illusion qu'ils avaient de nombreux points communs tous les deux... Mais rapidement Oscar se rappelait cette différence profonde, ancrée dans le cœur du jeune homme, qui lui suggérait qu'un jour ou l'autre Ulysse serait appelé à autre chose.

Avec l'accident, l'éloignement semblait s'être aggravé, et Ulysse réclamait peu son père. Pourtant, ce dernier ne cessait de penser à son enfant, aux souffrances qu'il endurait, seul dans cet appartement qui lui rappelait son ancienne vie. Il avait beau avoir plus de trente ans, il restait son petit garçon. L'imaginer se battre avec son fauteuil roulant et sa prothèse lui arrachait presque des larmes, mais il se sentait incapable de l'aider, comme si rien n'avait changé : il se contentait donc d'un coup de téléphone de temps à autre, et des comptes rendus scrupuleux et méthodiques que lui imposait sa femme chaque soir avant de se mettre à table. Ulysse était revenu chez lui depuis plusieurs mois, et Oscar ne lui avait rendu visite que trois fois.

Lorsque sa femme lui apprit que leur fils avait repris la photographie, il avait commencé par sourire en pensant que c'était une bonne nouvelle, et il avait relégué l'information dans un coin de son cerveau. Le lendemain, après une nuit agitée, il y avait à nouveau réfléchi, et se surprit à penser, que oui, c'était décidément une très bonne nouvelle. Il travailla de façon mécanique, tint ses réunions en appliquant les automatismes que trente années de carrière avaient gravés en lui, et progressivement, une idée germa dans son esprit. La bouture prit puisque quelques jours plus tard, la fameuse idée se mua en obsession. Il passa alors un coup de téléphone, puis un deuxième, déjeuna avec un vieil ami. Cet enchaînement l'avait mené à cet instant précis, debout dans la cuisine de son fils, à la fois mort de peur que son idée ne convainque pas Ulysse, et impatient de la lui présenter.

Il attendit que ce dernier sorte de la douche pour toquer à la porte de la salle de bains laissée entrouverte. Il entendit ses gestes saccadés derrière le battant et se mordit la langue pour ne pas lui proposer son aide : il savait qu'Ulysse la lui refuserait. Ce dernier demanda :

— Alors, papa, que me vaut cette visite ? Ça fait un bail !

Oscar sentit une pointe d'amertume dans la voix de son fils, qu'il décida d'ignorer. Après tout, Ulysse n'avait pas non plus réclamé ses visites.

— Je suis passé voir comment tu allais : ta mère me donne de bonnes nouvelles ces temps-ci…

La porte s'ouvrit sur le jeune homme en train de boutonner sa chemise, encore à moitié trempé. Il avait pris le soin d'enfiler un pantalon et des chaussures pour que son père ne voie pas la fameuse prothèse.

— Oui, c'est vrai, je crois que je suis tout doucement en train de commencer à remonter la pente.

Oscar posa la tasse de café sur le bord du lavabo et s'en retourna vers la cuisine, en ajoutant :

— Elle m'a dit que tu avais repris la photo… Je trouve cela merveilleux : tu as des projets à ce sujet ?

Ulysse attrapa sa canne, son café, et suivit son père.

— Non, pas précisément. Pour le moment, je me contente de chercher mes réflexes, de rapprivoiser l'appareil et d'améliorer ma technique.

Oscar s'installa sur l'un des hauts tabourets du bar qui séparait la cuisine du salon, attrapa un pain au chocolat avant de tendre un croissant à son fils, qui l'engloutit en deux bouchées.

— Qu'est-ce que tu prends en photo ?

— Je ne fais que des portraits en intérieur pour le moment, maman a dû te dire…

Ulysse grimpa sur le tabouret voisin en prenant appui sur le bar et en se hissant à la force de ses deux bras.

— En fait, j'aimerais bien reprendre en extérieur, mais pour le moment, je ne crois pas en être capable.

Oscar leva le nez de son café et lui demanda sans détour :

— Pourquoi dis-tu cela ?

Devant le silence de son fils, il secoua la tête et reprit :

— Excuse-moi, Ulysse… Je veux sans doute aller trop vite. Mais quand je te vois debout, boitant à peine, et ne t'aidant quasiment plus de ta canne, j'ai presque tendance à oublier ce que tu viens de traverser.

Après une courte pause, il ajouta :

— Tu m'impressionnes beaucoup, tu sais. Tu te bats comme un tigre, et c'est tout simplement admirable. Beaucoup n'en auraient pas fait autant.

Ulysse baissa la tête, mais à travers les mèches trop longues de ses cheveux qui tombaient sur son visage, Oscar vit ses yeux briller. Il se leva pour se refaire un café. Devait-il aller plus loin ? Était-ce trop tôt ? Avait-il surestimé les forces de son fils ? Il était intimement persuadé que sa proposition tombait à point nommé, qu'elle lui permettrait de remettre le pied à l'étrier et d'acquérir une expérience solide qui le mènerait plus loin par la suite. Il était également certain qu'en quelques mois, Ulysse se promènerait sans canne et sans crainte des regards posés sur lui. Ce fut finalement ce dernier qui lui tendit la perche :

— Papa, dis-moi pourquoi tu es venu. Si tu voulais seulement connaître mon état de santé, tu pouvais me téléphoner. Je sens bien que tu as quelque chose en tête, alors s'il te plaît, arrêtons de tourner autour du pot.

Oscar se rassit, face à son fils, et se lança. Après tout, il était là pour ça. Que son idée fonctionne, ou qu'elle tombe à l'eau, il aurait tenté de la mettre en œuvre. Après cet échange, la décision serait entre les mains de son fils.

— Tu as raison, Ulysse, je suis venu pour une raison précise. Il y a quelques semaines, ta mère m'a annoncé que tu reprenais la photo, et que tu semblais vouloir le faire de façon très sérieuse. Elle était folle de joie. Elle m'a parlé des portraits de tes amies, Astrid et Madeleine, des siens également, de la transformation de ton salon en studio. Sur le coup, j'en ai été heureux pour toi, et en y réfléchissant davantage, j'ai trouvé cette idée formidable. J'ai pensé à ces photos que tu rapportais de tes voyages, si intenses, si vivantes qu'elles nous donnaient l'impression de nous évader quelques secondes, que les personnages allaient déchirer le papier pour venir nous parler. J'ai toujours eu l'intuition que tu étais doué pour cet art exigeant, et aujourd'hui, j'en suis plus persuadé que jamais. Tu veux mener ta vie différemment, ta mère me l'a dit, et d'après ce que je comprends, tu penses que la photo peut t'y aider. Je crois que tu es sur une belle voie, mais ce n'est pas en te contentant de tirer le portrait de tes amis bien au chaud dans ton salon que tu parviendras à construire ce pour quoi tu es fait. Cela fonctionnera quelque temps, mais tu finiras par t'ennuyer de pied ferme.

Ulysse esquissa un mouvement, mais Oscar leva la main :

— Laisse-moi finir. Nous ne sommes pas très proches, toi et moi, mais cela ne veut pas dire que je ne te connais pas. Je t'ai vu grandir et forger l'homme que tu es devenu avec passion… Certes de loin, mais avec passion quand même. Et je pense te connaître suffisamment pour savoir que tu ne peux rester enfermé entre quatre murs très longtemps. Tes photos sont belles, elles le seront encore plus après ce qui t'est arrivé. Car elles représenteront ta lutte, ton combat contre les difficultés et l'imprévu, pour faire de belles choses de tes dix doigts. Alors sors de chez toi maintenant, Ulysse.

Oscar se sentait presque essoufflé après cette longue tirade. Il reprit un croissant. Ulysse releva la tête :

— C'est tout ?

— Non, ce n'est pas tout. Comme je pense que tu as besoin d'aide face à cette route nouvelle qui s'ouvre devant toi, j'ai eu une idée. J'ai imaginé ce qui pouvait à la fois te plaire et t'aider à progresser calmement, sans pression, tout en représentant une forme de défi. Prendre des photos, c'est bien. Le faire dans un but précis, je crois que c'est encore mieux. En vue d'exposer par exemple… Ou pour un livre.

Ulysse regardait toujours le parquet.

— Te souviens-tu de William ?

Ulysse hocha la tête. William était un vieil ami de son père, éditeur renommé. Ils s'étaient rencontrés sur les bancs du collège, et ne s'étaient jamais vraiment perdus de vue. Il commençait à comprendre où son père voulait en venir. Les Éditions Whatkins étaient spécialisées dans les carnets de voyage et autres guides touristiques un peu différents du *Guide du routard* et de *Lonely Planet*. William Whatkins publiait de très beaux ouvrages mêlant photos, peinture et écriture, bonnes adresses et curiosités, à la façon de grands livres illustrés. Ulysse en avait acquis quelques-uns, qu'il n'avait pas feuilletés depuis longtemps, mais qui figuraient parmi ses ouvrages préférés. Oscar reprit :

— Tu comprends mieux pourquoi je suis venu ?

— Qu'as-tu raconté à William ?

— J'ai déjeuné avec lui la semaine dernière. Je lui ai expliqué que tu avais eu un accident de voiture, qui t'avait mené à revoir tes priorités, et que tu avais décidé d'aborder la vie autrement.

Il vit que les mains de son fils, posées sur ses genoux légèrement écartés, tremblaient presque imperceptiblement.

— Je ne lui ai pas parlé de ta jambe, si c'est ce que tu veux savoir. En revanche, j'ai évoqué ton grand talent de photographe. Tu connais William, curieux comme un chat. Il voudrait en savoir plus, alors je lui ai dit que tu l'appellerais ces prochains jours pour convenir d'un rendez-vous.

Oscar tira son portefeuille de sa poche. Il l'ouvrit pour en sortir une carte de visite sur laquelle figuraient les coordonnées de son ami. Ulysse demeurait immobile, muet, figé.

— Mon fils, rien ne t'oblige à appeler William. Il attend ton coup de fil, mais si tu décides de faire machine arrière, il s'en remettra et moi aussi. Je crois pouvoir t'être utile aujourd'hui pour la première fois depuis que tu es en âge de t'exprimer, mais si je me trompe et si tu préfères poursuivre la route sans t'appuyer sur moi, je le comprendrai. Si tu n'as ni le courage ni l'envie de te lancer dans cette nouvelle aventure, personne ne t'y forcera. Mais si une petite voix te souffle d'attraper cette carte de visite et d'en composer le numéro pour voir ce que William peut te proposer, je t'en prie, écoute-la, car tu es capable de grandes et belles choses, j'en suis certain.

Oscar s'interrompit brusquement : sur la main droite de son fils, une larme était tombée. Elle glissait entre ses phalanges maintenant, suivie d'une seconde.

Alors, le père qu'il était fit ce qu'il n'avait osé depuis des années. Il se pencha en avant, déposa une main sur la nuque de son fils et l'attira à lui pour l'embrasser et le serrer dans ses bras. Le fils se laissa faire, silencieux et reconnaissant envers cette main tendue qui avait surgi là où il ne l'attendait plus.

15

Aliénor

Elle émergea de son sommeil, la tête dans un étau : cela faisait des mois qu'elle n'avait pas ressenti ces douleurs caractéristiques de la gueule de bois. Ouvrir les yeux sur le plafond lui donnait la sensation que son cerveau allait imploser, tandis que son estomac se retournait, comme si le lit tanguait, transformé en *Radeau de La Méduse* pendant la nuit. Quelle cuite !

Elle avait enchaîné les ti-punchs sans se poser de questions, riant, dansant, et ponctuant le tout de délicieuses bières dorées, plongée dans d'agréables volutes de fumée. Elle avait englouti le paquet de cigarettes acheté pour l'occasion, et ce matin, ses poumons comme sa gorge étaient en feu. Grégoire s'était bien occupé d'elle. Lorsqu'il avait vu son air décidé en quittant le vestiaire du Cornet doré, il avait compris qu'elle avait besoin de s'amuser, rire, chanter, boire et se goinfrer. Alors il avait pris soin d'elle, discrètement ; il ne l'avait pas empêchée de se soûler et il avait vérifié qu'elle n'allait pas trop loin.

En quittant le bar, avant de poursuivre la soirée chez ses amis sur le cours Saleya, il lui acheta une pizza, elle en mangea plus de la moitié. À un moment, elle se mit à pleurer, il la prit dans ses bras sans rien dire et lui tendit un mouchoir.

À 4 heures, il l'emmena sur son vélo le long de la Promenade pour rejoindre son petit appartement à Magnan. Elle enserra sa taille, cramponnée à lui comme un coquillage à son rocher. Il avait adoré la sentir contre son dos, mais il devinait que cette proximité n'avait rien de conscient pour la jeune femme. Ça n'était pas grave, il savait se montrer patient, alors il attendrait qu'elle daigne ouvrir les yeux sur lui. Il la soutint dans les escaliers, l'aida à retrouver sa clé dans son sac, à la glisser dans la serrure. Il l'étendit sur son lit et la déchaussa, tandis que Tartempion miaulait à ses pieds. Il dénicha une bassine sous l'évier, la posa à côté d'elle. Il attendit qu'elle s'endorme, et quand il eut la certitude qu'elle n'avait plus besoin de lui, il partit sans un bruit, sans un mot, en laissant le téléphone portable de la jeune femme sur l'oreiller pour qu'elle puisse l'appeler si elle en avait envie.

Aliénor se souvenait parfaitement de tout cela.

Certes, elle était ivre, mais c'était surtout le chagrin et la colère qui avaient eu raison d'elle lors de cette soirée : le cocktail avait été explosif. Malgré sa volonté de rire et de s'amuser, elle avait vu le désespoir tapi dans l'ombre.

À la fermeture du bar, ils suivirent « les jumeaux », deux amis de Grégoire avec lesquels il faisait de la voile, qui se ressemblaient comme deux gouttes d'eau. Ils habitaient une merveilleuse maison sur le cours Saleya, dont le jardin ouvrait sur la colline du Château. Cette maison appartenait à leurs parents, riches expatriés qui avaient posé leurs bagages à Shanghai quelques années auparavant. La joyeuse bande y entra par une porte en moucharabieh cachée dans une impasse. Dimitri et Balthazar ouvrirent des bouteilles de rhum, des bières et des paquets de chips, ils branchèrent leur iPod sur une enceinte, et la fête se poursuivit ainsi. Ils étaient une petite dizaine à refaire le monde ce soir-là, et grâce à eux, à Grégoire, à Gabrielle, à cette atmosphère pleine de joie, Aliénor oublia presque le message d'Hector.

Mais ce matin, alors qu'elle était assommée par la nausée, il l'obsédait à nouveau.

Comment vas-tu depuis tout ce temps ? J'ai pensé à toi aujourd'hui… à nous. Où es-tu ? H.

Il n'avait pas oublié. Il n'était donc pas le monstre qu'elle essayait de maudire depuis des mois. En quittant Paris, elle avait jeté à la poubelle tout ce qui pouvait le lui rappeler : les cadeaux qu'il lui avait faits, les photos qu'ils avaient prises ensemble, les livres qu'ils avaient lus tous les deux. Tout avait fini dans une benne en bas de leur immeuble. Elle avait tout balancé sauf une photo d'identité qu'il avait un jour glissée dans son portefeuille au début de leur relation. Elle n'avait pas eu le cœur à la réduire en miettes comme le reste. Alors elle l'avait cachée en faisant semblant de l'oublier. Mais elle savait pertinemment où se trouvait le petit carré de papier, coincé entre deux pages d'un vieux bouquin qu'elle ne lisait jamais. Ce matin-là, le livre semblait briller au milieu de l'étagère, et elle mourait d'envie d'aller contempler à nouveau son visage. Elle se serait donné des claques.

Elle jeta un coup d'œil à son portable : 11 h 05. Un haut-le-cœur la fit se redresser. Elle devait être au Cornet doré à 9 h 30. Deux appels en absence de Jacquotte. Et merde ! Elle allait perdre son job pour une cuite. Quelle idiote ! Trois textos. Le premier de Gabrielle lui demandait où elle était, et lui conseillait de se ramener vite fait bien fait. Le deuxième était de Jacquotte :

Grégoire m'a dit que tu avais mangé un sale truc hier soir. Il te remplace aujourd'hui, on fera sans toi. Mais je t'attends demain matin à 9 h 30, si ça va mieux, bien sûr. Repose-toi d'ici là. J. Et le troisième était de Grégoire :

Je t'ai sauvé la mise. J'espère que la gueule de bois est supportable… Désolé pour le traquenard.

Elle soupira et retomba sur son lit. Tartempion miaula et se blottit contre elle, en la caressant de ses longues moustaches. Ce chat était vraiment le meilleur compagnon en cet instant. Elle saisit à nouveau son téléphone et répondit aux uns et aux autres. Puis elle reposa l'appareil sur sa table de nuit et s'étira de toutes ses forces, avant de se lever et de s'avancer vers la bibliothèque.

Après ces longs mois, elle abdiqua finalement. Elle saisit le livre qu'elle n'avait pas ouvert depuis son arrivée à Nice, et fit glisser la fameuse photo dans la paume de sa main, avant de la déposer contre sa lampe de chevet. Elle s'allongea et contempla le visage d'Hector dans la pénombre. Très vite des larmes de délivrance coulèrent le long de ses joues.

Sur ce bout carré de papier brillant, Hector la regardait fixement. Elle l'avait tant aimé. Ils s'étaient rencontrés à un dîner chez des amis. Au départ, ils n'avaient pas vraiment sympathisé. Puis ils s'étaient à nouveau croisés, à la bibliothèque d'abord, dans un café ensuite. Et ils avaient fini par dîner ensemble.

En quelques jours, elle était tombée amoureuse de ce jeune homme fin et intelligent, au regard vif, et aux expressions décalées. Dans son esprit, il avait toutes les qualités requises chez un homme, et il lui correspondait parfaitement, ils partageaient l'amour pour la peinture, le goût de la littérature, la passion des voyages. Ensemble, ils avaient contemplé le Machu Picchu, parcouru la Terre de Feu, sillonné la Grande Muraille de Chine. Ils étaient descendus le long de l'Amazone, avaient dormi en pleine forêt tropicale, s'étaient fait réveiller par des singes en Indonésie.

Leur histoire d'amour avait duré cinq ans. Autrement dit un siècle à cette période si importante de la vie quand les décisions que l'on prend influencent profondément le cours de l'existence.

Ils s'aidaient à grandir l'un l'autre. Comme ils ne suivaient pas le même parcours universitaire, la rivalité ne s'était jamais immiscée entre eux. Ils se portaient, se motivaient, s'encourageaient, se relevaient quand l'un était sur le point de trébucher. Passionné par l'histoire et la langue allemande, Hector avait intégré l'École normale supérieure de la rue d'Ulm l'année de leur rencontre. De son côté, sa passion pour la peinture l'avait conduite à l'École du Louvre après son bac, qui lui permettrait peut-être un jour d'accéder au statut confidentiel de conservateur.

Tandis qu'elle passait ses examens année après année pour se rapprocher de ce but ultime, il avait décidé de préparer le concours d'entrée à l'ENA : l'administration et la politique l'attiraient intensément. Pour la première fois de sa vie, il avait échoué, et cette chute l'avait profondément atteint. Heureusement, Aliénor l'avait remis en selle en lui rendant confiance et entêtement, à force d'encouragements et de mots doux. Elle l'admirait tant que sa patience et son obstination lui avaient permis de retrouver l'énergie nécessaire pour représenter le concours l'année suivante. Et après des mois de dur labeur, il avait été reçu. La joie teintée de fierté qu'elle avait ressentie en lui lisant les résultats l'avait galvanisée durant des jours.

Pourtant, c'est aussi à ce moment-là qu'elle avait compris que quelque chose ne tournait pas rond. Le profond désespoir qu'il avait ressenti en ratant son concours l'avait laissée perplexe. Elle comprenait bien sûr qu'il ait été déçu, frustré, furieux... Mais la peine profonde qui l'avait empêché de se sortir de son lit pendant plusieurs jours, elle ne l'avait pas comprise.

Ils étaient si heureux, ils avaient tant de chance de s'être trouvés l'un l'autre, d'être en bonne santé, qu'une simple erreur de parcours n'aurait pas dû le mettre dans un état pareil. De son côté, elle savait que jamais un résultat de concours n'aurait pareil effet sur elle. Au plus profond d'elle-même, elle avait réalisé qu'une brèche était apparue entre eux, et qu'ils n'attendaient vraisemblablement pas la même chose l'un de l'autre, l'un pour l'autre. Mais elle avait préféré taire cette vérité, tant elle avait besoin de lui, tant elle l'aimait. Elle avait alors gardé ses œillères et l'avait aidé à se surpasser.

Elle avait poursuivi son bonhomme de chemin, bien dans ses bottes et dans sa vie. En cinquième année, on lui avait proposé de prolonger son parcours universitaire par un doctorat, ce qu'elle avait accepté avec enthousiasme en choisissant de consacrer sa thèse à Édouard Vadim. Ses recherches et les cours qu'elle prodiguait aux élèves de première année comblaient son intellect passionné. Elle avait alors quitté l'appartement de ses parents pour s'installer en colocation avec l'une de ses plus anciennes amies. La vieille tante de cette dernière avait accepté de leur louer un microscopique deux pièces situé dans le XVe, dont le maigre loyer lui permettait de réaliser de belles économies, et de partir en voyage autour du monde avec Hector. Ils choisissaient chaque destination en se concertant. Elle le suivait les yeux fermés, pleine d'enthousiasme et de curiosité, emportant avec elle sa petite boîte d'aquarelle et un carnet dans lequel elle racontait leur périple, et l'illustrait le soir, quand ils prenaient l'apéritif. Pendant ce temps, il épluchait les guides et préparait la journée à venir. Ces moments hors du temps les éloignaient de leur quotidien studieux, et pendant quelques semaines, Aliénor avait le sentiment que plus rien ne comptait que ce qu'ils construisaient ensemble. Elle chérissait ces voyages, tant par les découvertes qu'ils représentaient, que par le sentiment de profonde liberté qu'ils leur apportaient.

C'était lors de leur dernier « grand voyage » qu'il lui avait proposé de quitter la colocation pour s'installer avec lui.

Elle avait été folle de joie. Dans un premier temps. Puis la brèche était à nouveau apparue.

Les vérités qu'elle avait enfouies étaient revenues au pas de course. Elle avait fait semblant de ne pas les voir. S'il lui proposait de s'installer avec lui, c'était bien qu'il l'aimait, et qu'il comptait passer sa vie avec elle, qu'elle était tout pour lui, comme il était tout pour elle. Elle était prête à cette vie commune, elle voulait s'engager à ses côtés, affronter ce que leur réservait l'avenir. Prendre cet appartement constituait pour elle un point de non-retour : c'était une preuve d'engagement, autant que si elle l'avait épousé.

Et elle avait préféré ne pas voir que pour lui, cela représentait autre chose.

Hector était profondément libre, et extrêmement ambitieux. Fils unique, il avait été élevé dans le goût de la réussite par des parents fiers et aimants qui l'avaient mis au cœur de leur existence. Hector s'était habitué à cette position de choix, et bien qu'intensément amoureux d'Aliénor, il ne se projetait certainement pas dans la même vie qu'elle. Aliénor le savait. Les concessions sont le quotidien d'un couple stable et durable, mais Hector en avait-il conscience au moment où il lui avait proposé cet engagement ?

Après quelques nuits d'insomnie au cours desquelles elle n'avait pas réussi à lui exprimer ses doutes, elle avait finalement préféré penser qu'ils étaient sur la même longueur d'onde et que tout irait pour le mieux.

Aujourd'hui, elle savait qu'en refusant cet emménagement elle aurait évité bien des souffrances. Mais sur le coup, le risque de perdre Hector lui avait paru insurmontable. Elle avait accepté la proposition et elle s'en mordait désormais les doigts.

La suite était bien trop triste pour qu'elle laisse les souvenirs revenir en elle. Elle rangea la petite photo dans le tiroir de sa table de nuit, et se rendormit en caressant Tartempion.

Elle se réveilla vers 15 heures. Sa sieste réparatrice et les deux dolipranes qu'elle ingurgita lui permirent de se sentir mieux. Elle se leva, versa de l'eau dans une assiette creuse pour Tartempion, se servit un grand bol de céréales qu'elle emporta sur le balcon et qu'elle engloutit comme si elle n'avait rien avalé depuis des semaines.

Il faisait un temps fabuleux. La mer brillait sous un ciel sans nuages, et les mille nuances de l'eau composaient un merveilleux vitrail que la puissante lumière azuréenne perçait de toute part. Elle décida de profiter de son après-midi en allant peindre sur le port. Elle enfila un pantalon, un débardeur, chaussa des sandales dorées et prit ses lunettes de soleil. Elle enfouit dans son panier boîte d'aquarelle, pinceaux, papier et bouteille d'eau, puis elle attrapa Tartempion et le déposa sur l'ensemble. Il miaula vigoureusement, avant de sortir sa petite tête et ses moustaches entre les anses du panier, en ronronnant de plaisir. Ce chat était vraiment unique : il adorait se balader. Elle quitta son appartement en claquant la porte, et marcha d'un pas énergique vers son vélo que Grégoire avait cadenassé à la barrière au coin de sa rue. Elle coinça son sac et Tartempion dans le panier accroché au guidon, et pédala à toute vitesse en direction du port, fendant l'air au milieu des touristes et des vacanciers qui déambulaient sur le bord de mer mythique…

Elle avait envie de peindre les petites barques de pêcheurs serrées les unes contre les autres dans le port, tandis qu'à leur côté, de luxueux yachts et autres sublimes voiliers attendaient sagement leur équipage. La proximité de cette opulence et des petites coquilles de noix bigarrées conférait à cet endroit un caractère spécial qu'Aliénor voulait retranscrire dans son carnet de croquis. Elle s'installa discrètement sur un ponton et sortit ses outils, pendant que Tartempion quittait le panier pour venir s'étendre paresseusement à côté d'elle, sous un petit carré d'ombre.

Chaque fois qu'elle maniait ses pinceaux, Aliénor s'évadait. Elle s'envolait à travers les nuages, l'eau et les couleurs qui se mêlaient sur le papier blanc, accaparant entièrement son esprit. Elle ne pensait plus à rien, disparaissait dans sa peinture, absorbée par la lumière et les teintes qu'elle tentait d'accorder harmonieusement. Lorsqu'elle achevait le dessin, elle avait le sentiment de s'éveiller tranquillement d'une longue sieste : elle était incapable de dire combien de temps elle avait peint, car les minutes et les heures filaient alors à toute vitesse. Elle ne connaissait pas meilleur moyen de se ressourcer.

Pourtant, cet après-midi-là, son cœur refusait de se prêter au jeu. Dans la poche de son short, son téléphone brûlait, anesthésiant sa concentration.

Elle voulait appeler Hector, entendre sa voix, lui dire où elle se trouvait. Elle avait envie de croire à nouveau en eux. Elle voulait qu'il vienne la chercher, qu'il lui demande pardon, qu'il regrette ses paroles, qu'il la supplie de rentrer à Paris. Elle voulait qu'il la prenne dans ses bras, qu'il l'embrasse, qu'il la serre contre son cœur en lui expliquant qu'il s'était trompé, qu'il avait eu peur, mais qu'il était maintenant prêt, comme elle l'avait toujours été, que tout cela n'avait été qu'un terrible malentendu. Elle le voulait de toutes ses forces, mais cela ne changeait rien. Ce qui était arrivé s'était produit pour une raison, et son amour à elle seule ne suffirait pas à les porter tous les deux. Elle devait mettre tout cela derrière elle, réapprendre à vivre, en s'enrichissant de leur rupture et de tout le reste.

Tout le reste. Elle ne parvenait plus à mettre des mots sur l'événement. La plaie du souvenir ne s'était pas refermée, bien au contraire, mais elle n'y arrivait plus.

Sous ses yeux à nouveau brouillés de larmes, les bateaux de son aquarelle dansaient à la lumière de cette fin de journée. Elle reposa calmement son pinceau, enfonça sa main dans sa poche, saisit son téléphone et répondit à Hector, comme elle brûlait de le faire depuis la veille.

J'ai aussi pensé à nous hier. Difficile de me relever, mais je vais mieux.

16

MADELEINE

Madeleine appuya la tête contre la vitre et contempla le paysage. Ces longues heures de TGV lui donnaient l'occasion de réfléchir, de s'interroger sur la voie à suivre, les décisions à prendre. La situation dans laquelle elle s'était mise était intenable. Bientôt, les murs sur lesquels elle tentait de reconstruire sa vie se fissureraient sous le poids de son mensonge, et la vérité éclaterait, emportant avec elle son honneur, sa dignité et le fragile bonheur qu'elle était en train de bâtir.

L'ordre des choses lui avait totalement échappé. Pire que cela, les événements s'emballaient, poursuivant leur course sans qu'elle ne parvienne à les arrêter. Francis avait commencé à saisir que quelque chose se tramait, et comme il n'était ni idiot ni naïf, il ne tarderait pas à lever le voile sur son inconséquence et sa lâcheté. En pensant au dénouement qui l'attendait, elle sentait sa gorge s'assécher. Cet après-midi, alors qu'elle achevait enfin de planifier un rendez-vous avec *Télérama*, prévu de longue date et sans cesse décalé, au sujet du *Cyrano* que Francis était en train de monter au Théâtre du Rond-Point, ce dernier s'était discrètement introduit dans son bureau, en s'installant dans l'un des confortables fauteuils club dont il lui avait fait cadeau l'année précédente, et il humait ostensiblement le parfum des magnifiques pivoines qui s'ouvraient en bouquet sur la table basse.

Les fleurs lui avaient été livrées la veille, accompagnées d'un petit mot qu'elle s'était empressée de cacher au fond de son sac. Manque de chance, le livreur était un jeune comédien, totalement fan de Francis. Lorsqu'il l'avait reconnu dans l'entrée, il n'avait pu s'empêcher de l'arrêter pour lui parler et lui demander un autographe. Évidemment, à la fin de l'échange, Francis avait demandé pour qui était le bouquet, et ce benêt de livreur avait vendu la mèche.

Cette malheureuse gaffe n'en était qu'une parmi les dizaines que Madeleine avait elle-même commises, si bien qu'il avait fini par venir s'installer dans ce fauteuil pour lui demander d'éclaircir la situation. Pour la charcuter, la cuisiner, lui tirer les vers du nez. Théoriquement, il était son employeur, elle pouvait donc se taire, et lui demander de respecter sa vie privée. Mais Francis était aussi son ami. Elle voulait lui faire confiance, tout en devinant qu'au moment où il saurait, tout basculerait. Il lui offrirait les conseils qu'elle ne voulait pas entendre, en lui suggérant de couper court au mensonge et de tout révéler. Bien sûr, c'était pour elle la seule issue, mais elle refusait d'admettre qu'elle se trouvait dans une impasse. Sitôt qu'elle eut raccroché, elle s'installa en face de Francis et entama :

— Que me veux-tu, Francis ?

Il se redressa, mal à l'aise, balançant la tête de gauche à droite, de droite à gauche, triturant ses mains, remontant ses chaussettes en faisant claquer les élastiques. Il était aussi nerveux qu'elle.

— Mad, tu me connais, je ne veux que ton bien. Je suis ennuyé car je crois que tu me caches quelque chose, et il me semble que c'est la première fois en vingt années. Je ne te demande pas de détails, mais je voudrais m'assurer que tu vas bien, que cet homme que tu vas retrouver tous les week-ends et qui est en train d'entrer dans ta vie, ne te fera pas de mal, après les épreuves que tu as endurées ces derniers mois. C'est bien gentil d'offrir des pivoines, mais ça n'est pas suffisant…

Elle répondit :

— Tu admettras que c'est un bon début ?

Francis rit de bon cœur.

— Dis-moi, Mad, tu ne voudrais pas me le présenter ? Je pourrais me faire une idée, cela me rassurerait et j'arrêterais de t'embêter.

Elle leva les yeux au ciel et répondit légèrement emportée :

— Francis, je te remercie sincèrement de vouloir prendre soin de moi. Tu en sauras plus si j'estime que cela en vaut la peine, je te le promets. Mais d'ici là, je préfère garder cette histoire pour moi, alors laisse-moi tranquille, je t'en prie.

Francis soupira avant de se lever pour la laisser seule face au bouquet.

— Je veux ton bonheur. J'espère que ce type est capable de te l'apporter.

Et quelques heures plus tard, Madeleine était assise dans ce TGV qui filait vers l'ouest, regardant la nuit qui tombait doucement sur la campagne. Elle ressortit de son sac le mot qui accompagnait les pivoines et le relut avec plaisir.

Si la vie n'est qu'un passage, sur ce passage au moins semons des fleurs.

À côté de la citation de Montaigne, figurait un petit gribouillage rose et violet, qui donnait la légèreté nécessaire à ce message. En faisant d'Églantine l'auteur de cette déclaration, Georges ne se livrait pas complètement, gardant une forme de pudeur attendrissante. Madeleine lut et relut ces quelques mots, savourant chaque lettre, se délectant du bonheur qui était le sien depuis quelques semaines. Elle ne s'était jamais sentie aussi heureuse. Comme à chaque trajet, au milieu des doutes qui la tiraillaient, elle s'autorisa à revivre cet après-midi qui avait tout changé.

Elle gardait un souvenir un peu embrumé de ce long moment passé à la librairie, le jour de leur rencontre. Lorsqu'elle avait vu Georges et Églantine à travers la vitrine, absorbés dans leurs occupations, puis tournés vers elle, souriant et enjoués, toutes ses craintes l'avaient quittée, elle était devenue une autre personne. Cette Madeleine si triste depuis l'accident, rongée par la funeste pensée que Bérénice avait perdu la vie par sa faute, s'était soudain éclipsée pour faire place à une femme nouvelle, plus légère et désinvolte. Son corps avait répondu seul aux questions de Georges, comme détaché de la personne qu'elle était en arrivant à La Frégate grise. Elle avait écouté Georges, admiré la beauté de cette petite fille fragile et innocente qui jouait avec ses crayons, ses papiers, ses animaux en bois et sa souris, racontait des histoires incompréhensibles et se collait aux genoux de son grand-père, remplie d'amour et de promesses. Madeleine avait parlé, racontant son quotidien avec humour, et son âme s'était envolée, comme libérée du poids de la culpabilité.

Jamais elle n'aurait pu imaginer que les événements prendraient cette tournure: contrairement à tout ce qu'elle avait envisagé, elle se sentait en confiance avec ces deux éclopés de la vie, réconfortée et sincère malgré l'immense mensonge qu'elle avait refoulé au plus profond d'elle-même.

Si bien que lorsque Georges lui proposa la balade en bateau le lendemain après-midi, elle accepta, joyeuse, naïve, oubliant quasiment les raisons de sa visite au Croisic. Mais en regagnant La Tour des goélands, l'absurdité de l'après-midi qu'elle venait de vivre lui sauta au visage.

Elle passa quelques minutes avec ses hôtes avant de prétexter une profonde fatigue pour se plonger dans l'obscurité de sa chambre où elle pleura pendant de longues heures. Le répit offert par Georges et Églantine disparut rapidement, et son amertume refit surface. Assise devant la fenêtre, elle était tétanisée. Comment livrer la vérité après ce merveilleux après-midi ?

La finesse et la sensibilité de Georges, sa passion pour les livres, pour son métier, pour ses clients qu'il dorlotait à travers ses commandes et ses petites attentions, l'amour qu'il portait à sa petite-fille, sa personne entière l'avait émue. Elle qui contrôlait le moindre de ses gestes depuis des années, elle qui avait tant soigné l'image de Francis et le reflet qu'en percevait la société, elle s'était laissé griser par la transparence et la sincérité qui habitaient cet homme alors qu'une récente blessure aurait pourtant pu le remplir d'aigreur.

Il n'avait pas vraiment parlé de Bérénice, évoquant simplement sa fille de temps à autre. Il n'avait pas non plus parlé de la mère de Bérénice. Malgré ce silence, Madeleine perçut le chagrin qui dévorait cet homme, si humble, si accueillant envers l'étrangère qu'elle était. Elle n'avait pas posé de questions intimes, presque inconsciemment.

Eh quoi… Maintenant qu'ils avaient passé ce si bon moment, devait-elle tout gâcher ? Cette vérité méritait-elle vraiment le sacrifice de ces quelques instants volés, où l'un comme l'autre avaient pu s'évader ? Le souvenir de Bérénice ne pouvait-il les laisser tranquilles quelques jours encore ?

Elle s'imagina tout dire dès le lendemain matin, à la librairie. Ils ne prendraient pas le bateau, ne traverseraient pas le Traict, ne fouleraient pas le sable blanc de la plage de Pen-Bron, ne courraient pas dans les dunes avec la petite fille. Mais la seconde suivante, elle se convainquit que son rôle était peut-être là, dans cette évasion, ces instants suspendus qu'elle leur offrait malgré elle. Alors la vérité était devenue toute petite, et Madeleine se promettait de ne pas la révéler tout de suite.

Avant de se glisser sous ses draps, une dernière option s'offrit à elle : la fuite. Elle prendrait le train au petit matin, et disparaîtrait à jamais. Sa visite resterait comme une parenthèse, un moment d'apaisement dans la tempête d'émotions qui faisait rage en elle. Elle finit par s'endormir alors que les premières lueurs de l'aube pointaient au loin sur les marais salants.

— Madeleine ? Tout va bien ?

Elle se réveilla en sursaut. Mais qui donc tambourinait à la porte ?

Sa nuit blanche lui revint en tête, en même temps que La Frégate grise, Georges, Églantine, et Bérénice en toile de fond… Et cela devait être Valentine qui venait aux nouvelles. Elle sauta sur ses pieds et s'avança vers la porte qu'elle entrebâilla :

— Oui, bien sûr, merci Valentine.

Cette dernière lui adressa un grand sourire à travers les quelques centimètres d'ouverture que Madeleine avait laissés, et s'expliqua :

— Veuillez me pardonner si je vous réveille, Madeleine, mais comme il est midi et demi et que je n'entendais pas un soupir de l'autre côté de la cloison, j'étais un peu inquiète. D'autant que vous n'aviez pas l'air très en forme hier soir : j'avais peur que vous ayez pris froid sous la pluie…

Madeleine rit de bon cœur et la remercia, en lui expliquant juste qu'elle était épuisée par de longs mois de travail sans vacances. Elle accepta l'invitation à déjeuner de Valentine, qui lui proposa de partager sa salade dans la salle à manger, à la bonne franquette. Elle se jeta sous sa douche pour être un peu plus présentable, en profita pour cogiter à nouveau. Ces quelques heures de sommeil avaient remis les pendules à l'heure. Elle se sentait plus calme, prête à affronter la réalité. Cet après-midi, avant de partir en bateau, elle apprendrait à Georges la raison de sa venue. Il ne voudrait vraisemblablement jamais la revoir, mais au moins, leur amitié ne se construirait pas sur un mensonge. En réalité, elle ne se construirait pas du tout.

Madeleine regarda par la fenêtre et constata qu'il faisait un temps magnifique, idéal pour ce tour en bateau qu'elle n'allait malheureusement pas faire. Elle s'habilla rapidement, se maquilla très discrètement comme tous les matins, et descendit les escaliers pour retrouver Valentine dans la vaste cuisine qui faisait aussi office de salle à manger.

À l'image du reste de la maison, cette pièce était accueillante et chaleureuse. Les murs en pierre apparente ornés de toiles représentant des paysages de la presqu'île, et de quelques portraits des enfants de la maison, formaient une sorte de cocon au sein duquel on ne demandait qu'à se blottir. Une grande baie vitrée ouvrait sur la cour intérieure qui, bien que petite, constituait un joli coin de verdure, ombragé et fleuri où poussaient des roses trémières. On avait envie de s'y prélasser sur un transat, à l'abri du vent marin qui soufflait sur le quai.

Valentine avait tout préparé si bien que Madeleine n'eut qu'à mettre les pieds sous la table, tout en acceptant la traditionnelle bolée de cidre brut que son hôtesse lui servit. Antoine et les enfants étaient partis pêcher, la laissant tranquille une bonne partie de l'après-midi. Valentine expliqua à Madeleine que tenir une maison d'hôtes avec de jeunes enfants et un mari qui ressemblait parfois à un grand enfant, n'était pas la chose la plus reposante qu'elle ait connue. Mais elle adorait ce mode de vie et n'en aurait changé pour rien au monde. Heureusement, Antoine comprenait parfois qu'elle eût besoin de prendre du temps pour elle, et il emmenait la petite tribu faire les fous dans les marais ou sur la plage… Ces moments lui permettaient de se ressourcer, de reprendre des forces pour repartir du bon pied. Puis elle questionna Madeleine sur ses impressions au sujet de leur petit port de pêche.

— Alors, Madeleine, comment trouvez-vous notre petite ville ? Y avez-vous fait de jolies découvertes ? Aurez-vous envie d'y revenir ?

Madeleine raconta ses crêpes et ses galettes, sa déambulation dans les rues et sur le quai. Puis elle expliqua qu'elle avait aussi reçu l'hospitalité de Georges et sa petite-fille, à La Frégate grise, au moment où la pluie s'était mise à tomber.

— Cela ne m'étonne pas, répondit Valentine, Georges est le meilleur des hommes. Il est à la fois accueillant, bienveillant, fin et intelligent. C'est un être exceptionnel, en compagnie duquel on passe souvent de très agréables moments. Et si vous saviez tout ce qu'il lui est arrivé, vous seriez encore plus admirative, croyez-moi…

Madeleine se contenta de hocher la tête sans rien ajouter. Elle ne voulait pas donner l'impression de faire des commérages, et ce fut finalement Valentine qui reprit :

— Vous a-t-il parlé de Bérénice ?

Devant le mouvement de tête négatif de Madeleine, elle poursuivit :

— Bérénice était la mère d'Églantine. Elle avait à peine trente ans lorsqu'elle est morte en novembre dernier de façon très brutale dans un accident de voiture à Paris. Églantine est un cadeau du ciel pour Georges car elle lui donne la force de se lever tous les matins, et inversement, Georges s'en occupe comme s'il s'agissait de sa propre fille, avec amour et tendresse. À eux deux, ils forment un joli duo.

Madeleine contemplait son assiette. Elle sentait ses joues s'empourprer, mais son interlocutrice n'eut pas l'air de le remarquer. Valentine continua :

— Georges a plein d'amis, mais au fond il est très seul, si vous voulez mon avis. Sa femme, Sidonie, que nous connaissions tous au Croisic, est partie du jour au lendemain, le laissant seul avec leur fille adorée, Bérénice, il y a quelques années. Personne n'avait vu venir ce départ. Elle avait l'air heureuse aux côtés de Georges, mais nul n'est dans l'intimité des couples… Et, un jour, Sidonie a fait ses valises pour ne plus jamais revenir. Elle est partie avec un aventurier, un type qui l'a emmenée au bout du monde, et n'a jamais vraiment donné de nouvelles, ni à ses amis, ni à Georges. Parfois, Bérénice recevait un coup de téléphone. Mais ce départ si soudain, si brutal, les a brisés l'un comme l'autre. Certaines situations tiennent à peu de chose.

Valentine se tut et en profita pour avaler quelques bouchées de salade pendant que Madeleine finissait son assiette. Cette dernière avait pensé que Georges était seul, sans imaginer ce qui lui était arrivé. Pas une fois au cours de leur long après-midi de conversation, il n'avait parlé de sa femme. Aucune aigreur n'avait percé à travers leurs échanges. Il lui était apparu comme un homme droit et honnête, parfois un peu las, mais certainement pas hargneux. Elle se contenta de répondre à Valentine :

— La vie est parfois très injuste, elle s'acharne sur certains, comme s'il leur revenait de porter toute la misère du monde. Et aussi incroyable que cela paraisse, ces personnes-là sont souvent les plus chaleureuses, les plus courageuses, et les meilleures vis-à-vis de leurs proches.

Valentine approuva en hochant la tête et en avalant une gorgée de cidre. Puis elle se leva pour enfourner un magnifique kouign-amann, gorgé de sucre et de beurre, tandis que Madeleine empilait les assiettes.

Les deux femmes achevèrent leur déjeuner en poursuivant leur échange par une conversation plus légère. Madeleine évoqua son travail, les caprices de Francis, l'excitation d'un quotidien qui allait souvent trop vite, les interminables interviews, les critiques acerbes, et la fidélité profonde qu'elle lui portait. Valentine écouta silencieusement, à la fois éblouie et effrayée par ce monde tournoyant dont elle ne connaissait rien, surprise que l'un de ses habitants se soit perdu dans sa modeste chambre d'hôtes. Elles avalèrent leur café sans un mot, et s'amusèrent à penser, l'une comme l'autre, qu'elles avaient passé un moment profondément sincère.

Valentine rangea la salle à manger, tandis que Madeleine monta à l'étage boucler son sac. Elle agissait par automatisme. Son esprit flânait au-dessus d'elle, détaché, libre et volatil, songeant tristement à la conversation qu'elle aurait avec Georges. Quelques heures plus tard, tout cela serait derrière col roulé le tenait au chaud. « Un vrai capitaine », songea sa passagère. En quelques manœuvres, le bateau s'éloigna du quai. Une nuée de goélands les accompagnait de leurs cris aigus et de leur vol gracieux, alors qu'ils laissaient derrière eux le petit port de pêche.

Églantine se leva et se précipita à côté de son grand-père pour saluer les promeneurs qui regardaient l'embarcation s'éloigner, ils lui répondirent avec enthousiasme. Georges en profita pour lui enfoncer un bonnet sur les oreilles.

Madeleine les regardait, interdite et fascinée par la complicité qu'ils dégageaient. Elle songea que malgré l'horreur de la situation que l'un et l'autre vivaient, chacun à sa façon, Georges et Églantine avaient l'incroyable chance de pouvoir compter l'un sur l'autre. Cette relation si tendre et si spéciale qui les unissait l'un à l'autre était un vrai don de Dieu grâce auquel ils pouvaient espérer avancer.

Georges resta silencieux quelques minutes puis il expliqua à Madeleine le paysage qui se déployait autour d'eux. Les marais salants d'abord, Batz-sur-Mer plus loin, dont le clocher dominait la presqu'île croisicaise, Guérande perchée au-dessus de la lande et des marais, Pen-Bron ensuite, cette langue de terre et de sable qui fermait quasiment le Traict.

Ils voguèrent tranquillement tous les trois, caressés par la brise marine, éclaboussés parfois par les embruns.

elle. Son secret révélé, elle s'en retournerait vers Paris et ses obligations professionnelles, libérée de ce poids qui lui abîmait l'âme.

— Madame, votre billet, s'il vous plaît !

Madeleine décolla son front de la vitre du wagon dans un sursaut. Elle s'était presque endormie en se remémorant ces instants dont la magie ne la quittait plus, et le charmant contrôleur qui arpentait le TGV à la recherche d'éventuels fraudeurs, l'avait brutalement tirée de sa rêverie. Elle attrapa le billet coincé dans le roman policier islandais qu'elle avait acheté à Georges, le présenta au briseur de rêve et se replongea dans ses souvenirs, avec un sentiment où la culpabilité se mêlait à la délectation.

En quittant La Tour des goélands pour rejoindre Georges et sa petite-fille, elle prit la résolution de ne pas embarquer sur le bateau et de révéler les véritables raisons de sa venue au Croisic : elle se sentait coupable d'avoir provoqué la mort de Bérénice, et ce qu'elle souhaitait plus que tout, c'était leur demander pardon. Ils ne pourraient lui accorder une telle grâce, mais ils devaient savoir à quel point la culpabilité et la honte l'habitaient. Elle prépara son discours, roda ses arguments. Il lui suffirait de faire asseoir Églantine et son grand-père sur un banc le long du quai, de vider son sac, de leur demander pardon et de disparaître. Sur le papier, tout était parfaitement clair.

Mais comme la veille, Madeleine garda finalement le silence.

Lorsqu'elle arriva devant La Frégate grise, elle constata que Georges et Églantine l'attendaient de pied ferme. La petite fille chantait une comptine enfantine à son grand-père en serrant fort sa souris entre ses mains, tandis que ce dernier achevait de tirer le rideau de fer de la librairie. En la voyant déboucher à l'angle de la rue Saint-Christophe, la petite se précipita vers elle, et le visage de Georges s'illumina d'un sourire qu'elle ne lui avait pas encore vu. Elle-même se surprit à rire de plaisir en attrapant les mains d'Églantine. Elle s'approcha de Georges qui lui tendit une énorme veste de quart et se chargea d'un sac à dos de toile vert bouteille :

— Vous devriez mettre cette veste. Même si on ne va pas loin, il fait toujours un peu frais sur le Traict.

Elle le remercia doucement, tandis qu'Églantine tournoyait autour d'elle en enfilant son gilet de sauvetage orange fluo.

L'innocence et la joie de cette enfant qui dansait sur le pavé mouillé l'émurent aux larmes, et elle sut à nouveau qu'elle ne pourrait pas parler. Tout comme lors de leur première rencontre, son corps lui échappa, et son âme s'envola à la façon d'une mouette qui se laissait planer dans la bourrasque en riant.

Georges lui emboîta le pas, ils avancèrent côte à côte vers le quai. Doucement, il commença :

— Je n'étais pas certain que vous veniez Madeleine, mais je suis très heureux que ce soit le cas.

Elle répondit tout aussi doucement :

— Je n'étais pas non plus sûre de venir.

Ils échangèrent un regard, sourirent ensemble de leur timidité. Elle reprit :

— C'est la danse de Sioux de votre petite-fille qui a achevé de me convaincre…

Cette fois, il rit de bon cœur, et ils empruntèrent le chemin qui menait vers l'ancienne criée. Le navire de Georges était amarré à même le quai, le long de l'ancienne halle aux poissons, reconvertie en salle d'expositions. C'était un modeste bateau à moteur, tout de même doté d'une petite cabine et d'une barre à roue. Il n'avait pas beaucoup de chevaux, mais cette embarcation lui permettait de se balader le week-end avec Églantine, et cela lui semblait suffisant.

Églantine sauta habilement sur le pont, suivie par Madeleine, puis Georges qui retira les bastingages, en priant sa petite-fille de faire attention à ne pas glisser la tête la première dans l'eau. Obéissante, Églantine s'assit sur l'une des deux banquettes situées de part et d'autre de la barre, cala sa souris contre sa joue, son pouce dans la bouche, et attendit les instructions de son grand-père.

Georges demanda à Madeleine de défaire les amarres tandis qu'il mettait les gaz et entamait une marche arrière. Il portait une casquette bleu marine, et une vareuse grise, en dessous de laquelle un épais

Madeleine ferma les yeux, se laissant bercer par le roulis de l'eau, le clapotis des vagues, le chant du vent dans ses oreilles. Lorsqu'elle releva les paupières, la mer s'étalait devant elle comme une immense toile d'argent, que le soleil faisait miroiter au gré des mouvements du bateau. Tout disparaissait alors : l'accident, la tristesse, la culpabilité, le visage de Bérénice, le sang sur le trottoir.

Georges accosta au bout de la petite jetée construite sur la plage de Pen-Bron. Madeleine noua les amarres et ils se hissèrent l'un après l'autre sur la dune de pierre. Églantine tendit les bras vers son grand-père qui l'attrapa agilement tandis que Madeleine le déchargeait du sac vert. Ils firent quelques pas avant qu'il explique :

— À mes yeux, vous êtes ici dans l'un des plus beaux endroits de la planète, et à cette période de l'année, nous avons la chance d'être presque seuls. Je suis très heureux que vous découvriez Pen-Bron, Madeleine.

Puis il ajouta, en riant :

— Vous verrez, cela va changer votre vie.

— Si je comprends bien, après une telle description, je n'ai pas intérêt à critiquer…

— Vous comprenez parfaitement. Ici, on ne plaisante pas. À la première remarque désagréable, je repars avec Églantine et vous abandonne à votre triste sort.

La petite fille s'éloigna. Elle courrait après les goélands, en poussant de grands cris de joie. Chaussée de bottes en caoutchouc, elle donnait l'impression de rebondir sur le sable blanc, que le vent faisait tourbillonner autour d'elle tant il était fin.

— Venez, allons nous installer.

Georges posa le sac en plein milieu de la plage. Au loin, de l'autre côté du Traict, Madeleine reconnut les bâtisses du port du Croisic, couronné par son joli clocher qui sonnait toutes les heures. Il se mit à genoux pour ouvrir le précieux baluchon. Il en sortit une couverture écossaise qu'il déplia soigneusement sur le sable. Il prit ensuite un sac en papier d'où il tira une petite brioche toute ronde, toute douce, couverte de farine. Il en découpa quelques tranches à l'aide d'un couteau suisse caché dans sa poche. Il déballa enfin une grosse Thermos, ainsi que trois tasses en plastique bleu. Madeleine était ravie à l'idée de se réchauffer en buvant le thé dont le parfum laissait présager un délice. Georges expliqua :

— Cette brioche est unique. On l'appelle le tourton. Je n'en ai jamais goûté ailleurs. Églantine et moi en sommes fous ! Nous pouvons en engloutir un entier pour le goûter, ce qui n'est pas bien raisonnable compte tenu de la quantité de beurre qu'une telle splendeur contient.

Assise à côté de Georges, Madeleine en accepta une tranche qu'elle goûta avec précaution. La brioche fondit sur sa langue, c'était excellent. Elle soupira de plaisir, tandis que Georges reprenait :

— Vous ne parlez pas beaucoup, Madeleine.

Elle ferma les yeux un instant, humant le thé qui lui réchauffait les mains.

— Je profite…

— Cet endroit vous plaît, alors ?

— Beaucoup.

Georges ne cacha pas son sourire. Il jeta un œil à sa petite-fille partie explorer un autre coin de la plage. Il l'entendait se raconter des histoires au loin, gronder les mouettes, s'esclaffer lorsque l'une d'elles lui répondait. Il poursuivit :

— Vous êtes la première personne que j'emmène ici depuis longtemps vous savez, hormis Églantine, bien sûr… J'ai eu envie de vous montrer cette plage.

— Je vous en remercie Georges, c'est un beau cadeau que vous me faites.

— Valentine a dû vous en parler… Je sais que les gens ont souvent du mal à tenir leur langue au Croisic, et peut-être vous en êtes-vous douté, mais j'ai perdu ma fille Bérénice, la maman d'Églantine, il y a quelques mois. Je venais souvent ici avec elle, c'était une enfant si gentille…

Madeleine sentit un gouffre s'ouvrir en elle, mais elle resta stoïque, fixant son attention sur les bateaux qui passaient au large devant elle.

Georges ouvrit son cœur. Il déposa sa lourde armure à ses pieds, fêla sa carapace, et révéla sa peine, son chagrin, ses remords. Il expliqua la culpabilité qui le brûlait : celle de ne pas avoir vu que Sidonie n'était plus heureuse, celle de ne pas avoir su protéger sa fille des paillettes, de la drogue, du désespoir, alors qu'une merveille grandissait pourtant sous leurs yeux. Il raconta l'amour qu'il avait porté à ces deux femmes, la cruauté de leur abandon, la solitude qui le rongeait. Il décrivit son attachement à la librairie, à la maison du Croisic, à ces lieux qui avaient été chargés de bonheur, et qui le lui rappelaient chaque jour. Il s'extasia sur Églantine, sur sa beauté, sur sa façon de lui révéler le miracle de la vie, alors que le destin semblait s'acharner contre eux. Il raconta sa crainte de ne pas la rendre heureuse, son malaise à l'idée d'être trop âgé pour s'occuper d'elle, de ne pas être sa mère, tout simplement.

Sur cette plage déserte, balayée par le vent du large, Georges ouvrit son cœur et le livra à Madeleine.

Elle avait écouté en silence, consciente de la confiance que Georges lui manifestait. À un moment, elle avait posé sa main sur l'épaule de cet homme envers qui elle éprouvait soudain un profond élan d'admiration. Où puisait-il sa force ? Comment parvenait-il encore à rire, à lire, à vivre après de pareilles épreuves ? Elle se sentait si petite à côté, elle dont l'existence entière reposait sur une réussite professionnelle qui la laissait maintenant bien seule… Qui avait-elle aimé ?

Lorsqu'il eut fini son histoire, il baissa les yeux vers Madeleine, et posa sa main sur la sienne, délicatement, dans un geste de reconnaissance. Ils se regardèrent un instant et elle murmura :

— Vous êtes unique Georges. Églantine peut s'estimer heureuse de vous avoir auprès d'elle.

Il sourit à nouveau et remercia Madeleine d'avoir été sa confidente. Ils restèrent ainsi de longues minutes, apaisés et émus, contemplant l'enfant qui courait après les vagues en s'éclaboussant allègrement. Leurs mains ne se détachèrent qu'au moment où la petite fille vint se blottir dans les bras de son grand-père, prétextant qu'elle avait froid. Alors ils plièrent bagage et repartirent de l'autre côté du Traict sur leur frêle embarcation.

En arrivant au Croisic, ils accompagnèrent Madeleine à la gare. Juste avant qu'elle monte dans le TGV, Georges posa Églantine qu'il tenait dans les bras, sur le quai. Elle les regardait fixement, sans un mot, braquant ses petites mirettes attentives sur eux. Madeleine commença à parler, remerciant Georges pour leur bel après-midi. Alors, il s'approcha tout près, posa ses doigts sur les lèvres de Madeleine et murmura :

— À bientôt, Madeleine, revenez vite.

Elle se liquéfia. Brusquement, elle se retourna pour grimper les marches qui la séparaient du wagon. Georges reprit sa petite-fille dans ses bras. Ils la saluèrent ensemble de la main, au moment où le train se mettait en branle. Madeleine les contemplait, abasourdie. Bientôt, ils ne firent plus qu'une et même silhouette, au loin sur le quai.

17

Ulysse

Encouragé par l'élan que la redécouverte de la photo lui avait insufflé, Ulysse passait la plupart de ses après-midi au centre de rééducation : il s'exerçait d'abord doucement puis plus intensément, et rentrait chez lui épuisé et endolori, à la fois plus fort et affaibli physiquement.

Réussirait-il un jour à marcher sans se soucier de cette fameuse prothèse qui lui cisaillait la chair ?

Plus de six mois après l'accident sa jambe changeait encore : les médecins avaient expliqué qu'il lui faudrait environ une année pour adopter sa morphologie définitive. Pendant ces douze longs mois, il lui faudrait dorloter la cicatrice, rester à son écoute, la surveiller de près pour s'assurer d'une évolution optimale. Sa prothèse se transformait en fonction des changements qu'opérait son moignon. On la lui remodelait fréquemment, afin de favoriser son apprentissage et de prendre soin des cicatrices. Malgré les douleurs et ces constants changements, il progressait rapidement. D'un naturel sportif, Ulysse était musclé, endurant et agile, ce qui constituait une véritable force sur le long chemin de la rééducation.

Parallèlement à ces séances, la visite de son père l'obnubilait, et plus encore que cette visite, la petite carte portant les coordonnées de William Whatkins. Il l'avait glissée dans son portefeuille, et depuis qu'elle s'y trouvait, sa poche le démangeait.

D'un côté il était dévoré par l'envie de sauter sur son téléphone pour appeler le vieil ami de son père, lui présenter ses photos, lui demander ce qu'il en pensait. Et de l'autre, il était terrorisé. Sa jambe serait-elle capable de le porter jusqu'au rendez-vous ? Et si, par bonheur, William s'intéressait à son travail, que serait-il en mesure de lui proposer ?

Au centre de rééducation, les kinés lui affirmaient que sur le plan physique, il était quasiment prêt à reprendre le travail, à se balader, à retrouver « une vie normale ». Il devait s'écouter bien sûr, poursuivre les exercices avec assiduité, continuer à se muscler, mais il était prêt. Ulysse ne l'avait dit à personne, mais le Dr Duval lui proposa même de réduire le nombre d'heures qu'il passait au centre. Il avait refusé cette offre de peur que ses efforts ne se relâchent et que ses progrès ne ralentissent.

Malgré ces paroles encourageantes et bien que ces présages soient de bon augure, il restait terrorisé, incapable de faire confiance à la jambe de métal qui devait pourtant devenir sa meilleure alliée. Persuadé qu'on ne voyait qu'elle, et qu'elle se déroberait à la moindre occasion, le laissant seul avec son handicap sur le bitume, il ne sortait pas de chez lui, emmuré dans son salon, avec ses pare-soleil, ses trépieds et ses photos.

Parcourir ses albums de bout du monde lui donnait soif d'autres aventures. Des fourmis s'emparaient de sa jambe valide, il se sentait prêt à bondir dans un avion, sac au dos, appareil au cou, *Routard* à la main. Les rires de ces personnes qu'il avait croisées et dont il avait immortalisé le regard résonnaient à ses oreilles, et l'appelaient vers leurs lointaines contrées. Il s'était surpris à consulter le prix des billets d'avion vers la Bolivie sur Internet, mais un vertige s'était soudain emparé de lui, et il avait aussitôt fermé la fenêtre du navigateur. Un photographe était mobile, il devait pouvoir se déplacer avec la rapidité de l'éclair, l'agilité du chat, la discrétion du léopard. Ulysse se voyait davantage comme un éléphant dans un magasin de porcelaine, sur sa jambe de fer. La souplesse et l'habileté qui avaient été siennes s'étaient évaporées dans l'accident, au point qu'il se sentait ridicule d'oser espérer voyager à nouveau le nez au vent, insouciant, heureux et innocent.

Pourtant, on ne lui demandait pas autre chose.

Georges, Astrid, Madeleine, ses parents.

Tous s'escrimaient à lui répéter de vivre, puisqu'il avait la chance de s'en être sorti. Au fond de lui-même, son père avait raison, et il le savait. Il n'allait pas rester toute sa vie entre les quatre murs de son salon.

Alors, cet après-midi-là, en quittant le centre de rééducation, Ulysse s'installa sur un coin de terrasse, à l'abri des regards des passants, caché derrière deux adolescentes absorbées dans leur conversation. Le serveur, une grande perche qui semblait montée sur des échasses, lui demanda ce qu'il voulait boire, sans même le regarder, occupé à empiler les cendriers sur le plateau qu'il tenait en équilibre sur la paume de son autre main. Ulysse répondit comme un automate : « Un Perrier citron s'il vous plaît, en rondelle le citron. » Le serveur nota la commande sur le carnet posé à côté des cendriers, la lança à la cantonade et s'engouffra dans le café sans se retourner. Les adolescentes parlaient tout bas, sirotant leur diabolo grenadine du bout de la paille, tirant sur leur Lucky Strike mentholée, et faisant voler leurs longs cheveux d'une épaule à l'autre en soupirant.

Le serveur revint avec la boisson qu'il jeta sur la table avec fracas. Il récupéra un cendrier sur le guéridon voisin, sous lequel il glissa la note, avant de disparaître à nouveau à l'intérieur de la brasserie. Ulysse avala quelques gorgées de Perrier. Sa présence dans ce café lui paraissait terriblement incongrue. Il n'avait pas fréquenté de bar depuis des mois et s'étonnait que personne ne lui saute dessus en lui demandant comment il osait sortir de chez lui après ce qui était arrivé, persuadé qu'une étiquette était collée sur son front depuis l'accident. Sur cette étiquette, on pouvait lire en lettres rouges « j'ai tué Bérénice ».

Il s'étonnait aussi que personne ne paraisse remarquer cette satanée canne sans laquelle il ne parvenait toujours pas à faire plus de dix mètres.

Machinalement, il sortit son portefeuille qu'il déplia doucement et fit tomber la carte de visite de William Whatkins au pied du cendrier. Tout aussi machinalement, il prit son téléphone portable dans la poche intérieure de sa veste, et contempla le numéro qui se détachait en lettres embossées sur le petit carré de papier blanc.

Son père avait raison. Ces quelques chiffres lui apparaissaient comme la porte d'un univers nouveau, dont il avait terriblement envie de pousser le battant, malgré la terreur que cela lui inspirait.

Il composa le numéro, suspendit son geste et appuya finalement sur la touche d'appel. Il approcha le combiné de son oreille, la tonalité retentit. Ses mains tremblaient légèrement, son front se mit à perler et un frisson lui parcourut l'échine au moment où il entendit son interlocuteur décrocher :

— Allô ?

Et pour la seconde fois en quelques jours, Ulysse se trouvait à la terrasse d'un café, sur la jolie place de l'ancienne École polytechnique, en plein cœur du Quartier latin. William Whatkins lui avait donné rendez-vous en fin de matinée, mais il avait pris soin d'arriver en avance, pour éviter la horde d'étudiants de la Sorbonne qui allait bientôt déferler dans toutes les rues et faire le siège des nombreuses terrasses.

Il connaissait bien cet endroit, pour y avoir lui-même passé de bons moments lorsqu'il étudiait. Ses amis et lui avaient fait du Petit Café leur quartier général : ils s'y retrouvaient presque tous les jours après la cantine avant la reprise des cours. L'enseigne avait été remplacée par le Café de la Place, mais la terrasse était apparemment toujours un haut lieu de rendez-vous étudiant. C'est la brasserie voisine que William Whatkins avait choisie pour rencontrer Ulysse. Et cette dernière n'avait pas changé. La Madeleine de Proust affichait toujours cette façade désuète, faite de panneaux de verre et de bois sombre, ainsi que sa microscopique terrasse aux allures de guinguette au-dessus de laquelle dansait une joyeuse guirlande d'ampoules colorées. Les tables et les bancs en bois ainsi que les nappes à carreaux rouge et blanc transportaient les clients ailleurs, dans une autre époque. Rien que pour cela, le nom du restaurant était bien choisi. Les étudiants ne s'aventuraient que rarement dans cette brasserie qui rassemblait plutôt les professeurs, du moins était-ce ce qui se racontait dans les cours d'Henri IV.

Il avait pris un taxi pour venir jusque-là. Après le rendez-vous, il en prendrait un autre pour se rendre à sa séance de rééducation. Le centre n'étant pas très loin, il se convainquit que, d'une certaine façon, quels que soient les fruits de cette rencontre, elle ne lui ferait pas perdre de temps. Sur le banc à côté de lui, il avait donc déposé son sac de sport qui renfermait ses affaires de rechange, ainsi qu'un carton à dessins dans lequel il avait glissé ses photos. Et il attendait, tremblant et fébrile, que William Whatkins fasse son entrée en scène.

Au téléphone, ce dernier avait été charmant. « Ulysse ! Quel plaisir, je n'étais pas certain que tu m'appelles, mais j'en suis ravi ! » Ils avaient échangé deux ou trois banalités sur le temps qui file et les amitiés qui restent, avant d'en venir au vif du sujet. « Ton père m'a dit que tu prenais de très belles photos. Comme je suis toujours à la recherche de jeunes talents, j'aimerais beaucoup voir ton travail. Attention, je ne te promets rien, mais j'avoue que le vieil Oscar a attisé ma curiosité. Aurais-tu un moment à m'accorder ? »

Ulysse avait répondu le plus simplement et le plus brièvement possible, essayant tant bien que mal de masquer son excitation. Il s'était confondu en excuses, expliquant que, bien sûr, il avait du temps à consacrer à un vieil ami de son père, qui l'honorerait en jetant un regard expert sur ses modestes tirages. Le rendez-vous avait été fixé au surlendemain. « Apporte-moi un échantillon de ton travail… Des paysages, des portraits, ce que tu veux, ce qui te plaît, ce dans quoi tu te sens à l'aise, et je te dirai ce que j'en pense. Si je crois que tu as du potentiel, on verra comment le développer ensemble. Si je sens que le travail n'est pas encore suffisant, je te donnerai quelques conseils, quelques adresses... Mais je préfère te prévenir, je serai honnête. *Is it a deal?* »

Ulysse avait acquiescé, et ils avaient raccroché.

Après l'appel il avait englouti le reste du Perrier citron, en avait commandé un second auprès du serveur qui ressemblait à une sauterelle, et avait passé les quinze minutes suivantes à tenter de se calmer. Il était ensuite rentré chez lui, sans faire attention à sa boiterie et au regard des gens qu'il croisait. Un immense sourire s'était collé sur son visage. Ce rendez-vous était un gage d'espoir.

Le lendemain matin, il avait recherché dans ses archives ses meilleurs clichés. Il en avait sélectionné vingt, qu'il avait fait imprimer en rentrant de ses voyages. Paysages et portraits, Hong Kong et Tanzanie, couleur, noir et blanc, il avait décidé de proposer un large éventail de son travail. Comme porte-bonheur, il avait emporté un exemplaire de la photo dont il avait fait cadeau à Astrid.

Il souhaitait également montrer les portraits de la jeune infirmière, certes moins vivants que ses photos de voyages, mais également plus aboutis, plus travaillés. Le problème était de les développer. Il avait alors appelé sa mère et l'avait suppliée de se rendre chez le photographe du quartier avec ses fichiers numériques, afin de commander les tirages pour le surlendemain. Il lui avait expliqué qu'il y serait allé lui-même, mais qu'il était hors de question qu'il rate une seule séance de rééducation. Sa mère avait accepté sans broncher, trop heureuse que son fils si fier l'appelle enfin à la rescousse.

Elle avait accouru chez Ulysse, récupéré les photos enregistrées sur une précieuse clé USB qu'elle avait cachée tout au fond de son sac – on ne sait jamais –, téléphoné à tous les photographes du VIIIe arrondissement pour connaître leurs délais, les avait menacés lorsqu'ils étaient trop lents, et fini par jeter son dévolu sur l'un d'eux chez lequel elle s'était précipitée. Elle avait déposé l'enveloppe contenant les précieux tirages dans la boîte aux lettres de son fils, le cœur battant, l'âme gonflée à bloc, et s'en était retournée, la peur au ventre.

Ulysse avait peu dormi. Les cauchemars qui le hantaient avaient fait place à l'angoisse du fameux rendez-vous, comme s'il allait passer un examen dont le reste de sa vie dépendait.

Il s'était levé très tôt, s'était entraîné à marcher sans sa canne dans le couloir de son appartement. Il s'était ensuite servi un petit-déjeuner frugal, se forçant à avaler quelques tartines bien qu'il eût l'appétit coupé. Agissant méthodiquement, presque par réflexe, il avait réservé un taxi, préparé le carton à dessins qui contenait les précieuses photos et son sac pour la séance de rééducation. Sa prothèse le faisait légèrement souffrir ce matin, mais il s'était forcé à ne pas y penser en s'engouffrant dans l'ascenseur avec sa canne et son barda.

Il attendait maintenant l'arrivée de l'ami de son père qu'il n'avait pas revu depuis l'adolescence. Il savait pourtant qu'il le reconnaîtrait sans peine, car William Whatkins était doté d'un physique singulier.

Et ce fut le cas. Ulysse repéra immédiatement le sexagénaire débouchant à l'angle de la place. Sa silhouette apparut fidèle à son souvenir, longue et élégante, drapée dans un imperméable beige et couronnée d'un superbe couvre-chef gris foncé. Il leva la tête en arrivant devant le café, et scruta attentivement l'ensemble des clients qui avaient progressivement pris place aux côtés d'Ulysse. Lorsqu'il vit ce dernier qui lui adressait un signe de la main en se relevant, ses yeux clairs et malins s'illuminèrent, et un sourire franc s'afficha sur son visage. Il se fraya un passage entre les tables et les bancs, et s'installa face à Ulysse en lui tendant la main. William Whatkins était immense et anguleux, avec des pommettes saillantes et une peau très pâle. Ulysse l'avait toujours connu chauve. Les années semblaient avoir glissé sur lui comme la pluie. Il retira son chapeau, déboutonna son imperméable, commanda un café au serveur qui venait à sa rencontre, et s'accouda à la table en croisant ses interminables doigts.

— Alors, Ulysse, cela fait un bail !

— Vous n'avez pas changé William, vous êtes exactement celui de mes souvenirs.

— Je ne pourrais pas en dire autant ! Tu as grandi de ton côté, et tu es devenu très bel homme, ma foi !

Ils furent interrompus par le serveur qui revenait avec le café et l'addition. William jeta un billet dans la soucoupe et reprit la parole, en tenant sa tasse du bout des doigts.

— Ton père ne m'a pas dit grand-chose à ton sujet. Il m'a juste expliqué que tu faisais de magnifiques photos, et qu'à son humble avis, tu avais un sacré potentiel. Je me méfie toujours de l'opinion des parents, car ils ne sont jamais très objectifs... Paradoxalement, je connais bien Oscar, et le moins que l'on puisse dire, c'est qu'il n'est pas du genre à se vanter sans raison. Cela a éveillé ma curiosité. Il ne m'a rien dit de plus. Alors, je t'en prie, explique-moi.

Ulysse prit une grande inspiration. Il ne s'attendait pas à devoir raconter sa vie et cela le déstabilisa. Mais il sentit poindre en lui les réminiscences de ces anciens rendez-vous professionnels, lors desquels il devait séduire son interlocuteur en quelques minutes, et il se remit très vite en selle. Plus de doute, il désirait convaincre William Whatkins... même s'il ne savait pas encore vraiment comment.

Il raconta son parcours universitaire, la prépa à deux pas de ce café, l'école d'ingénieur, sa vie dans le conseil en stratégie. Puis il évoqua l'accident comme un événement déclencheur, fondateur, qui avait enrayé la machine, et l'avait obligé à changer son regard sur lui-même. Il ne parla ni de Bérénice, ni de sa jambe. Il replongea dans les souvenirs de ses voyages, ceux qu'il avait faits pendant ses études.

Ces périples lui avaient permis de nourrir son goût pour la photographie, qu'il avait découverte grâce à son père pendant l'adolescence. Secrètement, vers l'âge de vingt ans, il avait imaginé en faire son métier, mais il avait vite compris qu'avec ses capacités intellectuelles, on ne le laisserait pas facilement s'aventurer sur ces pistes incertaines. Alors il avait laissé tomber, par facilité sans doute, et parce qu'il restait très à l'aise avec le chemin tout tracé que ses études lui avaient ouvert.

L'accident avait tout retourné. Il l'avait retourné lui, son âme, sa raison, son corps, et ce dont il était certain, c'est que sa vie antérieure avait perdu toute attractivité. Il voulait tout changer. Et dans cette quête, la photo était revenue à lui. Elle n'était pas revenue toute seule, on l'avait aidée, mais elle était revenue, et depuis, il ne considérait plus son avenir sans elle.

Presque inconsciemment, Ulysse décida d'être totalement honnête avec William. Il poursuivit sur sa lancée.

Il avait besoin qu'on l'aide. Il avait besoin qu'on lui mette le pied à l'étrier, qu'on lui fasse confiance, au moins quelques mois, le temps qu'il s'améliore et qu'il sache ce dont il était capable. Oscar l'avait compris, et lorsqu'il lui avait proposé d'appeler William, il lui avait tendu une main qu'Ulysse n'espérait plus. Cet entretien constituait un moment essentiel pour lui.

En achevant son monologue, Ulysse se sentit épuisé, vidé. Il avala son café d'un trait et en commanda un second. William resta silencieux quelques secondes, les yeux baissés, les doigts croisés, immobiles. Puis il reprit :

— En termes de motivation, je pense qu'on est bon. Maintenant, montre-moi tes clichés.

Ulysse sentit son estomac se nouer, mais il alla au combat sans sourciller : quand faut y aller, faut y aller. Il posa le carton à dessins sur le guéridon, le déplia soigneusement, et le tourna vers son interlocuteur.

Puis il se leva d'un bond.

Il ne voulait pas assister à ce moment fatal, lire les expressions de William sur ce visage transparent. Il préférait aller directement au verdict. Il saisit la canne qu'il avait adossée à la verrière et prétexta un besoin urgent de téléphoner. William le laissa s'en aller sans un mot, absorbé par les clichés qu'il commença à feuilleter méthodiquement.

Ulysse resta de longues minutes à l'intérieur du café, le dos tourné à la terrasse. Il triturait un petit paquet d'allumettes entre ses doigts nerveux, accoudé au comptoir.

Il ne vit pas que William se levait. Il ne le vit pas remettre son chapeau, glisser son imperméable sur ses épaules et s'avancer vers lui en tenant le carton à dessins refermé sous le coude. Obnubilé par la peur, il était figé, paralysé, trempé et tremblant. Lorsque l'ami de son père posa sa main sur son épaule, il sursauta et fit tomber sa canne. William la rattrapa au vol, et déposa les précieux clichés sur le comptoir. Ulysse sentit un gouffre s'ouvrir sous son seul pied et crut qu'il allait se retrouver par terre. Sa gorge était si sèche qu'il se sentit incapable d'aligner deux mots.

William sourit, lui tendit la main et annonça :

— Il me semble qu'on va pouvoir faire quelque chose tous les deux. Banco ?

Un serveur glissa un tabouret dans le dos d'Ulysse au moment où il s'apprêtait à chanceler. William éclata de rire en lui malaxant l'épaule de sa forte poigne.

18

Madeleine

Pendant quelques jours, son esprit tout entier gravita autour de ce fabuleux après-midi passé sur la plage de Pen-Bron. Elle ne pensait qu'à Georges et à cette relation peu banale qui s'était si rapidement nouée entre eux.

Et lorsqu'elle se rappelait soudain qu'il n'était autre que le père de la jeune femme qu'elle avait vue gisant dans la neige et dans le sang, elle avait envie de vomir. Puis une voix démoniaque lui intimait l'ordre d'enterrer ces tristes souvenirs, de faire table rase du passé.

Cette voix avait été plus forte, et Madeleine téléphona à Georges quinze jours plus tard.

— Bonjour, c'est Madeleine, je ne vous dérange pas ?

Un court silence suivit, avant qu'il ne réponde :

— Madeleine, quelle bonne surprise !

Ils échangèrent des banalités, dans un enthousiasme partagé, un peu gauche. Quelques jours plus tard, elle reçut, par la poste, un recueil de poèmes illustrés de magnifiques aquarelles de la presqu'île guérandaise, accompagné d'une carte manuscrite :

Églantine serait heureuse de vous revoir au Croisic (et moi aussi). En espérant que ce modeste présent vous donne envie d'approfondir la découverte de notre région…

Amicalement,

G.

Elle ne répondit pas, tiraillée entre la profonde envie de les retrouver et la culpabilité que son secret ne faisait que renforcer.

La semaine suivante, c'est Georges qui lui téléphona.

Il l'informa qu'ils venaient passer le week-end à Paris, dans l'appartement de Bérénice qu'il n'avait pas eu le courage de mettre en location, et l'invita à partager un chocolat chaud sur la terrasse du Printemps, boulevard Haussmann. Elle ne sut dire non.

Elle les retrouva alors que Georges décrivait à sa petite-fille la beauté des toits parisiens, l'Opéra, la tour Eiffel, loin là-bas, le Panthéon, Montmartre de l'autre côté… Elle se tenait debout sur une chaise, appuyée à la rambarde d'un côté, enserrée dans les bras de son grand-père de l'autre, concentrée sur ces passionnantes explications. Ils étaient si beaux que Madeleine en eut presque les larmes aux yeux. Georges, immense et svelte, drapé dans son manteau de laine grise, tenait fermement la petite en lui racontant des blagues dans les oreilles. Ses yeux bondissaient d'un monument à l'autre, rieurs, espiègles. Églantine écoutait, attentive, fascinée de voir tant de choses s'ouvrir devant elle.

Ils firent de grands gestes en direction de Madeleine, à son arrivée dans le salon de thé, et Églantine sauta de sa chaise pour se jeter dans ses bras.

Et rebelote.

La magie opéra à nouveau. Ils passèrent un doux après-midi, tous les trois, flânèrent sur le boulevard, montèrent vers les Tuileries, s'installèrent sur les chaises vertes, rirent des pigeons qui poursuivaient Églantine et son goûter. À un moment, Georges prit à nouveau sa main dans la sienne. Madeleine se sentit rougir jusqu'aux oreilles, comme une jeune fille intimidée.

Les heures filèrent sans qu'elle ne s'en aperçoive. Déjà, elle devait repartir pour un important dîner professionnel aux côtés de Francis – impossible de se dérober. En la quittant devant la station de métro, il déposa un baiser à la commissure de ses lèvres. Elle se retrouva toute chancelante dans la rame du métro bondé, ébahie par ce qui lui arrivait.

« *Ces choses-là, à mon âge, ce n'est plus possible…* »

Madeleine tourna et retourna cette pensée dans les méandres de son cerveau en ébullition, tout au long du fameux dîner. Elle parla machinalement, fit la mondaine, rit et sourit à ses interlocuteurs, jouant parfaitement le rôle d'ambassadrice qu'il lui fallait tenir auprès de ces potentiels producteurs chinois qui avaient traversé le monde pour venir rencontrer son patron. Très gourmande, elle dégusta pourtant distraitement son homard et son foie gras, laissant son esprit vagabonder au gré des souvenirs de ces dernières semaines, pour revenir toujours au même point.

« *Ces choses-là, à mon âge, ce n'est plus possible…* »

Les papillons, les frissons dans le dos, les joues qui rosissent malgré soi, l'irrésistible envie d'appeler, de parler, de toucher l'autre, les pensées qui s'envolent, le cœur qui s'emballe, toutes ces petites réalités si douces, qui embellissent soudain le quotidien, ça n'était plus de son âge.

Autour d'elle, tout se passait comme si rien n'avait changé, comme si le monde était le même qu'auparavant, comme si Madeleine était la même, cette attachée de presse si performante, que le Tout-Paris enviait à Francis, pour sa discrétion, son professionnalisme, son efficacité, son opiniâtreté.

Pourtant, elle se sentait très différente.

Cela avait commencé avec l'accident. Un grain de sable s'était introduit dans le rouage bien huilé que constituait son quotidien. La machine s'était mise à grincer, les engrenages s'activant moins systématiquement, moins spontanément. Les tâches qui avaient rythmé son quotidien pendant de nombreuses années apparaissaient désormais moins logiques, moins évidentes. Elle avait eu envie de pousser la porte de son bureau et de laisser derrière elle ce métier et son mode de vie auxquels elle avait offert ses plus belles années. Elle ne regrettait rien, mais elle avait commencé à ressentir un besoin d'autre chose, une envie d'inconnu, de fraîcheur, de nouveauté.

Le week-end passé au Croisic avait enfoncé le clou.

Depuis, elle rêvait de mouettes, de barques, d'embruns, de sourires d'enfant, de crêpes, de caresses et de baisers salés. Elle se voyait pêcher les crevettes, gambader dans les rochers, manger des moules et des galettes en profitant du vent et de la pluie. Elle se voyait trempée de la tête aux pieds, sur le pas de cette librairie, libre comme elle ne l'avait jamais été.

Et dans ces moments d'envol, la vision de Bérénice écartelée sur l'asphalte n'avait plus prise sur elle. Bien sûr, la culpabilité la rongeait encore. Bien sûr la honte l'étouffait toutes les nuits. Bien sûr, elle se réveillait souvent les joues baignées de larmes, l'âme lourde, l'accident se rejouant encore et toujours derrière ses paupières.

Mais lorsqu'elle était avec ces deux êtres, lorsqu'elle pensait à Georges, lorsqu'il lui prenait la main, qu'ils bavardaient, qu'ils se promenaient et profitaient du temps présent, Madeleine était une autre.

Après le discret baiser du métro, les week-ends s'enchaînèrent. À Paris, et au Croisic. Jusqu'à ce qu'elle accepte finalement d'annuler sa réservation à La Tour des goélands, pour passer les deux jours entiers dans la maison de la rue Saint-Christophe.

Églantine fut très heureuse de lui montrer sa chambre. Madeleine ignorait tout des enfants : elle n'avait jamais fait de baby-sitting, n'avait ni neveux ni nièces, seulement un filleul dont elle s'était vaguement souciée quand il était petit, et dont elle ne prenait que trop rarement des nouvelles. Étrangement, elle avait envie d'apprendre. Les pleurs et les caprices de la petite fille ne l'effrayaient pas sans l'agacer non plus. Cela aurait dû être le cas, comme ça l'est souvent lorsqu'on n'a jamais eu à subir les plaintes interminables de ces petits êtres au caractère bien trempé. Au contraire, Madeleine avait envie d'apprendre auprès de la fillette, apprendre les petits bonheurs de l'enfance, ses tracas, ses maladies, ses grandes joies, son innocence et sa naïveté. Elle avait envie de mettre les mains dans le cambouis.

Georges avait aménagé un véritable cocon pour la petite fille, dans une chambre à l'étage, à côté de la sienne. Il avait installé un ciel de lit, des étoiles phosphorescentes sur les murs, un tapis épais et confortable. Sur les étagères, d'anciens jouets, vraisemblablement ceux de Bérénice, côtoyaient les plus neufs. Dans un coin de la pièce, il avait installé une vieille tente tipi, sous laquelle Madeleine aperçut des livres et des peluches en tout genre, et imagina que la petite fille allait s'y réfugier, quand elle ne voulait pas se coucher. Sur une étagère, elle remarqua une photo du trio : Bérénice, sa fille et son père. La jeune femme rayonnait littéralement, illuminant le papier de son sourire et de ses longs cheveux blonds qui ramenés en couronne autour de son visage d'ange, formaient une auréole presque divine.

Georges prépara la chambre d'amis, située au rez-de-chaussée, à côté de la cuisine. Les draps sentaient la lessive, et sur la table de nuit, il posa délicatement un bouquet d'hortensias roses. La fenêtre qui ouvrait sur une cour intérieure, baignée de lumière dans l'après-midi, était bordée de tentures en toile de Jouy bleu marine, retenue par deux embrasses en corde épaisse. Les murs étaient ornés de nombreuses aquarelles, navires et goélands flottant dans la brise, calvaires et clochers grimpant vers des ciels sombres, ports et marais parsemés de hérons et d'aigrettes. Georges expliqua que ces tableaux étaient l'œuvre d'un peintre nantais que Sidonie et lui appréciaient particulièrement, qu'ils avaient d'ailleurs exposé à La Frégate grise à de multiples reprises. Malheureusement, la maladie l'avait emporté quelques années auparavant. Georges était fier de posséder ces quelques œuvres qui incarnaient selon lui le summum de la finesse et de la poésie.

Le troisième week-end, Madeleine ne resta pas dans la chambre d'amis. Le vendredi soir, alors qu'Églantine dormait, et après avoir savouré un verre de vin au coin du feu, elle suivit Georges à l'étage, dans sa chambre. Ils partagèrent leurs doutes et leur timidité, autant que leur soif d'amour et de tendresse, faisant de cette première nuit un moment inoubliable. En se réveillant à l'aurore, Madeleine eut le sentiment qu'elle renaissait.

Églantine et son grand-père accueillaient leur invitée dans l'intimité de leur famille avec simplicité. Ils la traitaient naturellement, mêlant attention et amour, agissant comme si sa présence était une évidence. Madeleine se sentait à sa place. La situation qui lui semblait pourtant incongrue en quittant Paris devenait on ne peut plus normale une fois qu'elle avait posé le pied sur le quai du Croisic.

Pendant ce même week-end qui scella leur amour naissant, ils naviguèrent sur le petit bateau de Georges, pique-niquèrent dans les marais salants, mangèrent des crêpes sur le port. Ils reçurent la visite d'Antoine et Valentine qui vinrent siroter quelques bolées de cidre le samedi soir, au coin du feu, et restèrent finalement déguster les excellentes langoustines que Georges avait préparées en masse. Églantine veilla tard, assise sur les genoux de Madeleine qui s'émerveillait de la candeur et de la tendresse que la petite fille éveillait en elle. Emmitouflée dans sa robe de chambre, elle s'était enroulée dans les bras de Madeleine, suçant son pouce et tripotant les oreilles de sa souris, sans un mot, les pieds ballants, abandonnée contre sa nouvelle amie. Georges l'attrapa finalement dans ses longs bras, et l'emporta comme un trésor dans l'escalier, pour la déposer délicatement dans son petit lit à barreaux.

La soirée s'acheva dans les rires et la bonne humeur, sous les histoires et anecdotes à dormir debout que le métier de Madeleine avait pu lui faire vivre. Au petit matin, alors qu'il contemplait Madeleine endormie tout contre lui, Georges songea que les murs de cette maison n'avaient pas résonné du rire de ses occupants depuis longtemps.

Se pouvait-il que le bonheur revienne ?

Le lendemain, à la gare, au moment de partir, Madeleine se serra dans les bras de Georges. Cette fois, elle l'embrassa pour de vrai, blottie contre le manteau de laine de cet homme qui lui ouvrait un avenir nouveau. À leurs pieds, Églantine contemplait la scène sans un mot. Elle réclama un câlin à Madeleine, avant que celle-ci ne monte dans le train, et lui lança des centaines de baisers à travers la fenêtre du TGV. Georges agita un mouchoir en sommant Madeleine de revenir vite.

Bien sûr, elle aurait dû révéler son secret, car le temps ne faisait que renforcer son malaise.

Bien sûr, elle devait la vérité à Georges, le plus tôt possible.

Mais cet apaisement qu'elle ressentait en sa présence, cette espérance soudaine, si douce, emportait tout sur son passage, raison et entendement compris. Elle souhaitait profiter de cette incroyable chance d'aimer à nouveau – pour la première fois peut-être ? – sans être pourtant certaine qu'elle y avait droit.

19

Aliénor

Aliénor sentit son portable vibrer dans sa poche au moment où elle enfourcha sa bicyclette. Elle n'en tint pas compte et fila vers le Cornet doré.

Elle était en retard ce matin et dut pédaler à toute vitesse pour arriver à temps. Elle avait veillé tard, concentrée sur une grande aquarelle de la baie qui avait fait glisser les heures sans qu'elle ne s'en aperçoive. Lorsqu'elle peignait, elle oubliait tout, jusqu'aux aiguilles qui avançaient inexorablement sur la petite horloge de sa cuisine. Depuis quelques semaines, elle progressait. La mer était plus intense, le vert des palmiers plus acidulé, celui des pins plus profond. Elle améliorait sa netteté, sa précision, et les villas qui se découpaient dans les collines gagnaient en ressemblance, en réalisme. Elle commençait enfin à retranscrire l'esprit de la Riviera à travers ses modestes œuvres, et cela lui apportait beaucoup de fierté. Les dessins restaient dans leur bloc ou leur carton, sur son bureau, elle les gardait pour elle, comme un jardin secret, un paradis caché.

Elle se sentait de mieux en mieux au Cornet doré. Les mois avaient filé, et progressivement, ses collègues étaient devenus de vrais amis. Elle gardait ses secrets pour elle et ils ne lui posaient aucune question. Malgré cela, elle avait réussi à tisser des liens de confiance avec eux, et ils passaient de bons moments ensemble, en dehors de leur travail chez le glacier. Gabrielle était rebelle, impulsive, passionnée, extravertie, mais sous ses airs parfois superficiels, elle renfermait une grande finesse. Jamais Aliénor n'aurait pu imaginer que cette grande fille tatouée de la tête aux pieds deviendrait son amie.

Un soir, après une journée particulièrement éprouvante, ponctuée de touristes coréens qui souhaitaient goûter les 152 parfums proposés par le Cornet, elles avaient pris un verre sur le port, et Gabrielle s'était livrée. Orpheline à douze ans, à la suite d'un accident de voiture qui avait coûté la vie à ses deux parents, elle avait été séparée de son petit frère et confiée à différentes familles d'accueil. Globalement, elle avait été bien traitée, elle ne gardait pas de mauvais souvenirs de ces gens qui l'avaient accueillie sans la connaître. Elle restait toutefois traumatisée par ce sentiment d'abandon qui l'avait ensevelie au moment de la mort de ses parents qu'elle chérissait tendrement. Elle avait réussi à garder des liens avec son petit frère, et son travail au Cornet doré avait pour but de payer une partie de ses études. Elle avait expliqué à Aliénor que contrairement à elle, ce dernier était doué pour les examens. Elle voulait en faire un ingénieur, et l'encourageait de toutes ses forces, subvenant à ses besoins autant qu'elle le pouvait, l'inscrivant sur toutes les listes de bourses possibles et imaginables. Il venait d'entrer en deuxième année de classe préparatoire et les concours approchaient doucement. Gabrielle en faisait déjà des cauchemars, alors qu'elle n'était pas celle qui plancherait sur d'insolubles équations au mois de mai suivant.

De son côté, Gabrielle adorait dessiner et voulait devenir tatoueuse professionnelle. Aliénor, à qui le tatouage ne parlait pas du tout, avait découvert un monde sensible et inconnu grâce à son amie, comprenant que dans les images qu'elle dessinait, et qu'elle ancrait à jamais dans sa chair, Gabrielle inscrivait une forme d'espérance et d'abandon qui lui faisait penser à ses propres aquarelles.

Quant à Grégoire, il comprit vite qu'Aliénor ne leur disait pas tout. Et il se tut. Après la soirée arrosée de rhum et de ti-punchs, à l'issue de laquelle il l'avait ramenée jusque chez elle, un lien affectueux s'était noué entre eux. Aliénor se demandait parfois si Grégoire n'avait pas un petit faible pour elle… D'une certaine façon, elle en était flattée, mais sitôt que ce sentiment de léger orgueil s'emparait d'elle, la culpabilité suivait car il n'avait rien à espérer d'elle. Elle évitait de lui faire miroiter quoi que ce soit, mais elle aimait aussi passer du temps en sa compagnie. Il était drôle et sensible, un peu perdu comme elle, assoiffé d'aventures et de dépaysement. Dès qu'il le pouvait, il les emmenait en bateau avec Gabrielle, le long de la Riviera, à la conquête des baies et de ses merveilleux fonds marins. Il parlait de voyages, de terres inconnues, de peuples disparus, le nez plongé dans des livres d'exploration. Il faisait aussi venir ses amis sur son voilier, parmi lesquels les jumeaux occupaient une place de choix. Ils voguaient tous les cinq en grignotant des crevettes et des glaces offertes par Jacquotte, sautaient du pont du bateau, riaient et profitaient de la douceur de vivre niçoise.

Aliénor sentait poindre le bonheur, et lorsqu'elle voulait bien l'admettre, une onde de chaleur s'emparait de tout son être. Elle se jetait sur Tartempion, le câlinait, le dorlotait et chantonnait en nettoyant ses pinceaux.

Pour être tout à fait honnête, un changement supplémentaire embellissait sa façon de voir le monde. Depuis sa cuite mémorable, Hector avait refait surface. Ils ne s'étaient pas revus, ne s'étaient pas parlé. Mais ils s'écrivaient. Des e-mails et des textos.

Et malgré toute l'aigreur et la rancune qu'elle nourrissait à son égard, elle devait admettre que ces quelques échanges la rendaient heureuse. Les messages ne disaient pas grand-chose, mais leur seule existence indiquait qu'Hector ne l'avait pas complètement oubliée. Et cela la réconfortait.

Ils s'écrivaient comme si rien n'était arrivé, évoquant des souvenirs communs et heureux.

Aliénor, je pense à toi ce soir. La voisine m'a offert de délicieuses empanadas, *qui me rappellent notre passage à Santiago pendant la fête nationale. Tout y est, le goût et les souvenirs. Il ne manque que toi et le pisco. Passe une bonne nuit.*

Par moments, elle pensait qu'il jouait avec elle, qu'il ne parvenait pas à vivre seul et qu'en lui écrivant, il comblait sa solitude. Elle décidait alors d'effacer tous ses messages, mais quelques heures plus tard, elle prenait son téléphone et répondait en minaudant. Elle n'avait plus confiance en lui, mais c'était plus fort qu'elle… Elle l'aimait encore évidemment.

En sentant son téléphone vibrer dans sa poche ce matin-là, elle avait pensé que c'était lui, et son cœur s'était réchauffé. Elle s'en voulait tellement. Elle avait fui sa vie, ses amis, son quartier pour lui échapper et elle retombait dans la gueule du loup, les yeux grands ouverts. Quelle gourde, pensait-elle.

Elle gara son vélo, attrapa son sac à main et courut vers le Cornet doré. Ouf, elle était finalement à l'heure. Elle sortit son téléphone de sa poche pour lire le fameux message. Raté. Il n'était pas d'Hector, mais d'un numéro inconnu. Elle l'ouvrit rapidement, le balaya des yeux en enfilant sa toque et son tablier. Ses parents avaient dû vendre la mèche : c'était une amie de sa mère qu'elle aimait bien, discrète et courageuse. Elle passait quelques jours dans une merveilleuse maison pas loin, et lui proposait de venir dîner le surlendemain. Elle serait heureuse de la revoir après toutes ces années… Bla-bla-bla…

Pourquoi pas ? Elle décida de se laisser la journée pour répondre, et s'engouffra dans la cuisine du Cornet doré, prête et disposée à affronter la nuée de touristes du jour.

Aliénor entama la matinée par une cession de service en salle à manger. À ce moment de la journée, les touristes choisissaient généralement d'accompagner leur boule de glace d'un chocolat chaud ou d'un thé parfumé. La carte du glacier proposait également de délicieux thés exotiques, importés de Chine et d'Inde, aux saveurs plus envoûtantes les unes que les autres. Jacquotte avait développé cette offre, persuadée que pendant l'hiver, les touristes seraient plus attirés par les senteurs d'une jolie théière que par les couleurs des bacs à glace, aussi séduisantes soient-elles. Elle avait eu raison, et pour beaucoup, le Cornet doré était au moins autant un salon de thé qu'un glacier, y compris l'été.

Aliénor virevoltait donc gaiement au milieu des tables, déposant un Lapsang Souchong sur l'une, une dame blanche sur l'autre, quand un client qu'elle n'avait pas vu s'installer lui adressa un signe de la main. Elle s'approcha doucement pour prendre la commande, et remarqua immédiatement l'énorme appareil photo qu'il avait posé devant lui. En se glissant le long du guéridon, elle ne vit pas le pommeau de la canne que le client y avait accoudée et la fit tomber dans un tintement métallique. Gênée, elle se confondit en excuses, releva l'instrument et l'appuya à nouveau le long de la petite table à trois pieds, les joues rosies. Elle posa ses yeux sur le client que ce geste avait visiblement agacé.

— Je suis vraiment désolée, je n'avais pas vu votre canne. Que puis-je pour vous ?

Il releva la tête vers elle. Un sourire fit place à l'agacement, mais elle perçut tout de même qu'il était mal à l'aise. Il lui tendit la carte et demanda :

— Bonjour, j'aimerais un thé Earl Grey s'il vous plaît, et comme on m'a dit qu'elle était à tomber par terre, pourriez-vous également m'apporter une boule de glace riz au lait ?

— Bien sûr, je vous apporte cela tout de suite.

Aliénor était toujours fascinée que l'on souhaite déguster un cornet de glace avant le déjeuner, mais elle s'exécuta comme tous les matins et passa à la cuisine ses diverses commandes. Elle entama de débarrasser la table des clients qui venaient de quitter le salon de thé.

— Excusez-moi !

Elle se retourna. L'homme à la canne avait saisi son appareil photo et il reprit en lui adressant un sourire discret :

— En attendant ma commande, est-il possible de prendre quelques photos ?

Les clients prenaient souvent en photo la salle à manger du Cornet doré, ses dorures somptueuses et ses moulures baroques. Elle haussa les épaules et répondit :

— Oui, bien sûr, c'est autorisé.

Il la remercia, se leva, et fit le tour de la pièce. S'appuyant sur sa canne quand il marchait, il en glissait adroitement la lanière autour du poignet lorsqu'il voulait prendre une photo et s'armait alors de l'imposant boîtier qui pendait autour de son cou.

Aliénor l'observa du coin de l'œil.

Déambulant discrètement entre les tables, il ne prenait pas ses photos comme n'importe quel touriste. Il regardait attentivement le plafond avant d'ajuster son objectif, posait ses mains sur les moulures le long du mur, s'imprégnait des lieux et des parfums, fermant les yeux par moments, en s'adossant contre une chaise.

Grand et baraqué, il portait une veste en cuir marron, un pantalon de toile beige et des chaussures de ville en daim. Ses cheveux épais et bouclés tombaient autour de son visage aux traits droits et fins, parsemé d'une barbe peu garnie. Elle pensa qu'il devait être sensiblement plus âgé qu'elle, sans doute à cause de sa canne et de l'expression sévère qui marquait son visage, renforcée par les épais sillons que la ride du lion avait creusés entre ses yeux. Lorsque sa commande fut prête, elle lui indiqua qu'elle la posait sur sa table et s'en alla servir la famille nombreuse qui venait de passer le pas de la porte. Il la remercia d'un signe de la main et replongea le nez dans son objectif.

La famille en question venait de Copenhague, et se composait de quatre enfants accompagnés de leurs parents. Tirés à quatre épingles, soignés, aimables et respectueux, ils constituaient le parfait cliché de la famille nordique, à la fois organisée et naturelle.

Ils s'installèrent calmement autour de la table qu'Aliénor leur avait attribuée, ouvrirent les cartes en la remerciant et disparurent dans leur lecture. Les six têtes blondes à moitié cachées derrière ces grandes cartes firent sourire Aliénor. Les enfants plaisantaient, sans doute en lisant le nom de certains parfums. Il faut dire qu'il n'est pas courant de pouvoir goûter une glace tomate-basilic ou tourte de blettes. Les parents répondaient posément, discrètement, en s'adressant de larges sourires. Aliénor admira leur sérénité, leurs mains enlacées sur la table.

Elle chérissait particulièrement ces clients polis qui semblaient passer un moment heureux, et décidait généralement de leur donner une double ration de bonbons au moment de l'addition. Lorsqu'elle agissait discrètement, Jacquotte ne la réprimandait pas et les enfants se montraient généralement ravis.

Elle les conseilla en recommandant quelques parfums à destination des bambins – non, olives noires n'était peut-être pas une bonne idée pour le plus jeune, et oui nougat-framboise était sans doute plus judicieux –, quelques thés pour les parents, et nota finalement leur commande.

Lorsqu'elle réapparut en portant une montagne de glaces sur son plateau, les quatre enfants la contemplèrent avec extase et poussèrent de grandes exclamations de joie, ce qui lui réchauffa le cœur. Elle aimait ce job car elle avait souvent l'impression d'apporter de bons moments à ses clients. Vendre des glaces était une belle façon de gagner sa vie.

« Excusez-moi. »

Elle se retourna, le plateau vide entre les mains. Zut, elle l'avait presque oublié, celui-là ! L'homme à la canne s'était rassis devant sa table, l'appareil photo posé sur les genoux.

— Je suis vraiment désolé, mais j'ai été tellement absorbé par mes photos que j'en ai oublié de manger ma glace… Pourrais-je vous en commander une seconde ?

Aliénor éclata de rire. Effectivement, la boule de glace s'était transformée en soupe de riz au lait.

— Avouez que c'est moins appétissant…, répondit-il en riant à son tour.

— Bien sûr, je vous en apporte une autre. Même parfum ?

— Je ne sais pas… Qu'en pensez-vous ? Je vous ai entendue parler avec les Danois de la table d'à côté et vous m'avez l'air assez calée… On m'avait recommandé le parfum riz au lait, mais il me semble que vous seriez peut-être de meilleur conseil.

La jeune femme rit à nouveau et ouvrit la carte qu'elle déposa devant le client.

— Personnellement, c'est celle au café qui me fait fondre, mais j'ai aussi un petit faible pour le caramel au beurre salé... La noix de coco et celle au fruit du dragon ne sont pas mal non plus si vous préférez quelque chose de plus exotique. Mais votre ami vous avait bien conseillé car celle au riz au lait est également délicieuse.

— Va pour le caramel au beurre salé, je vous fais confiance.

— Vous la mangerez cette fois, n'est-ce pas ?

— Je reste scotché à ma chaise, c'est promis.

Il lui adressa un sourire sincère, et c'est en croisant son regard pétillant qu'elle constata qu'il était sans doute plus jeune qu'elle ne l'avait pensé.

Décidément, les clients étaient sympathiques, ce matin.

Elle passa la commande en cuisine, nettoya quelques tables et lui rapporta la boule de glace dans son petit pot en carton, accompagnée d'une traditionnelle cuillère en plastique colorée. Il consultait les photos qu'il avait prises sur l'écran de son appareil lorsqu'elle déposa la boule de glace sur sa table. La matinée était calme, et sans vraiment savoir pourquoi, elle osa ajouter :

— Me feriez-vous voir vos photos ?

Le client releva la tête, visiblement surpris.

— Pardon ?

Aliénor se sentit rougir jusqu'aux oreilles.

— Vos photos… Vous me les montreriez? Vous aviez l'air si inspiré, si absorbé en les prenant tout à l'heure… On ne laisse pas fondre une glace du Cornet doré sans bonne raison, croyez-moi! Comme je suis assez curieuse, je me demandais si vous accepteriez que j'y jette un œil… Mais vous pouvez refuser bien sûr, et veuillez me pardonner si je vous ai importuné.

Le client balbutia quelques mots.

— Je ne sais pas… c'est que… enfin… ce sont des photos très classiques…

— Laissez tomber, je ne voulais surtout pas vous ennuyer, mille pardons.

Aliénor se retourna et débarrassa la table des Danois qui avaient littéralement englouti leurs boules de glace. Le père demanda l'addition qui fut réglée par la mère. Comme prévu, les enfants se jetèrent avec plaisir sur les bonbons qu'Aliénor déposa sur la table. Ils la remercièrent poliment et disparurent aussi calmement qu'ils étaient arrivés, en la saluant gentiment. Ils furent vite remplacés par une nouvelle famille de touristes, des Allemands cette fois. Aliénor nettoya la table et installa tout ce petit monde en quelques minutes. Elle était désormais rodée et réalisait ces opérations rapidement. Les Allemands furent bientôt rejoints par des Italiens, puis des Russes, et Aliénor poursuivit ses tâches quotidiennes dans la bonne humeur.

Quelque temps plus tard, le client à la canne lui demanda l'addition ; elle la lui apporta dans une coupelle, accompagnée des habituels bonbons colorés. Lorsqu'elle posa le tout sur la table, il avança une chaise vers elle et expliqua timidement :

— Je suis désolé, j'ai été étonné que vous me demandiez de voir mes photos tout à l'heure, et je n'ai pas su réagir, mais si vous voulez les regarder, je vous les montrerai avec plaisir : asseyez-vous, je vous en prie.

Aliénor sourit, consulta sa montre et répondit :

— Il y a plus de monde que tout à l'heure, je ne peux pas m'asseoir pour le moment. Mais je finis mon service dans une quinzaine de minutes, si vous pouvez attendre jusque-là.

— D'accord, je vous attends… Nous irons boire un café ailleurs, si vous voulez…

Elle n'en revenait pas. Est-ce que ce type, cet inconnu bizarre lui proposait vraiment d'aller boire un café ?

Elle se laissa tenter… Elle avait prévu de terminer l'aquarelle commencée la veille au soir pendant sa pause, mais elle avait bien un moment à accorder à cet homme, d'autant plus que c'était elle qui l'avait sollicité au départ. Elle accepta donc la proposition et alla servir les clients qui venaient de passer le seuil de la porte.

Il paya sa note, se leva, sortit du Cornet doré en boitillant et s'assit sur la fontaine en pierre qui se trouvait en face du glacier, sur la place, à côté de la cathédrale. Il cala son œil derrière le viseur de son objectif et prit quelques photos en attendant. Un rayon de soleil éclairait les oiseaux venus s'abreuver à côté de lui. Cette série de clichés s'annonçait particulièrement réussie.

Un quart d'heure plus tard, Gabrielle relevait Aliénor qui put retirer sa toque, son tablier et saluer Jacquotte avant de disparaître dans le vestiaire. Elle était à nouveau de service à partir de 17 heures, avec Grégoire cette fois, ce qui lui laissait presque cinq heures pour prendre ce café et filer chez elle finir son aquarelle. Elle passa son manteau, glissa son sac en bandoulière sur l'épaule, et s'esquiva discrètement pour rejoindre l'homme à la canne qui l'attendait devant la fontaine. Ils s'éloignèrent en direction du cours Saleya où Aliénor aimait s'installer en terrasse, et observer attentivement les brocanteurs et les fleuristes qui investissaient les lieux tous les matins. Ils s'assirent à la première terrasse venue et commandèrent deux cafés. L'inconnu posa son appareil sur la table et le tourna vers Aliénor.

— Voilà, si vous voulez regarder. On ne voit pas très bien sur cet écran microscopique, mais dites-moi quand même ce que vous en pensez.

Aliénor saisit le boîtier entre ses mains. Elle n'avait jamais vu un appareil aussi lourd : cela devait être une belle bête. En tournant la molette, elle entreprit de faire défiler les photos une à une.

Elle ne s'était pas trompée.

Bien qu'il soit difficile de se faire une idée précise des clichés sans les voir dans leur format réel, ils reflétaient une atmosphère particulière.

Les images se succédaient et rendaient parfaitement cette ambiance pleine de vie et de plaisir qui caractérisait le Cornet doré. Sur l'une, on devinait le rire des enfants danois, et sur la suivante, les immenses glaces qu'ils avaient commandées leur cachaient la moitié du visage.

Les détails des moulures dorées, ceux des guéridons de marbre, un cornet dégoulinant sur une petite main potelée, les bonbons multicolores, les appliques baroques sur lesquelles figuraient de jeunes chérubins portant un flambeau, ornant les murs de la salle, les chaises délicates en bois peint, les cartes noires aux lettres d'or… Tout y était, même elle ! Sur l'une des photos, elle se reconnut de profil, avec sa toque et son tablier, concentrée sur le plateau des Danois, où s'amoncelaient les boules de glace. Elle se fondait parfaitement dans ce décor festif, enfantin, presque magique.

Aliénor resta silencieuse quelques minutes, contemplant ces photos avec ravissement, et comprit mieux pourquoi le photographe avait eu l'air si absorbé en les prenant. Ce dernier déballa le spéculoos servi avec le café, et le trempa dans sa tasse nerveusement.

— Je ne suis pas une fine connaisseuse, mais vos photos me semblent magnifiques. Vous devriez les montrer à Jacquotte, la patronne du Cornet doré, elle serait sans doute ravie…

Aliénor reposa l'appareil sur la table et attrapa la tasse de café entre ses mains. Son interlocuteur poussa un soupir.

— Merci, vous êtes très gentille. Ces photos ne sont pas parfaites, mais j'en suis tout de même satisfait. J'ai rendez-vous avec votre patronne après-demain, mais j'ai préféré venir incognito aujourd'hui. Tout est tellement plus naturel quand on vient à l'improviste…

— Vous êtes donc photographe professionnel ? Vous allez faire de la publicité pour le Cornet doré ?

Le photographe sourit jusqu'aux oreilles et demanda un autre café au serveur qui passait à côté de lui.

— Non, pas vraiment… Vous voulez que je vous raconte ?

— Avec plaisir.

Son visage s'illumina et s'anima soudain, ses yeux pétillèrent et il entama avec exaltation :

— Connaissez-vous les Éditions Whatkins ?

Aliénor secoua la tête. Elle n'en avait jamais entendu parler.

— C'est une maison d'édition spécialisée dans le guide de voyage. Ils éditent de très beaux ouvrages, qui sont à mi-chemin entre le carnet de voyage et le guide à proprement parler, mêlant photos, peintures, témoignages, extraits de romans… De vraies merveilles si vous aimez les beaux livres. On m'a demandé de participer à la création de l'un d'entre eux, et c'est la raison pour laquelle je prends ces photos. C'est une aventure qui me passionne et dont je suis très fier.

Aliénor but une gorgée de son café.

— Vous êtes photographe depuis longtemps ?

Il avait l'air sidéré, mais il répondit :

— En fait, c'est très récent… On va dire que… j'ai tout plaqué pour suivre cette voie.

— Et votre guide parle de Nice spécifiquement ou de la Côte d'Azur ? Êtes-vous originaire de la région ?

— Le guide ne traitera que de Nice. Les Éditions Whatkins ont publié un ouvrage sur la Riviera l'an dernier. Comme il s'est très bien vendu, ils ont décidé d'en composer un plus spécifique sur « Nissa la Bella ». Et non, je ne suis pas originaire d'ici. En fait, je ne connais pas bien Nice, ce qui complique la tâche tout en la rendant plus intéressante encore. Mon regard sur la ville est totalement neuf, je n'ai pas de préjugé, j'apprends à la connaître et je découvre un lieu fascinant de contradictions. Mais pardonnez-moi, je m'emporte et je ne vous laisse même pas ouvrir la bouche… Et vous, êtes-vous niçoise ?

Aliénor sourit et attendit quelques secondes avant de répondre.

— Non, je ne suis pas niçoise. Je suis arrivée ici il y a quelque temps. Je viens de Paris mais j'aime beaucoup cette ville. Elle m'apaise.

— Vous aussi, vous avez tout plaqué ?

— On peut dire ça, effectivement. Je suis arrivée ici sans travail, sans amis, et aujourd'hui, je me sens presque comme un poisson dans l'eau.

Ils devisèrent ainsi pendant presque une heure. Les minutes glissaient simplement, presque naturellement.

Pourtant, lorsqu'elle sentit son téléphone vibrer dans sa poche, Aliénor sut qu'il était temps de partir. Elle passait un doux moment mais, étrangement, elle ne se sentait pas tranquille. Un pincement lui serrait le cœur, l'empêchant de profiter pleinement de cette délicate rencontre.

Il dut sentir ce léger malaise car il n'essaya pas de la retenir.

Elle demanda l'addition, mais c'est lui qui régla le tout.

Au moment où elle se leva pour rentrer chez elle, il lui demanda :

— Excusez-moi… nous ne nous sommes même pas présentés !

Elle sourit et répondit :

— Je m'appelle Aliénor. Et vous ?

— Ulysse.

Ils se serrèrent la main gauchement, Aliénor glissa la bandoulière de son sac sur son épaule, et lui tourna le dos, en s'engouffrant vers les arcades pour retrouver son vélo. Elle sortit son téléphone de sa poche et constata avec déception que le texto ne provenait pas de celui qu'elle attendait. Grégoire l'informait que le planning du Cornet doré qu'elle avait consulté le matin n'était pas à jour : elle recommençait à 16 heures au lieu de 17 heures. Pour s'excuser, il lui proposait d'aller boire un mojito avec les jumeaux en sortant. Elle sentit l'amertume former une masse dans le fond de sa gorge.

20

Ulysse

Ulysse contempla le dos de la jeune femme qui s'éloignait au pas de course. Avait-il dit quelque chose de déplacé ou de stupide pour qu'elle cherche à s'éclipser si soudainement ? Il n'en avait pas l'impression, mais il savait aussi que depuis l'accident et la mort de Bérénice, il se sentait moins sûr de lui, moins à l'aise avec les inconnus. La perspective d'échanger plus de cinq minutes avec des étrangers lui procurait parfois des sueurs froides. Cet inconfort devait transparaître à travers ses gestes et son discours, et sa compagnie n'était sans doute pas des plus attrayantes. La jeune femme l'avait intrigué pourtant, et pour la première fois depuis longtemps, il s'était senti le courage de dépasser ce cap des cinq minutes. Son sourire sincère, sa façon de virevolter dans la salle, les bras encombrés de plateaux qu'elle maniait comme une majorette, son regard à la fois concentré et pétillant lorsqu'elle s'adressait aux clients, son allure tout entière avait éveillé sa curiosité. Il l'avait observée discrètement lorsqu'il prenait ses photos, et s'était surpris à vouloir lui proposer un café.

Puis la culpabilité l'avait submergé, et il avait relégué cette idée saugrenue dans un coin de son cerveau. La petite phrase qu'il se répétait des dizaines de fois par jour avait à nouveau résonné en lui : « *La dernière fille que t'as voulu raccompagner chez elle, je te rappelle que tu l'as tuée.* »

Certes, il se sentait à nouveau le droit de parcourir le monde en prenant des photos, mais cela ne l'autorisait pas pour autant à conter fleurette à la première inconnue venue. Aussi, lorsque la jeune femme s'approcha et lui demanda de voir ses photos, il ignora comment réagir. Il n'avait pas imaginé que ce puisse être elle qui cherche à engager la conversation, d'autant qu'il l'avait un peu rabrouée à son arrivée, lorsqu'elle avait malencontreusement fait tomber cette maudite canne. Il se sentit flatté qu'elle veuille observer son travail, alors il avait finalement sauté sur l'occasion. Ils avaient passé un agréable moment. Évidemment, il ne s'était pas vraiment livré, mais il avait apprécié cette conversation, et il s'était même senti à sa place.

Et puis elle avait filé. En quelques secondes, le café était fini, payé et elle s'était volatilisée. Il avait tout juste eu le temps de lui demander son prénom. Elle avait eu l'air si pressé soudain. C'était sans doute mieux ainsi. Il se promit d'oublier ce moment, si doux fut-il, le plus rapidement possible.

Il décida de rester sur cette terrasse pour le déjeuner, et contempla les échoppes qui fermaient une à une sous ses yeux. En début d'après-midi, le marché s'arrêtait et les employés municipaux se succédaient pour nettoyer les trottoirs avec leurs tuyaux d'arrosage. Il photographia l'un d'eux, cigarette au bec et téléphone coincé sous le menton, qui balayait consciencieusement les détritus laissés par les forains.

Cela faisait presque un mois qu'il était arrivé à Nice.

Lorsque William lui avait annoncé sa destination, Ulysse avait été ravi. Il n'était jamais venu à Nice, il n'y connaissait personne. C'était un lieu parfait pour se remettre en selle. Par son climat et sa localisation, entre mer et montagnes, aux portes de l'Italie, Nice l'invitait au voyage, à l'exotisme presque, tout en lui garantissant les repères et le confort de son pays.

Ils réglèrent rapidement les détails pratiques de son périple : le fait qu'Ulysse dispose de suffisamment d'économies pour vivre quelque temps sans toucher un centime avait bien sûr aidé. Au moment où il acheta son billet d'avion en ligne, l'excitation lui chatouilla le cœur, et la réaction de ses proches, lorsqu'il leur apprit son départ, ne fit qu'accroître sa motivation.

Le Dr Duval et les kinés lui recommandèrent de se ménager tout en le félicitant pour cette initiative. Profondément heureuse et fière de la décision de son patient, Astrid lui prodigua également quelques conseils, et le somma de l'appeler à la moindre douleur suspecte. Ses parents l'emmenèrent au restaurant pour fêter ce nouveau départ et lui souhaiter bonne chance. Ils passèrent un moment familial sincère et profond, paisible, serein. Lorsque le serveur déposa sur la table leurs somptueux desserts, sa mère prit sa main dans la sienne et lui murmura toute la fierté qu'ils nourrissaient à son égard, les yeux gorgés de larmes.

Pourtant, il n'était pas encore vraiment heureux. La honte et la culpabilité restaient tapies au fond de lui.

Madeleine était la seule personne qui puisse vraiment le comprendre. Lorsqu'il lui raconta son projet, elle se leva d'un bond et le serra contre son cœur. Il resta droit, les bras ballants, en écoutant les paroles réconfortantes qu'elle lui adressait dans le creux de l'oreille :

— Ulysse, tu es si jeune. Ta vie ne doit pas s'arrêter maintenant, et cette aventure dans laquelle tu t'embarques sera merveilleuse. Il faut que tu avances, tu réaliseras de grandes choses, j'en suis sûre. Je ne te dis pas d'oublier Bérénice, ni même d'effacer ta honte, mais je te demande de vivre avec, et de puiser tes forces dans cette épreuve, pour devenir quelqu'un de meilleur.

Puis ils avaient discuté des modalités pratiques de son départ, et là encore, il avait eu beaucoup de chance. Madeleine lui avait fait une alléchante proposition : Francis possédait une villa à Saint-Jean-Cap-Ferrat, aux portes de Nice. Elle était vide les trois quarts du temps, ce qui désolait son propriétaire. Madeleine était persuadée qu'il lui confierait les clés les yeux fermés, et elle pourrait elle-même y passer quelques jours en sa compagnie. Certes, il ne serait pas dans Nice intra-muros, mais il pourrait toujours prendre le bus... Cela lui ferait une bonne rééducation. Ulysse accepta que son amie interroge Francis à ce sujet. Disposer d'un pied-à-terre dès son arrivée serait bien plus confortable, même s'il n'y restait que quelques jours en attendant de trouver un endroit où loger plus durablement ; il y serait sans doute plus à l'aise pour travailler que dans une chambre de bonne à côté de la gare.

Francis accueillit la demande de son attachée de presse avec l'enthousiasme qui le caractérisait, ravi que la maison puisse être habitée quelques semaines. Il appela Ulysse pour lui donner quelques recommandations en se montrant à la fois chaleureux et bienveillant. Ulysse proposa de lui verser un loyer, afin de couvrir les charges liées à son passage dans la maison. Francis éclata d'un rire franc et sincère :

— Et puis quoi encore ? Les amis de Madeleine sont mes amis.

Au bout de quelques secondes, Francis reprit d'une voix légèrement voilée :

— À propos de Madeleine… J'aimerais vous poser une question à son sujet, mais je vous interdis de lui en parler. Nous pourrions dire que ce sera le maigre loyer que vous me verserez pour votre séjour à Saint-Jean.

Intrigué, Ulysse répondit :

— Je vous écoute.

Francis s'expliqua alors, mal à l'aise :

— Voilà… Depuis plusieurs semaines maintenant, Mad semble vivre… disons… une relation… une histoire d'amour même, je crois… Et compte tenu des épreuves qu'elle a traversées ces derniers temps, je voudrais m'assurer que la personne avec laquelle elle passe la plupart de ses week-ends est digne de confiance… Comme elle refuse de me la présenter, je me demandais si vous pouviez m'en dire plus… Je ne veux pas être indiscret, comprenez-moi bien. J'aime beaucoup Mad, et je souhaite le meilleur pour elle.

Francis acheva sa tirade, légèrement essoufflé. C'était donc cela. Ulysse avait bien senti qu'il se tramait quelque chose dans la vie de Madeleine. Elle était moins disponible, souvent absente le week-end, répondait tardivement à ses textos, ne le rappelait pas toujours. Il avait mis cela sur le compte du retour de la routine, du rythme professionnel qui s'accélérait à l'approche du nouveau spectacle de Francis. L'idée que Madeleine ait pu se lancer dans une histoire sentimentale ne l'avait même pas effleuré. Elle était pourtant très belle, et si volontaire. Il n'était pas étonnant que quelqu'un veuille la séduire.

Il expliqua à Francis qu'il ignorait tout de cette aventure, et posa quelques questions subsidiaires. Ils achevèrent leur conversation en termes amicaux, Ulysse promit de venir voir le prochain spectacle et raccrocha, pensif.

Quelques jours après son arrivée, il décida finalement de rester dans la villa de Francis, comme ce dernier le lui avait suggéré. Ses trajets quotidiens en bus lui faisaient faire de l'exercice, et la vue était à couper le souffle. Il installa son ordinateur sur la table de la salle à manger, face aux immenses baies vitrées qui ouvraient sur la mer. Lorsqu'il se levait, tôt le matin, après des nuits ponctuées de cauchemars et d'insomnie, la contemplation du soleil qui apparaissait au loin sur l'horizon, teintant le ciel de nuances chatoyantes, tous les jours plus rouges, plus roses, plus violettes, apaisait son cœur meurtri. Il se perdait dans les couleurs qui dansaient sous ses yeux, un café à la main, et se remémorait les paroles de Georges à l'hôpital : « *Vous nous devez de grandir, d'aimer, de vivre une vie exceptionnelle.* »

Il passait ensuite quelques heures à trier ses clichés, à les retoucher, à les sauvegarder, et effectuait ses exercices quotidiens avant de prendre une douche. Malgré ses efforts constants et sa ténacité, il ne ressentait pas de réels progrès depuis son arrivée dans le Sud, et commençait à désespérer de pouvoir un jour marcher sans sa canne. Il préférait ne pas y penser outre mesure, et évitait de se regarder dans le miroir. Il s'était installé dans une chambre d'amis attenante au salon, qui disposait de sa propre salle de bains, de sorte qu'il n'avait jamais à monter les escaliers. Les gardiens de la maison, Marius et Melody, venaient comme à leur habitude deux fois par semaine. Ils proposèrent à Ulysse de lui faire quelques courses, ce qu'il accepta avec reconnaissance. Les commerces les plus proches se trouvaient à plusieurs kilomètres de la maison et il se voyait mal déambuler dans le bus au milieu des touristes, avec son cabas, sa prothèse, son appareil et sa canne suspendue à son poignet. Ils se montraient à la fois discrets et charmants, ils avaient compris que leur hôte cherchait le calme et la solitude qui lui permettraient de se consacrer à ses photos.

Il partait habituellement vers 11 heures, portant son matériel en bandoulière, il marchait jusqu'à l'arrêt de bus le plus proche, situé à quelques pâtés de maisons de la villa. Le trajet jusqu'au centre de Nice était assez rapide. Il s'était procuré un guide traditionnel pour écumer les lieux les plus touristiques dans un premier temps, avant de fureter sur Internet à la recherche de bonnes adresses. Il avait commencé à arpenter la ville sous toutes ses coutures, s'était renseigné sur son histoire et ses extensions récentes. Il avait ainsi appris que Nice était vraisemblablement la plus grande ville européenne qui se soit exclusivement bâtie grâce au tourisme depuis le XVIIIe siècle. En effet, les premiers touristes européens étaient arrivés avant la Révolution française, dans les années 1770. Alors qu'ils faisaient route vers l'Italie pour accomplir leur Grand Tour, sorte de voyage initiatique que réalisaient les plus fortunés, les jeunes aristocrates anglais et allemands s'arrêtaient à Nice pendant quelques mois, essentiellement pendant l'hiver afin de bénéficier de la douceur du climat. L'attractivité de la ville avait ensuite explosé avec l'arrivée du chemin de fer et des trains de luxe. Les hôtels s'étaient multipliés, les villas et autres magnifiques demeures baptisées « Folies » avaient fleuri dans les collines, et la ville s'était animée d'une vie mondaine cosmopolite, intense, riche et enivrante.

Bien que profondément abîmée dans les années 1980, la ville gardait les traces du faste de cet âge d'or. Sous la poussière du temps, le stuc d'anciennes moulures baroques, l'émail de frises multicolores et la géométrie d'ornements style Art déco marquent encore les façades de nombreux immeubles, tandis que dans les hauteurs, de magnifiques villas, bâties par des architectes plus excentriques les uns que les autres et rescapées de la densification urbaine de cette fin de siècle, témoignent avec fierté de cette majesté passée.

L'aspect hétéroclite de cette ville le séduisait plus que tout. Les immeubles aux allures italiennes contrastaient singulièrement avec les façades de style Art déco, qui elles-mêmes dépareillaient aux côtés d'immeubles de facture plus classique, et pourtant, il se dégageait du tout une unité, une cohérence bien particulière qui fondait cette identité à la fois unique et plurielle.

C'est cette cohérence aux multiples facettes qu'Ulysse chercherait à traduire à travers ses clichés. Au-delà des lieux incontournables d'un séjour niçois, tels qu'un passage au Cornet doré, il voulait inviter le voyageur à quitter les sentiers battus, à la recherche de cette grandeur passée, oubliée et réappropriée. Les anciens palaces réinvestis en chics copropriétés, les splendides châteaux transformés en maisons de retraite avaient su se maintenir en vie à travers les ans, conservant leur noblesse ancienne sous les affres du temps. Il savait que certaines villas, abandonnées, presque en ruine, renfermaient des trésors qu'il aurait adoré photographier… Mais avec sa jambe de fer, il se voyait mal escalader les portails et s'introduire tel un chat à travers les fenêtres entrouvertes. Il devrait donc se satisfaire de ces quelques photos qu'il arrachait tant bien que mal à travers les clôtures, et qu'il réussissait parfois à imprégner de la magie des lieux.

Madeleine devait arriver à Nice par avion tôt le lendemain matin. Elle resterait une dizaine de jours avec lui. Il avait hâte de la retrouver pour lui raconter ses escapades, sa perception de cette ville étrangère qui l'avait tout de suite séduit, la liberté qu'il sentait renaître au fond de lui. Il voulait aussi lui faire part de ses doutes, de ses cauchemars qui ne lui laissaient pas de répit, lui montrer ses photos, lui expliquer ses recherches et recueillir son avis pour s'assurer qu'il ne faisait pas fausse route. Il lui ferait la surprise de l'attendre à l'aéroport. Ses nuits étaient si courtes qu'être debout dès 6 heures ne l'effrayait pas. Cela lui permettrait même de voir le soleil se lever sur la baie des Anges, ce qui augurait de belles photos.

Il avait hâte de montrer ses clichés à Madeleine, d'observer ses réactions à travers son regard, on lisait en elle comme dans un livre ouvert. Il saurait très vite si ces photos valaient le coup d'être envoyées à William, s'il devait les retravailler ou simplement les oublier.

Peut-être lui parlerait-il de ce mystérieux inconnu au sujet duquel Francis l'avait interrogé, peut-être ne lui poserait-il aucune question, il n'avait pas encore décidé. Un doute commençait à poindre dans son esprit. Un détail relevé dans le discours de Francis le tourmentait, et l'incitait à vouloir interroger Madeleine.

Il se promena le long du jardin du Paillon tout l'après-midi, photographia les enfants qui jouaient dans les structures en bois aux allures de monstres marins, les adolescents agglutinés devant la sortie du lycée Masséna, les retraités qui promenaient leurs chiens dans des landaus – il avait découvert cette étrange pratique à Nice... – et rentra à Saint-Jean en fin d'après-midi.

Comme chaque soir depuis son arrivée, il s'installa confortablement sur son lit, retira sa prothèse, et massa délicatement sa jambe que ces longues journées de marche avaient tendance à engourdir. Le moignon cicatrisait correctement, mais les douleurs persistaient. Son kiné lui avait appris que cela pouvait durer plusieurs années. Il claudiqua jusqu'à la salle de bains, ouvrit le robinet de la baignoire, et s'empara du roman qu'il était en train de lire. Il se débarrassa de ses vêtements en poussant des grognements de lassitude, et contrairement à ses habitudes, se contempla quelques secondes dans le miroir.

Depuis l'accident, son corps s'était métamorphosé, au-delà même du fait qu'il lui manquait une jambe. Lorsqu'il était hospitalisé, il avait commencé par maigrir à la vitesse de l'éclair : ses muscles avaient fondu, et à sa sortie, il n'avait plus que la peau sur les os. On l'obligea à se remplumer en le gavant de protéines et de sucreries. Progressivement, grâce aux exercices et à la rééducation, ses muscles réapparurent. Il se sentait aujourd'hui plus costaud qu'il ne l'avait jamais été. Il avait d'ailleurs du mal à reconnaître le reflet que lui renvoyait la glace, tant son buste s'était développé. Tout cela sans parler de la longue cicatrice qui lui tailladait le torse, entre les pectoraux, comme un rappel constant des opérations qu'il avait subies pour remettre sa cage thoracique d'aplomb. Ulysse passa ses doigts sur ce trait blanc et boursoufflé, dont on lui avait dit qu'il s'atténuerait avec le temps. « Comme la honte peut-être », songeait-il parfois. L'accident avait marqué son corps et sa chair de manière à ce qu'il n'oublie jamais les yeux de Bérénice.

Il détourna le regard du miroir en poussant un soupir, et acheva de se déshabiller avant de se plonger dans le bain bouillant, livre en main. Depuis son arrivée à Saint-Jean, il avait retrouvé le goût de la lecture, il dévorait les ouvrages qui encombraient les étagères de la maison. Francis devait particulièrement apprécier les romans d'aventures qui entraînent leurs lecteurs dans les recoins les plus reculés d'Afrique pour une chasse au lion en pleine guerre civile, puisque l'ensemble de la bibliothèque du salon en regorgeait. Le temps de quelques pages, Ulysse oubliait qui il était. Il se laissait happer par le frisson de l'aventure, le voyage, les parfums de la savane, le chant funeste des vautours, échappant à son corps pendant une poignée de minutes. Bien qu'éphémères, ces moments lui procuraient un intense plaisir.

Pourtant, ce soir-là, Ulysse ne parvint pas à s'évader.

Ses pensées tournoyaient autour de Madeleine et de cette histoire sentimentale évoquée par Francis. Ses paroles lui revenaient en tête et il s'interrogeait : pourquoi ne lui avait-elle rien dit ? Certes, ils se connaissaient depuis peu de temps, mais leur amitié semblait si sincère aux yeux d'Ulysse qu'il fut soudain persuadé que quelque chose ne tournait pas rond. Il s'immergea complètement, retenant son souffle le temps que ses oreilles s'emplissent délicatement de l'eau savonneuse. Puis il se releva d'un coup, s'assit sur le rebord de la baignoire en se hissant à la force de ses bras, et bascula sur le tapis de bain moelleux, où il se maintint en équilibre sur un pied, le temps d'enfiler un peignoir. Il remit sa prothèse et se vêtit confortablement, avant de faire réchauffer le reste des pâtes au pesto qu'il avait préparées la veille.

Il dîna face à son écran d'ordinateur, inspectant les photos prises le matin au Cornet doré. Il resta ainsi pendant des heures, jouant avec les contrastes, la balance des blancs, testant différents degrés d'exposition, jetant parfois un œil à la mer d'huile qui s'ouvrait derrière la baie vitrée. Lorsqu'il travaillait sur ses photos, il avait le sentiment d'entrer dans une boîte noire où le temps n'était plus. Les minutes filaient, le soleil disparaissait sur l'horizon et ses yeux finissaient par se mettre à cligner. Vers 1 heure, il quitta enfin sa table de travail, fourbu et épuisé, rangea la vaisselle, avant de se blottir dans le satin de coton des draps qui sentaient la lavande.

Il avait conscience de mener une vie d'ascète, et il s'en satisfaisait pleinement. La solitude ne lui pesait pas. Seuls comptaient son projet et ses photos. Il prenait tout de même le temps d'appeler ses parents, de donner des nouvelles à William et de répondre aux textos des quelques amis qui ne l'avaient pas oublié, et au nez desquels il n'avait pas claqué la porte. Ce soir-là, il se lova dans ses draps en admirant la lune qui se levait dans une nuit sans nuages, à travers l'immense fenêtre dont il ne fermait jamais les volets. Le sommeil l'emporta pour quelques heures.

21

Aliénor

Aliénor avait accepté l'invitation de cette amie de la famille, reçue par texto quelques jours plus tôt. Elle appréciait cette femme discrète et brillante, dont l'impressionnante carrière l'avait longtemps fascinée. Sa mère avait fini par lui avouer qu'elle se faisait du mauvais sang, et qu'en apprenant le séjour de cette amie dans le Sud, elle avait vendu la mèche, et suggéré son invitation. Heureusement, Aliénor savait que le secret de sa cachette ne risquait pas de s'ébruiter. Elles n'avaient *a priori* aucune connaissance en commun, vu leur différence d'âge.

Cela faisait de longs mois qu'elle avait quitté Paris, ses amis, sa famille, son ancienne vie. Son secret brûlait en elle, consumant son âme de tristesse et de remords. Elle avait bien failli lâcher le morceau à Grégoire la semaine précédente : elle lui avait parlé d'Hector et de leur douloureuse rupture, mais elle n'avait pas poursuivi, parvenant à garder le silence sur les causes de sa séparation.

Comme elle s'en doutait depuis la fameuse cuite, Grégoire avait un petit faible pour elle. Gabrielle le lui avait confirmé au cours de cette même soirée. Elle aurait pu répondre à ses avances pour le pur plaisir de plaire, en sachant que cela ne mènerait à rien, mais elle s'y refusait. Grégoire était un homme bien qui méritait qu'on l'aime, et non qu'on fasse semblant de l'aimer. Alors, elle agissait comme si de rien n'était, comme si elle n'avait pas repéré son manège, et il faisait de même, ce qui leur permettait de vivre de bons moments avec les jumeaux et Gabrielle.

L'amie de sa mère lui avait annoncé qu'elles passeraient la soirée avec trois de ses connaissances, de passionnants artistes apparemment : ils pourraient même parler d'aquarelle. Sa mère lui avait vraiment tout déballé !

Cette amie logeait dans une somptueuse villa en bord de mer. Si Aliénor n'arrivait pas trop tard, elle profiterait du coucher de soleil en prenant l'apéritif sur la terrasse. On lui avait proposé de dormir sur place pour ne pas avoir à faire la route en sens inverse tard le soir, mais elle avait refusé poliment. Elle travaillait seulement l'après-midi le lendemain, et aurait pu rester sans risquer de se mettre en retard, mais elle préférait dormir dans ses propres draps. Tant pis si elle avait un peu froid en repartant à vélo dans la nuit. Et puis, il fallait qu'elle rentre pour s'occuper de Tartempion.

À un feu rouge, elle sortit son téléphone de sa poche pour vérifier l'adresse et constata que la maison se situait à la frontière entre Beaulieu et Saint-Jean, non loin de la villa bâtie au début du XXe siècle par la baronne Béatrice Ephrussi de Rothschild, aujourd'hui transformée en magnifique musée. « Pas mal, comme quartier », songea-t-elle, et elle se congratula d'avoir pensé à glisser une paire de chaussures à talons dans son sac à main, qu'elle enfilerait discrètement avant de sonner à la porte d'entrée.

Aliénor n'était pas spécialement coquette, mais elle aimait les belles pièces. Sa garde-robe se limitait donc à quelques beaux vêtements qui lui allaient comme un gant. Ce soir-là, elle avait décidé de revêtir une combinaison noire qu'elle affectionnait particulièrement. Dotée d'un décolleté discret, les manches et l'intégralité du dos se composaient d'une dentelle fine et élégante. Le reste était en soie, ample et confortable, compatible avec une balade à vélo. Elle avait attaché sa chevelure en un chignon bohème, et s'était très légèrement maquillée. Une veste ample également en soie, un manteau léger et un large foulard bleu nuit avaient achevé de la parer. En enfourchant son vélo, elle songea que c'était la première fois en un an qu'elle revêtait une tenue qui sortait de l'ordinaire. Elle n'en était pas mécontente.

Elle pédala comme une forcenée pour atteindre la villa avant le coucher du soleil : vu l'adresse, cela devait effectivement valoir le détour. Elle bifurqua bientôt sur la droite et s'aventura dans les petites ruelles qui sillonnaient la pointe du Cap-Ferrat, bordées de hauts murs eux-mêmes couronnés de caméras de vidéosurveillance, pour finalement atteindre le large portail en bois sur lequel elle put lire « Villa Emma ». Elle descendit de son vélo, enfila ses escarpins vernis, se recoiffa en deux temps trois mouvements et appuya sur la sonnette. Une voix cassée lui répondit par le haut-parleur, elle se présenta, et le portail glissa lentement le long du mur blanc, ouvrant sur une allée bordée de cyprès au bout de laquelle une villa typiquement niçoise dressait ses murs rouges et ses volets verts. Elle poussa un soupir d'admiration et s'avança lentement le long de l'allée tandis que, derrière elle, le portail se refermait silencieusement. Au loin, elle vit la porte s'entrebâiller et perçut de grands éclats de rire. En tournant légèrement la tête, elle constata qu'on avait agrandi la maison d'une extension résolument moderne, sobre et largement vitrée, qui ouvrait sur la mer, au-delà du jardin. L'amie de sa mère alla à sa rencontre et la serra dans ses bras, d'une façon presque maternelle. Elle avait toujours eu beaucoup d'affection pour elle, et Aliénor le lui rendait bien.

— Ma petite Aliénor, je suis si contente de te voir ! Quel plaisir de te recevoir ici ! Laisse-moi te regarder !

Elle la jaugea des pieds à la tête et lui adressa un clin d'œil entendu :

— Toujours aussi jolie à ce que je vois, peut-être même plus encore ! Quelle joie que tu sois là. Ta mère sera contente que nous nous soyons vues ! Suis-moi vite à l'intérieur, tu peux laisser ton vélo dehors, nous allons te débarrasser de tes affaires.

Aliénor se laissa faire avec plaisir. C'était bon de revoir un visage familier et de sentir qu'on ne l'avait pas oubliée. Elle accouda son vélo le long de la rambarde qui bordait les marches du perron, prit son sac dans le panier et franchit la porte de la maison restée ouverte. Elle admira le joli carrelage ancien à cabochons blancs et noirs, et fut saisie par les couleurs chatoyantes des magnifiques tableaux qui ornaient les murs tout autour d'elle. Il s'agissait essentiellement de marines aux couleurs étonnamment vives.

Elle retira son manteau qu'elle accrocha au perroquet qui se trouvait à côté de la porte et menaçait de s'écrouler sous le poids des vêtements entassés. Elle remarqua immédiatement la canne accoudée à la console adjacente.

Dans la pièce à côté, elle entendit Madeleine l'appeler.

— Aliénor, viens par là, je t'en prie.

Ses jambes frémirent légèrement. À côté de Madeleine, un homme grand dont elle reconnut la silhouette, regardait à travers la baie vitrée, un verre à la main.

— Aliénor, je te présente Ulysse, le meilleur photographe que je connaisse, un ami parisien qui passe quelques semaines dans la région.

Lorsqu'il se retourna, elle éclata de rire en voyant sa mine éberluée et sentit son cœur se réchauffer lorsque ses yeux se mirent à pétiller.

— Quand je repense à cette histoire, c'est tout bonnement incroyable !

Madeleine ne s'en remettait pas. Il y avait une chance sur des milliers que ces deux-là se soient déjà rencontrés, et c'était le cas. Ils s'étaient vus chez le glacier où travaillait Aliénor quelques jours plus tôt, avaient sympathisé, ils avaient même partagé un café sur le cours Saleya. Pour une coïncidence…

Aliénor repoussa la mèche de cheveux qui lui tombait devant les yeux, et sourit à l'expression de Madeleine qui répétait cette phrase pour la douzième fois de la soirée. Les autres convives rirent également de bon cœur, tandis que leur hôtesse déposait au centre de la table une volaille entourée de petits légumes mijotés, dans un joli plat en métal argenté. Aliénor se lécha intérieurement les babines, cela faisait bien longtemps qu'elle n'avait pas pris part à un tel festin.

Madeleine tendit les couverts de service à Julia et se rassit en ajoutant :

— Julia, sers-toi, je t'en prie, passe ensuite le plat à ton voisin, pas de manières autour de la table ce soir.

La fameuse Julia, une grande brune d'une quarantaine d'années, dont les yeux clairs semblaient sonder votre âme lorsqu'elle vous observait, accepta le plat avec gourmandise et entama la conversation, tout en se servant :

— Aliénor, racontez-nous ce que vous faites par ici. Madeleine nous a expliqué qu'elle était une amie de votre famille, mais elle ne nous en a pas dit plus. Si vous êtes aussi talentueuse qu'Ulysse, nous allons avoir de quoi faire !

Assis à la gauche de la jeune femme, Ulysse émit un grognement de protestation, tout en battant des doigts sur la nappe blanche. Aliénor l'observait du coin de l'œil. Il regardait son assiette vide, l'air passablement gêné.

Elle sentit ses joues rosir. Ils allaient être déçus... Elle saisit le plat du bout des doigts, manqua de se brûler au contact du métal, et répondit doucement à son interlocutrice en la regardant droit dans les yeux :

— Je travaille au Cornet doré, dans la vieille ville. Ulysse est venu prendre des photos du bâtiment, et c'est ainsi que nous avons fait connaissance.

Malgré sa beauté de statue, froide et inaccessible, Julia semblait sincèrement intéressée par les propos d'Aliénor. Elle reprit :

— Bien sûr, le Cornet doré, une institution à Nice ! Cela fait longtemps que vous y travaillez ?

— J'ai commencé il y a un peu moins d'un an, la semaine de mon arrivée à Nice.

— Vous n'êtes donc pas niçoise ? Êtes-vous satisfaite de cet emploi ? Cela ne doit pas être simple tous les jours… j'ai l'impression que c'est toujours bondé.

— Non, je suis originaire de Paris… Et c'est un métier fatigant, mais je me plais au Cornet doré.

Madeleine interrompit cet échange :

— Ta mère ne m'avait pas dit ce que tu faisais ici… Peux-tu nous livrer le secret de ces merveilleuses glaces ? J'ai toujours pensé qu'un ingrédient mystère leur conférait cette texture unique pour laquelle je me damnerais.

Aliénor éclata de rire :

— Malheureusement, je n'œuvre pas en cuisine et j'ignore tout de la confection des produits. Tout ce que je peux dire, c'est que Jacquotte, la patronne, vendrait son corps et son âme pour cet endroit qu'elle chérit plus que tout, et qu'elle dirige d'une main de maître.

— Peut-être est-ce cela, le secret de ces glaces ? L'amour du lieu et du métier ? glissa Ulysse.

Aliénor se tourna vers lui :

— Peut-être, effectivement… Bien sûr, c'est un endroit très touristique, mais c'est aussi un endroit qui garde son âme, et je suis fière d'y travailler.

Julia poursuivit en levant son verre pour trinquer, imitée par l'ensemble des invités :

— Vous pouvez l'être Aliénor : grâce à vous, les gens passent de bons moments et les petits plaisirs de la vie sont tout aussi importants que les grands !

À gauche de Julia, son mari, Nicolas, un grand chauve au regard de velours et à la barbe fournie, poursuivit :

— Et lorsque vous étiez à Paris, vous vendiez aussi des glaces ?

Aliénor tendit le plat à son voisin qui l'accepta de bon cœur et se servit à son tour allègrement.

— Non, c'est une première ici… Je faisais tout autre chose à Paris.

Puis elle se tut, les yeux rivés sur son assiette. Devant ce silence, Madeleine reprit la parole en essayant de capter l'attention de la jeune femme :

— En fait, Aliénor a suivi un brillant parcours à l'École du Louvre, et si je ne m'abuse, tu étais en pleine rédaction de ta thèse au moment de ton départ pour Nice ?

Aliénor songea qu'elle devait être plus rouge qu'une pivoine, mais les intentions de Madeleine étaient toujours si profondément sincères, et sa voix si douce, qu'elle n'eut aucune rancœur à son égard. Elle s'arma de courage et releva la tête, en souriant :

— Tu as raison, j'étais en pleine thèse lorsque j'ai décidé de partir.

Tous les regards convergèrent vers elle, à la fois surpris et plein de curiosité. « Pire qu'un bon thriller », pensa-t-elle. Nicolas reprit :

— Et poursuivez-vous cette thèse ici à Nice, en parallèle de votre travail, ou avez-vous définitivement laissé tomber ?

Aliénor sentait ses genoux trembler sous la table.

Ils ne pouvaient comprendre ce choix, évidemment. Tout cela devait leur paraître si étrange. Une étudiante en fin de parcours, qui s'apprête à entamer sa dernière année de thèse en histoire de l'art, et décide de tout abandonner pour s'exiler à l'autre bout de la France dans une ville où elle ne connaît personne et où elle vend des glaces… Elle devait bien avouer que la situation avait de quoi surprendre. Et pourtant, c'était ainsi. Elle se sentait bien plus libre maintenant que quelques mois auparavant. Bien sûr, la peinture lui manquait, sa bibliothèque aussi, mais elle avait enfin la sensation de respirer et de vivre, lorsqu'elle posait les pieds par terre chaque matin, et qu'elle voyait la mer scintiller par la fenêtre. Pas de rendu, pas de présentation, pas de grand oral… La Méditerranée, sa palette, son vélo, ses amis du Cornet doré, Tartempion, le grand air, le soleil, les palmiers. Son univers avait changé, et la pyramide du Louvre lui semblait loin, malgré la nostalgie qui l'envahissait lorsqu'elle voyait le nom d'Hector apparaître sur l'écran de son téléphone portable.

Elle ne parvint pas à dissimuler le léger tremblement de sa voix en répondant à Nicolas :

— Pour le moment, j'ai laissé la thèse de côté. J'ai voulu opérer un changement de vie radical, et j'y suis parvenue. Je m'y remettrai peut-être un jour, mais j'ai besoin de voir et de faire autre chose de ma vie avant d'y revenir.

Ulysse remplit son verre de vin et répliqua :

— À mon sens, il faut beaucoup de courage pour accomplir ce genre de choix. J'ignore quelles en sont les motivations, mais c'est une belle preuve d'audace.

Aliénor sentit qu'il cherchait à la réconforter, et lui adressa un chaleureux sourire.

Madeleine entonna :

— Et ce qu'Aliénor ne dit pas, c'est qu'en plus de vendre des glaces, elle peint, et d'après mes souvenirs, et bien qu'elle ne nous l'avoue jamais, notre amie est bourrée de talent…

— Vous nous montrerez, Aliénor ?

Julia avait parlé spontanément, avec entrain, comme si les gribouillis de la jeune femme l'intéressaient réellement. Aliénor s'essuya délicatement la bouche avec sa serviette, et répondit :

— Madeleine exagère beaucoup. Je peins pour le plaisir, ma marge de progression est énorme…

L'ensemble des convives rirent et le dîner se poursuivit dans la bonne humeur.

Aliénor apprit que Julia et Nicolas, d'anciens comédiens qui avaient travaillé avec Francis quelques années auparavant, s'étaient reconvertis en arrivant à Nice et avaient fondé une galerie sur le port. À croire que cette ville était celle du changement. Leur passion pour les arts plastiques avait dépassé leur goût pour les arts vivants, et au moment où Julia avait attendu leur second enfant, ils avaient décidé de sauter le pas en quittant Paris pour s'installer dans la région où Nicolas possédait des attaches familiales. Au départ, ils avaient apparemment peiné à s'installer, mais ils avaient maintenant acquis une belle renommée qui leur permettait de vivre de cette passion commune. Une semaine par mois, ils s'autorisaient à produire de jeunes talents, inconnus au bataillon, et c'est une des raisons qui expliquaient leur présence ce soir-là. Madeleine voulait leur présenter Ulysse, auquel elle portait visiblement une admiration et une affection particulières. Elle était persuadée qu'ils pourraient l'aider à démarrer. Julia et Nicolas semblaient intéressés par son travail, et ils convinrent ensemble d'observer quelques-uns de ses clichés après le dîner.

Julia faisait partie de ces femmes qui vous séduisent en quelques minutes. Le regard franc, la malice qui brillait dans le fond de ses yeux, le sourire ravageur et la joie de vivre profonde que son corps tout entier reflétait ne pouvaient qu'emporter l'adhésion des uns et des autres. On avait envie de la suivre, de l'écouter, d'en faire son amie. Elle portait une sorte de grand kimono de soie vert et noir, par-dessus un pantalon sombre, large et fluide et de gigantesques talons qui lui donnaient des allures d'échassier. Cette improbable tenue semblait taillée pour elle, là où toutes les autres femmes l'auraient portée comme un sac. Elle riait, plaisantait, cherchait à mettre ses interlocuteurs à l'aise, sans pour autant tomber dans la vulgarité ou la familiarité. Elle était fine et sensible, et semblait lire en vous sans que vous puissiez lui opposer la moindre résistance. C'était une force de la nature, une femme derrière laquelle on se retourne à son propre insu.

Nicolas, plus discret, moins exubérant, presque sur la réserve, ne manquait néanmoins pas non plus de charisme. Ses yeux noirs se posaient sur les uns et les autres avec douceur, et derrière ses traits fins et droits, presque durs, on sentait une volonté de fer.

La complicité qui unissait ces deux êtres d'allure pourtant si différente était palpable. Ils se lançaient des regards, enlaçaient leurs doigts sur la nappe, se tenaient l'un à côté de l'autre unis comme un seul roc. Ils respiraient le bonheur, et le renvoyaient aux yeux de tous, avec une grande simplicité.

Le dîner s'acheva autour d'un dessert glacé garni de pralines roses et de biscuits de Reims, que Madeleine accompagna d'une bouteille de champagne. On trinqua, on rit et on poussa des soupirs gourmands en goûtant à la merveille concoctée par Madeleine. Puis cette dernière proposa de passer au salon où les photos d'Ulysse attendaient sagement dans leur carton à dessins. Chacun se leva et se dirigea vers la pièce à côté. Ulysse resta assis, le visage penché sur son assiette. Discrètement, Madeleine posa une main sur son épaule qu'elle serra avec délicatesse et murmura :

— Je m'en occupe si tu veux.

Ils échangèrent un regard appuyé, et Madeleine rejoignit Julia et Nicolas qui attendaient, leur flûte à la main.

Aliénor resta debout quelques secondes, avant de se rasseoir à côté d'Ulysse. Elle lui proposa de remplir sa flûte :

— La bouteille n'est pas terminée, on ne va pas jeter ce bon champagne, ce serait criminel !

Ulysse eut un léger sursaut en constatant qu'elle était toujours à côté de lui, et tendit sa flûte sans un mot. Il avala son contenu d'un trait et adressa un large sourire à la jeune femme. Puis après quelques secondes de silence, elle reprit :

— Tu ne veux pas leur montrer tes photos toi-même ?

Ulysse passa sa main dans sa barbe naissante et releva le menton.

— Ça te paraît dingue ?

Elle haussa les épaules avant de répondre :

— Non, pas vraiment… J'imagine que tu as tes raisons.

— En fait, pas vraiment. Je suis simplement très mal à l'aise à l'idée de montrer mon travail à des inconnus. Tu as pu t'en rendre compte l'autre jour. J'ai l'impression que mon boulot, c'est de prendre les photos, de les travailler et de les développer. Les vendre, c'est autre chose, et ce n'est pas moi.

Il versa à nouveau un peu de champagne dans les deux flûtes posées sur la table à côté d'eux. Aliénor l'observa à la dérobée. Il lui parut plus jeune que lors de leur rencontre. Sa boiterie et sa canne avaient dû l'induire en erreur, il n'avait guère plus de trente ans. Il était aussi plus grand que dans son souvenir, et plus costaud : le tissu bleu pâle de sa chemise, dont il avait retroussé les manches, se tendait à chacun de ses mouvements sur un torse musclé.

Ils tendirent leur flûte l'un vers l'autre d'un commun accord, et trinquèrent dans un léger tintement de cristal. Ulysse commença :

— Au risque de le répéter pour la millième fois de la soirée, cette coïncidence est quand même amusante...

— Effectivement, jamais je n'aurais imaginé te revoir ici. Laisse-moi te poser une question. Connais-tu Madeleine depuis longtemps ? Vous avez l'air très proches.

Un voile passa sur les yeux d'Ulysse quelques secondes.

— Nous nous sommes rencontrés en début d'année, et nous sommes vite devenus amis. J'aime son tact, sa douceur, elle est si fine, si sensible... J'ai souvent l'impression qu'elle me comprend parfaitement, et lorsque j'ai décidé de reprendre la photo, elle m'a soutenu avec une telle conviction que je ne pouvais qu'y croire.

Ils chantèrent les louanges de leur hôtesse pendant quelques minutes, vantant sa force de caractère, son empathie, sa gentillesse qui lui avaient permis de poursuivre cette admirable carrière auprès de Francis. Puis Ulysse voulut en savoir plus.

— Si tu te sens mal à l'aise et que tu ne souhaites pas me répondre, je peux parfaitement comprendre, alors sois libre et envoie-moi balader sans hésitation... Mais peux-tu m'en dire plus sur cette thèse que tu as mise de côté ?

Aliénor se figea un instant. Puis sans doute parce que cet homme lui inspirait confiance et que, pour la première fois depuis son arrivée à Nice, elle se sentait vraiment à l'aise, elle se lança :

— Ma thèse retrace la vie et l'œuvre d'un artiste méconnu, que j'ai découvert par hasard au cours de mes études, Édouard Vadim. Cela te dit quelque chose ?

Ulysse secoua la tête.

— Édouard Vadim est né en 1915 à Paris, de parents juifs. Il a grandi dans le XVIIIe arrondissement, a présenté un dossier à l'École des beaux-arts qui a été rejeté, sans doute à cause de ses origines. Lorsque la guerre a éclaté, il a quitté Paris, emmenant sa famille avec lui pour gagner la France libre où ils devaient retrouver des amis. Malheureusement, seuls sa petite sœur et lui y sont parvenus, les autres sont tous morts en déportation. Il s'est réfugié dans une ferme à côté de Dax, où il est entré en résistance. Pendant tout ce temps, il a continué à peindre, essentiellement des portraits, de sa sœur, de lui-même et des gens qui les avaient aidés dans leur fuite. Hélas, ils ont fini par se faire arrêter quelques mois avant la Libération, après avoir été vraisemblablement dénoncés, et ne sont jamais revenus du camp où ils ont été emprisonnés. L'histoire de cet homme est tristement banale, mais son œuvre est admirable, et j'ai pensé qu'il fallait que quelqu'un s'y intéresse de plus près pour la raconter. C'est ce que je fais avec cette thèse. J'ai arrêté mes recherches, mais je compte y revenir un jour, de façon peut-être moins formelle, moins universitaire…

— Et la peinture de cet Édouard Vadim, à quoi ressemble-t-elle ?

— Son œuvre est à la fois figurative et onirique. Les personnes qu'il peint se perdent dans des océans de couleurs miroitantes, comme de grandes nébuleuses qui scintillent sur la toile, marquées d'un jeu de lumière et d'ombre. Les visages sont fins, énigmatiques, ils transpercent le tableau, mais ne regardent jamais vraiment le spectateur, toujours emportés dans le rêve de la scène… Je trouve son travail bouleversant. Chaque fois que je contemple ces portraits, je me sens transportée, happée par la magie des textures et des teintes.

— Tu as l'air passionnée par ce peintre. Je ne vais pas te demander pourquoi tu as tout arrêté, j'imagine que c'est personnel et que tu ne souhaites pas en parler. En tout cas, sache que je pense sincèrement ce que j'ai dit tout à l'heure à table. Il faut avoir du cran pour tout quitter de cette façon et faire totalement autre chose.

Aliénor sentit ses joues rosir et son cœur s'emballa légèrement. Elle comprit pourquoi elle avait quitté la brasserie si vite, lors de leur première rencontre. Avec Ulysse, elle avait l'étrange sensation de se mettre à nu, ce qui n'était pas arrivé depuis longtemps. À la terrasse du café, alors qu'ils n'avaient échangé que des banalités sur Nice, sur leurs promenades dans les environs, sur leur perception de la ville et qu'elle s'était si peu livrée, elle s'était sentie mal à l'aise. Étrangement, ce soir, elle avait envie de poursuivre leur conversation, de lui parler de Vadim et de ses recherches, de lui décrire ses tableaux, de lui expliquer la structure de son travail, de se replonger dans ce pan entier de sa vie qu'elle avait délaissé depuis de longs mois.

— Toi aussi, tu as choisi de tout plaquer pour te mettre à la photo d'après ce que tu m'as dit la dernière fois.

Ulysse s'adossa à sa chaise en avalant une gorgée de champagne avant de répondre.

— Moi, c'est différent. Je n'ai pas vraiment fait ce choix, j'y ai été poussé. Je t'assure, ce n'est pas une question de courage de mon côté.

— Et que faisais-tu avant de venir à Nice ?

Il plissa le nez et sourit :

— Tu as décidé de me faire parler, j'ai l'impression…

Aliénor prit un air offusqué :

— Tu te moques de moi ? Qui a commencé en me posant des questions sur ma thèse ?

— D'accord, c'est de bonne guerre, répondit-il innocemment en écartant les mains. Avant… J'étais un bon élève. Tu vois ce qu'est le conseil en stratégie ?

Aliénor hocha la tête. L'un de ses cousins avait fait carrière dans une société de conseil en stratégie américaine. Il travaillait comme un fou, gagnait beaucoup d'argent, partait en vacances à Bali,

Tahiti, aux Bahamas, offrait des sacs Hermès et des montres Dior à ses enfants, roulait en Aston Martin. Il n'avait plus le temps de venir fêter Noël avec ses parents, ne se déplaçait pour aucun événement familial, et sa femme l'avait quitté à force de passer ses soirées seule. L'idée qu'elle se faisait de son mode de vie et de son métier était sans doute un peu caricatural, mais peut-être pas tant que ça.

— Alors, voilà, après de bonnes études, dans une belle école d'ingénieurs, je suis entré dans une entreprise de conseil en stratégie où je suis resté cinq ans. J'ai côtoyé des gens très intelligents, des requins de la finance et du droit, des personnes remarquables par bien des aspects… Les missions sur lesquelles on m'envoyait duraient rarement plus de trois mois. J'ai beaucoup voyagé, énormément appris sur l'entreprise, le business, sur moi aussi. À la moindre erreur, on te demande de faire tes cartons dans ce genre d'entreprise. Il fallait toujours se surpasser.

Il s'arrêta quelques secondes.

— Tu as fini par craquer et on t'a demandé de faire tes cartons ?

Ulysse émit un rire sarcastique :

— Si seulement…, continua-t-il. Non, au contraire, j'ai gravi les échelons plutôt rapidement, jusqu'à ce qu'un événement vienne interrompre tout ça et me remette les pendules à l'heure.

La voix de Madeleine retentit au milieu du salon :

— Ulysse, viens voir !

Il regarda Aliénor et reprit avec un sourire en coin, en reposant sa flûte sur la table :

— Cette fois, je crois que je vais vraiment devoir m'y coller.

La jeune femme avala ce qui lui restait de champagne avant de se lever. Ulysse la laissa passer en premier, et posa délicatement, presque imperceptiblement, sa main dans son dos, au niveau des reins, pour la guider poliment vers les autres convives. Un long frisson parcourut son corps : les choses ne prenaient pas la tournure qu'elle avait imaginée.

La soirée s'acheva comme elle avait commencé, dans les rires et la bonne humeur que Madeleine savait insuffler partout où elle passait. Lorsque Nicolas et Julia annoncèrent qu'ils partaient, non sans avoir complimenté Ulysse sur ses photos, Aliénor se sentit gagnée par une profonde lassitude, rien qu'à l'idée de devoir enfourcher son vélo. Ils lui proposèrent de la déposer chez elle, mais le coffre de la voiture de Julia étant définitivement trop étroit pour accueillir sa précieuse bicyclette, Aliénor refusa l'invitation et prit son courage à deux mains.

Au moment où elle s'apprêtait à franchir le seuil de la porte, Madeleine s'avança vers elle et lui proposa avec un grand sourire :

— Aliénor, tu as vu l'heure ? Il est hors de question que tu repartes sur ton vélo cette nuit. Je te kidnappe, tu t'échapperas demain matin. On a toute la place qu'il faut ici pour t'accueillir. Je te prête une brosse à dents et un pyjama pour la nuit, je t'en prie, ne m'oblige pas à t'enfermer à double tour.

La jeune femme consulta sa montre : 2 h 30. Elle n'avait pas vu le temps filer. Soudain, ses paupières se firent lourdes, et elle eut envie d'accepter l'offre de son amie. Après tout, Tartempion s'en sortirait bien pour une nuit. Et comme elle ne travaillait que l'après-midi le lendemain, elle aurait le temps de passer chez elle pour se changer dans la matinée. Elle releva la tête avec un sourire plein de reconnaissance, et répondit :

— Je déclare forfait. Merci, Madeleine, c'est tellement gentil de ta part. Je me ferai toute petite.

— Parfait. Ne t'inquiète pas, on va te faire payer notre hospitalité, tu vas nous aider à débarrasser.

Puis elle attrapa Aliénor par les épaules et murmura en la regardant droit dans les yeux :

— Je suis tellement contente d'avoir pu passer ce moment avec toi, Aliénor, et je suis soulagée que tu aies l'air de te porter si bien. Je dois t'avouer que ta mère m'avait préparée à te retrouver dans un bien plus piteux état.

Elle la serra contre son cœur, et elles repartirent bras dessus, bras dessous vers la cuisine où Ulysse empilait les assiettes avant de les mettre dans le lave-vaisselle. En voyant Aliénor, il arrêta son geste, visiblement surpris.

— Madeleine a finalement su te convaincre ?

— Madeleine, ainsi que les kilomètres et la nuit noire… Je rentrerai demain matin.

Ulysse lui adressa un grand sourire, et lui tendit deux verres qui s'entrechoquaient dans un délicat tintement, en pointant du doigt le placard :

— Au boulot, maintenant.

Lorsque la cuisine fut entièrement rangée et nettoyée, Madeleine bâilla et expliqua à Aliénor :

— Ma chérie, ta chambre est à droite en haut de l'escalier. Je dépose un pyjama et une brosse à dents sur le lit. Prenez un dernier verre si vous voulez, je ne vous oblige pas à vous coucher tout de suite. De mon côté, je tombe de sommeil et ne résisterai pas une minute de plus. Demain matin, lève-toi à l'heure que tu veux, et n'hésite pas à me réveiller si tu veux bavarder avant de partir. Je dors dans la chambre qui est au fond du couloir. Bonne nuit, mes amis, merci pour cette belle soirée et à demain.

Réprimant un second bâillement, elle se retourna et quitta la cuisine en levant nonchalamment la main vers eux. Aliénor tira une chaise à elle et s'installa en disant :

— Va pour un dernier verre… On a terminé le champagne ?

Ulysse répondit en riant :

— Eh oui, malheureusement… Mais je peux te proposer un digestif, une tisane ou un déca.

Il se retourna, ouvrit la porte du placard qui surplombait l'évier et sortit une bouteille de prune, une boîte remplie de tisanes à la camomille et de capsules Nespresso. Aliénor leva les yeux vers lui en s'emmitouflant dans sa veste :

— Tu ne vas pas me trouver très *rock'n'roll*, mais va pour la camomille.

Le silence s'installa dans la cuisine.

Ulysse mit la bouilloire à chauffer, déposa deux tasses sur la table, dans lesquelles il plaça les sachets d'infusion. Lorsque la bouilloire se mit à siffler, il versa doucement l'eau dans chacune des tasses, avant de s'installer en face d'Aliénor. Cette dernière posa ses mains autour du mug qu'il lui tendait, ferma les yeux et huma le doux parfum humide et chaud qui s'en échappait.

— Tu crois que Nicolas et Julia ont aimé tes photos ?

Ulysse passa sa main sur son menton, avant de répondre, dubitatif :

— En fait, je ne sais pas. Ils ne pouvaient pas vraiment me dire ce qu'ils pensaient de mon travail en présence de Madeleine, au risque de vexer une bonne amie. Je déteste ce genre de situation. Mais comme tu le sais, je n'ai pas insisté pour sortir ces photos. Notre amie possède une redoutable force de persuasion…

— Tu devrais lui faire confiance. Ma mère dit souvent qu'elle est dotée d'un sixième sens qui lui permet de flairer le talent. Si elle montre tes clichés à ses amis, c'est qu'elle croit en toi, et tu peux en être sacrément fier.

Ils bavardèrent ainsi pendant quelque temps, avant qu'Aliénor ne sente ses paupières s'alourdir et se fermer. Elle rinça les deux tasses pendant qu'Ulysse récupérait sa canne dans l'entrée, puis elle éteignit les lumières de la cuisine, et se dirigea vers l'escalier devant lequel ce dernier l'attendait. Ulysse expliqua en désignant son pied droit d'un geste de la main :

— Je ne te montre pas le chemin, j'ai encore un peu de mal avec les escaliers.

Elle le salua et tandis qu'elle baissait le regard et s'apprêtait à monter les marches, il s'approcha près d'elle et déposa un baiser sur sa joue. Puis il s'éloigna, suspendit son geste, murmura un « Bonne nuit, Aliénor et merci pour cette soirée », se retourna et disparut dans le couloir qui menait à sa chambre. Elle monta lentement les escaliers, se demandant si elle n'avait pas affabulé ce dernier moment, enfila le pyjama que Madeleine lui avait laissé et s'écroula de fatigue sans prendre le temps de baisser les stores.

22

Ulysse

Il s'assit sur son lit, plongé dans une pénombre tamisée par la lumière des lampes de chevet. À travers la fenêtre, la mer s'étendait au loin, éclairée par les rayons d'une lune entière et parfaite qui la faisait scintiller, comme si on l'avait couverte d'une fine poussière d'argent. Dans la baie de Villefranche, la silhouette d'un immense paquebot se découpait, et renvoyait son ombre sur l'eau miroitante. Les pins qui bordaient le jardin ployaient sous une légère brise, encadrant le panorama de leurs épines mouvantes. Ulysse retira sa prothèse avec délicatesse. Il réprima un grognement lorsque sa jambe fut enfin débarrassée de son artifice. Ce soir, la douleur était vive, et son moignon ankylosé par cette longue journée d'efforts le faisait particulièrement souffrir. Il se déshabilla, enfila un T-shirt et entama son massage quotidien, après avoir avalé deux dolipranes pour soulager son corps.

Il n'avait pas sommeil. La fraîcheur des draps sur lesquels il s'était installé et la magnifique vue sur la nuit que lui offrait l'immense baie vitrée l'emplirent de bien-être. Il devait bien admettre que la soirée y était également pour quelque chose.

Julia lui avait demandé ses coordonnées. Elle lui avait expliqué que Nicolas et elle prenaient toujours le temps de réfléchir avant de proposer quoi que ce soit aux artistes qu'ils rencontraient. Ses photos semblaient intéressantes, mais elle devait aussi tenir compte de la programmation prévue sur les prochains mois, afin d'éviter toute redondance et de capter le bon public, au bon moment. Elle le rappellerait dans les semaines à venir. Il n'était pas très à l'aise à l'idée que l'on puisse vendre ses photos de cette façon, et paradoxalement, il se sentait flatté et savait que, s'il voulait vivre de cette passion, il devrait s'en donner les moyens. Cela passait par la communication. Ce soir, il avait pu compter sur l'aide de Madeleine, mais il devrait prendre les choses en main à un moment donné.

Après avoir massé sa cicatrice, il s'allongea sur les draps, passa ses mains sous sa nuque et fixa ses yeux sur le plafond. En quittant Paris quelques semaines plus tôt, il n'imaginait pas que ce séjour à Nice puisse autant le stimuler. Il rêvait de repartir à l'aventure, et cette première escapade – bien que peu exotique et extrêmement confortable en comparaison de ce qu'il avait en tête ! – lui ouvrait un horizon plein d'une liberté nouvelle. La perte de repères qu'avait entraînée ce déracinement l'incitait à adopter de nouvelles attitudes qui remodelaient ses habitudes. Rien ne le rappelait à sa vie parisienne, ses amis, ses réunions, ses sushis, ses soirées, ses dîners. Les réminiscences de l'accident n'étaient pas près de disparaître, mais une seconde vie semblait s'offrir à lui.

Et puis, il y avait Aliénor.

Elle avait commencé par lui tourner le dos, dans ce café du cours Saleya, et il avait pensé que c'était mieux ainsi. Seules ses photos et ses recherches devaient l'occuper. Il s'était engagé à relever le défi d'un projet aux côtés de William Whatkins, qu'il ne souhaitait décevoir pour rien au monde. Il avait donc relégué la jeune femme dans un coin de son esprit, et n'avait pas cherché à la revoir, pas même lorsqu'il avait rencontré Jacquotte, patronne du Cornet doré, quelques jours plus tard. Il s'était concentré sur son travail, avait noté l'histoire des lieux, et comptait intégrer cet endroit incontournable aux premiers clichés qu'il préparait pour William.

Aliénor était revenue à lui d'une façon détournée et improbable qui le forçait à quitter son indifférence. Lorsqu'il l'avait vue apparaître dans l'encadrement de la porte, et qu'elle avait souri de toutes ses dents, une douce chaleur s'était emparée de lui. C'était étrange, mais il s'était presque senti soulagé. La perspective de la soirée avait radicalement changé. Il savait que dans l'esprit de Madeleine, ce dîner serait l'occasion de présenter son travail à ses amis galeristes mais rien qu'en imaginant ces derniers feuilletant ses clichés, Ulysse sentait ses mains gagnées de tremblements. L'arrivée d'Aliénor avait balayé ces craintes et leurs sueurs froides. À ses côtés, il s'était détendu, il avait retrouvé une certaine confiance qu'elle lui avait déjà inspirée lors de leur première rencontre, par sa gaieté et sa fraîcheur; et même si Madeleine avait commencé par montrer ses photos à ses amis sans lui, il avait fini par les rejoindre sans vaciller.

Dans la brasserie, il avait pressenti que la bonne humeur de la jeune femme n'était qu'une façade, un masque qui cachait un caractère plus grave, une histoire plus complexe, et cette impression s'était avérée ce soir lorsqu'elle avait évoqué sa thèse. Il avait alors acquis la certitude que, comme lui, Aliénor avait fui Paris et la vie qu'elle s'y était construite. Cette connivence lui donnait envie de l'écouter, de la connaître, qu'elle lui raconte ses doutes, les épreuves qui l'avaient menée à Nice. Derrière ses propos, il devinait une souffrance enfouie, qu'il souhaitait qu'elle lui confie.

Les dolipranes n'agissaient pas. Dans sa jambe, la douleur irradiait, diffuse, lancinante. Il ne parviendrait jamais à trouver le sommeil. Et en même temps que la douleur s'emparait de son corps tout entier, un combat se jouait en lui. D'un côté, Aliénor le regardait dans sa longue combinaison noire, souriante, avenante, elle lui adressait un signe de la main, l'invitant à la suivre vers un mystère éclatant, lumineux. De l'autre, la carcasse d'une voiture fumante, au milieu de laquelle gisait une femme aux grands yeux violets, s'imposait à son souvenir, et lui intimait l'ordre de ne plus rien espérer de l'avenir. Comment osait-il croire que le bonheur reviendrait vers lui ? Comment osait-il espérer que cette jeune femme s'intéresse à l'assassin qu'il était devenu quelques mois plus tôt ?

Torturé par ces pensées, il se releva dans un sursaut, et sautilla jusqu'à la salle de bains. Il tourna le robinet d'eau froide, pencha son visage sous le jet, resta ainsi quelques secondes avant de reprendre sa respiration et de retourner s'allonger.

Lorsqu'il s'était penché vers elle pour l'embrasser, son corps avait pris le dessus : sous ses lèvres, la peau de la jeune femme avait éveillé ses sens, ouvrant des horizons vers lesquels il se sentait aspiré. Jamais il n'aurait imaginé ressentir à nouveau cet élan de désir tant la culpabilité le rongeait tout entier. Mais c'était bien là. Cette attirance naissait au creux de lui-même, et il savait que s'il ne l'arrêtait, elle laisserait place à un sentiment bien plus puissant, contre lequel il ne pourrait plus rien. Il passa sa main sur son menton et contempla la nuit en attendant l'aurore.

Lorsque les premiers rayons du soleil apparurent enfin, Ulysse prit une longue douche, assis sur un tabouret qu'il avait installé dans la baignoire. Épuisé par sa nuit d'insomnie, il espérait que l'eau ruisselant sur sa peau chasse l'entêtant cauchemar de la voiture fumante et de ses ombres. Les mains à plat sur les carreaux de faïence froids, il laissa l'eau couler le long de son visage baissé, les yeux fermés, et tenta de faire le vide dans son esprit. Progressivement, le tumulte de ses pensées fit place au calme, et il put relever la tête vers le pommeau d'où jaillissait un jet brûlant. Sa jambe avait souffert de cette longue soirée. Tiraillé de douleurs, il eut le sentiment que le moignon avait enflé pendant la nuit. Constatant qu'il était encore trop tôt pour appeler son infirmière, il réprima un grognement et poussa un soupir à l'idée de mettre sa jambe de plastique et de métal. Mais il n'avait pas le choix : il était hors de question qu'Aliénor le voie comme un infirme ce matin.

Il s'habilla calmement et chaussa la prothèse. Par un savant jeu de pleins et de vides, l'appareil s'emboîtait parfaitement sur son corps ne nécessitant aucune attache complémentaire. Il resta encore quelques minutes sur son lit, consulta les nouvelles sur son téléphone portable, lut quelques e-mails en contemplant le ciel qui rougissait avec l'apparition du soleil.

Il finit par se lever, attrapa sa canne et son ordinateur portable, et sortit de sa chambre pour aller s'installer dans la cuisine où il travaillerait en prenant son petit-déjeuner. Malgré la canne et les antalgiques, il boitait sérieusement ce matin et les quelques mètres qui le séparaient de la cuisine lui parurent plus longs que jamais. Lorsqu'il y arriva, il constata qu'il n'était pas le seul debout. Madeleine l'avait précédé, et s'affairait devant le plan de travail, préparant le thé et le café, coupant des tranches de pain, enveloppée dans une élégante robe de chambre. Ses cheveux mouillés et soigneusement peignés dégoulinaient sur la soie verte. En l'entendant claudiquer derrière son dos, elle se retourna d'un bond et lui adressa un large sourire.

— Installe-toi, Ulysse, je m'occupe de tout. Prends un peu de café, je viens de le préparer, il est bien chaud.

Il était à peine 6 h 30, ils s'étaient couchés tard, et l'un comme l'autre se retrouvaient frais comme des gardons aux premiers rayons du soleil. Il n'était pas difficile de deviner ce qui les empêchait de dormir davantage. Ulysse obéit à son hôtesse et s'assit devant la table en réprimant un petit gémissement. Pas de doute, il ne sortirait pas de la maison aujourd'hui. Madeleine reprit en s'installant face à lui, sur la chaise qu'Aliénor avait occupée la veille.

— Arrête-moi si je me trompe, toi non plus tu n'as pas dormi de la nuit ?

Ulysse s'empara de la cafetière, huma le parfum fort qui s'en échappait et servit généreusement les deux mugs que Madeleine lui tendait.

— On ne peut rien te cacher. Je suis réveillé depuis des heures. À dire vrai, je ne suis pas certain de m'être endormi.

Elle posa sa main sur celle de son ami, qu'elle serra tendrement.

— Pareil de mon côté. J'ai ces cauchemars qui reviennent en permanence. Je me demande si je réussirai à redormir un jour sans somnifère.

Constatant qu'Ulysse massait sa jambe meurtrie, elle ajouta :

— Ta prothèse te fait souffrir ?

— Je n'ai pas été très raisonnable hier, je l'ai portée bien trop longtemps, et mon corps n'est pas encore habitué. Généralement, je la retire en rentrant, vers 18 heures, 19 heures maximum, je me masse, et je la remets éventuellement dans la soirée. Mais là…

— Là, tu n'as pas voulu qu'on te voie sans. Je comprends, Ulysse, mais tu devrais faire plus attention à toi.

Ulysse ricana avec cynisme.

— Je crois que je fais suffisamment attention à moi ces temps-ci… Et c'est peut-être ça qui me pose problème. J'ai tellement peur d'oublier, de l'oublier elle… Ce serait comme si je la tuais une seconde fois.

Madeleine se leva d'un bond, retira les deux croissants qu'elle avait glissés dans le four, les déposa dans une corbeille à pain posée sur le plan de travail et s'installa à nouveau en face d'Ulysse. Ce dernier remarqua immédiatement que le visage de son amie s'était refermé. Elle l'interrogea sur un ton brutal :

— Alors, c'est ce que tu crois ? On devrait s'arrêter de vivre ?

Ulysse se tut. Madeleine était excessive…

Il ne l'englobait pas dans son raisonnement : Madeleine conduisait certes l'autre voiture, mais c'était bien lui qui avait récupéré Bérénice à cette soirée. Madeleine était sobre lors de l'accident, alors qu'il était rincé comme un ivrogne. Si l'un d'entre eux devait s'en vouloir, c'était lui. Elle avait eu la malchance de traverser leur route à ce moment-là, mais dans son esprit, elle était aussi innocente que la jeune femme qui était morte par sa faute. Il tenta de s'expliquer, mais elle l'interrompit immédiatement :

— Je connais ta théorie sur le fait que nous ne partageons pas le même fardeau toi et moi, qu'à ton sens je ne suis responsable de rien, et toi de tout. Mais tu as tort, car moi aussi, je me réveille en sursaut, et moi aussi, je me sens coupable de la situation dans laquelle tu es aujourd'hui, sans parler de cette pauvre Bérénice. Tu n'as pas le monopole de la culpabilité, Ulysse.

Madeleine le regardait froidement, amère, terriblement distante d'un coup. Ulysse ne comprenait pas le ton que prenait cette conversation. Ils avaient parlé de l'accident à de nombreuses reprises, sans que jamais leur échange dégénère de cette façon. Son amie sembla se ressaisir soudain.

— Excuse-moi, Ulysse, je m'emporte. Te voir te culpabiliser me rend malade. Et en même temps, je comprends si bien ta perception de la situation…

Elle s'écroula sur la chaise face à lui et prit son visage entre ses mains. Ulysse posa ses doigts sur son épaule et expliqua :

— Madeleine, tu fais tant pour moi, je ne t'en remercierai jamais assez.

Elle releva ses yeux brillants de larmes vers lui, et esquissa un léger sourire avant de murmurer :

— Je sais très bien ce que tu te dis. Tu te demandes si tu as le droit ne serait-ce que d'aspirer au bonheur après ce qui nous est arrivé…

Il hocha la tête. Bien sûr qu'elle savait et qu'elle le comprenait, comme toujours. Ils soupirèrent comme un seul homme, Madeleine retira la main d'Ulysse de son épaule, attrapa un croissant dans la corbeille, et d'un air décidé, reprit :

— Je crois qu'il est temps que je te parle, Ulysse.

En constatant sa mine sérieuse, renfermée, il sut que les doutes nés dans son esprit après les questions de Francis étaient fondés. Un sentiment d'injustice profonde s'empara de lui, mais il resta silencieux, et la laissa s'expliquer. Madeleine prit une profonde inspiration et commença :

— Il y a quelques mois, il m'est arrivé quelque chose de merveilleux. J'ai rencontré quelqu'un, Ulysse, une personne extraordinaire avec laquelle j'ai l'impression de vivre sincèrement pour la première fois de ma vie. Je ne pensais pas que cela puisse encore m'arriver… Après avoir mis ma carrière au premier plan pendant si longtemps, j'ai finalement envie d'autre chose. Lorsque je m'écoute, je n'en crois pas mes oreilles, et c'est pourtant la réalité. Cet homme me fait ouvrir les yeux sur le bonheur, sur les petites choses insignifiantes qui le constituent.

J'ai enfin le sentiment de vivre pleinement. Et de son côté, je crois qu'il éprouve des sentiments semblables. La vie n'a pas été tendre avec lui, et je pense qu'à mon côté, il a l'impression de poser son fardeau à ses pieds, et de vivre enfin pour lui, pour la première fois depuis très longtemps.

Les yeux de Madeleine s'animaient de cette étincelle de désir que l'on trouve dans le regard des gens qui aiment sincèrement. Ulysse resta silencieux, et Madeleine continua :

— Je passe tous mes week-ends avec lui lorsque je n'ai pas d'obligation professionnelle. Et quand nous sommes ensemble, j'oublie tout. Y compris l'accident. Je ne vois que cette chance incroyable qui m'est donnée d'être heureuse, et de pouvoir rendre un homme heureux. C'est un don, un cadeau de la vie, que je ne me sens pas le droit de refuser, malgré ce qui m'est arrivé ces derniers mois. Oui, je pense qu'il est de notre droit – et peut-être même de notre devoir – d'aspirer au bonheur coûte que coûte, malgré les événements. La vie est bien trop précieuse, bien trop courte, pour qu'on la gâche en atermoiements. Ulysse, tu n'oublieras jamais Bérénice, mais il est de ton devoir de vivre, peut-être même plus intensément que si cet accident n'avait pas bouleversé le cours des choses.

Elle s'arrêta, but une longue gorgée de café, avala quelques bouchées du croissant qu'elle avait couvert d'une excellente confiture de coings à la vanille, et reprit :

— Mais ce n'est pas tout, malheureusement. Malgré tout cela, malgré cette impression qu'il est de mon devoir de vivre pleinement ce bonheur, je n'en ai pas le droit. Je me retrouve dans une situation inextricable dont l'issue me sera forcément défavorable. Pourtant, je ne regrette rien, et si c'était à refaire, j'y mettrais le même enthousiasme, la même passion.

Ses yeux s'humectèrent de larmes, elle baissa son visage, ses mains fines et allongées se mirent à trembler légèrement. Ulysse lui tendit une serviette en papier.

Elle continua :

— Cet homme ignore tout de l'accident, alors qu'il le concerne directement.

Elle releva la tête, regarda Ulysse droit dans les yeux et expliqua avant de fondre en larmes :

— Cet homme, c'est Georges, le père de Bérénice.

Ulysse la laissa pleurer dans ses bras quelques minutes, caressant ses cheveux et murmurant des paroles réconfortantes.

Quand Francis lui avait expliqué que Madeleine se rendait tous les week-ends au Croisic, Ulysse avait immédiatement pensé à Georges. En se rappelant l'allure de cet homme qui l'avait tant impressionné, son charisme, sa sincérité, sa droiture, il lui avait paru évident que c'était avec lui que son amie passait tout son temps. Plusieurs idées s'étaient succédé dans son esprit. Il avait commencé par imaginer qu'elle avait perdu la tête, puis il s'était raisonné et l'avait plainte. Madeleine était une femme exceptionnelle qui n'avait sans doute pas voulu ce qui était arrivé. Georges était admirable par bien des aspects, et elle avait tout bonnement succombé à son charme.

Mais un jour ou l'autre Madeleine devrait lui révéler la raison de leur rencontre initiale, et malgré toute la grandeur d'âme dont Georges était sans doute capable, elle perdrait vraisemblablement sa confiance et son amour. C'était malheureusement prévisible, et terriblement injuste.

Lorsque Madeleine fut calmée, et qu'elle décolla son visage de la chemise mouillée d'Ulysse, elle l'interrogea :

— Crois-tu que je sois un monstre ?

— Bien sûr que non, tu es une femme qui es tombée amoureuse de la mauvaise personne, comme des centaines de milliers avant toi.

— Chaque fois que je monte dans le train à Montparnasse, je prends la résolution de lui parler, de lui expliquer que j'étais venue le voir pour lui exprimer mon profond regret… Mais quand les portes s'ouvrent sur le quai du Croisic, quand je vois Églantine courir vers moi et se jeter dans mes bras avant de faire rouler ma valise, et quand il me prend contre lui, dans son grand manteau de laine, ma raison s'envole, et je reporte le moment fatidique. Je passe alors deux jours merveilleux, et ce n'est qu'en me réveillant à Paris le mardi suivant que je réalise l'horreur que je suis en train de leur faire vivre. Églantine m'oubliera, mais Georges… Il va me haïr de toute son âme, et nous allons perdre ce trésor qui est né entre nous. Cela me rend malade, Ulysse. Je ne me suis jamais sentie aussi lâche.

Ulysse la regarda droit dans les yeux, avant de lui resservir une tasse de café. Puis il l'interrogea :

— Me permets-tu d'être tout à fait honnête avec toi ?

— Au point où j'en suis… cela me fera sans doute du bien d'entendre mes quatre vérités. Je t'écoute.

— En fait, je m'attendais à cet aveu. Avant mon départ à Nice, au moment où Francis m'a appelé pour discuter des modalités de location de la maison, il m'a demandé si je connaissais l'homme avec lequel tu passais tes week-ends. Comme tu ne m'avais rien dit, j'ai expliqué que je ne savais rien de cet inconnu. Puis il m'informa que l'homme en question n'était apparemment pas parisien, puisque tu prenais le TGV en direction du Croisic tous les vendredis soir. À cette seconde, un doute s'est immiscé en moi, et assez rapidement, j'ai pensé qu'il y avait pas mal de chances pour que le fameux inconnu soit Georges. Pendant quelques secondes, j'ai été abasourdi. Puis j'ai été heureux pour toi. Et enfin terriblement triste en réalisant que tu ne lui avais sans doute pas révélé qui tu étais… Autrement, tu m'en aurais parlé. Madeleine, je n'ai vu Georges qu'une fois : son courage et son sang-froid m'ont terriblement impressionné. Je ne peux pas te dire comment il réagira lorsque tu lui apprendras la vérité, mais ce qui est sûr, c'est que tu la lui dois. Il faut que tu prennes ton courage à deux mains, et que tu lui révèles qui tu es, les raisons pour lesquelles tu as souhaité le rencontrer, le piège qui s'est refermé sur toi, les sentiments que tu nourris à son égard. Si cela vient de toi, tu as une chance de sauver votre histoire, il me semble. Mais s'il l'apprend de façon détournée, tu auras bien plus de mal à le convaincre.

Sur les joues de Madeleine, les larmes continuaient à couler. Elle fixait son café, silencieuse, le teint blanc et brisé par le secret qu'elle avait fini par dévoiler, et dont l'absurdité lui sautait maintenant aux yeux. Ulysse lui tendit un mouchoir et posa sa main sur la sienne, avant de remettre une cafetière en route. Il se sentait si malheureux pour son amie, qu'il voyait à la fois démunie et honteuse. Elle s'était laissée dépasser par les événements, ses sentiments, et le goût de ce bonheur qu'elle croisait peut-être pour la première fois de sa vie.

Georges était courageux, certes. Mais accepter ce que Madeleine s'apprêtait à livrer dépassait cette notion, sans même parler du mensonge sur lequel leur histoire s'était bâtie. Cela lui crevait le cœur, mais leur romance allait sans doute s'écrouler aussi vite qu'elle s'était construite, laissant derrière elle amertume et regrets.

— Tu as raison, je le sais. Je dois affronter mes craintes et tout lui révéler. Poursuivre de cette façon est égoïste et irrespectueux. Je me demande comment ils pourraient seulement me pardonner… Mais n'en parlons plus. Cette histoire est la mienne, et il est hors de question qu'elle gâche ton séjour ici et mette en péril ton travail de quelque façon que ce soit. À ce propos, as-tu des nouvelles de ton éditeur ?

Madeleine se leva, resserra sa robe de chambre en tirant sur la lanière nouée autour de sa taille, s'essuya le visage et coupa deux tranches de pain qu'elle mit à griller.

Pendant quelques secondes Ulysse resta stupéfait devant ce revirement d'humeur. Madeleine était décidément une force de la nature. Sa peine ne l'abattait jamais bien longtemps, elle lui tournait le dos et prenait soin des autres pour l'oublier, faisant passer sa propre personne au second plan. C'était une façon de se battre, de se protéger et d'avancer qu'il respectait, bien qu'il ait de sérieux doutes sur l'efficacité d'une telle méthode à travers le temps.

Ulysse expliqua que William lui téléphonait souvent, qu'ils échangeaient par mail et que l'éditeur lui rendrait vraisemblablement visite dans les semaines à venir afin de fixer la suite de son travail. Ulysse avait délibérément lancé plusieurs pistes à travers ses photos, mais il savait que certaines devraient être abandonnées. Le livre qu'ils s'apprêtaient à concevoir devait suivre un fil rouge, une direction établie qui lui garantirait sa cohérence et lui offrirait son identité. Il n'était pas question de s'éparpiller dans de multiples styles photographiques, ou sur de trop nombreuses thématiques. William l'aiderait à identifier les clichés les plus convaincants, et il poursuivrait ensuite en ce sens. Madeleine renouvela ses encouragements puis ils parlèrent de la nouvelle pièce de Francis, en sirotant leur café, plus tranquillement qu'ils n'avaient entamé leur petit-déjeuner.

Lorsque Aliénor entra dans la cuisine, Madeleine lui adressa un sourire radieux et lui désigna une chaise de la main. La jeune femme se pencha vers elle pour l'embrasser, avant de se retourner vers Ulysse en lui faisant signe de rester assis. Ce dernier lui tendit le mug de café qu'il venait de remplir. Elle s'installa entre les deux amis, accepta le café avec gourmandise, attrapa une tranche de pain et entama de la beurrer avec soin. Emmitouflée dans un pull en cachemire onctueux que Madeleine avait accroché à la poignée de la porte de sa chambre, elle avait remis ses ballerines, et la combinaison de la veille. Elle n'était pas certaine d'avoir le temps de repasser chez elle avant de retourner travailler, Grégoire l'avait informée par texto qu'elle reprenait à 11 heures et non à 14 heures comme c'était pourtant initialement prévu. Le planning du Cornet doré changeait en permanence.

Ulysse lui demanda si elle avait bien dormi, ils échangèrent quelques banalités matinales. Madeleine les scrutait, étrangement silencieuse, une tasse de café entre les mains, enveloppée dans son beau peignoir de soie verte. Les minutes s'écoulèrent et après s'être gavée de l'excellent pain qui garnissait la corbeille, Aliénor finit par se lever et expliqua qu'elle devait filer vers Nice pour ne pas être en retard. Ulysse se hissa sur ses pieds d'un bond et bien qu'il tentât de la dissimuler, Aliénor aperçut la grimace qui déforma ses lèvres quelques secondes. Sa jambe le faisait visiblement souffrir mais elle n'osa pas lui poser de question. Elle avait senti que c'était un sujet tabou, qu'il n'était manifestement pas prêt à aborder avec elle.

Dans l'entrée, elle enfila son manteau, attrapa son sac à main et se tourna vers ses hôtes. Madeleine la prit dans ses bras, la remercia chaleureusement d'avoir partagé leur dîner, et l'incita à revenir très vite :

— Et puis, quand je serai repartie pour Paris, n'hésite pas à tenir compagnie à Ulysse. Il va se sentir bien seul dans cette grande maison, une fois toute cette animation envolée !

Aliénor la remercia à son tour et lui demanda de saluer ses parents la prochaine fois qu'elle les verrait :

— Dis-leur que je vais bien, que je suis heureuse ici, qu'ils ne se fassent pas trop de souci…

Lorsqu'elle se tourna vers Ulysse, ce dernier était en train de passer sa veste en cuir.

— Je te raccompagne au portail.

Aliénor sourit à son tour et s'engouffra à travers la porte que Madeleine venait d'entrouvrir.

— Fais bien attention à toi sur la route, Aliénor, ici les gens conduisent comme des chauffards !

Cette dernière s'approcha du vélo, dont le guidon était couvert de fines gouttes de rosée. Sous ses yeux, l'allée de cyprès se déployait, légèrement embrumée par la lumière douce que le matin laissait filtrer à travers les branches. Quelques oiseaux virevoltaient entre les arbres dont les cimes s'animaient avec le vent, léger, presque chantant, au-dessus de leur tête. La journée serait belle.

Ils marchèrent l'un à côté de l'autre jusqu'au portail, sans un mot. Ulysse s'appuyait sur sa canne, tandis qu'Aliénor faisait rouler son vélo sur le sentier. Lorsqu'ils arrivèrent devant l'entrée, elle enfourcha sa bicyclette. Il appuya sur l'interrupteur qui actionnait le portail et se tourna vers elle. Il la regardait intensément. Ses joues, déjà rougies par l'air frais, devinrent écarlates :

— Aliénor, j'aimerais te revoir.

Il ne souriait plus. Son visage était grave et sérieux, ses traits tendus, sa bouche légèrement plissée. Aliénor sentit ses entrailles se nouer : la situation lui échappait totalement. D'une voix qu'elle voulut assurée, elle répondit avec un sourire :

— Je vais te laisser mon numéro. Si tu veux faire une balade un de ces jours, ou boire un verre, n'hésite pas à m'appeler.

Elle fouilla dans son sac, dont elle sortit un ticket de caisse au dos duquel elle nota rapidement son numéro de portable. Elle lui tendit le morceau de papier. Il s'en saisit sans la quitter des yeux, puis il se pencha vers elle et embrassa sa joue, très doucement, comme il l'avait fait la veille. Il laissa ses lèvres effleurer sa peau délicatement, juste un peu plus longtemps que nécessaire. Il posa sa main sur son bras en dessous de son épaule, qu'il serra presque imperceptiblement.

Aliénor sentit un gouffre s'ouvrir sous ses pieds. Elle se hissa sur la selle de son vélo et s'enfuit en pédalant à toute vitesse.

Devant le portail, Ulysse la regardait s'éloigner en serrant le petit morceau de papier dans sa main. Il se sentait sûr de lui : les cauchemars qui avaient hanté sa nuit emportèrent avec eux la silhouette blanche allongée sur l'asphalte. L'ombre de Bérénice s'éclipsa derrière le sourire d'Aliénor et le contact de sa peau. Ses mains ne tremblaient plus, sa jambe sembla légère.

Au fond de lui naissait un sentiment nouveau. Pour la première fois depuis l'accident, et même peut-être pour la première fois de sa vie, il se sentait exactement à sa place.

23

Aliénor

Le vent fouettait ses joues. Elle filait à toute allure, avalant les côtes et les pentes avec l'énergie d'un cycliste du Tour de France. Sous ses doigts engourdis par la vitesse, le guidon vibrait tandis que ses jambes pédalaient frénétiquement, sans s'arrêter une seule seconde. Au coin de ses yeux, des larmes perlaient. Elle n'aurait su dire qui du vent ou d'Ulysse les avait fait apparaître.

Elle pestait intérieurement. Comment pouvait-elle tomber dans le panneau une nouvelle fois… Comme le corbeau, elle s'était pourtant promis qu'on ne l'y reprendrait plus, et cette parenthèse niçoise avait pour but de l'aider à franchir cette étape, de la renforcer, de faire d'elle une vraie guerrière, prête à mener sa barque comme elle l'entendait, indépendante, libre et sûre d'elle, seule et assumant pleinement ses choix. Et voilà qu'elle sentait le vent tourner. Elle avait pourtant tenu le cap pendant près d'un an. Certes les textos échangés avec Hector constituaient une menace, mais mille kilomètres les séparant, celle-ci restait intangible, comme une réminiscence de sa vie antérieure qui refaisait surface avant de disparaître pour toujours.

Mais voilà que quelqu'un se mettait en travers de son chemin.

Ulysse la déstabilisait. Avec les autres, elle jouait son rôle à la perfection, livrant parfois quelques bribes de son passé, tout en restant fidèle à cette nouvelle Aliénor que la souffrance et la déception lui avaient ordonné de forger.

Ulysse avait balayé ce rôle d'un revers de la main. Elle sentait qu'avec lui, la jeune femme qu'elle avait emmurée dans ses souvenirs, et qu'elle s'efforçait de faire taire à coups de cornets de glaces à la praline et autres thés au ginseng, revenait sur le devant de la scène.

Il n'avait pas eu à gratter bien longtemps, elle s'était vite prise au jeu. En sortant de la brasserie du cours Saleya, elle avait compris qu'elle risquait de flancher, mais elle avait pensé que ce serait oublié en quelques jours. C'était sans compter cette apparition fortuite chez Madeleine qui l'avait achevée.

Ils avaient passé de merveilleux moments pendant le dîner. Tout s'était déroulé comme si les autres s'étaient volatilisés. Elle avait eu envie de se confier, de lui parler de son travail, de sa thèse, de cette passion pour la peinture qu'elle nourrissait depuis sa plus tendre enfance. Elle avait eu envie de lui présenter Édouard Vadim, cet homme qu'elle admirait si profondément et qu'elle avait le sentiment de connaître, malgré les années et la mort qui les séparaient.

Plus tard, lorsqu'il avait effleuré sa joue de ses lèvres, qu'elle avait senti ses cheveux caresser son front, ses yeux scruter son regard à la recherche de celle qu'elle était vraiment, elle avait refréné l'élan qui la poussait contre lui et s'était enfuie sur son vélo.

Et le pire dans tout cela, c'est qu'elle en redemandait. Au-delà de cette mise à nu à laquelle il semblait vouloir la forcer, il l'intriguait réellement. Elle pressentait sa sensibilité, son intelligence, comprenait que sa vie avait pris un tournant décisif quelques mois auparavant. Elle voulait qu'il lui explique, qu'il partage son histoire, qu'il se confie, et fasse à son tour tomber le masque.

Et cela la terrorisait.

Il lui semblait impossible de faire confiance à nouveau, de baisser la garde, de se montrer faible et vulnérable.

Alors elle pleurait. Elle pleurait devant ce choix un peu inespéré qu'on lui offrait. Elle pleurait parce qu'elle ne se sentait pas la force d'accorder cette confiance qu'on lui demandait, et qu'elle crevait d'envie de donner. Elle pleurait parce que la peur paralysait son cœur.

24

Madeleine

Elle remarqua d'abord la pancarte qu'il tenait devant la tête, et sur laquelle elle lut son nom écrit en lettres capitales noires. Puis elle reconnut son imperméable et le sourire enjôleur qui se détachait sur son visage au moment où il la vit passer la porte de sortie du terminal. Il attrapa sa petite valise à roulettes avec adresse et l'embrassa sur la joue avant de l'entraîner vers les ascenseurs devant lesquels attendait Mickey, son chauffeur.

Autrefois, Francis adorait lui faire ce genre de surprises. Elle avait toujours ignoré comment il connaissait ses heures d'arrivée, car il ne la prévenait jamais et débarquait à l'improviste, à la sortie d'un train ou d'un avion. C'était sa façon personnelle de lui montrer qu'elle lui avait manqué, et qu'elle comptait dans sa vie, au-delà du rôle professionnel qu'elle y occupait. Cela faisait très longtemps qu'il n'avait pas eu ce genre d'attention, si spontanée, qui contribuait à faire la richesse de sa personne et à le rendre irrésistible aux yeux de tous.

Elle nota immédiatement qu'il avait l'air à la fois surexcité et totalement perdu. Elle lui connaissait bien cette mine inquiète, ses tics nerveux, sa façon de sourire en permanence tout en se mordillant la peau à l'intérieur des joues. Elle s'étonnait toujours de s'apercevoir qu'elle le connaissait par cœur. Il était sur les nerfs, au bord de la crise qui le menaçait souvent en cas de stress intense. Aussi inconcevable que cela puisse paraître à toute personne normalement constituée, c'était cette angoisse et l'adrénaline qu'elle générait en lui qui le faisaient avancer en éveillant sa part de génie.

— Mad, tu m'as manqué cette semaine… Enfin, tu nous as manqué à tous ! Dois-je te rappeler que la générale est dans quinze jours ? C'est la catastrophe ! Nous ne sommes absolument pas prêts…

Alors que l'ascenseur les conduisait dans les entrailles d'Orly, Madeleine esquissa un sourire discret et le regarda dans les yeux en lui saisissant les mains avant d'expliquer calmement :

— Francis, je n'ai que deux choses à te répondre. Premièrement, tu dis toujours cela à quelques semaines du grand jour, et tout se passe comme sur des roulettes. Tu es très inquiet, mais je suis absolument certaine qu'il n'y a pas plus de raison que d'habitude de te mettre la rate au court-bouillon. En second lieu, tu sais bien que je serai là quoi qu'il arrive. Tu peux compter sur moi, la com sera réglée à la perfection. Les articles qu'il faut paraîtront dans les canards qu'il faut, au moment qu'il faut… Aie confiance.

Il quitta l'ascenseur comme un diable saute hors de sa boîte. Madeleine ne put retenir le léger sourire qui gagnait ses lèvres. Elle se tourna vers Mickey qui écarta les bras d'un geste impuissant, avant de sortir une cigarette de sa poche et d'attraper la valise à roulettes que Francis avait laissée derrière lui. Il gesticulait, marchait à toute vitesse, suivi de ses deux acolytes qui avaient du mal à tenir le rythme.

Ils montèrent enfin à l'arrière de la berline de Francis, tandis que Mickey chargeait la valise dans le coffre avant de s'installer en allumant la cigarette qui pendait nonchalamment au coin de sa bouche. Madeleine ne put s'empêcher de le rabrouer :

— Mickey, tu exagères, nous ne sommes même pas sortis du parking…

Ce dernier haussa les épaules. Il en avait vu d'autres de la part des deux loustics qu'il trimballait à l'arrière de la voiture. Avec eux, il fallait s'attendre à tout. Combien de fois l'avaient-ils réveillé en plein milieu de la nuit pour traverser Paris à la recherche de tel ou tel comédien qui tentait de leur filer entre les doigts, ou de tel journaliste qui n'avait pas respecté ses engagements, et ne publiait pas à la bonne page, pas dans le bon papier… Bref, cette remarque n'était qu'une bricole qui prouvait que Madeleine l'aimait bien et se souciait de sa santé. Il n'y prêta donc aucune attention, et aspira sa première bouffée de cigarette de la journée avec volupté, en la regardant à travers le miroir du rétroviseur, un sourire aux lèvres. Madeleine se contenta de hausser les épaules à son tour et ouvrit la fenêtre d'un air pensif. Depuis son accident, elle ne conduisait plus. Mickey ne posait aucune question à ce sujet, il savait que les souvenirs sont parfois cruels.

Toujours absorbé dans ses soucis, Francis reprit :

— Je sais que tu ne me crois pas, mais cette fois Mad, on frôle le désastre. Je t'assure, personne n'est prêt.

Madeleine leva les yeux au ciel : elle connaissait la rengaine. Francis était terrorisé, mais il était prêt, tout comme l'étaient les comédiens qu'il allait faire jouer sur les planches du Rond-Point. Il avait déjà endossé le rôle de metteur en scène à plusieurs reprises, et tout s'était toujours passé bien mieux qu'on ne pouvait oser l'espérer. Elle poussa un soupir et répondit :

— Explique-moi ce qui t'inquiète autant.

Elle savait qu'en se confiant Francis aurait l'impression qu'elle prenait la situation en main, et que la responsabilité du spectacle retomberait ainsi sur leurs épaules à tous les deux. Bien entendu, c'était totalement illusoire, mais en partageant ses doutes, en écoutant les conseils de sa plus vieille collaboratrice, Francis se libérait de ses angoisses. La situation lui semblait ensuite généralement moins catastrophique. Jusqu'à la crise suivante. Madeleine avait l'habitude de ses réactions souvent disproportionnées, et elle ne lui en tenait plus rigueur. Elle s'était forgée une solide carapace au fil du temps, de sorte que les craintes de son patron glissaient maintenant sur elle comme de fines gouttes de pluie.

— Je suis inquiet pour « Christian ». Je ne sais pas s'il résistera à la pression à laquelle je le soumets. Comprends-moi Mad, il est bon, là n'est pas la question… Mais moi, je voudrais qu'il soit très bon, et on n'y est pas encore… Et comme la générale approche, je panique. Résultat, il est perdu et n'ose plus bouger le petit doigt sans me demander mon avis…

C'était typique. Madeleine claqua dans ses mains si violemment que Mickey en sursauta. Elle se tourna vers Francis :

— Francis, c'est toujours la même histoire. Laisse-les vivre tes comédiens ! Hadrien est excellent. Il nous a tous ahuris lors des auditions, toi le premier. Il dispose de toutes les qualités qui font un bon « Christian ». Il est discret, candide, beau, intelligible et il comprend parfaitement le rôle. Qu'attends-tu de plus ?

Madeleine imaginait parfaitement les scènes auxquelles elle avait échappé ces derniers jours. Elle se figura Hadrien, au milieu du théâtre, essayant d'endosser le rôle de Christian tel qu'il l'avait imaginé, et Francis le faisant douter, gesticulant dans son fauteuil depuis l'orchestre. Il savait tirer le meilleur des comédiens, mais c'était parfois compliqué de voir où il voulait en venir… Habituellement, tout se débloquait quelques jours avant la générale, et le spectacle finissait par être grandiose. Francis reprit :

— Je ne sais pas, il me manque quelque chose que je ne parviens pas à identifier. Résultat, son Christian est bien, mais il n'est pas parfait. Or, tu le sais, je tiens à la perfection pour mon *Cyrano*.

L'attachée de presse poussa un nouveau soupir. Cela faisait des années que Francis rêvait de monter *Cyrano de Bergerac*. Il disait souvent que cette pièce, plus que toutes les autres, lui avait donné le goût du théâtre. Selon ses dires, l'œuvre de Rostand frôlait la perfection : le texte, l'intrigue, les personnages tissaient une poésie inégalée, inégalable. Il avait longtemps attendu avant de se jeter à l'eau, et un jour, estimant que le temps était venu, quelques mois auparavant, il avait demandé à Madeleine d'organiser des auditions qui avaient duré d'interminables semaines.

Les comédiens retenus avaient été triés sur le volet, tant le simple figurant que le superbe Cyrano. Francis avait su composer une fine troupe et les répétitions avaient commencé dans la bonne humeur. Mais maintenant qu'on était à quelques jours de la générale, chacun devait claquer des dents lorsqu'il posait le pied sur les planches. Les habitués savaient que c'était le jeu. Travailler avec Francis n'était pas de tout repos, mais le jeu en valait la chandelle. Madeleine l'avait compris très rapidement. Une fois que la générale serait passée, tout se déroulerait parfaitement, et les comédiens accompliraient leur tâche avec brio, sous l'œil de Francis, certes exigeant, mais tout aussi bienveillant.

— Et Cyrano, il est bien ?

Le visage de Francis adopta une moue évocatrice.

— Tu n'es pas convaincu ? reprit Madeleine.

— Si, si. Mais lui aussi, j'ai l'impression qu'il ne donne pas tout, qu'il en a encore sous le coude.

Tandis que Francis expliquait pourquoi il nourrissait ce sentiment, Madeleine laissa son esprit s'envoler.

Ces quelques jours avec Ulysse lui avaient remis les pendules à l'heure. Cette fois, elle ne pouvait plus se désister, il fallait parler à Georges et lui révéler qui elle était. Lorsqu'elle pensait à la confrontation qui l'attendait, son cœur et sa gorge se serraient, mais elle ne pouvait plus reculer. Georges avait prévu de venir passer le week-end suivant à Paris. Il laisserait Églantine à sa nounou, et viendrait en train pour assister à la générale de Francis. Ce dernier avait insisté auprès de Madeleine avant son départ pour Saint-Jean-Cap-Ferrat : « J'exige de rencontrer celui qui t'enlève à moi », avait-il expliqué avec un grand sourire. Madeleine n'avait pas su résister. Elle avait soumis cette proposition à Georges, qui s'était montré très enthousiaste à l'idée de partager cette soirée avec elle et d'entrapercevoir son univers professionnel.

Elle avait longuement réfléchi à la meilleure façon de lui révéler son secret et avait finalement pris la décision de faire le voyage vers Le Croisic dans la journée, au lendemain de son retour de Saint-Jean. Francis la maudirait sans doute, mais elle n'avait guère d'autre solution : elle devait prendre son courage à deux mains, monter dans le TGV et filer vers la petite librairie où elle lâcherait enfin le morceau. Il lui claquerait vraisemblablement la porte au nez, mais au moins elle aurait tout le trajet du retour pour pleurer avant d'affronter la tornade que représentait une générale auprès de Francis.

— Mad, tu m'écoutes ?

Elle échappa à ses pensées et se tourna vers son ami :

— Oui, pardon, j'ai eu une petite absence... Que disais-tu à propos de Roxane ?

Il la scruta et sur un ton réprobateur, il reprit :

— Dis-le moi tout de suite si je dois me débrouiller tout seul... Et va retrouver ton pêcheur de pivoines !

Elle éclata de rire.

— Arrête de faire le jaloux, Francis, ce n'est pas ton genre.

— Aurais-je au moins le plaisir de le rencontrer à la générale ?

Madeleine détourna le regard :

— Je n'en suis pas certaine... Pour être honnête, j'ai peur qu'il ne soit bientôt plus qu'un joli souvenir.

Le visage de Francis se ferma, sa voix s'adoucit :

— Mad, que se passe-t-il ? Tu avais l'air si heureuse pourtant ! Est-ce qu'il se serait moqué de toi ?

Si c'est le cas, j'aimerais vraiment que tu me donnes ses coordonnées.

Elle le fit taire d'un geste de la main et secoua la tête, puis elle posa les yeux sur les voitures qui glissaient à leurs côtés, tandis que Francis posait ses doigts sur les siens :

— Je suis désolé, Mad… Et moi qui t'enquiquine avec mon Christian trop ceci, pas assez cela…

Sa phrase demeura suspendue dans le silence de l'habitacle. Madeleine songea qu'un moment difficile l'attendait. Elle ferma les yeux.

— Francis, je dois m'absenter une dernière journée.

Elle le regarda aussi sincèrement qu'elle le pouvait, les yeux embués, persuadée qu'il comprendrait sa requête. Elle crut tout de même important de préciser :

— Je suis désolée de te faire faux bond ainsi à quelques jours de la générale, mais je dois m'absenter demain. Je rentrerai en fin d'après-midi, je t'en fais la promesse. Et ensuite, je me dévouerai entièrement à *Cyrano* jusqu'au grand jour. Je pourrai travailler dans le train, j'ai beaucoup de coups de téléphone à passer.

Francis poussa un soupir avant de répondre :

— Si je ne te connaissais pas aussi bien, je t'interdirais de quitter Paris sous peine de ne plus jamais m'adresser la parole Mad. Tu n'ignores pas à quel point ce spectacle compte pour moi. Mais comme je sais de quel bois tu te chauffes, tu as toute ma confiance. Tâche quand même de revenir vite. Quand repars-tu ?

— Tôt dans la matinée, je serai rentrée à 18 heures.

— Parfait, tu pourras te joindre à la troupe pour dîner, on va chez Claudine. Ton petit voyage surprise a un rapport avec le pêcheur ?

— Mais pourquoi imagines-tu qu'il est pêcheur ?

— Parce qu'il vit dans un port de pêche, et que pour vivre dans un port de pêche, il faut être pêcheur.

Au milieu de ses larmes, Madeleine éclata de rire, tandis que Francis l'attrapait par l'épaule et la serrait contre lui en riant à son tour.

Ils évoquèrent son séjour à Saint-Jean, parlèrent d'Ulysse et de ses photos. Madeleine confia combien elle admirait le travail de son ami qu'elle espérait sincèrement voir réussir dans cet exigeant milieu. Il existait beaucoup de photographes talentueux mais peu d'entre eux disposaient de la maturité d'Ulysse, de ce don qu'il avait de valoriser le quotidien, de mettre en lumière les gestes les plus simples. Il était si jeune. Il fallait que ce maudit accident constitue un tournant dans sa vie, l'occasion de faire de nouveaux choix, de se découvrir autrement, de se rattacher aux choses qui comptaient réellement pour lui. Il l'avait compris, elle l'admirait d'autant plus pour ça, mais parviendrait-il à ses fins ? Elle lui souhaitait un avenir aussi radieux que possible, et croyait en sa force de caractère pour vaincre la culpabilité de cette funeste nuit lors de laquelle l'un comme l'autre s'étaient à la fois perdus et retrouvés.

25

GEORGES

La porte se referma doucement sur la silhouette de Madeleine, la tête baissée, les yeux gorgés de larmes, enveloppée dans son imperméable trempé, un foulard bigarré noué sur ses cheveux, fuyant sur le quai sous un parapluie noir qui lui rappelait maintenant l'enterrement de Bérénice.

Il se tenait à côté de la devanture, les bras ballants, la main sur la poignée de la porte, le corps parcouru de frissons, la gorge sèche, tétanisé par l'ignoble mensonge dans lequel ils s'étaient enferrés pendant ces merveilleuses semaines.

Cela n'avait pas duré longtemps. Madeleine avait parlé vite, il avait accueilli son histoire dans un silence glaçant et les gestes s'étaient enchaînés automatiquement. Il avait pris son visage dans ses mains, s'était levé du fauteuil dans lequel il avait entendu sa confession, sans lui adresser un mot, sans un regard, avait ouvert la porte, les yeux rivés sur le paillasson de la librairie. Elle avait immédiatement compris, s'était mise à pleurer dans un mouchoir tiré de sa poche, avait déployé son parapluie et s'était enfuie dans les bourrasques qui balayaient le quai.

Une douleur lancinante et profonde lui entaillait la poitrine, il avait du mal à respirer. Il se força au calme.

La situation lui semblait absurde, grotesque, malsaine.

Comment cette femme en qui il avait tant espéré pouvait-elle être celle qu'elle prétendait ? Certes, on parlait d'un accident, et Georges était intimement persuadé que rejeter la faute sur les survivants relevait de la lâcheté. Mais de là à les aimer ! Comment avait-elle pu agir de cette façon ? Comment avait-elle pu le laisser s'éprendre et se complaire dans cette situation ? Le choc était tel qu'il n'avait pas eu la force de lui poser la moindre question. Elle s'était expliquée tant bien que mal.

Il s'appuya sur le chambranle de la porte, dont il tourna le verrou. Puis il retourna s'asseoir dans son fauteuil, absorbé dans ses pensées. Un instant, il eut envie de sortir la bouteille de whisky qu'il avait gardée dans sa remise, au milieu des boîtes de thé, pour y noyer sa peine. Mais la toute petite Églantine l'attendrait quelques heures plus tard chez son assistante maternelle et il était hors de question qu'elle pâtisse de ses déceptions. En l'imaginant lui tendre les bras, il sentit tout le réconfort qu'elle lui apporterait.

Il n'était pas près d'oublier les quelques semaines qu'ils venaient de partager. Pour la première fois depuis des années, il avait éprouvé ce sentiment de bien-être intense, cette apaisante sérénité mêlée d'excitation. Madeleine était apparue comme une évidence, et leur relation s'était développée avec simplicité. Il avait eu envie de passer son temps à ses côtés, de la prendre dans ses bras, de lui confier ses doutes et ses peines, lui qui s'était pourtant toujours montré si pudique. Avec elle, il s'était senti rajeunir, avait mordu la vie et ses merveilles à pleines dents, replongeant dans le bonheur d'être deux. Il avait même secrètement pensé qu'un jour elle quitterait Paris, son emploi, son patron pour les rejoindre, ici, au Croisic, et profiter de cette incroyable chance de s'être trouvés l'un l'autre. Il l'avait aimée comme on aime à vingt ans, sans concession, sans arrière-pensée, sans crainte. Il s'était livré comme il l'avait fait jadis, auprès de Sidonie, lui qui pensait ne plus jamais éprouver pareil sentiment, tant l'amertume de leur séparation l'avait abîmé.

Et rebelote.

À nouveau, on venait lui arracher ce bonheur.

Au-delà de la peine qui enveloppait son âme, il se sentait épuisé, vidé de toutes ses forces, du courage qui l'avait animé depuis de longues années. Il eut envie de baisser les bras, d'abandonner la partie, de dire à Dieu : « Ça suffit, emmenez-moi ou laissez-moi en paix. » On ne pouvait résister face à tant d'acharnement.

Il avait fallu que cela lui tombe dessus. La seule personne auprès de laquelle il voulait continuer la route était aussi celle qui la lui avait brisée quelques mois auparavant. La situation était inextricable. Même si son amour et sa confiance l'emportaient un jour sur ce sentiment d'horreur qui l'envahissait quand il pensait à l'accident, il ne pourrait dignement imposer à sa petite-fille quelque relation que ce soit avec Madeleine. Et cette dernière l'avait bien compris. Elle l'aimait à n'en pas douter, bien qu'elle ne le lui ait jamais confié, sans doute par pudeur et par respect. Il devinait que c'était d'ailleurs la raison pour laquelle elle avait tu son secret si longtemps. Cela semblait absurde, inhumain, tellement cruel.

En la voyant passer la porte de la Frégate alors qu'il ne l'attendait pas ce jour-là, Georges avait tout de suite compris qu'il se tramait quelque chose. Il s'était tourné vers elle, un grand sourire aux lèvres, l'avait prise contre lui, avec toute la délicatesse dont il était capable, passant sa main sur sa nuque comme il aimait tant le faire, mais elle l'avait repoussé en fermant les yeux, et s'était éloignée de lui.

— Georges, je dois te parler.

Elle lui avait expliqué ne pas avoir eu le courage de la vérité lorsqu'ils s'étaient rencontrés, cet après-midi pluvieux où elle avait poussé la porte de son magasin, à cause de la présence d'Églantine à ses côtés. Elle n'avait pas osé aborder l'accident devant la petite fille, et s'était, malgré elle, laissé prendre au jeu qu'ils avaient entamé. Elle ne s'attendait pas à grand-chose en venant à sa rencontre, mais jamais elle n'aurait imaginé se retrouver dans pareille situation. Elle l'avait assuré de sa sincérité, de son bonheur intense à leurs côtés, sur la plage à Pen-Bron, sur le bateau de Georges, à Paris sur la terrasse du Printemps, et pendant tous ces week-ends qu'elle avait passés avec eux, dans cette maison où elle se sentait si bien. En leur compagnie, les terribles souvenirs de l'accident s'estompaient, aussi mystérieux que cela puisse paraître. Bérénice était dans l'esprit de chacun, mais dans le sien, elle n'était plus la victime qu'elle avait vue étendue dans la neige, sur le bitume froid et humide de cette interminable nuit d'hiver. Elle était seulement la mère disparue de cette adorable petite fille qui la traitait comme une amie, la fille envolée de cet homme qui prenait soin d'elle et lui ouvrait un nouvel horizon.

Elle aurait voulu que cela ne s'arrête jamais. Mais elle leur devait la vérité, même si cette vérité risquait de les faire souffrir. Au départ, il n'avait pas vu où elle voulait en venir.

— Madeleine, je ne comprends rien de ce que tu racontes… Qu'est-ce que c'est que cette histoire ? Pourquoi me parles-tu de Bérénice ?

Et puis la vérité avait surgi. Inimaginable, incommensurable, et bien réelle pourtant.

Madeleine était cette conductrice, celle de l'autre voiture, qui avait percuté Bérénice et son ami de plein fouet. Elle avait été éjectée du véhicule, s'était réveillée sur l'asphalte, la tête dans un étau, mais elle s'en était sortie sans presque une égratignure. À côté d'elle, il y avait cette jeune femme, sa fille. Elle avait essayé de l'aider. Les secours étaient arrivés très vite, mais c'était déjà trop tard.

Les semaines s'étaient écoulées, et Madeleine avait ressenti le besoin de venir présenter ses excuses à la famille de la jeune femme dont elle avait appris le nom à l'hôpital. Elle avait mené son enquête, et s'était finalement retrouvée au Croisic, devant la porte de La Frégate grise, contemplant Georges et sa petite-fille à travers les carreaux, sous des trombes d'eau. Il lui avait fait signe avec une telle spontanéité, et l'enfant lui avait souri avec tant d'innocence qu'elle avait presque immédiatement oublié pourquoi elle était venue. Et chaque fois qu'elle avait tenté d'aborder le sujet, sa voix s'était dérobée : elle avait perdu la raison, et s'en mordait désormais les doigts. Elle demandait pardon à Georges de lui avoir caché son histoire pendant si longtemps. Pourtant, elle ne parvenait pas à regretter ce qu'ils avaient vécu. Cette parenthèse de bonheur intense était l'une des plus belles pages de sa vie, et elle l'en remerciait.

Sa confession s'était ainsi achevée, pleine de remords, mais sans regret. Oui, elle avait honte d'avoir dissimulé qui elle était, mais si on lui avait proposé de remonter le temps, elle n'était pas certaine de prendre d'autres décisions. Ces allers-retours entre Paris et Le Croisic, les jours et les nuits qu'elle avait passés auprès de Georges lui avaient apporté le bonheur que beaucoup cherchent tout au long de leur vie, et ne parviennent jamais à trouver. Si Georges avait appris pourquoi elle venait le jour de leur rencontre, il ne l'aurait vraisemblablement jamais aimée. Cette seule pensée lui tordait le cœur, plus encore que la culpabilité.

Georges n'en croyait pas ses oreilles. Il se sentait perdu, trahi, abandonné, trompé une nouvelle fois, lui qui pourtant s'efforçait de vivre simplement, sans blesser ceux qu'il aimait. Il ne parvenait plus à penser : la seule présence de Madeleine dans la pièce lui donnait la nausée. Comment avait-il pu l'aimer ?

Alors il s'était levé et lui avait ouvert la porte pour toujours. Il était hors de question qu'elle croise à nouveau la route d'Églantine. C'était sa seule certitude. Ils reprendraient leur vie tous les deux, retrouveraient leurs habitudes. Elle demanderait sans doute où se trouvait Madeleine, sa nouvelle amie. Il inventerait bien un bobard et, un jour peut-être, uniquement si elle le lui demandait, il lui révélerait la supercherie. Aux autres, Valentine, Antoine et ses amis, il ne dirait rien. S'ils s'intéressaient à l'absence de cette femme qu'ils avaient tous si vite adoptée, il resterait muet. On lui ficherait la paix, comme on l'avait toujours fait. Et s'ils essayaient de contacter Madeleine, elle les enverrait balader, c'était certain. En venant lui apprendre qui elle était, elle savait pertinemment qu'il la rejetterait. Elle avait fait son choix, il était douloureux, mais c'était le seul possible.

Georges ne s'aperçut pas immédiatement que des larmes s'étaient formées au coin de ses paupières. Il resta ainsi, abasourdi, anéanti pendant quelques heures. Puis les six coups de l'horloge du clocher retentirent dans la grisaille. Il quitta sa léthargie, rangea rapidement la librairie, enfila son imperméable, posa son chapeau sur le haut de sa tête et quitta son magasin. Il ne devait pas faire attendre sa petite Églantine. Elle était devenue et resterait jusqu'à la fin de ses jours, la seule femme de sa vie.

26

Madeleine

Et je marche sans rien sur moi qui ne reluise
Empanaché d'indépendance et de franchise ;
Ce n'est pas une taille avantageuse, c'est
Mon âme que je cambre ainsi qu'en un corset.
C'était son passage préféré.

Debout devant la porte tapissée de velours rouge, contre laquelle elle s'adossait avec précaution, Madeleine assistait à la première représentation de ce *Cyrano* pour lequel Francis et sa troupe avaient tant travaillé. La mise en scène, minimaliste et épurée, comme c'est rarement le cas pour une œuvre si célèbre, montée par un personnage haut en couleur tel que Francis, renforçait la magie des alexandrins, faisant du texte la véritable star du spectacle.

Les comédiens se déplaçaient avec légèreté sur une scène dénuée de tout artifice, parés de costumes sobres et élégants qui, tout en rappelant les silhouettes des œuvres de cape et d'épée par leur coupe, et par les étoffes dont ils étaient composés, restaient étonnamment simples.

Francis avait fait travailler l'une des costumières avec laquelle ils avaient débuté, des dizaines d'années auparavant, Edmonde – prénom parfaitement adapté à l'occasion ! –, qui avait commencé par tracer de magnifiques esquisses des costumes qu'elle imaginait en écoutant Francis. Son trait, remarquable, avait immédiatement compris ce que ce dernier avait en tête, et l'avait traduit sur le papier. Au moment de coudre les pièces, les figures de pastel s'étaient soudain matérialisées : les teintes s'étaient faites étoffes, les courbes de fusain s'étaient muées en drapés de soie. En assistant aux essayages, Madeleine avait eu le sentiment d'être transportée dans les croquis d'Edmonde, de voyager à travers le temps. Pas de galons, pas de satins, pas de taffetas aux couleurs criardes, mais des tissus aux teintes sombres, des lins et des cotons aux lourds tombés, des soies et des popelines aux onctueuses volutes. Depuis le fond de la salle, la musique des mots et le rythme des corps qui se mouvaient sur scène évoquèrent un ballet dans l'esprit de Madeleine.

Comme elle l'avait pressenti une dizaine de jours plus tôt, les craintes de Francis étaient totalement infondées. Christian était parfait, beau, jeune, un brin naïf, et sans esprit ; Cyrano resplendissait de justesse, mêlant avec perfection la touchante humilité du personnage et son insolente assurance ; et Roxane brillait par sa pureté, sa candeur, la clarté d'une voix cristalline prête à faire vaciller les cœurs. Définitivement, ce serait un succès. Francis avait passé la générale à broyer les accoudoirs du fauteuil d'orchestre dans lequel il s'était installé. Lorsqu'il lâchait ces derniers, il se mordait le poing. Devant tant de crainte et d'angoisse, Madeleine avait presque douté. Serait-il possible qu'elle se soit trompée à ce point et que la pièce soit un échec ? Lorsque le rideau s'était refermé sur la mort de Cyrano et son célèbre panache, elle avait senti son cœur battre un peu plus vite. Quelques secondes d'un profond silence avaient suivi. Francis avait fermé les yeux, arrêté de respirer. S'il avait pu disparaître dans son fauteuil, il l'aurait fait. Et soudain, dans la pénombre de la salle, un bruit de mains qui claquent avait retenti, rapidement suivi d'un tonnerre d'applaudissements. Les spectateurs s'étaient levés, et le rideau s'était ouvert sur une troupe galvanisée, en larmes, les comédiens émus jusqu'au plus profond de leurs tripes. Francis était resté assis quelques secondes, avant de se lever et de traverser la foule qui l'acclamait à coups de tonitruants bravos, pour rejoindre ses comédiens. Il les avait salués un à un, embrassant l'un, serrant la main de l'autre.

C'était un exploit. Qu'une pièce si connue, jouée un si grand nombre de fois puisse autant plaire relevait du miracle. Il avait fait signe à

Madeleine au premier rang, comme il le faisait toujours lors des répétitions générales. Elle avait levé la main, il lui avait envoyé un baiser, mais elle n'avait pas quitté son siège. Les acclamations sur la scène, très peu pour elle. Ses voisins s'étaient tournés vers elle, l'avaient félicitée avec sincérité, le rideau s'était abattu, et l'euphorie était progressivement retombée.

Bien sûr, les spectateurs d'une générale ne sont pas des spectateurs lambda. Mais c'était tout de même de bon augure. Et ce soir, depuis le fond de la salle où elle observait les uns et les autres, elle devinait sur les visages que l'émotion serait tout aussi forte. Pas de doute, Francis avait encore une fois gagné son pari.

La semaine qui venait de s'achever n'avait pas été simple. Elle pensa même à plusieurs reprises qu'elle n'avait pas autant travaillé depuis des années. Elle qui s'était pourtant promis de lever le pied depuis l'accident… Elle n'avait pas arrêté. Tout devait être prêt pour le jour J : les journalistes, les articles, les comédiens, les dossiers de presse, elle avait coordonné cela avec virtuosité, comme elle le faisait pour Francis depuis toujours. En parallèle, elle avait rassuré les uns, remotivé les autres à l'issue des répétitions musclées que leur imposait le patron. Dans la troupe, tout le monde la connaissait et tout le monde l'appréciait. On savait qu'elle était l'une des rares personnes en qui Francis avait confiance. Il l'écoutait et, parfois, il suivait même ses conseils. Madeleine se montrait toujours douce et calme, sans jamais perdre l'énergie qui la caractérisait aussi. Elle était un réel soutien tant pour le metteur en scène que pour les comédiens.

Ces derniers mois, le rôle qu'elle tenait dans l'équipe de Francis, bien que central, s'était légèrement amenuisé et elle en était l'unique responsable. Elle aurait dû se sentir dévastée, anéantie par sa rupture avec Georges, par le silence qu'il lui avait imposé et que rien n'avait brisé depuis, mais en se remettant dans la course du spectacle, en retrouvant la place de choix qu'elle occupait aux côtés de Francis, elle avait clos la parenthèse que l'accident avait ouverte dans sa vie.

Elle avait également dû admettre qu'il était malheureusement trop tard. Sa vie bien tracée lui apportait déjà beaucoup de satisfaction, elle n'avait pas à se plaindre. Elle avait tenté sa chance, cela avait failli marcher… Il lui fallait maintenant reprendre ses bonnes habitudes, accomplir ce métier auquel elle avait tout donné. Ainsi, les sacrifices qu'elle avait inconsciemment consentis ne seraient pas vains. Et l'accident lui avait permis de prendre conscience du bonheur d'être en vie, en bonne santé et d'accomplir un travail qui lui plaisait.

La fin de la représentation se déroula comme elle l'avait imaginé. Les spectateurs se levèrent, la troupe fut ovationnée. Une vague de soulagement l'envahit lorsqu'elle aperçut Francis apparaître aux côtés de son Cyrano : il jubilait.

Elle était fière d'avoir pu contribuer à ce spectacle, comme toujours. Sa vie n'était pas dénuée de sens. En aidant Francis, elle participait au rayonnement du théâtre et apportait, au même titre que tous les membres de cette troupe, sa petite pierre à l'édifice.

Parfois, lorsqu'elle se couchait le soir, une voix lui soufflait qu'elle avait tort. Non, il n'était pas trop tard, bien au contraire, il était encore temps ! Mais elle lui claquait systématiquement la porte au nez. Francis comptait sur elle, Georges était parti, emmenant avec lui les rêves qu'elle avait secrètement nourris ces dernières semaines. Oui, il était temps qu'elle reprenne ses bonnes vieilles habitudes.

27

ULYSSE

Ulysse sortit son téléphone de sa poche et consulta le texto qu'Aliénor lui avait envoyé. Pas de doute, il était à la bonne adresse. Une haute porte en bois défraîchi se dressait devant lui. Bien qu'ancienne et abîmée, elle demeurait magnifique. Ornée de motifs géométriques et percée de minuscules ouvertures à la façon d'un moucharabieh, elle invitait au voyage quiconque s'aventurait à la regarder de près. Bien cachée au fond de son impasse qui ouvrait pourtant sur le cours Saleya, elle restait invisible pour les touristes qui sillonnaient le vieux Nice à toute heure du jour et de la nuit. Il recula d'un pas et releva la tête. La façade de cette imposante bâtisse valait le détour, bien qu'elle eût mérité un petit coup d'enduit par-ci, par-là. Il sortit son appareil de son sac, et entama de prendre quelques clichés. Aliénor avait bien compris son travail. À travers ses photos, il cherchait à offrir une vision peu commune de

Nice, et ce style de maison entrait parfaitement dans la catégorie des lieux qu'il souhaitait faire découvrir. Bien sûr, il n'était pas certain que ses propriétaires acceptent qu'elle figure dans l'ouvrage qu'il allait ensuite composer avec William, mais il voulait quand même le leur proposer. Au pire, il garderait ces photos pour lui.

L'impasse étant relativement étroite, il testa plusieurs prises de vues, se contorsionna autant que sa patte folle le lui permettait, et mitrailla littéralement la façade. Lorsqu'il ne sut plus comment varier les clichés, il consulta sa montre et constata qu'il avait désormais les quinze minutes de retard qu'impose la bienséance. En fait, il avait le trac. Aliénor lui avait conseillé de l'appeler par téléphone en arrivant. L'interphone de la maison se montrait visiblement capricieux ces derniers temps. Elle viendrait lui ouvrir. Comme un adolescent, il appréhendait ce coup de téléphone autant qu'il avait hâte de le passer.

Depuis le dîner organisé par Madeleine dans la villa de Saint-Jean, ils ne s'étaient revus qu'en coup de vent. La première fois, au Cornet doré, où il était allé prendre une glace. La deuxième fois, dans un café italien à côté du palais Masséna, où ils avaient bu un excellent chocolat chaud mais au bout de quelques minutes, Jacquotte, la patronne du Cornet, avait appelé Aliénor. Apparemment, elle manquait de personnel et la jeune femme avait dû filer lui donner un coup de main. Ils avaient passé un bon moment, mais cela n'avait pas duré plus de vingt minutes. À vrai dire, ils n'avaient pas eu le temps de parler de grand-chose, si ce n'est du fameux chocolat. Ils avaient échangé quelques textos depuis, avaient pris un verre un soir sur le cours Saleya. Ils avaient évoqué la vie parisienne, son brouhaha, son charme, cette capacité qu'a la capitale de vous faire croire qu'aucune autre ville ne lui arrive à la cheville. Et Aliénor l'avait finalement convié à ce barbecue organisé par ses amis, deux jumeaux visiblement très sympathiques. Elle lui avait indiqué que la maison dans laquelle ils vivaient était une merveille, et qu'en excellent photographe, il serait ravi de découvrir ce lieu unique et hors du temps.

Il appuya finalement sur la touche de son portable qu'il colla à son oreille. La sonnerie retentit une fois, deux fois, et Aliénor décrocha. En arrière-fond, il entendit des éclats de rire. Un instant, Ulysse eut envie de raccrocher : voulait-il vraiment se retrouver au milieu d'inconnus auxquels il devrait s'efforcer de parler ? Mais qu'allait-il faire dans cette galère ? Puis il entendit la voix d'Aliénor.

— Salut, Ulysse, tu es arrivé ?

Ses craintes ne s'envolèrent pas mais il se rappela pourquoi il se tenait devant cette porte. Cette femme l'intriguait.

— Bonjour, Aliénor, oui, je suis devant la porte.

— Très bien, je viens.

Il resta quelques secondes ainsi, s'appuyant sur sa canne. Il avait remis l'appareil photo dans son sac à dos, passé sa main dans ses cheveux pour les discipliner. Des pas pressés se firent entendre derrière le moucharabieh, à travers lequel un rideau d'étoffe sombre empêchait de regarder, et la porte s'entrouvrit sur la silhouette d'Aliénor qui lui adressa un beau sourire. Elle ouvrit en grand le battant de la porte et s'avança vers Ulysse qu'elle embrassa sur les deux joues. Derrière elle, un grand jeune homme s'appuya sur l'embrasure et salua Ulysse d'un geste de la main tandis qu'il approchait le goulot de la 1664 de sa bouche pour en avaler une grande lampée, sans perdre des yeux le nouvel arrivant. Ulysse monta la marche qui le séparait d'Aliénor, répondit au salut du type en lui offrant une vigoureuse poignée de main, tandis que la jeune femme les présentait l'un à l'autre :

— Ulysse, je te présente Grégoire, un collègue et ami du Cornet doré. Grégoire, voici Ulysse, le photographe dont je t'ai parlé.

Grégoire finit par sourire à Ulysse en répondant un « enchanté » qui sonna faux. Grand et costaud, son visage pâle aux traits fins se distinguait par l'intensité d'un regard bleu et profond, et l'épaisse tignasse rousse qu'il arborait fièrement. Il leur tourna le dos et disparut dans le couloir. Ulysse entra doucement, tandis qu'Aliénor le frôlait pour refermer la porte derrière lui. Il eut le temps d'inspirer son parfum, un doux mélange floral qui se mariait parfaitement avec cette vie niçoise. Elle portait un jean clair et moulant qui accentuait la longueur de ses jambes, un T-shirt blanc à manches courtes décolleté dans le dos, et des baskets usagées qui crissaient légèrement lorsqu'elle marchait. Ses cheveux lâchés tombaient sur ses épaules fines. Elle souriait. Ils se retrouvèrent face à face, légèrement gênés dans ce couloir étroit. Ulysse brisa le silence :

— Merci pour l'invitation, je suis touché que tu aies pensé à mes photos pour cette maison.

Elle balaya ses propos d'un geste de la main et s'avança dans le couloir en lui faisant signe de la suivre.

— Tu vas voir, cet endroit est magique. Je pense que tu vas t'en donner à cœur joie… Aller, viens, je vais te présenter la clique, ils sont dans le jardin.

Ulysse sentit son unique jambe flageoler et ses mains se mirent à trembler. Il se concentra sur le dos d'Aliénor qui marchait devant lui, compta les grains de beauté qu'il y voyait. Pourvu qu'on ne lui pose aucune question sur cette satanée jambe…

De part et d'autre du long couloir, des portes s'ouvraient sur des enfilades de pièces lumineuses, meublées à l'ancienne, garnies de moulures et de peintures. Aliénor reprit :

— Je te ferai visiter après le barbecue, avec les jumeaux si tu veux. Tu pourras prendre tes photos à ce moment-là, ils sont très intéressés par ton travail.

Ils atteignirent finalement la porte qui ouvrait sur ce qu'il pensait être une terrasse. Ulysse chaussa ses lunettes de soleil et n'en crut pas ses yeux. Devant lui s'ouvrait un immense jardin vert et fleuri, couvert d'une éclatante pelouse, densément planté d'orangers, d'oliviers et d'arbres variés. Bien que soigneusement entretenu, l'atmosphère de ce jardin à l'anglaise, bucolique et romantique, savamment laissé à l'état sauvage, plongea Ulysse dans un voyage à travers le temps. Un instant, il se crut emporté à la Belle Époque, et s'attendit presque à voir apparaître à travers les branches du saule pleureur qui s'épanouissait à sa gauche, des jeunes femmes et leurs fidèles soupirants en tenue de guinguette, ombrelles à la main, canotiers sur la tête… L'écho d'un lointain klaxon le rappela à la réalité. Il était difficile d'imaginer que cette maison se situait en plein centre-ville.

Il descendit les marches du perron avec précaution en suivant Aliénor qui le conduisait vers ses amis, installés sous une pergola recouverte d'une abondante glycine. Ulysse aurait bien voulu sortir son appareil photo de son sac, sans même saluer les convives, mais il se rappela les bonnes manières enseignées par ses parents, et suivit docilement son amie. Une jeune femme brune couverte de tatouages s'avança vers eux, un grand sourire aux lèvres, accompagnée d'un garçon plus jeune, qui lui ressemblait comme deux gouttes d'eau. Elle lui fit la bise, et se présenta :

— Bonjour Ulysse, enchantée, je m'appelle Gabrielle, je travaille avec Aliénor. Et voici mon petit frère Martin.

Elle flanqua au jeune homme un affectueux coup de coude. Ce dernier tendit la main vers Ulysse et ajouta :

— Son petit frère ou sa victime préférée, ça dépend des jours…

Gabrielle lui ébouriffa les cheveux et reprit :

— Ne l'écoute pas, surtout… Tu risquerais de croire que je le martyrise, alors que je prends seulement soin de lui.

Ulysse rit de bon cœur en devinant la tendre complicité qui unissait ces deux-là. Il aurait aimé avoir un frère ou une sœur, mais il était resté fils unique. Ses parents n'avaient pas pu avoir d'autres enfants.

Le petit groupe fut rejoint par un des jumeaux qui adressa une chaleureuse poignée de main à Ulysse :

— Alors, c'est toi le photographe ? *Mamma mia*, tu vas pouvoir te faire plaisir ici d'après ce qu'Aliénor nous a dit de ton travail. Je suis Dimitri, l'un des heureux bougres qui habite ce petit coin de paradis.

— Je ne prends des photos que si vous êtes d'accord.

— Tu rigoles ? Évidemment qu'on est d'accord, c'est une super idée. On en reparle plus tard, je dois aller relayer Balthazar aux fourneaux, mais vraiment, fais-toi plaisir !

La voix du fameux Balthazar retentit un peu plus loin. Apparemment, il se battait avec le barbecue et Dimitri courut à sa rescousse.

Aliénor proposa à Ulysse de s'asseoir autour de la table en compagnie de Gabrielle et Martin qui coupaient des tomates. La fameuse table avait été installée sous une pergola de bois clair, dont les montants et les poutres avaient été colonisés par les ramifications d'une belle glycine. La jeune femme lui tendit une bière, ainsi qu'un couteau et un sachet de mozzarella. Il s'installa, retira sa veste, posa son sac à dos à côté de lui, adossa sa canne à la table, retroussa ses manches et coupa le délicieux fromage en fines tranches. En face de lui, le fameux Grégoire qui cisaillait des feuilles de basilic, entama les hostilités :

— Alors comme ça, tu es photographe ? Ça fait longtemps ?

Ulysse crut entendre une pointe d'agressivité dans la voix de son interlocuteur. Il resta de marbre et répondit aimablement :

— On va dire que j'essaye de le devenir… Je prends des photos depuis des années, mais la volonté d'en faire mon métier m'est apparue très récemment. Et toi, tu bosses au Cornet doré avec Aliénor, c'est ça ?

— Et avec moi ! ajouta Gabrielle. Passe-moi le sel, Grégoire, s'il te plaît !

Le grand rouquin s'exécuta et tendit la salière à son amie, avant de répondre :

— Oui, je suis au Cornet depuis quelques années maintenant. C'est un job pratique qui me permet de gagner ma vie correctement, mais je n'y resterai pas pour toujours.

Aliénor déposa ses tomates dans le fond du saladier qui trônait au milieu de la table.

— Grégoire est un marin, il attend d'avoir suffisamment économisé pour faire le tour du monde sur son quillard.

Ulysse enchaîna :

— Tu as un bateau ? Ici, à Nice ?

Il lui sembla que Grégoire souriait spontanément pour la première fois depuis son arrivée. Ce dernier déposa délicatement le basilic sur les tomates, avala une gorgée de bière et répondit à Ulysse :

— Oui, j'ai un petit bateau qui mouille au port.

Il entama alors la description du fameux navire. Ulysse, qui ne s'y connaissait pas particulièrement en voile, fut impressionné. Grégoire avait acquis le rafiot l'année de ses dix-huit ans. Il l'avait entièrement retapé lui-même, et ne cessait depuis d'en améliorer les caractéristiques techniques. Il y consacrait son temps et ses économies et ne vivait que dans l'espoir de pouvoir un jour lever l'ancre pour de bon. Apparemment, le grand jour était proche et Grégoire s'apprêtait à présenter sa démission à Jacquotte. Il avait scrupuleusement préparé son itinéraire, et paraissait impatient à l'idée du départ.

— Allez, montre-lui !

Gabrielle venait de lui envoyer un petit coup de coude en chaussant d'immenses lunettes de soleil.

— Pas certain que ça l'intéresse vraiment.

La jeune femme reprit la parole en expliquant à Ulysse :

— Grégoire ne quitte jamais la cartographie de son itinéraire. Il s'en est fait une version de poche, plastifiée s'il vous plaît, glissée dans son portefeuille et la contemple chaque fois que la patronne lui tape sur le système.

Le jeune rouquin l'interrompit :

— Merci de me faire passer pour un idiot, Gabrielle. Je vous laisse, je vais aider les jumeaux.

Grégoire se leva d'un bond visiblement exaspéré par les explications de son amie, qui tenta de le retenir sans succès. Elle l'excusa auprès d'Ulysse :

— Désolée, il est un peu susceptible ces temps-ci. Et je n'ai pas voulu dresser le portrait d'un idiot, bien au contraire. Il est super préparé, il sait exactement où il veut aller, quel itinéraire suivre, combien de temps cela lui prendra, la somme que cela lui coûtera. Grégoire est un as de l'organisation.

Ulysse aurait bien aimé voir la fameuse carte, mais cela ne semblait plus d'actualité. Il contempla la silhouette du jeune homme qui s'éloignait vers le barbecue sans un mot.

Autour de la table, la discussion reprit. Gabrielle expliqua qu'elle non plus ne resterait pas *ad vitam aeternam* au Cornet doré. Ce job lui permettait de payer les études de Martin, qui baissa la tête en l'entendant parler de lui. Sitôt qu'il aurait intégré une belle et bonne école d'ingénieurs, il contracterait un emprunt auprès d'une de ces banques avides d'aider de jeunes diplômés. Elle aussi prendrait la poudre d'escampette pour ouvrir son propre salon de tatouage. Elle poussa un soupir rêveur, tandis qu'Ulysse qui connaissait bien le parcours emprunté par le jeune homme, se tournait vers lui pour l'interroger. Son niveau, l'école qu'il briguait, les colles, les concours blancs… Tout cela lui semblait à la fois si proche et si lointain. Il sentit que Gabrielle nourrissait beaucoup d'espoir pour son frère. Martin semblait à la fois fier et terrorisé. Que se passerait-il s'il échouait ? Ulysse réalisa qu'il n'avait jamais eu à se questionner ainsi. Ses parents ne lui avaient jamais imposé quelque pression que ce soit, il avait intégré l'une des meilleures prépas de France, et n'avait pas imaginé pouvoir échouer à l'époque. De fait, le résultat de ses concours lui avait permis de faire de brillantes études.

Et leurs parents, où étaient-ils ? Ulysse n'osa pas poser la question. Il se contenta de saluer le courage de la jeune femme qui assumait pleinement son petit frère et souhaitait lui offrir le meilleur avenir possible. À ses mots, les yeux de Gabrielle se voilèrent légèrement. Elle le remercia et passa à un autre sujet.

À côté d'Ulysse, Aliénor restait silencieuse. Il voyait bien qu'elle l'observait à la dérobée, puisqu'il agissait exactement de la même façon. Elle finit par se lever et recruta Martin pour aller chercher assiettes et couverts avec elle dans la cuisine. Au fond du jardin, on entendit les jumeaux crier que les brochettes étaient presque cuites. Gabrielle finit de mélanger la salade de tomates, et interrogea Ulysse :

— Aliénor et toi, vous vous connaissez depuis longtemps ?

Mal à l'aise, il répondit :

— Pas vraiment, on s'est rencontré il y a quelques semaines au Cornet doré. Je suis venu prendre des photos… Et on a sympathisé.

Visiblement surprise, Gabrielle scruta Ulysse avant de poursuivre :

— Je ne veux pas te paraître intrusive ou désagréable mais, pour être honnête, on a tous été très étonnés qu'elle propose à quelqu'un de se joindre à nous pour le déjeuner. Aliénor est très secrète. Cela fait des mois qu'on la côtoie tous les jours, qu'on sort avec elle, qu'on partage de vrais moments d'amitié, et on ne sait pour ainsi dire rien d'elle. Elle ne nous parle jamais de sa vie parisienne, elle n'évoque ni ses amis, ni sa famille… On a tous nos petits secrets, mais elle en est la championne.

Ulysse resta silencieux. Lui non plus ne savait pas grand-chose de la jeune femme, mais à la différence des autres, il sentait qu'il pouvait la faire parler. Avec lui, elle baissait la garde. Gabrielle reprit :

— On ne lui pose pas de question. Le jour où elle voudra se confier, elle le fera. Mais, comprends-moi, quand elle m'a parlé de toi, en me demandant si les jumeaux accepteraient que tu viennes photographier leur maison, je suis tombée des nues. On est très contents de te rencontrer, ce n'est pas la question… Mais nous sommes un peu étonnés. Et un peu sur la défensive aussi. On l'aime beaucoup cette petite, alors on voudrait la protéger, même si ce n'est pas nos oignons. Il ne faut pas nous en vouloir.

Gabrielle se montrait aimable et chaleureuse à son égard, et son attitude ne correspondait en rien au portrait qu'elle venait de dépeindre. Il comprit qu'elle lui adressait ce message pour Grégoire qui n'avait pas eu le même comportement, et qui selon toute vraisemblance, ne prendrait pas l'initiative de ce genre de plaidoirie.

— Merci, j'apprécie ton honnêteté. Je comprends ce que tu me dis…

Gabrielle éclata de rire, détendant ainsi l'atmosphère qui s'était sournoisement alourdie.

— Désolée si je t'ai effrayé, en tout cas, ça n'était pas mon intention. Aliénor est mon amie, je la sais fragile, je veux la protéger, c'est aussi simple que ça. Tu es prévenu et, maintenant, je ferme la parenthèse.

Les cuisiniers arrivèrent du fond du jardin, les bras chargés de victuailles : brochettes, saucisses, côte de bœuf, ils allaient se régaler. Balthazar – parfait sosie de son frère, à l'exception des vêtements – salua Ulysse avec enthousiasme, et invita l'ensemble des protagonistes à s'installer autour de la table en fer forgé. Aliénor et Martin prirent place de part et d'autre de ce dernier, qui se sentit bien plus à l'aise en les voyant revenir de la cuisine. Son court échange avec Gabrielle l'avait pris au dépourvu. Il n'avait pas imaginé devoir s'expliquer en acceptant cette invitation. Il ne se sentait ni vexé, ni effrayé, seulement maladroit.

Gabrielle passa les plats avec gaieté tandis qu'Ulysse subissait de la part des jumeaux un interrogatoire en bonne et due forme. Au départ, ils lui posèrent des questions sur la photo, sur sa perception de Nice, sur ses thèmes de prédilection. Puis le sujet dévia subrepticement et Ulysse évoqua ses études. Il se sentait de moins en moins à l'aise. Immanquablement, on allait lui demander la nature de l'événement qui avait fait basculer sa vie, et l'avait incité à quitter le confort d'une carrière bien rodée dans le conseil, pour se lancer dans un secteur qui certes le passionnait, mais qu'il connaissait peu. Aliénor, discrète et peu bavarde jusqu'à ce moment de la conversation, interrompit Balthazar lorsque ce dernier entama le volet familial de son interrogatoire :

— Balthazar, laisse-le respirer… Ulysse ne sait pas encore que tu es maladivement curieux, et par politesse, il n'osera pas t'envoyer balader.

Autour de la table, l'ensemble des convives se mit à rire et celui que la jeune femme venait de moucher leva les mains dans un signe de défaite et de repentir.

— Désolé, Ulysse, elle a raison. Je ne sais pas m'arrêter quand je pose des questions !

Les échanges reprirent de plus belle, autour de l'emploi du temps des uns et des autres, des projets de la semaine, des concerts à venir au Théâtre de verdure. Ulysse profita de l'effervescence générale pour remercier sa voisine d'un regard empli de reconnaissance, auquel elle répondit par un sourire discret. Le déjeuner s'acheva dans la bonne humeur.

Lorsque la table fut débarrassée, et qu'ils eurent bu leur café, Dimitri proposa à Ulysse de faire le tour du propriétaire. Très enthousiaste, ce dernier se leva d'un bond, attrapa son appareil photo, s'empara de sa canne, et se déclara prêt. Aliénor se joignit à eux, et ils entamèrent la visite du jardin.

Ils déambulèrent à travers les arbres fruitiers le long d'une étroite allée qui traçait son sillon dans des herbes hautes. Le jardin, plus petit qu'il n'avait paru à Ulysse au premier regard, était délimité par de grands murs, au bas desquels grimpaient de robustes pieds de vigne, dont les branches et les ramifications filaient le long des pierres de taille. Cet endroit si précieux ne souffrait d'aucun vis-à-vis, si ce n'est celui de la colline du Château, qui s'érigeait en fond de parcelle, offrant une jolie perspective arborée, verdoyante et unique. On devinait par-delà les murs des maisons semblables à cette merveille, mais Ulysse avait du mal à se rappeler qu'il se trouvait en plein centre-ville tant le calme et le silence régnaient. Non loin du barbecue caché dans un édifice de briques noires, un bassin de pierre avait été creusé. En son centre trônait la statue d'un cerf blanc, assis au milieu de l'eau, mystérieux et romantique à souhait. Deux rouges-gorges s'étaient perchés sur les bois du cervidé, d'où ils contemplaient les nouveaux venus, prêts à s'envoler au moindre mouvement suspect. Ulysse approcha délicatement l'objectif de son visage pour capter ce moment. À son côté, Aliénor et Dimitri se firent aussi discrets que possible et parlèrent à voix basse. Malheureusement, les petits oiseaux perçurent leur présence, et ils s'envolèrent d'un coup, abandonnant le cerf sur son îlot désert. En se retournant, Ulysse découvrit que la façade de la maison avait presque totalement disparu derrière les arbres et la vigne vierge qui la tapissait intégralement. Alors, il entra dans son monde et se livra tout entier à ce qui l'entourait. Il testa des cadrages, se pencha, prit appui sur le rebord du bassin, observa l'onde animée par la nage des poissons rouges. Les propos de Dimitri et d'Aliénor n'atteignaient plus ni ses oreilles, ni son cerveau, il répondait vaguement, haussait les sourcils, traquait le meilleur angle de vue. Cela dura un petit moment. Lorsqu'il ne sut plus sous quel jour photographier les merveilles qui avaient envahi son objectif, il quitta sa bulle et constata qu'il était seul : ses accompagnateurs avaient poursuivi la balade sans lui.

Ulysse passa la bandoulière de son appareil photo autour du cou, prit appui sur sa canne et repartit vers la maison. Installés à la table qu'ils avaient quittée quelque temps plus tôt, à l'ombre de la pergola, Aliénor et Grégoire se tenaient penchés sur une grande carte IGN, étalée à même le bois, sur laquelle ils pointaient des éléments, absorbés dans une intense discussion. À côté d'eux, en plein soleil, Gabrielle, son frère et Balthazar s'étaient installés sur des transats, et semblaient endormis. Seul Dimitri manquait à l'appel. Ulysse s'approcha de la table et passa la tête au-dessus de l'épaule d'Aliénor, qui sursauta :

— Ulysse, je ne t'ai pas entendu approcher, tu m'as fait une de ces peurs !

Ce dernier leva la main en signe de pénitence. Grégoire se contenta de détourner le regard, tout en faisant mine de replier la carte. Aliénor lui demanda :

— Tu ranges déjà ? Mais on n'a pas terminé !

— Si, si c'est bon, ne t'inquiète pas, je finirai chez moi. J'ai à faire sur le bateau de toute façon.

À nouveau, Ulysse sentit l'animosité de Grégoire à son égard, et la situation lui sembla soudain des plus limpides. Il reprit :

— Aliénor, ne t'occupe pas de moi. Je vais prendre des photos à l'intérieur. Comme tu as pu le constater, cela m'absorbe beaucoup, et je serai d'une bien mauvaise compagnie, donc reste ici, profite du soleil. Je te montrerai les photos quand elles seront faites.

Aliénor le regarda avec étonnement. Il crut même lire un semblant de déception dans le fond de ses yeux, si clairs, avant qu'elle ne lui adresse un grand sourire. Puis elle répondit :

— Dimitri est à l'intérieur. Appelle-le, il te fera visiter la maison avec joie et t'en racontera l'histoire. En revanche, je te préviens, je pars à 16 h 45, je suis de service au Cornet à 17 heures.

Ulysse consulta sa montre et découvrit avec stupeur qu'il était resté quasiment deux heures dans le fond du jardin. Il avait un peu plus de quarante minutes pour prendre quelques photos à l'intérieur, cela ne serait sans doute pas suffisant, mais il ne se plaignit pas, et ajouta :

— Parfait, je te raccompagnerai à ce moment-là, j'ai promis à Jacquotte de goûter le parfum tomate-basilic quand je suis passé la dernière fois.

Aliénor sourit et déplia la carte que Grégoire était en train de ranger. Ce dernier ne se fit pas prier, et les échanges reprirent.

Ulysse entra dans la maison. Il avança à pas de loup dans le couloir, à la recherche de Dimitri, qu'il appela timidement au moment où il atteignait la cage d'escalier. Ce dernier répondit depuis le premier étage, pencha la tête au-dessus de la rambarde et rejoignit le photographe au rez-de-chaussée, pieds nus, une main glissée dans sa poche. Dimitri était éminemment sympathique. Toujours souriant, les yeux pétillants, le regard vif et intelligent, il donnait l'impression de vouloir plaisanter, rire, s'amuser à tout moment, en toute situation. Il était difficile d'imaginer que ce thésard en histoire du droit prodiguait des cours aux étudiants de l'université de Nice, dont il était l'un des plus brillants chargés de TD – selon les dires d'Aliénor. Ils déambulèrent à travers le grand salon, la salle à manger, le salon de musique, le jardin d'hiver dans lequel d'immenses rhododendrons grimpaient sur de jolis treillages. Bien que poussiéreuse par endroits, le faste auquel renvoyait cette maison laissait songeur. Ulysse avait le sentiment de se promener dans un autre monde, où le temps se serait arrêté, comme dans le jardin. Seuls quelques détails technologiques le rappelaient à la réalité : le capteur d'une alarme par-ci, une enceinte par-là, un iPad posé sur le piano à queue.

Dimitri expliqua que son grand-père, riche industriel de la région, avait acquis cette maison pendant l'entre-deux-guerres, auprès d'un marchand de biens russe contraint de céder son patrimoine pour rembourser les dettes de jeu qu'il avait contractées dans les différents casinos de la Riviera. Enfant unique et choyée, sa mère y avait grandi dans les années 1950, avant de poursuivre ses études à Paris, où elle avait rencontré son père, élève en économie à la Sorbonne. Ils s'étaient mariés à Nice, dans cette même maison, quelques années plus tard, avant de partir vivre à l'étranger où leur carrière respective – lui dans la banque, elle dans la diplomatie – avait suivi une belle trajectoire. Nés sur le tard, les jumeaux avaient grandi à Tokyo, Singapour et Jakarta, mais chaque année, leurs parents les envoyaient passer leurs vacances à Nice, dans cette maison, où leurs grands-parents les avaient tendrement gâtés. Balthazar et Dimitri adoraient les parents de leur mère, si bien que lors de leur décès, survenu presque concomitamment, ils avaient supplié leurs propres parents de conserver cette vieille bâtisse à travers laquelle leur souvenir demeurait. Il ne fut pas difficile de les convaincre, et la maison resta dans la famille. Les jumeaux s'étaient alors promis d'y habiter une partie de leur vie. Après avoir tant voyagé, ils éprouvaient le besoin de se fixer quelque part, de retrouver leurs racines. Ils y avaient emménagé une fois le bac en poche. L'un comme l'autre s'étaient inscrits en fac de droit à Nice. Balthazar était devenu avocat, et Dimitri s'était spécialisé dans le droit médiéval. La maison était restée telle qu'ils l'avaient connue, enfants, et ils ignoraient encore comment les choses évolueraient, si l'un d'entre eux souhaitait quitter la ville et tenter sa chance ailleurs. À vrai dire, ils n'y pensaient guère pour le moment et coulaient ici des jours paisibles.

Ulysse chercha à traduire l'histoire de cette maison à travers ses photos, mêlant les anachronismes avec plaisir, faisant figurer Dimitri sur certains clichés, de dos où de profil, jouant du piano en suivant sa partition sur l'iPad, téléphonant dans le jardin d'hiver, pensif devant les photos de famille qui avaient été installées sur le guéridon du salon. Une douce lumière baignait les pièces avec chaleur, offrant de beaux contrastes au photographe. Ulysse se régalait quand il entendit Aliénor l'appeler. La voix de la jeune femme résonna contre les murs du couloir d'entrée, comme un écho lointain. Dimitri lui répondit et elle apparut bientôt dans l'embrasure de la porte :

— Je dois y aller, mais tu peux rester si tu n'as pas terminé, et si les autres veulent bien de toi.

Les minutes s'étaient écoulées à la vitesse de l'éclair. Ulysse empoigna son appareil photo et suivit son amie à travers le couloir, en remerciant sincèrement Dimitri de lui avoir ouvert les portes de cette magnifique maison. Tandis qu'Aliénor allait chercher son vélo dans le jardin, et avant qu'Ulysse ne salue ses amis, ce dernier lui expliqua discrètement :

— J'ai été ravi de te rencontrer, Ulysse. N'hésite pas à revenir un de ces jours, même sans Aliénor. Tu sais, nous sommes des gens ouverts, on est toujours prêts à accueillir des nouveaux dans la bande.

Ce fut le moment choisi par Grégoire pour s'éclipser rapidement, passant devant Ulysse en le saluant à peine, alors qu'il serrait la main de Dimitri. Il disparut dans le couloir et claqua la porte derrière lui. Le jumeau éclata de rire :

— Bon OK, ça dépend de qui, je dois l'avouer.

Ulysse rit également avant de répondre :

— Effectivement, je ne suis pas certain que Grégoire ait très envie de me voir traîner dans les parages.

Gabrielle, qui avait assisté à la scène de loin et entendu la remarque d'Ulysse, s'approcha :

— Il ne faut pas lui en vouloir, Ulysse, je te l'ai dit tout à l'heure. Franchement, les mecs, il faut être aussi miro qu'Aliénor pour ne pas comprendre qu'il rêve de l'emmener faire le tour du monde sur son voilier !

Dimitri passa la main sur son menton en baissant la tête, visiblement gêné. Quant à Ulysse, il eut la confirmation de ce qu'il avait pressenti plus tôt dans l'après-midi. Il observa Aliénor qui revenait vers eux en souriant, tenant son vélo à côté d'elle.

« Reste à savoir si tu veux le faire, toi, le tour du monde sur son voilier », l'interrogea-t-il intérieurement avant de saluer Balthazar et Martin qui s'étaient finalement réveillés de leur sieste, ainsi que Dimitri et Gabrielle. Il convint avec les jumeaux qu'ils se reverraient la semaine suivante autour des photos prises dans la journée.

Ils quittèrent la belle demeure silencieusement. Derrière eux, la porte se referma sur les amis d'Aliénor qui leur adressaient des signes de la main, en pouffant comme des bécasses. Elle enfourcha son vélo et pédala tout doucement, pour rester à la hauteur d'Ulysse, qui commença :

— Merci, Aliénor, j'ai passé une très bonne journée, et je pense que ces photos vont être réussies... Cet endroit est magique, tu avais raison. Et tes amis sont très accueillants.

La jeune femme attendit quelques secondes avant de répondre :

— Je suis désolée de t'avoir planté. Grégoire voulait me montrer l'itinéraire qu'il va emprunter dans les Antilles, il m'en parle depuis des semaines... Je lui avais promis de le regarder de près avec lui aujourd'hui, je ne voulais pas lui faire faux bond.

— Ne t'inquiète pas, j'ai compris... Et puis quand je prends des photos de toute façon, je ne suis pas très bavard. En plus, je n'étais pas seul.

Dimitri m'a raconté l'histoire de la maison, ce qui est toujours intéressant pour ce genre de clichés.

Aliénor descendit de son vélo et s'approcha d'Ulysse sans un mot. Ils continuèrent leur chemin vers le Cornet doré, déambulant dans les petites ruelles escarpées du vieux Nice, où se bousculaient des touristes de toutes nationalités. Il avait envie de lui prendre la main, mais il resta concentré sur les pavés. Elle reprit en tendant son beau visage vers lui :

— Ulysse, je voudrais te poser des questions.

On y était, il le savait. Un creux se forma en lui, il déglutit avant de répondre :

— Vas-y, je t'écoute.

— N'y vois pas une curiosité malsaine, mais depuis qu'on s'est rencontré, j'ai des questions en tête, et tant que je ne te les aurai pas posées, je pense que tu ne m'en parleras pas, alors je me lance. Qu'est-ce qui t'est arrivé, Ulysse ? Comment es-tu devenu photographe ? Pourquoi Nice ?

Ils s'étaient arrêtés. Elle le regardait attentivement, sérieuse, à l'écoute. Ulysse glissa sa main dans ses cheveux en soupirant. Il la contempla à son tour. Il voulait tout lui raconter.

Tout ? Vraiment ? Même Bérénice ?

Ce prénom qui l'obsédait, cette honte qui l'obnubilait, derrière tout ce qu'il tentait d'entreprendre depuis qu'il était à nouveau sur pied, voulait-il vraiment les livrer à l'oreille de cette jeune femme dont il espérait tant ? Serait-elle capable d'entendre ce qu'il avait à lui dire ? L'accident, ses opérations, sa jambe, son boulot… Tout cela pesait bien peu dans la balance, face à ce prénom si beau, si pur, qui lui martelait les tempes toutes les nuits. Il plongea à nouveau ses yeux dans ceux d'Aliénor, et ce qu'il y vit lui redonna confiance : il était prêt. Il se remit à marcher doucement.

— C'est une longue histoire, Aliénor, je ne veux pas te la raconter au détour d'une ruelle, juste avant que tu t'échappes pour aller travailler.

Elle baissa la tête, visiblement déçue, avant de répondre :

— Je comprends, j'ai mal choisi mon moment, je suis désolée, n'en parlons plus.

— Non, ne t'excuse pas, au contraire. Je ne t'ai pas dit que je ne voulais pas te la raconter, mon histoire. Juste, pas maintenant, pas ici.

Ils continuèrent à marcher lentement, sans se regarder. Au bout de la rue, on apercevait maintenant la devanture du Cornet doré. Une foule de touristes s'agglutinait déjà devant la porte.

— Tu finis à quelle heure ce soir ?

Aliénor s'arrêta devant le réverbère auquel elle avait pris l'habitude d'accrocher son vélo. Elle répondit tout en dénouant son antivol pour le glisser entre les rayons de la roue avant et l'enrouler solidement autour du mât du lampadaire :

— Je termine à 23 heures, c'est un peu tard. Mais demain, si tu veux, on pourrait déjeuner ensemble sur la plage et…

— Non, ce soir, ce sera très bien.

Il l'avait interrompue avec autorité. Elle le fixa, un peu étonnée :

— Tu es sûr ?

— Certain. Je viendrai te chercher et on ira prendre un verre quelque part. Tu nous trouves un endroit sympa ?

Aliénor se releva, pensive, avant de sourire pleinement et d'accepter la proposition :

— À ce soir, alors.

Elle se hissa sur la pointe des pieds – elle ne s'était pas rendu compte qu'il était si grand – et déposa un baiser sur la joue d'Ulysse. Elle s'attarda un peu, huma son parfum en fermant les yeux, serra très délicatement son bras, exactement comme il l'avait fait lorsqu'elle l'avait laissé devant le portail, à Saint-Jean, puis elle prit la poudre d'escampette.

28

Ulysse

Il avala une petite gorgée de la bière qu'il avait commandée et que le serveur venait de déposer sur la table, juste après avoir trinqué :

— À notre premier rendez-vous ! dit-il en affichant un sourire un peu triste.

À 23 heures exactement, elle l'avait vu apparaître au coin de la place de la Cathédrale. Il était venu s'asseoir sur le rebord de la fontaine, où il avait attendu qu'elle termine son service. Il avait posé sa canne à côté de lui, enfoncé ses mains dans les poches de son pantalon et contemplait les vacanciers qui se goinfraient de glaces sous ses yeux, en souriant légèrement. Elle lui adressa un signe discret de la main, auquel il répondit en clignant des yeux. Elle acheva les commandes en cours, et s'approcha de Jacquotte pour lui annoncer qu'elle quittait son service :

— Pas de problème, mon petit moineau, va te coucher, tu en as bien besoin après la soirée qu'on vient de faire.

Jacquotte n'avait pas tort : les touristes s'étaient bousculés, elle avait couru dans tous les sens de 17 heures à 23 heures. Elle était épuisée, elle crevait de faim et elle mourait d'envie de quitter le Cornet au plus vite.

— Tiens mais, qui est-ce que je vois là, dehors, devant la fontaine ? l'interrogea la patronne, d'un air entendu. Ne serait-ce pas notre photographe ?

Elle se tourna vers Aliénor qui retirait sa toque et dénouait son tablier, rouge comme un homard. Jacquotte fit un signe à Ulysse qui leva la main en retour pour la saluer.

En voyant la jeune femme sortir, Ulysse se releva, attrapa sa canne et lui emboîta le pas. Elle remarqua qu'il marchait plus lentement que d'habitude. Sa jambe semblait le faire souffrir, il amorça une légère grimace en s'éloignant de la fontaine. Elle l'emmena un peu plus loin dans un café qu'elle aimait bien, en face de l'Opéra, qui ouvrait tard, mais n'était pas bondé. Souvent, les spectateurs qui sortaient d'un ballet ou d'un concert s'y installaient pour commenter l'œuvre à laquelle ils venaient d'assister. Aliénor appréciait cette ambiance chaleureuse, tamisée, où l'on parlait de musique et de concertos. Elle écoutait les uns, croquait les autres sur un petit carnet qu'elle sortait de son sac, en dégustant un thé ou un café viennois plein de chantilly. Les serveurs l'appelaient par son prénom maintenant, et l'autorisaient à accrocher son vélo aux rambardes de la terrasse. Elle y allait souvent après son service ou pendant ses jours de congé, seule ou avec Gabrielle. Parfois, Grégoire l'accompagnait, il potassait un *Voiles et Voiliers* pendant qu'elle noircissait son carnet. Ils y seraient bien ce soir, au calme, dans la pénombre des lampes aux abat-jour noirs qui tombaient du plafond.

Elle répondit après avoir elle-même avalé une gorgée de Grimbergen.

— Ça n'est pas notre premier rendez-vous, tu exagères.

Il reposa sa pinte.

— Ça n'est pas un rendez-vous, ou ça n'est pas le premier ?

— Tu oublies le verre qu'on a pris sur le cours Saleya, le chocolat chaud…

Ulysse, qui avait retiré sa veste, s'adossa au fauteuil dans lequel il avait pris place, et croisa ses mains derrière sa nuque en contemplant Aliénor d'un air un peu narquois. Il expliqua :

— Oui, mais les fois précédentes on ne s'est pas raconté grand-chose. Je te propose qu'aujourd'hui, on joue cartes sur table. Pas de cachotterie, pas de secret, pas de mystère.

Il quitta sa position pour se rapprocher d'Aliénor, but une nouvelle gorgée de bière et reprit :

— En tout cas, de mon côté, c'est ce que j'ai à t'offrir ce soir : la sincérité.

Aliénor se blottit contre le dossier de la banquette sur laquelle elle s'était installée. Ce dernier mot la fit frissonner. La sincérité. Il y a bien longtemps, elle avait été sincère, et cela lui avait joué de mauvais tours. Ulysse la regardait fixement. Il portait un pull foncé sur une chemise blanche à col Mao. Ses mains immenses enserraient le robuste verre posé sur la table, et ses yeux, clairs et pétillants, l'interrogeaient. Il lui semblait doux et compréhensif, ce qui ne faisait que renforcer son malaise. Elle dut bien admettre la vérité. Elle était en train de tomber amoureuse de ce grand gaillard énigmatique. Terrorisée par l'évidence qu'elle avait tenté de refouler, elle soupira, et répondit calmement :

— C'est toi qui commences alors.

Ulysse avala quelques gorgées de bière, s'accouda à la table et demanda :

— Qu'est-ce que tu veux savoir exactement ?

La jeune femme laissa libre cours à toutes les questions qu'elle s'était posées à son sujet, depuis leur première rencontre au Cornet doré, jusqu'à ce jour, dans la maison des jumeaux, avec ses amis, auprès desquels il avait semblé comme un poisson dans l'eau, lui qui paraissait pourtant par moments si mal à l'aise :

— Pourquoi es-tu venu à Nice ? Qu'espères-tu trouver ici ? Pourquoi souhaites-tu devenir photographe ? Est-ce que tout cela a un rapport avec…

Elle se tut et se mordit à nouveau la lèvre en baissant les yeux. Elle craignait de passer pour une simple curieuse, et en même temps, il lui proposait d'être sincère.

— Avec le fait que tu boites ?

Ulysse posa le front contre sa paume, et poussa un soupir avant de commencer, il parla si bas qu'Aliénor dut tendre l'oreille pour distinguer ses paroles. Il fixait la table en bois, fuyant le regard de la jeune femme qui approcha son visage du sien, et l'écouta attentivement.

— Tout est lié en réalité. Aliénor, tu es la première personne à laquelle je raconte mon histoire. Certes, mes amis et ma famille savent ce qui m'est arrivé, mais au-delà de ce cercle restreint, je n'en ai jamais ouvertement parlé. Il faut croire que ce moment est venu.

Il releva le front, la contempla et avala à nouveau une longue rasade de bière. Aliénor comprit que leur échange était bien plus important que ce qu'elle avait imaginé. Alors qu'elle aurait dû prendre ses jambes à son cou, réalisant que cet instant allait les lier et qu'il deviendrait difficile de faire marche arrière, elle se sentit étrangement sereine, presque honorée qu'il lui accorde sa confiance. Il poursuivit.

— Comme je te l'avais raconté lorsque tu es venue dîner chez Francis, il y a encore quelques mois, j'étais consultant dans une société de conseil en stratégie. Je gagnais très bien ma vie, passais mon temps dans des palaces et des avions, lorsque je n'étais pas en meeting avec les plus grands pontes du business européen. J'avais beaucoup d'amis, beaucoup de relations, des contacts dans les meilleures banques, partout dans le monde. C'était à la fois grisant et terriblement attendu dans cet univers où l'apparence et le réseau valent au moins autant que la jugeote.

— Tu étais malheureux ?

— Pas le moins du monde, non. Je te mentirais si je te disais le contraire. Je passais mes vacances sur des yachts l'été, sur des skis dans les Alpes l'hiver, entouré d'amis pleins aux as comme moi, toujours prêts à prendre du bon temps en sirotant du champagne. Mes parents m'ont offert une enfance heureuse et de belles études. Je n'ai jamais manqué de rien. Franchement, tout me souriait, et je ne me posais pas vraiment de questions.

Il s'interrompit, héla le serveur, et commanda une planche de fromage. Ils mouraient de faim, l'un comme l'autre. Puis il reprit :

— J'étais bon mais je n'étais pas quelqu'un de bien. Je faisais la fête en permanence, ne m'attachais à personne, travaillais comme un damné des heures durant, poursuivais mon ascension de façon individualiste, comme un bon petit requin dont les dents rayent le parquet. Je n'écrasais personne, mais j'évoluais dans ce monde extrêmement fermé et opulent sans me soucier de quiconque, persuadé que rien ne pouvait m'arriver. Franchement, je réussissais tout ce que j'entreprenais et inconsciemment sans doute, je me sentais invincible.

Il ferma les yeux quelques secondes, et poursuivit.

— Si tu savais comme je m'en veux maintenant. J'étais puérile, peu soucieux de la chance qui était la mienne, un enfant à qui l'on aurait donné du caviar, comme on donne de la confiture à des cochons.

Aliénor l'encouragea du regard, et saisit la planche de fromage que le serveur tendait, avec un sourire discret. Elle la posa sur la table, et entama de préparer des petites tartines tandis qu'Ulysse continuait à parler, absorbé par ses souvenirs :

— J'en étais là de ma vie, gorgé d'ambition et de succès, lorsque les choses ont basculé. Un soir de novembre, il y a presque un an, je me suis rendu à une soirée qui ressemblait à n'importe quelles beuveries auxquelles j'avais l'habitude de participer. J'ai bu, j'ai pris de la drogue, j'ai dansé, j'ai plaisanté avec mes amis, j'ai fumé à m'en brûler les poumons, et je me suis finalement retrouvé assis sur un canapé en train de cuver tout ce que j'avais ingurgité pendant la nuit. À côté de moi, il y avait une jeune femme plus belle que le jour, une grande blonde aux jambes interminables, qui semblait tout droit sortie d'un film des années 1930. À un moment, nos regards se sont croisés : elle avait d'incroyables yeux teintés de nuances violettes. J'ai été subjugué par sa beauté, et tout aussi défoncé que j'étais, j'ai compris qu'elle était vraiment mal en point. Son regard m'a fait redescendre sur terre en quelques secondes, il fallait que je la sorte de là. Je l'ai emmenée aussi vite que possible, je la portais à moitié dans les escaliers. Elle ne disait rien, et elle tenait à peine debout. Une fois dehors, j'ai commis la plus grande erreur de toute ma vie. Je me suis dit que je pouvais la ramener chez elle en voiture, alors que j'étais complètement soûl. Je l'ai installée sur le siège passager, et comme je ne connaissais pas son adresse, j'ai pensé que j'allais l'emmener chez moi où elle pourrait se remettre d'aplomb avant de rentrer chez elle.

Il avala quelques gorgées de bière sans regarder Aliénor. Il semblait revivre ce moment. Ses yeux tristes et fatigués s'étaient fixés sur la table, absorbés par son récit. Aliénor devinait comment les choses avaient pu tourner, mais elle le laissa poursuivre sans l'interrompre.

— Il neigeait ce soir-là. Oh, ça n'était pas grand-chose, juste quelques flocons, mais ils commençaient à former une fine pellicule blanche sur le toit des voitures, sur les bancs et les pelouses. Je me souviens avoir pensé qu'il n'y avait rien de plus beau que Paris sous la neige. Au début, tout allait bien. L'inconnue semblait s'être endormie sur le siège passager. J'étais tranquille, l'alcool et la drogue semblaient s'être dissipés. Et puis tout est parti en vrille. Elle s'est mise à trembler, avant d'être prise de convulsions. J'ai essayé de la calmer, sans succès. Dans mon esprit, la panique avait pris le dessus. Il fallait que j'aide cette fille, mais au lieu d'arrêter la voiture au bord de la route et d'appeler une ambulance – ce qui était la seule chose rationnelle à faire pour la sauver –, j'ai commis une seconde erreur en imaginant pouvoir la déposer aux urgences de l'hôpital le plus proche. Il était environ 4 heures, je fonçais dans des rues désertes et silencieuses, et lorsque je suis arrivé sur la place de la Concorde, je n'ai pas vu qu'un véhicule débouchait sur ma droite. Je lui ai grillé la priorité, et je l'ai heurté à plus de quatre-vingt-dix kilomètres/heure.

Ulysse semblait essoufflé. Ses yeux brillaient. Il refusa le morceau de fromage qu'Aliénor lui tendait, et continua, comme s'il devait maintenant terminer le récit coûte que coûte.

— Lorsque je revins à moi après le choc, j'étais au milieu d'une carcasse de tôles. J'ai tourné la tête, la jeune femme n'était plus là. Je n'arrivais plus à bouger. Je n'avais qu'une idée, la retrouver. J'ai tenté de hurler, mais aucun son ne sortait de ma bouche. Il y avait de la fumée, du sang, du verre brisé partout autour de moi. La suite, je ne m'en souviens pas.

Aliénor constata que les mains d'Ulysse s'étaient mises à trembler. Elle repoussa le plateau de fromage et saisit l'une de ses mains dans la sienne. Elle la serra tendrement, doucement, cherchant à montrer par ses gestes qu'elle était là. Ulysse pouvait interrompre son discours, comme le continuer, elle serait là à la fin de l'histoire, et elle le prendrait dans ses bras. Elle avait désormais la certitude que c'était l'unique geste à faire, depuis le départ, depuis leur rencontre et ce café sur le cours Saleya.

Muré dans ses souvenirs, Ulysse ne réagit pas au geste de la jeune femme. Elle laissa sa main malgré tout, comprenant qu'il était indispensable qu'il aille au bout de sa confession.

— J'ai appris par la suite que Bérénice, elle m'avait murmuré son prénom dans la voiture, avant que je ne démarre, était passée à travers le pare-brise. Apparemment, elle était en train de faire une overdose dont elle ne se serait pas remise au moment de l'impact, mais j'ai du mal à penser que ce n'est pas mon inconscience qui l'a tuée. Les jours qui ont suivi, je me suis vu comme un assassin, j'ai cru que je ne m'en sortirais pas, en comprenant que j'allais devoir vivre avec le poids de cette culpabilité sur les épaules, qui se rappellerait constamment à moi à travers les cicatrices laissées par l'accident.

À ce moment précis, Ulysse attrapa la main d'Aliénor. Lentement, il la glissa sous la table et la posa délicatement sur son genou. La jeune femme ne comprit pas tout de suite où Ulysse voulait en venir, puis elle sentit la rupture entre la peau et le plastique à travers la toile du pantalon. Il appuya de ses doigts sur les siens, sous sa paume, la peau d'Ulysse resta aussi froide que le métal, aussi dure que la pierre. Elle releva la tête vers lui et lut une tristesse infinie dans le regard qu'il lui adressait. Elle retint ses larmes au moment où il ajoutait :

— C'est cette nuit-là que j'ai perdu ma jambe.

Il n'y avait plus grand monde dans le bar, l'ambiance était feutrée, douce, en opposition avec l'histoire que venait de raconter Ulysse. Il baissa les yeux vers la main d'Aliénor qu'elle avait laissée sur son genou ; il semblait perdu, abasourdi par le poids des mots qu'il avait livrés. Aliénor prit le relais :

— Que s'est-il passé ensuite ? Comment t'es-tu relevé ?

Ulysse passa sa main sur ses yeux, attrapa un morceau de fromage qu'il avala tout rond et continua :

— Au départ, j'ai pensé devenir fou. Je voyais Bérénice partout, la nuit dans mon sommeil, le jour dans ma chambre d'hôpital. Elle me contemplait de ses yeux magnifiques, me demandait pourquoi je l'avais tuée d'une voix triste. Et puis, il y avait cette maudite jambe. Moi qui ne me suis jamais rien cassé, qui ai toujours adoré le ski, la natation, le vélo, le sport en général, je n'imaginais pas pouvoir un jour me remettre debout. Et je voyais le regard de mes parents, si malheureux. Ils ne me considéraient pas comme un assassin, mais ils semblaient déçus, plus anéantis que moi encore. L'enquête a vite été bouclée. J'ai écopé d'une peine de prison avec sursis, d'une lourde amende, on m'a retiré mon permis. La police m'a informé que la famille de Bérénice était susceptible de porter plainte contre moi. Tout cela m'intéressait peu. La honte et la culpabilité me broyaient doucement. Je refusais de voir mes amis. Notre mode de vie m'avait entraîné vers cette issue sinistre. Et puis, nous n'avions plus rien à nous dire. Ils poursuivraient leurs orgies en amassant des fortunes, tandis que je restais terré dans mon appartement, plus mort que vif. J'ai traversé les heures les plus sombres de ma vie dans cette chambre d'hôpital. À ce moment-là, je pensais qu'il aurait mieux valu que je ne réchappe pas de ce carnage.

Il se tut à nouveau, regarda furtivement Aliénor et reprit :

— Et puis, je reçus la visite de Georges, le père de Bérénice, qui vint me trouver dans cette affreuse chambre, accompagné d'Églantine, une adorable enfant dont je reconnus immédiatement les traits et les yeux. Elle ne pouvait être que la fille de Bérénice. Je compris rapidement que mon identité l'intriguait : étais-je un ami de la jeune femme ? Étais-je son amant, son fiancé, le père de la petite ? Il adorait sa fille, il connaissait ses failles et notamment son goût prononcé pour la fête, l'alcool et la cocaïne, mais elle lui était restée très secrète. Avant d'emmener Églantine avec lui, il voulait s'assurer qu'il ne l'enlèverait pas à son père. Je lui racontai la soirée, l'état de Bérénice, le mien, la voiture, la neige et l'accident. Je lui appris que je ne savais rien de sa fille, que nos chemins s'étaient croisés par hasard ce soir-là. J'implorai son pardon. Je ne me suis jamais senti plus minable que face à ces deux êtres. Ils étaient beaux, droits, terriblement dignes face à ce que j'étais en train de devenir. Juste avant de quitter ma chambre, Georges m'adressa le discours le plus franc qu'il m'ait été donné d'entendre. Il m'a secoué, m'a rappelé la chance que j'avais d'être en vie, sans ménagement. Il m'a fait promettre de me reprendre en main, pour devenir quelqu'un de bien, afin que toute cette histoire prenne un sens, que la mort de sa fille, aussi injuste qu'elle ait été, nourrisse quelque chose de plus grand. Puis il claqua la porte, Églantine sur les talons.

Ulysse se tut quelques secondes, releva les yeux vers Aliénor qui l'écoutait avec attention et continua :

— J'ai promis, Aliénor. J'ai promis à cet homme de ne pas redevenir ce type sans intérêt, si sûr de lui qu'il n'a pas su prendre les bonnes décisions au moment le plus grave de sa vie, et c'est ce que j'essaye de faire tous les jours depuis.

Il lui raconta alors comment il avait dû apprendre à marcher avec cette prothèse pour atteindre son premier objectif, se remettre sur pied. Il lui décrivit la chaise roulante, le tabouret dans la douche, les interminables séances de rééducation, ses premiers pas à l'aide d'une canne.

Les paroles de Georges l'avaient réveillé : la culpabilité le rongeait toujours, mais le devoir avait pris le dessus. Il était en vie, c'était une chance dont tout le monde ne pouvait se targuer, il devait en profiter et quitter ce monde policé et absurde dans lequel il s'était cru heureux pendant des années, en réalisant de belles choses. Progressivement, la photo avait repris une importante place dans son quotidien. En entamant sa vie professionnelle, par manque de temps, par flemme sans doute aussi, il avait mis de côté cette passion qu'il avait nourrie lorsqu'il était tout jeune homme. Il avait ainsi ressorti le magnifique boîtier que ses parents lui avaient offert le jour de ses vingt ans, avait acquis du nouveau matériel - un objectif, un trépied, des pare-soleil -, et avait transformé son salon en studio de photo. Il avait commencé par des portraits, ceux des femmes qui l'aidaient chaque jour. Sa mère d'abord, puis Astrid, l'infirmière qui, tous les matins, lui apprenait à refaire ses bandages et à soulager sa cicatrice, Madeleine enfin. Aliénor apprit ainsi que cette dernière était également mêlée à l'accident. Ulysse expliqua que son discours et sa présence l'avaient soutenu, au moins autant que les propos de Georges, mais il n'évoqua pas la relation qu'elle entretenait avec ce dernier.

Il acheva son récit par l'appui que lui avait apporté son père, sa rencontre avec William, son départ pour Nice, le sentiment de renaissance qui l'habitait depuis qu'il avait atterri dans cette ville inconnue. Bien sûr, les yeux de Bérénice le poursuivaient toujours, ils le feraient sans doute jusqu'à son dernier souffle, mais il voyait les choses autrement.

— On dit souvent que la vie peut basculer en quelques secondes, mais je ne l'avais pas compris. Il a fallu cet accident pour que je prenne conscience que chaque moment vaut d'être vécu. Si je parviens à devenir photographe, j'aurai l'impression de m'être repris en main, de profiter de cette vie dont je saisis maintenant la valeur, tout en tirant le meilleur de moi-même. Je gagnerai moins d'argent, je ne roulerai plus en Porsche, je ne flamberai plus sur les pistes de ski de Courchevel ou sur les plages d'Ibiza, mais je vivrai. J'ai envie de voyager, de voir autre chose. Dans cette quête, Nice et l'ouvrage auquel mes photos contribueront, sont une première étape.

Lorsqu'il eut achevé son histoire, il passa ses deux mains dans ses cheveux, sans un regard pour Aliénor. Elle le contemplait, émue, admirative de la force que cet homme avait su mobiliser pour contrer le désespoir. Il se mit à trembler avant de reprendre :

— Et je t'ai rencontrée, Aliénor. Il m'a semblé que tu étais la première personne à me voir tel que je veux devenir, tel que je suis au fond de moi. Tu avais l'air si enthousiaste, si avenante, si pleine de vie, que j'ai voulu en savoir plus. Pendant le dîner chez Francis, j'ai deviné que tu n'étais pas seulement cette serveuse sympathique, cette jeune femme belle et charmante qui voulait voir mes photos, et j'ai pensé que je te devais la vérité, alors la voilà. Maintenant, c'est à toi de voir ce que tu veux en faire, si tu…

Aliénor l'interrompit en posant délicatement ses doigts sur ses lèvres. Elle lui sourit avant de se lever pour se diriger vers le bar.

Ulysse prit sa tête entre ses mains. Dans sa bouche, sa salive avait un goût acide, il sentait son sang battre dans ses tempes, ses mains étaient moites. La jeune femme régla l'addition et retourna auprès d'Ulysse. Elle attrapa sa veste, il se leva en s'appuyant sur sa canne, et ils quittèrent les lieux sans un mot. Dehors, il faisait doux. La rue de l'Opéra balayée par une brise légère était déserte, leurs pas résonnaient sur les pavés. Ils marchèrent silencieusement jusqu'au vélo d'Aliénor, qu'elle avait laissé à côté du Cornet doré. Le glacier avait fermé, un store métallique en barrait l'entrée. Ils se tenaient ainsi l'un à côté de l'autre, absorbés dans leurs souvenirs et leurs pensées. À la fois terrorisé par ce qu'elle pouvait penser de son histoire, de sa jambe, de son rôle dans la mort de Bérénice, et intrigué par la tendresse de ses doigts sur ses lèvres à la fin de son monologue, Ulysse n'osait regarder Aliénor. Il rêvait qu'elle le prenne dans ses bras, mais cela lui semblait bien trop simple, bien trop beau, alors il restait muet, attendant que le verdict tombe dans le silence de la nuit.

Lorsqu'ils atteignirent le lampadaire auquel la petite bécane de la jeune femme était accrochée, elle se pencha lentement, dénoua l'antivol et grimpa sur la selle. Puis elle se tourna vers Ulysse et lui proposa de faire un tour sur le porte-bagagess. Il n'était pas remonté sur un deux-roues, quel qu'il soit, depuis l'accident. Dubitatif, il la regarda avant de répondre :

— Je suis peut-être un peu trop lourd, non ?

— Si tu crois que ça me fait peur… t'en as envie ?

Bien sûr, il en crevait d'envie. Il voulait filer dans le vent derrière elle, sentir la brise caresser ses joues. Mais il risquait de se casser la figure, la perte de sa jambe avait de sérieuses conséquences sur son équilibre. Il reprit :

— En fait, je ne suis jamais remonté sur un vélo, j'ai peur qu'on ne soit pas très stables…

— Au pire, on se vautre et je ne pense pas que ce soit très grave.

Comme elle avait réponse à tout, il accepta la proposition et s'installa sur le porte-bagages. Le départ fut assez chaotique : Ulysse était un grand gaillard, Aliénor une petite brindille. Elle eut du mal à pédaler. Ils tanguèrent d'un côté, puis de l'autre, mais ils maintinrent le vélo debout. Aliénor éclata de rire lorsqu'ils dérapèrent sur le quai des États-Unis. La tension qui s'était installée entre eux dans le bar disparut en même temps qu'elle riait. Ulysse crut qu'il s'envolait, et il s'esclaffa à son tour, riant à gorge déployée. Son cœur abîmé s'emplit d'une douce chaleur comme si, en se confiant à la jeune femme qui l'emmenait à travers la nuit, il s'était délesté de la tristesse qui l'avait rongé pendant des mois. Il riait enfin de bon cœur, sans arrière-pensée, sans regret, profondément heureux des minutes qu'il était en train de vivre.

Ils longèrent ainsi la Promenade, seuls au monde, éclairés par la lumière chaude et tamisée des réverbères, sans s'arrêter une seconde. Ulysse se tenait à l'épaule d'Aliénor d'une main, au porte-bagages de l'autre. Au bout de quelques minutes, ils arrivèrent au pied de l'immeuble de la jeune femme. Elle freina légèrement, composa d'amples volutes sur le trottoir et s'arrêta tout à fait. Avant de descendre du vélo, elle se retourna vers Ulysse, toujours assis derrière elle et demanda avec un grand sourire :

— C'était bien ?

Leurs visages, proches, se frôlèrent presque. Alors, parce qu'il en avait envie depuis leurs premiers échanges, parce que c'était le moment parfait, parce qu'il se sentait libéré, Ulysse posa très délicatement sa main sur la joue d'Aliénor. De son souffle, il balaya les cheveux qui lui caressaient le front, et sans la quitter des yeux un seul moment, il effleura ses lèvres des siennes.

29

Aliénor

Aliénor pédalait si vite qu'elle en avait mal aux genoux. Le vent salé par les embruns fouettait son visage, ses joues et ses oreilles, mais elle sentait à peine la fraîcheur de ce début de matinée. Sur la pointe de Saint-Jean qui se dessinait dans la brume, là-bas au loin, par-delà le cap de Nice, le soleil se levait doucement, teintant le ciel d'un camaïeu rose et violet dont la beauté la subjuguait. Elle filait à toute allure sur la Promenade, dépassant sans les voir les bicyclettes et les joggeurs qui comme elle, s'étaient levés à l'aube. Lorsqu'elle en croisait un, il se retournait sur son passage, intrigué par sa vitesse à l'heure où tout est encore calme et silencieux, et secouait la tête en constatant qu'elle était déjà loin.

Elle respirait à pleins poumons. Par moments, elle avait presque envie de crier. Était-ce de joie ou de peur ? Elle l'ignorait encore. Imprégné du parfum d'Ulysse, son corps entier frissonnait au souvenir de ses caresses, de ses baisers, tandis que dans son esprit, la nuit se rejouait sans cesse.

Ils avaient échangé leur premier baiser sur la Promenade déserte, dans la pénombre, à peine éclairés par la lune et les lampadaires. Leurs yeux ne s'étaient pas quittés, leurs souffles s'étaient mêlés, la chaleur et le désir s'étaient emparés de son corps. Ils s'étaient finalement détachés l'un de l'autre, mais Ulysse avait passé son bras autour de ses épaules et l'avait suivie jusqu'à son immeuble. Il avait fait mine de la laisser sur le pas de sa porte, mais elle n'avait aucune envie qu'il s'en aille, alors elle l'avait retenu. Dans l'ascenseur qui les menait à son petit studio, ils étaient restés silencieux, serrés l'un contre l'autre, choyant cet instant qu'ils avaient secrètement attendu et qu'ils ne voulaient pas abîmer par de maladroites paroles. Sur le pas de la porte, elle le pria de pardonner son désordre et faillit même lui demander de rester sur le palier, le temps qu'elle range ce qui traînait partout dans les étagères, sur le fauteuil, dans la cuisine, sur le bureau. Intérieurement, elle craignit qu'il ne disparaisse pendant ce temps, et décida donc de ne pas se soucier de ce genre de considération pratique. Quant à Ulysse, il se laissait porter par cette femme et les sentiments qu'il nourrissait à son égard. Elle l'avait embrassé malgré les horreurs qu'il lui avait narrées. Elle l'avait pris dans ses bras et lui avait ouvert sa porte. Il savourait ces instants, de peur que cette parenthèse enchantée ne se referme trop vite.

Elle glissa sa clé dans la serrure, entrouvrit le battant de la porte, passa son pied le long du chambranle, et se pencha brusquement pour attraper Tartempion qui tentait toujours de sortir explorer le couloir lorsque Aliénor rentrait chez elle. Elle le hissa à hauteur du visage, et le tint blotti contre elle tandis qu'ils pénétraient à l'intérieur. Ulysse appuya sa canne contre le mur, retira son blouson et suivit la jeune femme dans l'unique pièce de l'appartement. Elle lui proposa de s'asseoir sur le canapé – « sans doute un canapé-lit », pensa-t-il –, posa délicatement le chat par terre, et se dirigea vers la kitchenette, où elle mit de l'eau à bouillir. Soudain, Ulysse eut la sensation que les gestes d'Aliénor étaient saccadés, brusques, et son regard fuyant. Il se releva, s'approcha, se glissa derrière elle et nicha son menton dans le creux son épaule. Il retrouva le parfum qu'il avait senti lors de leurs précédentes rencontres, ce jardin floral méditerranéen :

— Ça va ? Tu as peur ?

Aliénor soupira en fermant les yeux, avant de s'immobiliser parfaitement. Il sentit ses muscles se détendre sous son menton, et il en profita pour placer ses mains sur sa taille. Puis il posa ses lèvres sur son épaule et l'embrassa avec délicatesse. Elle secoua la tête. Ce qui l'effrayait, c'est qu'elle perdait le contrôle, elle le sentait bien. Elle ne dictait plus rien, ni à son corps, ni à sa tête. Ses émotions, ses sensations, ses sentiments lui échappaient, si bien qu'elle se retrouvait dans une situation qu'elle s'était promis de ne plus jamais vivre. Elle était si vulnérable dans les bras d'Ulysse. Il la regardait avec une telle douceur qu'elle en aurait presque pleuré. À travers ses confessions, elle avait compris à quel point la culpabilité qui l'habitait le rendait fragile, et cette faille l'avait émue. Elle n'avait pas pitié, non, au contraire, elle admirait l'humilité de cet homme, cette force intérieure qu'il avait su mobiliser malgré le désespoir, pour se relever. Elle lui proposa de s'asseoir tandis qu'elle finissait de préparer leur tisane, avant de disparaître dans la salle de bains. Il lui arracha un nouveau baiser, s'assit sur le canapé, et regarda sa montre : il était 2 heures, et il se sentait pourtant plus éveillé que jamais. Ses yeux se posèrent tout autour de lui. Il observa attentivement l'univers d'Aliénor, à la recherche d'indices sur son histoire, sa vie, ses goûts. Le studio n'était pas bien grand, mais on s'y sentait au calme, à l'abri des regards et de la ville. La baie vitrée qui occupait un pan de mur entier ouvrait sur un balcon filant sur lequel une petite table et deux chaises étaient installées. Des bougainvilliers grimpaient le long d'une treille sur la droite, tandis qu'à gauche, un petit citronnier ployait sous le poids des quelques fruits qui garnissaient ses branches. Ulysse se leva et regarda à travers la fenêtre. La vue sur la baie devait être à couper le souffle, particulièrement le matin lorsque le soleil apparaît sur Saint-Jean. De l'autre côté de la pièce, de grandes étagères garnies de livres et de revues montaient jusqu'au plafond :

romans, livres d'art, atlas, il y avait vraiment de tout dans cette bibliothèque. Il choisit quelques ouvrages au hasard, les feuilleta distraitement avant de les reposer minutieusement.

En se rasseyant sur le canapé, Ulysse constata qu'il était observé. Installé sur le bureau, le chat qu'Aliénor avait attrapé en entrant dans l'appartement, le scrutait avec curiosité. Véritable gardien des lieux, il roulait et déroulait sa queue avec grâce, plissant ses yeux clairs dès qu'Ulysse levait le petit doigt. Ce dernier s'approcha. Coincé entre l'étagère et le mur, le bureau formait un recoin apparemment propice au travail. Alignés le long du mur, de grands gobelets en verre transparent accueillaient des pinceaux de toutes sortes, ronds, plats, longs, épais, fins, courts, des feutres et des crayons. Au pied de ces pinceaux, deux boîtes d'aquarelles étaient ouvertes. Les petits godets à moitié entamés dessinaient une jolie palette aux mille couleurs, et sous les fesses de Tartempion, Ulysse constata qu'un carnet de croquis était ouvert. Il hésita quelques secondes à déloger l'animal, mais ce dernier lui évita un trop long dilemme et se décala de lui-même. Sur le papier à grain, Ulysse découvrit une mer composée de dizaines de nuances, scintillante, miroitante, un doux reflet de cette Méditerranée merveilleuse qu'il avait découverte en arrivant à Nice. La texture du papier accentuait son aspect bigarré : les creux dans lesquels l'eau et la couleur n'avaient pu se frayer un passage, parce qu'ils étaient blancs, pailletaient la surface de la mer dans un réalisme troublant. Quelques silhouettes de bateaux se distinguaient dans le dessin, noires et unies, en contrejour, loin sur l'horizon. Ulysse s'empara du carnet et s'installa sur le canapé sous le regard attentif du chat qui le suivit et se lova contre le coussin à côté de lui. Le jeune homme tourna les pages lentement, fasciné par les saynètes qui prenaient vie sous ses yeux : ici le port, là le cours Saleya, ou encore ce café où ils avaient passé la soirée, et que l'on reconnaissait sans peine grâce aux sombres luminaires qui pendaient du plafond. Ces aquarelles, parfois rehaussées à l'encre de Chine, étaient franchement réussies, elles offraient une perspective fraîche et lumineuse du paysage niçois, agrémenté de détails en tout genre.

Absorbé dans le travail d'Aliénor, il ne l'entendit pas sortir de la salle de bains, et n'eut pas le temps de reposer le carnet, avant qu'elle ne s'installe à côté de lui, les cheveux trempés, pieds nus, en tailleur sur le canapé, un mug dans chaque main.

— Tu as fouillé dans mes affaires ? Ce n'est pas très poli pour un invité.

Ulysse sentit qu'il devenait écarlate. Il saisit la tasse qu'elle lui tendait :

— C'est beau, tu as du talent.

Elle le remercia d'un sourire un peu triste et répondit :

— Pas vraiment, mais je progresse.

Ils burent leur tisane, sans un mot, sans un regard, intimidés l'un par l'autre. Puis Ulysse continua à feuilleter les pages du cahier, questionnant la jeune femme, qui caressait le papier du bout des doigts pour lui expliquer les techniques qu'elle employait lorsqu'elle peignait. Petit à petit, la tension retomba, et il la prit dans ses bras, glissant délicatement ses mains sur sa peau. Elle le repoussa légèrement, déboutonna sa chemise et posa les doigts sur son torse que barrait une longue cicatrice violacée. Elle la suivit du bout de l'index, observant Ulysse dont les yeux, où se mêlaient la crainte et le désir, brillaient dans la pénombre de l'appartement. Capitulant définitivement face à ce regard plein de promesse, elle décida de faire sauter les derniers verrous qui l'empêchaient de se livrer pleinement. Elle retira son T-shirt, se blottit contre sa peau, et s'abandonna sans regret.

Les premières lueurs de l'aube la réveillèrent. Enroulée entre les draps du lit qu'ils avaient fini par déplier, elle se tenait serrée contre le corps chaud et réconfortant d'Ulysse qui dormait profondément. Elle posa sa main sur lui, détailla chacun de ses muscles, que les exercices répétés de ces derniers mois avaient renforcés, s'arrêta au bas de la cuisse, là où il n'y avait plus rien que la chair meurtrie. Il avait commencé par refuser de retirer sa prothèse pendant la nuit, mais à force de caresses et de mots d'amour, il avait, lui aussi, capitulé. Cela n'avait rien d'effrayant, rien de choquant, bien au contraire, la perte de sa jambe contribuait à faire de lui cet homme dont elle était tombée amoureuse. S'ils s'étaient rencontrés des mois plus tôt, avant l'accident, elle ne l'aurait peut-être pas même regardé.

Elle profitait calmement de cet instant merveilleux, en contemplant le soleil qui se levait au loin sur l'horizon, mais très vite, la peur prit le dessus.

Elle avait flanché.

À nouveau, on pourrait piétiner son cœur, jeter ses sentiments par la fenêtre. Un gouffre s'ouvrit en elle. Quelle gourde… Pas un instant Aliénor ne songea qu'elle aussi pouvait blesser Ulysse avec cette crainte paralysante.

Elle se leva d'un bond, sauta dans ses vêtements, enfila veste et chaussures, prit ses clés dans son sac à main et s'enfuit à toute vitesse, sans un mot ni un regard pour Ulysse qui dormait paisiblement, loin de se douter qu'une tempête s'était levée dans l'âme de la jeune femme.

30

ULYSSE

Lorsqu'il se réveilla, Ulysse constata qu'il était seul dans l'appartement. Enfin, seul avec Tartempion qui s'était niché contre lui et ronflait en faisant trembler ses moustaches. Aliénor s'était envolée. Il regarda par la baie vitrée la mer qui s'étendait à perte de vue sous un soleil de plomb et jeta un coup d'œil à sa montre. Il était 11 heures, elle avait dû partir travailler. Un immense bien-être l'envahit lorsqu'il songea à la nuit précédente, passée dans les bras de cette jeune femme dont il rêvait secrètement depuis qu'il l'avait croisée au Cornet doré. Il se releva doucement, s'assit sur le bord du lit, enfila quelques vêtements, ainsi que sa prothèse. Sur le bureau, il trouva un petit mot portant son nom, plié en deux :

Je n'ai pas voulu te réveiller, je suis partie travailler. N'hésite pas à te faire un café ou à te servir dans le frigo, si tu as faim. Tu peux claquer la porte en partant, mais attention à Tartempion !

Bonne journée, bises.

Ces quelques lignes, un peu froides, lui firent un drôle d'effet, mais il préféra ne pas y prêter attention. Il se servit un café, replia le lit après avoir remis les draps en place, avala une pomme qui trônait sur le bar de la kitchenette et entreprit un brin de toilette avant de partir en saluant Tartempion d'une petite caresse sur la tête, et en claquant la porte, comme inscrit sur le morceau de papier.

Il descendit sur la Promenade, se dirigea vers l'arrêt du bus qui le conduirait vers Saint-Jean, s'assit sur une banquette en métal chauffée par le soleil, entre deux vieilles dames et leur petit chien, et s'autorisa à se remémorer sa nuit avec cette femme à qui il avait ouvert son âme, et qui ne l'avait pas rejeté.

Il avait l'impression que des ailes lui poussaient dans le dos, il se sentait prêt à affronter la vie, malgré les yeux de Bérénice qui le poursuivaient toujours. Il ne les oublierait jamais, mais ils ne l'empêcheraient pas de vivre, au contraire, ils l'aideraient à devenir un homme bien et heureux, responsable et ouvert aux autres. Son appareil photo en bandoulière, il parcourrait le monde, avec ou sans sa canne, s'attacherait à capturer le beau dans son objectif, à le faire connaître et à le répandre partout où il le pourrait. Aliénor le suivrait-elle dans cette aventure ? Il s'était confié, elle l'avait accepté et l'avait même aimé, mais son absence au réveil et le mot qu'elle avait laissé, un peu distant, pesaient sur son esprit. Il avait été sincère et s'était libéré auprès d'elle. Serait-elle prête à faire de même, à le laisser voir qui elle était vraiment ? Parfois, le corps parle mais le cœur reste muet, emmuré dans le silence de la peur. Il ne doutait pas qu'elle ait joué franc-jeu cette nuit : ses gestes, ses mots, ses caresses en témoignaient. Mais souhaiterait-elle que l'histoire continue ? La jeune femme était fragile, il était nécessaire de ne pas la brusquer. Il devait se montrer patient et gagner sa confiance, jour après jour. Ce défi l'excitait tout autant qu'il l'effrayait, mais en tout cas, il se sentait prêt à le relever.

Son bus s'arrêta enfin devant l'arrêt. Il se hissa dans le véhicule à la suite des deux dames âgées et s'installa sur un siège inoccupé, le long d'une des vitres à travers laquelle la mer brillait de mille nuances lui rappelant les aquarelles d'Aliénor. Il enfila ses lunettes de soleil et contemplait le paysage lorsqu'il sentit son téléphone vibrer dans sa poche. Il décrocha prestement. À travers un brouhaha épais, la voix de William émergea péniblement :

— Ulysse ? Tu m'entends ? Ce n'est pas croyable, ces engins ne fonctionnent vraiment jamais !

Le jeune homme esquissa un sourire en imaginant l'éditeur se battre avec son téléphone, vraisemblablement au milieu d'une foule compacte, avant de répondre :

— Bonjour, William, comment vas-tu et surtout, où te trouves-tu ?

— Ah, enfin, c'est la troisième fois que j'essaye de te joindre mais la ligne n'était apparemment pas accessible ! N'importe quoi, je te jure… Je n'ai pas beaucoup de temps, je suis sur le quai d'un TGV qui m'emmène à Marseille. J'ignore si tu es au courant, mais la SNCF est en grève, et évidemment, je ne suis pas tout seul à essayer de monter dans ce train.

— Que vas-tu faire à Marseille ?

— La Belle de Mai organise son premier salon du livre de voyage, je ne peux évidemment pas manquer cet événement… Et je me disais que je pourrais éventuellement passer te voir ensuite. Marseille n'est qu'à deux heures de voiture de chez toi et j'aimerais savoir où tu en es. Qu'en penses-tu ?

L'estomac d'Ulysse fit des bonds. Bien entendu, il serait ravi d'accueillir William, de lui montrer ses photos, d'écouter ses conseils… Mais angoissé comme il l'était depuis l'accident, il se demanda également s'il était prêt. Il n'avait pas retravaillé l'ensemble des clichés qu'il avait imaginé lui montrer. Il en avait pour des heures de retouches, et si William arrivait dès le lendemain, il n'était pas certain d'abattre tout le travail à temps. Il déglutit tandis que William s'inquiétait :

— Allô ? Ulysse ? Ne me dis pas que ça a encore coupé… Arrêtez de pousser, vous derrière ! Vous allez nous faire basculer sur les voies, bande de sauvages !

— Je suis là, William, je t'entends ! C'est une bonne idée, et je serais très content de t'accueillir ici pour te montrer mes photos, quand comptes-tu arriver ?

— Ah, te revoilà ! Le salon se tient sur une journée, je pourrais donc arriver à Nice demain soir, qu'en penses-tu ? Cela te semble bien ?

William hurlait si fort qu'Ulysse dut éloigner le combiné de son oreille. Il était bon pour une nuit blanche devant l'écran de son ordinateur, en espérant que cela suffise.

— Parfait, je t'envoie mon adresse par SMS et tu m'indiqueras l'heure exacte de ton arrivée demain.

— Si je parviens à atteindre Marseille d'ici là, et j'aime autant te dire que ça n'est pas gagné. Allez, je raccroche, ils vont enfin ouvrir la porte des wagons, souhaite-moi du courage ! À demain, mon ami.

Ulysse balaya d'une pensée l'ampleur du travail qui l'attendait. Il devait trier ses photos, les sélectionner, les retoucher, avant de ne retenir que celles qui lui sembleraient les plus intéressantes. Heureusement, il avait déjà commencé à les reprendre ces précédentes semaines, mais il était loin d'avoir terminé. Bien sûr, William comprendrait que cela ne soit pas achevé, mais Ulysse voulait lui montrer à quel point il se sentait investi dans le livre qui allait naître de ces photos. Lui faire confiance n'était pas une erreur, et il comptait bien le lui prouver.

Le bus remontait le long de la basse corniche. Ulysse se demandait toujours comment les conducteurs parvenaient à prendre les virages tant ils étaient serrés, particulièrement lorsqu'ils atteignaient le Château de l'Anglais, cet étonnant palais rose bonbon datant des années 1850, bâti par un riche industriel britannique selon les plans de demeures indiennes. Peu avant d'arriver à Saint-Jean, alors que le bus remontait la longue route côtière qui mène à la baie de Villefranche-sur-Mer et offre un magnifique panorama sur la presqu'île, Ulysse reprit son téléphone et écrivit un court message à Aliénor :

Merci pour le café. J'espère que ta soirée fut aussi délicieuse que la mienne. Je rentre à Saint-Jean pour deux ou trois jours de travail acharné : mon éditeur débarque à l'improviste demain soir. Quand pouvons-nous nous revoir ? J'ai hâte. Baisers.

Il hésita quelques secondes avant d'envoyer le texto : était-il trop spontané ? Aliénor avait-elle besoin de retenue ? Il finit par expédier ces quelques phrases, et se contraignit à reléguer la jeune femme, les questionnements qu'elle éveillait en lui et les souvenirs de ces dernières heures dans un coin de sa tête. Il devait être tout à son travail pendant ces trois prochains jours.

Le vrombissement d'un joli moteur s'arrêtant devant le portail le tira de la série de photos qu'il était en train de parcourir. Il se releva, jeta un œil à travers la baie vitrée. Le soleil achevait de se coucher dans une explosion de couleurs. Ulysse n'avait jamais vu d'aussi beaux ciels que sur la Côte d'Azur.

La sonnerie de l'interphone résonna dans l'entrée, il sauta sur ses pieds, saisit sa canne, passa son blouson et se dirigea vers la porte. La veille, il avait téléphoné à Francis pour lui demander l'autorisation de recevoir William dans sa maison. Celui-ci avait déclaré se sentir honoré que « la crème de l'édition de voyage vienne passer quelques jours chez lui ». Ulysse en avait profité pour appeler Madeleine, dont il avait très peu de nouvelles depuis son passage à Saint-Jean quelques semaines auparavant. C'est avec tristesse qu'il avait appris qu'elle ne verrait plus Georges. Elle n'avait pas raconté les conditions de leur séparation, mais au ton de sa voix, il avait compris qu'il ne fallait pas insister, au risque de l'entendre sangloter à l'autre bout de la ligne. Il craignait qu'elle ne replonge dans le travail, et qu'elle reprenne cette vie effrénée que l'accident avait pourtant entièrement remise en question.

En passant devant l'interphone, Ulysse pressa le bouton qui commandait le portail, puis il sortit à la rencontre de son invité. Il longea l'allée bordée de cyprès et indiqua à William un emplacement au niveau duquel il pouvait garer le joli coupé Mercedes qu'il avait dû louer en arrivant à Marseille. Comme à chaque fois qu'il croisait une belle voiture, Ulysse sentit des frissons parcourir son dos, un haut-le-cœur lui retourna l'estomac. Il chassa ces pensées négatives et accueillit son ami avec une franche accolade. William saisit son fidèle imperméable soigneusement plié sur la banquette arrière, ainsi que son couvre-chef, avant de se pencher au-dessus du coffre pour en sortir une petite valise à roulettes.

— Ah que je suis heureux de te voir, mon cher Ulysse, et quelle joie d'être sur la Riviera, loin des grévistes de la gare de Lyon ! J'ai cru ne jamais réussir à monter dans ce train hier.

D'un geste paternaliste, il passa son bras libre autour des épaules du jeune homme et poursuivit :

— Et toi ? Comment vas-tu ? La vie niçoise te plaît-elle ? Et celle de photographe ? Tu as, j'en suis sûr, des milliers de choses à me raconter… On se mettra au travail plus tard, ce soir, je t'emmène dîner en ville !

Ils entrèrent dans la maison. Ulysse était heureux de voir William. Il lui demanda des nouvelles de ses parents, chez lesquels ce dernier avait dîné quelques jours auparavant. Le jeune homme leur téléphonait environ deux fois par semaine, une fréquence bien plus importante que lorsqu'il habitait à Paris. Pour le moment, à sa grande surprise, sa mère ne lui avait pas proposé de lui rendre visite. Elle comprenait que son fils souhaite vivre cette parenthèse seul. Il n'avait pas même eu à le lui expliquer. Puis Ulysse indiqua à William quelle chambre il pouvait occuper à l'étage. La gardienne, Melody, avait refait le lit et parfumé les draps avec de petits sachets de lavande. Il le pria de l'excuser, mais il montait les escaliers le moins possible, si bien que l'éditeur découvrit les lieux seul, avec délectation. Cette villa était exceptionnelle, il se sentait heureux que son jeune protégé puisse en profiter de cette façon. Cet endroit était propice au calme et au travail : le lieu idéal pour la composition d'un livre.

William en avait appris davantage sur le jeune homme grâce à ses parents qui, bien que très discrets, s'étaient autorisés à lui expliquer les conséquences de l'accident pour leur fils. Il comprenait désormais la rage d'Ulysse, cette volonté de parvenir à ses fins tout en tirant un trait sur la vie qui avait été la sienne jusque-là.

Ils passèrent la soirée sur le cours Saleya, dans un restaurant italien aux produits savoureux et authentiques, dont la terrasse était agrémentée d'odorants citronniers. Ils dégustèrent d'excellentes pâtes à la truffe en évoquant la façon dont Ulysse avait commencé à appréhender la ville. William, qui avait hâte de voir les photos du jeune homme, aimait entendre les photographes avec lesquels il travaillait décrire les lieux qu'ils parcouraient avec leur objectif. Leur discours éclairait souvent les clichés d'un jour nouveau, enrichissant la perception qu'il s'en faisait. William l'interrogea aussi sur sa vie sociale :

— T'es-tu fait des relations ou passes-tu tes journées seul avec ton appareil photo ?

Ulysse eut un petit temps d'arrêt. La veille, Aliénor avait répondu à son texto de façon détachée. Sitôt William reparti, il irait lui rendre visite au Cornet doré pour en avoir le cœur net. Il était hors de question que leur histoire – si tant est qu'il y eût une histoire – se délite de cette façon.

— J'ai rencontré des gens très sympathiques, grâce à l'amie par laquelle j'ai la chance d'habiter la villa de Saint-Jean, Madeleine. On se voit de temps en temps, mais à toi, je peux bien l'avouer, je passe une grande partie de mes journées seul et, pour le moment, j'adore ça. Je crois en avoir vraiment besoin ces temps-ci. Je me ressource et je me recentre, c'est exactement ce qu'il me faut.

Ils quittèrent le restaurant vers minuit et rentrèrent directement à Saint-Jean. Ils convinrent d'un réveil sur le coup de 7 heures pour une journée de travail assidu autour des photos d'Ulysse. Ce dernier recala quelques réglages sur son écran, reprit quelques retouches et vérifia que les photos déjà imprimées se trouvaient dans les pochettes adéquates, puis il alla dans sa chambre. En passant devant l'escalier, il entendit les ronflements de William et se félicita de ne pas dormir dans la chambre voisine. Après avoir retiré sa prothèse et procédé à son massage quotidien, il attrapa son téléphone, posé sur sa table de nuit, et constata avec un léger pincement au cœur qu'Aliénor ne lui avait pas envoyé de nouvelles. Il hésita avant d'écrire :

J'espère que ta journée fut bonne. William repart dans deux jours. Passons la soirée ensemble ? J'aurai tellement de choses à te raconter. Je t'embrasse.

En écrivant le message, Ulysse eut conscience qu'il se livrait spontanément, sans artifice, mais au lieu d'en être effrayé, il en ressentit une grande fierté. Il était sincère, et c'était l'essentiel.

Les jours qui suivirent, Ulysse et William travaillèrent d'arrache-pied.

Pour commencer, William observa, tria, commenta les photos du jeune homme. Il tenta de comprendre les raisons qui l'avaient poussé à quitter les sentiers battus, et à offrir cette vision insolite de Nice, faite de villas cachées, de bars et de cafés qui échappaient aux habituels guides touristiques, sans omettre toutefois quelques lieux incontournables tels que ce glacier du vieux Nice que lui-même connaissait. Au bout de quelques heures à éplucher les photos, à la recherche d'un dénominateur commun qui permettrait d'orienter l'ouvrage dans son ensemble, William cria « Eurêka ». Ce qui avait guidé Ulysse, c'était une vision de la ville hétéroclite dont l'unique constance était celle d'une beauté désuète, abîmée, que le temps avait à la fois altérée et magnifiée. Cette vieille bâtisse cachée derrière le cours Saleya en était un parfait exemple. Ces façades auraient mérité un bon ravalement, mais l'aspect légèrement poreux des pierres jaunes rappelait qu'elles avaient traversé les ans, ce qui les dotait d'un charme bien plus raffiné. On avait envie de pousser la porte en moucharabieh pour découvrir les merveilles que ces murs d'un autre temps renfermaient. De la même façon, les moulures du Cornet doré auraient aisément supporté un petit coup de *polish*, mais toutes propres et flambant neuves, ce qu'elles avaient abrité, princesses russes et lords anglais, baronnes et riches industriels qui se faisaient la cour en dégustant les sorbets les plus exquis de la Riviera, auraient semblé plus lointains, moins présents. En fait, cette esthétique développée par Ulysse était profondément romantique, et cela plut à William qui sut alors comment orienter le livre.

Le jour suivant, William passa de nombreux coups de téléphone. Il voulait trouver la bonne personne pour écrire l'ouvrage, la personne qui saisirait l'ambiance qu'Ulysse avait voulu retranscrire à travers ses clichés. Il avait obtenu les coordonnées de quelques auteurs niçois. Il en connaissait certains, spécialistes de l'architecture et de l'histoire de la ville, mais leur profil lui semblait trop académique pour le travail qu'il souhaitait leur confier. Il finit par trouver le numéro d'un passionné, un homme de plus de quatre-vingts ans dont les écrits et les quelques interviews l'avaient convaincu. Profondément érudit, Valentin Garaut abordait l'architecture sous son aspect le plus sensoriel. Au téléphone, l'homme se montra très enthousiaste à l'idée de contribuer au projet exposé par William, dont il connaissait le travail et qu'il admirait depuis ses débuts. Il se déclara honoré d'avoir été contacté et les deux hommes prirent rendez-vous pour le soir même. Ils convinrent de se retrouver dans le restaurant italien où Ulysse et William avaient passé les précédentes soirées. Le photographe apporta ses clichés et la confiance s'instaura très vite entre le vieux sage et le jeune homme. Médecin à la retraite, le vieil homme avait vécu mille vies, entre les Antilles, la Polynésie et la Côte d'Azur. Passionné de médecine, il n'avait toutefois jamais délaissé son goût pour l'architecture et ses carnets de voyage l'avaient accompagné tout au long de sa vie. Lorsque l'âge de la retraite était arrivé, il s'était très simplement plongé dans l'histoire de la ville où il habitait alors avec son épouse, Nice. Il l'avait parcourue en long et en large, l'avait décrite sous toutes ses coutures à travers de nombreux articles publiés dans différents ouvrages. Pour Valentin Garaut, l'architecture d'un bâtiment, d'un lieu, d'une ville commençait par se ressentir, c'est pourquoi ses recherches se fondaient essentiellement sur l'expérience et la perception. Ses descriptions prenaient des allures romanesques qui coïncidaient parfaitement avec les photos d'Ulysse.

Les trois compagnons passèrent une excellente soirée, partageant pizzas, antipasti et autres délicieuses *pasta*, en évoquant la beauté niçoise. Ulysse et Valentin décidèrent de mener quelques expéditions ensemble dans les collines, à la recherche des lieux merveilleux que le photographe n'avait pas encore dénichés.

Le vieil homme entamerait ensuite la rédaction du livre.

Ces quelques jours passèrent très vite. Lorsque William descendit les escaliers en portant sa petite valise pour repartir vers Paris, Ulysse fut un peu déçu. Il avait adoré travailler avec l'éditeur, il avait hâte d'être à la prochaine étape du livre. L'ami de son père le prit dans ses bras en le remerciant de son hospitalité et de son travail. Le jeune homme, ému, ne sut que répondre. Il avait tant appris aux côtés de cet homme, en à peine trois jours. Leurs échanges lui avaient ouvert de nouvelles portes, et par ses questions, William l'avait poussé dans ses retranchements. Les photos qui lui avaient paru particulièrement réussies n'étaient pas celles que l'éditeur avait préférées. Au départ, il n'avait pas compris ses arguments, et progressivement, son œil s'était affûté, pour finalement s'accorder avec celui de son ami.

William s'assit dans le coupé Mercedes. Deux heures le séparaient de Marseille où il espérait prendre son train de retour malgré les grèves qui s'étaient poursuivies pendant son séjour niçois. Il baissa la vitre de sa portière et dit à Ulysse avant de le saluer :

— Profite de ton séjour, Ulysse. Tu me raconteras tes expéditions avec Garaut, ça risque d'être folklorique ! On se voit à Paris dans un mois, d'ici là, il faut que tu aies pris toutes les photos que tu souhaites voir dans l'ouvrage. Bon courage !

Ulysse referma le portail, et rentra dans la maison. Il avait le temps de faire un peu de rangement avant de se rendre à Nice. Aliénor avait fini par répondre à son invitation le matin même et ils avaient rendez-vous à 21 heures, devant le Cornet doré. Ils iraient manger une pizza sur la place Masséna, avant de retrouver Gabrielle et les autres autour d'un verre. Il aurait préféré passer la soirée seul avec elle, mais il n'avait osé insister. Il fit un peu de ménage dans la cuisine, rangea la table de la salle à manger où William s'était installé puis il attrapa sa canne, claqua la porte d'entrée et fila vers l'arrêt de bus aussi vite que sa jambe le lui permettait.

31

Aliénor

Aliénor jura dans son tablier. Elle avait manqué de renverser les deux dames blanches des clients turcs qui attendaient leur commande à l'extérieur de la boutique. Heureusement, elle se rattrapa au dernier moment, et rien n'avait basculé. Elle piqua deux petits drapeaux sur la chantilly et déposa son plateau sur la table des clients qui poussèrent de grands cris d'admiration. Elle sourit et partit récupérer les autres préparations. Il y avait un monde fou, elle n'avait pas le temps de souffler. Gabrielle se glissa auprès d'elle au moment où elle préparait le plateau suivant :

— Tu vas me dire ce qu'il t'arrive ?

Aliénor ouvrit ses yeux comme des soucoupes et répondit en haussant les épaules :

— Je ne sais pas ce que tu t'imagines, mais il ne m'arrive rien du tout.

— Aliénor, pas de ça entre nous ! La dernière fois que tu as été aussi maladroite, tu t'es collée la plus grande cuite de tous les temps le soir même. Alors, j'aimerais deux choses. Premièrement, tu pourrais me prévenir si l'un d'entre nous doit te ramasser à la petite cuillère ce soir, et deuxièmement, je voudrais que tu saches qu'entre amis, on peut se confier. Dis-moi ce qui ne va pas.

Aliénor songea à la cuite en question. Rien qu'en y repensant, elle sentit poindre la nausée. Gabrielle n'avait pas tort. Elle n'était pas dans son état normal, mais cette fois, cela n'avait rien à voir, ni avec Hector, ni avec les événements qui lui étaient attachés. Quoique... Tout était lié d'une certaine façon.

Elle n'avait pas revu Ulysse depuis la fameuse nuit. Elle avait fui au petit jour, laissant un mot à peine aimable sur son bureau. Puis elle avait répondu à ses textos de façon franchement laconique. Après la soirée qu'ils avaient passée, il devait la prendre pour une folle. En réalité, elle était perdue. Ils avaient vécu un moment merveilleux, elle aurait voulu que cela ne s'arrête jamais, mais elle savait aussi que cela prendrait fin au moment où elle lui expliquerait pourquoi elle avait quitté Paris et tout ce qui s'y rattachait. Lorsqu'il saurait la vérité, il prendrait ses jambes à son cou – façon de parler –, et lui tournerait le dos sans regret. Alors, elle cherchait à se protéger, et la meilleure façon de le faire, c'était de garder ses distances. Elle n'imaginait pas une seule seconde qu'Ulysse ait pu traverser le même genre de choix. Et pourtant... Ils avaient bien plus en commun qu'elle ne voulait le voir.

Elle fondit en larmes. Jacquotte accourut, la fit asseoir sur un tabouret dans la cuisine. Le rush étant passé, elle proposa à Gabrielle d'emmener son amie prendre l'air. À Grégoire, qui aurait bien aimé se joindre à elles, Jacquotte répondit :

— Toi, reste là, il faut que tu serves les clients. Et parfois, les femmes ont besoin d'être seules.

Comme la patronne n'était pas le genre de personne auquel on tient tête, il haussa les épaules et reprit le service, tandis que Gabrielle et Aliénor dénouaient leur tablier. Jacquotte leur laissait une trentaine de minutes.

Elles marchèrent jusqu'à la plage et s'installèrent sur le rebord de la Promenade, les jambes pendant au-dessus des galets. Gabrielle sortit deux cigarettes de son sac, envoya balader les touristes qui cherchaient à les aborder et se tourna vers son amie :

— Maintenant, ma petite mère, il va falloir que tu craches le morceau. On n'a pas la nuit, mais on n'y retournera pas tant que tu ne m'auras pas dit pourquoi tu pleures.

Aliénor se moucha bruyamment, avant d'attraper la cigarette et d'en tirer quelques bouffées. Elle sentit qu'elle allait craquer. Gabrielle ne la jugerait pas, elle la comprendrait, et ce serait si bon de tout lui dire. Alors elle ouvrit les vannes. Elle commença par lui parler d'Ulysse, de leur soirée, de leur nuit. Elle lui parla de l'accident, de la jambe et de la prothèse, en lui faisant promettre de garder le secret. Elle lui raconta la douceur de cet homme, elle lui dit à quel point elle se sentait à l'aise avec lui. Elle évoqua même sa thèse et Édouard Vadim. Gabrielle la scrutait, comme si rien de tout ce que son amie lui révélait n'était une surprise. Pressentant qu'Aliénor n'en était pas au cœur du sujet, elle finit par lui demander :

— Aliénor, ce que tu me racontes tient du conte de fées, c'est merveilleux… Alors où est le problème ? Pourquoi pleures-tu ?

La jeune femme se figea et fixa ses yeux sur la ligne d'horizon. Les larmes arrêtèrent de couler le long de ses joues, elle frissonna, et reprit :

— Je pleure parce que je suis terrorisée.

— Mais de quoi as-tu peur ? Parle-moi, Aliénor, je te promets qu'avec moi, ton secret sera bien gardé. Et je te promets aussi que tu te sentiras soulagée d'avoir vidé ton sac.

Aliénor prit son courage à deux mains, et raconta tout, Hector, et le reste. Au départ, seules la douleur et l'amertume la gagnèrent, mais au fur et à mesure de son récit, elle sentit poindre en elle l'ombre du soulagement, et lorsqu'elle sentit le bras de Gabrielle sur ses épaules, au moment où s'achevait l'histoire, elle sut qu'elle aurait dû tout lui dire depuis bien longtemps. Elle était son amie, elle pouvait l'épauler, elle en avait maintenant la certitude. Elles restèrent silencieuses quelques minutes, puis elles allumèrent une seconde cigarette. Gabrielle prit la parole :

— Merci pour ta confiance, je te promets d'être plus muette qu'une carpe. Personne ne saura rien de cette histoire, même si je sais d'ores et déjà que Grégoire va me cuisiner dès notre retour au Cornet.

Aliénor n'avait pas vraiment envie de rire, mais elle sourit tout de même. Gabrielle était la première personne à qui elle racontait ce qui lui était arrivé. Elle avait conscience de ne pas être la seule femme à traverser ce type d'épreuves, mais la blessure restait vive. Elle avait su se protéger en s'entourant d'amis qui ignoraient tout d'elle, mais elle sentait aussi qu'elle ne guérirait pas complètement avant d'avoir accepté la réalité, avant de l'avoir pleinement assumée. Gabrielle reprit :

— Je comprends que tu sois terrorisée, mais je crois qu'il faut que tu reprennes confiance, Aliénor, confiance en toi, confiance en l'autre en général. Ce n'est pas parce que Hector n'a pas su faire face, qu'aucun n'y parviendra. Je ne connais pas Ulysse, mais tu devrais lui laisser sa chance. D'après ce que j'ai compris, il a, lui aussi, ses casseroles… Et si ça n'est pas lui, ça sera peut-être quelqu'un d'autre… Il faut que tu gardes espoir, au risque de te prendre des claques. Si tu restes sur tes gardes comme tu le fais, tu vas finir plus sèche qu'une feuille morte. Et puis, on a dû te dire cela des milliers de fois, mais ta situation ne me semble pas désespérée… Il existe des tas de solutions, tu ne crois pas ?

Aliénor secoua la tête. C'était bien trop douloureux, elle n'était pas prête. Elle se leva, tendit la main à son amie et elles repartirent bras dessus, bras dessous reprendre leur service au Cornet doré.

Lorsqu'elle le vit apparaître au coin de la rue, elle ne put s'empêcher de sourire en baissant la tête. Elle le trouva tellement beau dans sa veste en cuir. Gabrielle sortit immédiatement le saluer en l'embrassant sur les deux joues, tandis que Jacquotte lui adressait un affectueux signe de la main. Aliénor fila dans les vestiaires, dénoua son tablier, passa sa veste et sortit pour aller le retrouver. Appuyé sur sa canne, il parlait avec Gabrielle en riant. Son regard changea lorsqu'il la vit apparaître devant le glacier. Gabrielle expliqua:

— Alors, on se retrouve chez Froggy's? J'ai dit aux jumeaux de nous y rejoindre, à tout à l'heure!

Aliénor emboîta le pas à Ulysse et ils s'engouffrèrent dans les ruelles du vieux Nice sans un mot. Au bout de quelques mètres, il lui attrapa le bras et l'arrêta. Elle n'osait pas le regarder. Il posa ses doigts sur son menton et la força à relever la tête vers lui en disant:

— Aliénor, tu ne vas pas me faire ce coup?

Elle baissa à nouveau les yeux, se balança d'un pied sur l'autre, enfonça ses mains dans ses poches, avant de répondre:

— Quel coup?

— Le coup de la fille indifférente, après ce que je t'ai raconté, après les moments qu'on a passés, par exemple. Tu réponds à peine à mes textos, tu as l'air aussi heureuse de me voir que de te pendre. Dis-moi que je n'ai pas rêvé l'autre soir.

Comme elle se remettait à marcher, il l'arrêta à nouveau et la força à le regarder. Ses yeux s'emplirent de larmes, sa gorge se serra, elle était fichue. Il fallait qu'elle coupe court à tout cela très vite, mais c'était impossible, il était bien trop convaincant. Lorsqu'elle sourit enfin, elle lut le soulagement dans ses yeux. Il posa ses mains sur ses joues et l'embrassa au milieu de la rue. Comme c'était bon d'être blottie contre lui. Il murmura :

— Ne me fais pas peur, Aliénor.

Elle aurait aimé lui dire qu'elle voulait le protéger, qu'elle allait lui faire de la peine s'ils continuaient, qu'il ignorait tant de choses sur elle, mais aucun son ne sortait de sa bouche. Elle se sentait si bien. Ils s'installèrent dans une pizzeria qu'ils appréciaient l'un et l'autre. Sous la table, leurs jambes se caressaient avec complicité. Ils dégustèrent leur plat accompagné d'un spritz avant de rejoindre le reste de la bande dans le pub indiqué par Gabrielle quelques heures plus tôt, chez Froggy's.

Au cours de la soirée, pendant laquelle tout le monde comprit qu'il s'était passé quelque chose entre Aliénor et Ulysse, Grégoire vint trouver ce dernier pour lui offrir une bière en tête à tête. Ulysse accepta la proposition, saisissant que le grand rouquin voulait lui parler seul à seul. Ils s'installèrent devant le bar et Grégoire commença :

— Ça y est, je me suis enfin décidé, je quitte Nice la semaine prochaine.

Surpris qu'il souhaite le lui apprendre plus particulièrement, Ulysse le félicita et demanda :

— Tu as posé ta démission ? Qu'est-ce qui t'a décidé ?

Grégoire ricana avant de rétorquer :

— En fait, personne ne le sait encore, je viens de comprendre que c'était le moment.

Ulysse répondit :

— Ne te trompe pas, je suis ravi pour toi, mais je ne vois pas bien pourquoi tu me parles de ton départ avant de l'évoquer avec les autres.

Grégoire le scruta attentivement avant de poursuivre :

— Cela va te sembler terriblement naïf, mais il se trouve que je pensais ne pas partir seul, et je comprends ce soir que je me mettais le doigt dans l'œil.

Ulysse baissa la tête :

— OK, je vois où tu veux en venir. J'ignore comment te répondre…

— Il n'y a rien à répondre. Je me suis trompé, et en la voyant ce soir avec toi, cela me semble plus criant que jamais.

Ulysse resta silencieux quelques secondes, à la fois mal à l'aise et reconnaissant du franc-parler de Grégoire. Ce dernier avala une longue gorgée de bière avant de reprendre :

— J'espère qu'elle ne fait pas le mauvais choix. Tu as intérêt à prendre soin d'elle, elle est moins forte qu'elle veut nous le faire croire.

— Oui, je sais.

Grégoire tapa dans le dos d'Ulysse en penchant la tête, et acheva sa bière d'un trait avant de rameuter la bande autour de lui en promettant une tournée générale. Lorsqu'ils furent tous accoudés au comptoir, il annonça qu'il allait poser sa démission dès le lendemain. Son bateau était prêt, il n'attendait plus que lui. Gabrielle siffla avec ses doigts, Balthazar et Dimitri tapèrent des mains, et Aliénor eut les larmes aux yeux. Le Cornet sans Grégoire, ça ne serait pas pareil... mais il était grand temps qu'il parte le faire ce tour du monde dont il rêvait depuis si longtemps, et pour lequel il avait tant sacrifié. La soirée fut belle. Ils dansèrent, ils chantèrent, ils rirent aux éclats. Discrètement, caché dans un coin de la salle, Ulysse prit des photos pour immortaliser ce moment. Dieu qu'il était bien ici et maintenant, aux côtés de cette fille incroyable et de tous ses amis.

Lorsqu'ils quittèrent le bar parce qu'il fermait, Aliénor entraîna Ulysse vers son vélo, garé en face du Cornet doré. Avant de grimper sur le porte-bagages, entre deux baisers, il arrêta la jeune femme et lui expliqua :

— Aliénor, tu vois bien que je suis en train de m'attacher à toi. Si tu veux que ça s'arrête, c'est le moment. Après, ce sera trop tard.

Un peu ivre et profondément heureuse, elle se pendit à son cou en riant aux éclats. Cette soirée scella le début de leur histoire.

Pendant les semaines qui suivirent, ils apprirent à se connaître comme un jeune couple qui tombe amoureux. Ils sortirent tous les soirs, passèrent leurs nuits chez l'un, chez l'autre. Pendant la journée, Ulysse partait en vadrouille, souvent accompagné de Valentin Garaut qui lui fit découvrir des coins de la ville insoupçonnés. Il sentait sa jambe se renforcer et ne perdait pas l'espoir de réussir un jour à se débarrasser de sa canne.

En se réveillant aux côtés de la jeune femme tous les matins, en contemplant la beauté de ses formes et de son visage endormi sur son oreiller, il mesurait sa chance d'être là, avec elle, en vie. Les cauchemars n'avaient pas disparu mais ils étaient devenus moins réalistes, moins violents, et lorsqu'il se réveillait en sursaut au milieu de la nuit, elle l'enserrait de ses longs bras et de ses jambes, caressant de ses mains son visage, ses cicatrices, son genou mutilé. Ulysse remerciait le ciel d'avoir placé cette femme si douce sur sa route, et ils se rendormaient enlacés. Les grands yeux violets le suivaient toujours, mais ils lui semblaient moins tristes, moins obsédants.

Pourtant, au fil des jours, Ulysse constata qu'Aliénor ne se livrait pas de la même façon que lui. Elle semblait sincèrement heureuse, mais le voile qu'il avait décelé au fond de son regard dès leur rencontre, restait obstinément baissé. Il tenta de la faire parler, mais elle demeurait sur ses gardes. Il posa quelques questions à Gabrielle, cette dernière en savait plus que lui, c'était évident, mais elle lui expliqua qu'elle avait promis de se taire. Finalement, la vérité vint à lui par surprise.

Un matin, alors qu'il était seul chez Aliénor partie travailler un peu plus tôt, et qu'il passait en revue les divers ouvrages de sa bibliothèque en attendant que son café soit prêt, une liasse de papiers coincés entre deux catalogues d'exposition s'étala à ses pieds. Il se pencha distraitement pour les rassembler et les remettre à leur place, mais ses yeux furent attirés par le titre inscrit sur la pochette cartonnée dont les différents feuillets s'étaient échappés. Au-dessous du nom de la jeune femme, tracé en lettres rondes et manuscrites, il reconnut le tampon de l'hôpital parisien où il avait lui-même été soigné après l'accident. Cédant à la curiosité, il feuilleta rapidement les documents, et comprit qu'il s'agissait d'un dossier médical. Absorbé par les mots qu'il découvrait au fil des pages, et ce à quoi ces derniers renvoyaient, il réalisa trop tard que sa lecture relevait du voyeurisme.

Lorsqu'il s'en rendit compte, il referma le dossier, s'assit sur le lit qu'il n'avait pas encore replié et posa les documents à côté de lui. Au bout de quelques minutes, les expressions et termes scientifiques qu'il venait de lire prirent tout leur sens. Il fixa le dossier, glissa ses doigts sur le nom d'Aliénor. Honteux d'avoir ainsi plongé dans son intimité sans qu'elle l'y ait invité, il se demanda comment il devait réagir. Devait-il lui dire qu'il avait vu ces éléments, et qu'il les avait lus, ou valait-il mieux qu'il garde le silence en attendant qu'Aliénor aborde un jour le sujet si elle en avait envie ? Dans un cas comme dans l'autre, c'était à double tranchant. S'il lui apprenait qu'il avait consulté son dossier, elle risquait de lui reprocher d'avoir fouillé dans ses affaires, mais il aurait la conscience tranquille, et ils pourraient aborder le sujet ensemble. S'il taisait sa découverte, il aurait le sentiment de lui mentir, mais il lui laisserait aussi l'occasion de lui parler si elle le souhaitait. Ainsi il ne la mettrait pas devant le fait accompli.

Au-delà de ces tergiversations, le contenu du dossier l'ébranla. Il sentit qu'il touchait un point sensible et comprit que les quelques éléments qu'il avait lus en étudiant ces documents étaient certainement à la racine du léger voile qu'il percevait dans le regard de la jeune femme. Progressivement, les choses se mirent en place : il imagina divers scénarios, combina des hypothèses et fut bientôt convaincu qu'Aliénor avait tout quitté à cause de ce dossier et de la triste réalité qu'il renfermait. Il sut alors qu'il ne dirait rien. Ça n'était pas à lui de le faire, c'était bien trop intime et délicat. Mais il réalisa aussi que le fait de connaître la vérité l'aiderait à comprendre Aliénor. Son affection pour elle redoubla en saisissant à quel point elle avait dû souffrir.

Il reposa le dossier entre les deux catalogues d'exposition qui le maintenaient bien caché dans l'étagère. Il but son café tranquillement, replia le lit et caressa Tartempion qui s'était habitué à sa présence et le traitait maintenant comme un élément du décor, puis il attrapa son appareil photo, sa canne, enfila sa veste et partit en claquant la porte. Il avait hâte de retrouver la jeune femme et de la serrer dans ses bras, pour lui signifier sans lui dire, qu'il l'acceptait comme telle, au-delà de tout ce que son corps pouvait lui cacher.

Les semaines passaient vite.

Grégoire prit le large un beau dimanche, entouré de ses amis et de sa famille. Ils se retrouvèrent sur le quai du port pour lui souhaiter bonne chance et l'embrasser une dernière fois avant des mois, voire des années. Il promit de donner des nouvelles *via* le blog mis en ligne quelques jours plus tôt, mais comme il était un peu sauvage, un peu secret, on s'interrogea sur son assiduité à tenir cette plateforme en ligne à jour. Avec Ulysse, Grégoire semblait avoir enterré la hache de guerre le soir où il avait annoncé qu'il lèverait l'ancre. Discrètement, celui-ci prit de nombreuses photos du bateau, de son capitaine et de tous ceux venus lui dire au revoir. La lumière particulièrement claire de ce début de matinée, et la légère brise qui agitait les voiles du navire offraient un magnifique décor à cette scène d'adieux. Entre deux services, Jacquotte vint embrasser celui qu'elle aimait qualifier comme « le plus loyal de ses employés ». Lorsqu'ils s'étreignirent, Aliénor crut voir les yeux de sa patronne briller, mais cette dernière chaussa bien vite ses lunettes de soleil, en se détournant de l'objectif d'Ulysse qui avait presque réussi à capturer le moment. Puis Grégoire embrassa tous ses amis, Gabrielle, Dimitri, Balthazar – et ceux que cette histoire ne mentionne pas. Lorsque vint le tour d'Aliénor, il la serra dans ses bras en posant sa tête sur son épaule. Il lui murmura quelques mots à l'oreille qui la firent sourire. Autour d'eux, on les regardait en silence. Ils se détachèrent l'un de l'autre, Aliénor posa un baiser sur chacune de ses joues, et elle s'éloigna en essuyant une larme.

Une page se tournait avec le départ de Grégoire, cet ami qui l'avait tant aidée depuis son arrivée. Il passa son bras au-dessus de l'épaule de la jeune femme pour serrer la main qu'Ulysse lui tendait. Ils échangèrent un regard lourd de sens. Enfin, Grégoire put s'en aller pour de bon.

Il monta à bord, hissa la grand-voile, borda le foc, mit le moteur en marche pour sortir du port et s'installa à la barre. Le bateau s'éloigna sous les yeux de la petite foule compacte qui lui lançait des hourras d'encouragement. Bientôt, on ne vit plus qu'une silhouette sombre sur la ligne d'horizon, semblable à celles qui se distinguaient sur les dessins d'Aliénor. La foule se délita progressivement, un peu triste et nostalgique de voir ce grand garçon les quitter sans regret.

Ulysse savait qu'il allait bientôt devoir quitter Nice, lui aussi.

Il avait pris suffisamment de photos et Valentin Garaut travaillait maintenant assidûment sur la rédaction des commentaires qui accompagneraient le lecteur dans sa découverte de la ville. Il lui fallait désormais œuvrer à la maquette du livre auprès de William et son équipe qui se trouvaient à Paris. Chaque jour, Aliénor l'interrogeait sur l'ouvrage, pour lequel elle s'était passionnée, mais elle ne lui demanda jamais la date de son départ. Un soir, alors qu'ils dégustaient une pizza assis sur les galets de la plage en sirotant un verre de rosé, il décida de prendre le taureau par les cornes et annonça de but en blanc :

— J'ai pris mon billet d'avion pour Paris.

Un quart de seconde, alors qu'elle mordait dans sa part de pizza quatre-fromages, Aliénor suspendit son geste, puis elle s'approcha d'Ulysse, posa sa tête sur son épaule et demanda :

— Quand pars-tu ?

— Mardi prochain.

Elle poussa un soupir. On était jeudi, cela leur laissait quatre jours pour profiter de ce moment béni. Elle répondit :

— C'était si bien… j'aurais voulu que cela ne s'arrête pas Ulysse.

Il sentit son cœur s'accélérer, mais très calmement, il prit une nouvelle part de pizza dans la boîte en carton posée à leurs pieds, avala une gorgée de rosé et reprit :

— Pourquoi veux-tu que cela s'arrête ?

Aliénor sourit avant de pousser un nouveau soupir.

— Tu vas retrouver Paris, tu n'auras plus besoin de moi : notre histoire est belle, mais elle s'achève aux portes de Nice.

Ulysse ouvrit des yeux ronds. Il finit sa bouchée et poursuivit :

— C'est la chose la plus absurde qu'il m'ait été donnée d'entendre depuis un moment.

— Réfléchis… On a chacun notre vie, toi à Paris, moi ici. On s'est rencontré à un moment où on avait besoin l'un de l'autre, mais si tu pars – et il faut que tu partes pour ton livre et pour tout ce que te réserve l'avenir – cette histoire peut s'arrêter.

Aliénor s'était relevée. Au fond de ses yeux, il y avait à la fois beaucoup de tristesse et de volonté. Elle reprit en posant sa main sur sa joue :

— Profitons de ces quatre jours autant que nous le pouvons. Ensuite, oublions-nous.

C'en était trop. Il retira sa main d'un geste brusque et répondit avec amertume :

— Je ne comprends rien de ce que tu racontes. Ton discours est non seulement puéril mais il est surtout égoïste. Nous avons la chance de vivre une relation hors norme, du moins est-ce ainsi que je la vois, et tu es prête à tout jeter par terre. Je pensais que tu tenais à moi, je faisais sans doute erreur.

Aliénor posa sa main sur le dos d'Ulysse qu'elle se mit à caresser doucement. Une masse se formait dans le fond de sa gorge, elle ne savait plus quoi dire, alors elle se contenta de répondre :

— Ce n'est pas la question…

Il la regarda, stupéfait. Dans son regard, la peine avait fait place à la colère.

— C'est l'unique question, Aliénor. Tiens-tu à moi ? Et si c'est le cas, y a-t-il seulement une raison qui expliquerait que tu veuilles tout laisser tomber ?

Elle se mit à trembler et le repoussa légèrement. Puis elle posa sa tête sur ses genoux, remontés jusqu'au menton. Elle contempla la mer, mais son regard se brouilla. C'était le moment de partir. Autrement, tout serait à nouveau faussé… Leur si belle histoire se terminerait dans la tristesse et la souffrance, parce qu'elle n'aurait su y mettre fin plus tôt. Une voix murmurait à son oreille : « Dis-lui la vérité, lâche le morceau, tu n'as rien à perdre ! » Mais elle avait bien trop peur. Elle devait résister, coûte que coûte.

Ulysse passa son bras sur ses épaules et demanda :

— Aliénor, mon amour, dis-moi ce que tu me caches. Dis-moi ce qui t'empêche d'être heureuse, aie confiance, je suis là et je n'ai pas l'intention de te lâcher.

Les larmes de la jeune femme fusèrent d'un coup. Elle se leva d'un bond, sans un mot, sans une explication, sans un regard pour Ulysse. Elle attrapa son sac, sa veste, son foulard et s'enfuit en courant.

Il ne la retint pas. Il ne pouvait rien faire de plus pour l'aider. Il s'était livré, c'était son tour. Les clés de leur avenir commun étaient entre les mains de la jeune femme. C'était à elle de voir ce qu'elle voulait en faire.

Étrangement serein, il s'allongea sur les galets. Au-dessus de lui, des étoiles apparaissaient une à une dans un ciel pur et clair, tandis que la lune s'élevait sur l'horizon. Il passa ses mains sous sa nuque, huma l'air frais, baissa ses paupières.

Au fond des grands yeux violets qui continuaient à l'observer, il vit un mélange de compassion et de fierté. Un sourire se dessina sur ses lèvres, l'espoir était revenu.

32

Ulysse

Aliénor ne donna aucune nouvelle les jours suivants et Ulysse s'obstina à tenir son téléphone éloigné, pour résister à la tentation de composer son numéro. Dans son esprit, la balle était dans le camp de la jeune femme. Par moments, ce silence le rendait malheureux, mais il se sentait confiant malgré tout : il n'avait rien à se reprocher, et s'ils ne devaient jamais se revoir, la responsabilité ne lui en incomberait pas. Il se savait à l'aube d'un nouveau départ, d'une seconde vie. Il aurait adoré qu'Aliénor en fasse partie, mais ce choix ne lui revenait plus.

Il rassembla les affaires éparpillées entre sa chambre, le salon et la salle à manger de la villa de Francis, le cœur serré à l'idée que cette parenthèse niçoise se termine. Il avait tant profité de la douceur de cet endroit béni, de la brise dans les cyprès, de la baie de Villefranche qui se dessinait au loin, à travers l'immense baie vitrée de sa chambre. Cette vue lui manquerait, autant que le chant des cigales, le parfum de lavande, la lumière éclatante du soleil de midi, la silhouette des lézards détalant sur les pierres brûlantes. Il se promit de revenir vite, avec ou sans Aliénor, flâner sur le port, le long de la Promenade, dans les jardins de Cimiez en compagnie de Valentin Garaut qui partagerait de nouvelles et passionnantes anecdotes.

Ses affaires – ordinateur et matériel de photo compris – remplissaient deux grosses valises à roulettes. Marius, l'aimable gardien de la demeure, lui proposa de le déposer à l'aéroport, Ulysse accepta cette offre avec plaisir. Ils convinrent de partir tôt le mardi matin, afin d'anticiper les importants embouteillages provoqués par les travaux de la seconde ligne de tramway.

La veille de son départ, il déposa dans la boîte aux lettres des jumeaux une enveloppe contenant les photos qu'il avait prises lors du barbecue auquel Aliénor l'avait convié. Il y joignit ses coordonnées afin que ceux-ci puissent le rappeler pour sélectionner ensemble les clichés qui figureraient dans l'ouvrage – s'ils l'autorisaient bien sûr. À un moment où il savait qu'Aliénor ne serait pas de service, il remit également à Jacquotte les quelques clichés pris lors de ses précédentes visites au Cornet. La patronne le remercia chaleureusement, l'embrassa sur les deux joues et lui offrit une boule de glace riz au lait en terrasse. En l'apercevant, Gabrielle vint également le saluer. Lorsqu'il lui apprit qu'il partait le lendemain matin par l'avion de 8 h 55, elle tomba des nues et afficha une mine sombre.

— Aliénor ne t'en a pas parlé ? demanda-t-il naïvement.

Gabrielle secoua la tête, avant de reprendre :

— Vous passez la soirée ensemble au moins ?

Ce fut le tour d'Ulysse de secouer la tête, en répliquant :

— Ça n'est pas d'actualité.

Gabrielle ouvrit la bouche d'étonnement. Elle poursuivit :

— Vous vous êtes disputés ?

— Non, enfin… je ne crois pas. Elle sait qu'elle peut m'appeler.

Gabrielle se tut et poursuivit son service pendant qu'Ulysse dégustait sa glace en observant les touristes autour de lui. Il songea qu'elle n'avait pas aussi bon goût qu'au premier jour. Il s'apprêtait à partir lorsque Gabrielle l'arrêta pour lui proposer d'aller boire un verre avec elle à la fin de sa journée. Elle demanderait aux jumeaux de se joindre à eux, et enverrait un texto à Aliénor. Il la remercia chaleureusement, et refusa la proposition. Il voulait être seul pour cette dernière soirée. Il mangerait une pizza dans le jardin, sous les cyprès, finirait de ranger la maison et se coucherait de bonne heure. Gabrielle le regarda en acquiesçant et reprit :

— Si tu changes d'avis, nous serons sans doute chez Froggy's.

Elle le serra maladroitement contre elle avant d'ajouter :

— Ne sois pas trop dur vis-à-vis d'Aliénor, elle est fragile, tu ne sais peut-être pas tout d'elle.

Ulysse sourit en entendant ces paroles, puis il expliqua :

— Tu as raison, mais il faut être deux pour avancer, et j'ai le sentiment d'être seul. Maintenant, c'est à elle de se décider.

Gabrielle sourit à son tour et se détacha d'Ulysse en lui adressant un petit signe de la main, avant de prendre la commande de clients fraîchement installés qui l'appelaient avec un drôle d'accent. Ulysse poussa un soupir en regardant la devanture du Cornet. Il s'appuya sur sa canne, saisit son appareil en bandoulière et prit une dernière photo, avant de se retourner définitivement.

Retrouver Paris, sa fumée, son métro, ses rues grouillantes de monde et d'activités l'effrayait plus qu'il ne voulait l'admettre. Il écrivit un texto à son ami Arthur, par principe, pour le prévenir de son retour parmi les vivants, même s'il savait qu'il ne renouerait pas avec sa vie d'avant. Il avait également prévenu ses parents de son arrivée, ainsi que William.

Gorgé de courage et d'espoir, il aspirait à davantage. Dans un premier temps, il se focaliserait sur l'ouvrage à paraître, puis en fonction de l'accueil que l'on ferait de son travail, il filerait à nouveau, ailleurs, dans d'autres villes, sur d'autres continents peut-être.

Ainsi qu'il l'avait prévu, il savoura sa pizza sous les arbres, les pieds dans les brins de lavande. Face à lui, le soleil se coucha dans une explosion de couleurs, comme s'il souhaitait le saluer et lui dire bonne chance. Il acheva la lecture du livre qu'il avait entamé quelques jours plus tôt, sur les conseils d'Aliénor, avant de rentrer se coucher une dernière fois dans la chambre où il s'était vu renaître. Il retira sa prothèse, s'installa confortablement sur le lit, massa ses cicatrices. Il avait beau se sentir confiant, il ne ferma pas l'œil de la nuit. Il se remémora les moments passés ici dans cette maison, seul d'abord, puis avec Madeleine, et enfin, avec Aliénor. Il éprouva un sentiment de reconnaissance sans bornes. En lui rappelant l'essentiel, en le guidant vers la beauté – la beauté des lieux, des paysages, mais aussi celle des hommes, de leur force, de leurs sentiments –, ces quelques semaines l'avaient ramené à la vie. Intérieurement, il craignait qu'en s'éloignant de cette maison, cette ville, cette région, il ne retrouve les affres de la culpabilité, du désespoir et de la tristesse. Mais cette crainte ne le paralysait plus. Il se sentait prêt à repartir, et il espérait du plus profond de son cœur qu'Aliénor vainque à son tour ses terreurs. Il finit par s'endormir quelques heures avant l'aurore.

Vers 6 heures, il vit apparaître le vieux 4×4 de Marius qui passa à travers le portail qui s'ouvrait lentement. Melody, qui avait accompagné son mari pour récupérer les clés de la maison et faire un grand ménage de printemps lui souhaita un bon retour. Elle le somma de revenir vite leur faire un petit bonjour, « avec Francis et sa famille cette fois, ce serait tellement joyeux… ». Ils se firent au revoir par le pare-brise arrière de la voiture, sa silhouette disparut au moment où ils rejoignaient la rue principale en tournant quelques mètres plus loin. Marius sourit légèrement. Il avait observé que les personnes qui quittaient cette maison le faisaient toujours un peu à contrecœur. La route se fit dans le silence. Ulysse regardait par la fenêtre qu'il avait entrouverte, cherchant à s'imprégner des paysages et des odeurs avant de monter dans l'avion. Comme ils n'étaient pas en retard, il demanda à Marius d'emprunter la route de la Petite Corniche, pour passer sur le port et rejoindre la promenade des Anglais, profitant encore une fois du panorama unique de la baie des Anges.

Lorsqu'ils arrivèrent aux abords de l'aéroport, il sortit son téléphone de sa poche. Il constata que personne n'avait cherché à le joindre, juste avant que l'écran ne s'éteigne dans une sonnerie caractéristique. Plus de batterie. Il l'avait pourtant rechargé pendant la nuit… À moins qu'il n'ait oublié ? Il haussa les épaules, remit le téléphone à sa place et sortit de la voiture avec Marius. Ce dernier chargea ses bagages sur un lourd chariot à roulettes. Ulysse posa sa canne sur le tout, puis, lorsqu'il le remercia pour son aide, ainsi que pour celle de sa femme tout au long de son séjour à Saint-Jean, Marius baissa les yeux, rougissant et gêné de tant d'effusion. Il grommela simplement :

— J'ai fait mon travail vous savez…

Les deux hommes se serrèrent chaleureusement la main, et Marius rentra dans sa voiture. Ulysse prit appui sur le chariot, avant de se diriger vers les comptoirs d'enregistrement où il devait déposer ses grosses valises. Il acheta ensuite quelques journaux, des calissons pour son père qui en raffolait, et passa la sécurité au milieu des autres voyageurs. De temps en temps, il se retournait avec l'espoir de voir apparaître la silhouette d'Aliénor quelque part dans le terminal. Lorsqu'il arriva devant la porte d'embarquement de son vol, il sut définitivement qu'elle ne viendrait plus. Il s'installa dans l'un des fauteuils libres, attendant que les hôtesses demandent aux passagers de se mettre en rang pour s'engouffrer dans le long couloir qui les emmènerait vers l'avion.

Tout était allé si vite. Il se revit quelque temps plus tôt, dans ce même aéroport : il n'était plus le même et ne le serait plus jamais. Bientôt, il se leva, intégra la file des voyageurs, tendit son billet au steward qui le remercia avec un sourire. Il jeta un dernier coup d'œil sur la mer qui s'étendait à perte de vue au-delà des pistes, et s'embarqua sur la passerelle.

Comme toujours, Ulysse mit beaucoup de temps à s'installer dans l'avion, et le fait qu'il occupe une place située à l'arrière, quasiment au dernier rang, n'arrangea rien à l'affaire. Il y avait toujours une ou deux valises pour obstruer le passage, un enfant qui criait dans les jupes de sa maman, une vieille dame qui ne parvenait pas à hisser son sac un peu trop lourd vers les coffres à bagages. Ulysse observait cela de loin. Il avait tout son temps, et ces petits désagréments qui l'auraient exaspéré quelques mois plus tôt, à l'époque où il courait d'un avion à l'autre, de capitale en capitale, ne lui firent ni chaud ni froid. Il attendit son tour patiemment, appuyé sur sa canne, et atteignit finalement sa rangée. Après avoir enfourné son sac de voyage dans le coffre au-dessus de sa tête, il s'engagea vers son fauteuil, à côté du hublot, coinça sa canne entre la paroi de l'avion et le siège, cala ses longues jambes du mieux qu'il le pouvait, et s'installa aussi confortablement que possible. Il attrapa son iPod dans la poche arrière de son pantalon, sortit ses écouteurs, les brancha et les glissa dans ses oreilles.

Le brouhaha de la cabine s'effaça derrière les premières notes des *Nocturnes* de Chopin qui résonnèrent contre ses tympans. Il sortit un magazine de photo du sac en plastique qu'il avait glissé dans le filet du fauteuil devant lui, et s'absorba dans sa lecture. Il contemplait les paysages de l'article consacré à la thématique des eaux stagnantes tandis que les notes du piano se succédaient dans ses oreillettes, lorsqu'une voix se distingua à travers le bruit de fond des passagers qui s'agitaient à l'approche du départ. La personne s'adressait apparemment à son voisin. Tout son corps se contracta.

— Excusez-moi, monsieur, est-ce que cela vous ennuierait d'échanger votre place avec la mienne ? Je suis au troisième rang, côté couloir, vous serez plus vite sorti de l'avion.

Ulysse releva la tête en arrachant ses écouteurs. Dans le couloir, à quelques centimètres de lui, Aliénor se tenait toute droite, ses longs cheveux tombant sur ses épaules. Elle parlait avec son voisin, mais elle regardait Ulysse fixement. Le voisin rassembla ses affaires pour accéder à la demande de la jeune femme.

Ulysse lui adressa un sourire immense, à la hauteur du soulagement et de la surprise qu'il éprouvait de la voir dans cet avion, à côté de lui, alors qu'il pensait depuis quelques minutes, depuis qu'il avait passé la barrière de sécurité en réalité, ne plus jamais entendre parler d'elle. Il la laissa s'installer sans un mot, puis il passa le bras autour de ses épaules et plongea son nez dans ses cheveux. Aliénor sourit, tendit son visage vers lui et l'embrassa très doucement, très simplement, comme si sa présence n'avait rien d'étrange. Alors que les hôtesses passaient pour vérifier que les ceintures étaient bien attachées, Ulysse murmura tout bas :

— Comment as-tu fait pour que je te retrouve là ?

— Grâce à Gabrielle, elle m'a donné ton heure de départ, après m'avoir passé un savon hier soir. On t'a attendu chez Froggy's et comme tu ne venais pas, elle m'a traitée comme du poisson pourri. J'ai essayé de t'appeler ce matin, mais tu ne répondais pas. Il fallait vraiment que je te parle, alors j'ai pris un billet d'avion.

Elle affichait une mine un peu perdue, il ne pouvait plus s'empêcher de sourire.

— Ça a dû te coûter une fortune !

— Je ne sais pas, je n'ai même pas fait attention. Je n'avais qu'une idée, te rattraper.

— Tu ne travailles pas ce matin ?

— Si, mais Gabrielle va assurer mon service. Je prendrai un avion pour rentrer ce soir.

Il la serra contre lui, embrassa ses joues, son front, ses paupières. Il se sentait si heureux. Elle voulait lui parler, rien n'était donc perdu.

L'avion prit de la vitesse, ils se retrouvèrent bientôt plaqués au dos de leur fauteuil. L'appareil s'inclina et les roues quittèrent le sol. Le signal indiquant qu'il fallait garder sa ceinture attachée resta allumé un long moment. Ulysse tenait la main d'Aliénor, qu'elle avait posée sur l'accoudoir. Lorsqu'ils furent stabilisés à quelques milliers de mètres d'altitude, il se pencha vers elle et murmura :

— Alors, tu voulais me parler ?

33

Aliénor

Aliénor passa la porte de l'avion en nage. Elle avait couru comme une dératée pour arriver avant qu'elle ne se referme. En lui vendant son billet, le guichetier Air France l'avait prévenue, il était un peu tard, elle risquait de manquer le départ, mais devant son insistance, il avait cédé en levant les yeux au ciel. Elle avait foncé à travers la file d'attente pour la sécurité, expliquant aux touristes et hommes d'affaires agglutinés là qu'elle était bien plus pressée qu'eux. Par chance, ses chaussures n'avaient pas sonné lorsqu'elle était passée sous le portique, si bien qu'elle avait filé à toute vitesse une fois son sac passé aux rayons X. Elle fut l'avant-dernière personne à entrer dans l'appareil.

Elle posa son regard tout autour d'elle à la recherche d'Ulysse, en espérant que Gabrielle ne s'était pas trompée d'horaire. Elle lui avait indiqué qu'il partait à 8 h 55, ce qui correspondait au vol Air

France, mais à 9 h 05, un avion EasyJet partait également vers Paris. À dix minutes près, elle pouvait le rater.

Lorsqu'elle l'aperçut au dernier rang, se faufilant dans la rangée pour atteindre son siège, elle poussa un soupir de soulagement, en même temps que ses sens s'emballaient. Elle songea qu'il était encore temps de reculer. Ils étaient assis à des rangs diamétralement opposés. Si elle se débrouillait bien en arrivant à Paris, il ne verrait pas qu'elle avait pris le même avion que lui. C'était encore jouable, mais elle arrêta brusquement le cours de ses pensées. Non, il était hors de question qu'elle rebrousse chemin. Elle n'était pas montée dans cet avion pour rien, et si elle ne lui parlait pas à ce moment-là, elle ne le ferait jamais. Elle avait le sentiment de se tenir au bord d'un précipice dans lequel elle était contrainte de se jeter. S'il la rattrapait au vol, elle serait prête à affronter l'avenir. Autrement, elle s'écraserait par terre, et il serait alors difficile de recoller les morceaux.

Elle chemina calmement dans l'allée centrale. Il avait chaussé ses écouteurs et gardait la tête baissée, si bien qu'il ne la vit pas s'approcher. Lorsqu'elle eut enfin atteint la dernière rangée, elle prit son courage à deux mains, et demanda à son voisin d'échanger sa place avec la sienne. Le temps se figea quelques secondes, lorsqu'elle constata qu'il l'avait entendue, qu'il relevait la tête vers elle et que leurs regards allaient se croiser. La chaleur qu'elle lut alors dans ses yeux l'enveloppa tout entière. Elle avait peur, mais son choix était le bon. Elle devait se lancer.

Elle s'installa à côté de lui, très naturellement, comme si ces quelques jours de silence n'avaient pas eu lieu, comme s'ils s'étaient séparés la veille sans aucune tension. Il la prit contre lui, elle l'embrassa, ils échangèrent quelques mots et l'avion se mit à rouler. Puis il lui demanda ce qu'elle voulait lui dire. Il avait raison, c'était le moment de sauter. Elle se détacha de lui, retira sa main de la sienne, lissa ses cheveux et sans le regarder, elle commença son récit d'une voix très basse, très discrète.

— Je vais te raconter toute l'histoire, pour que tu comprennes bien où j'en suis. À la fin, ton regard aura peut-être changé. Tu ne t'en rendras pas nécessairement compte tout de suite, mais d'ici quelques heures, quelques jours, tu réaliseras que je ne suis pas celle que tu croyais.

Elle prit une longue inspiration et entama :

— Comme je te l'ai dit déjà, j'ai toujours adoré la peinture. En terminale, juste avant de passer le bac, je décidai de préparer le concours d'entrée à l'École du Louvre, que j'obtins du premier coup. J'intégrai donc le cursus en première année de licence l'année suivante et je découvris un monde qui me séduisit d'emblée. Je sus très rapidement que je poursuivrais l'ensemble de ma formation supérieure dans ces locaux, avec l'espoir de devenir un jour conservateur. La route est longue et semée d'embûches, mais je me sentais le courage et les épaules de la parcourir, et je me jetai dans le travail à corps perdu. Je vécus une année intense car c'est également à ce moment-là que je rencontrai Hector, au mois de février, lors d'un dîner chez des amis communs. Le courant passa très vite et nous devînmes inséparables. Aussi passionné que moi par ses études, il travaillait d'arrache-pied. Nous nous retrouvions à la bibliothèque de l'École du Louvre, où je parvenais à le faire entrer en usant de subterfuges toujours plus inventifs.

« Je garde d'excellents souvenirs de ces années. Assez vite, je pensai qu'Hector était l'homme qu'il me fallait, qu'il ne me décevrait jamais, que nous allions entremêler nos vies, notre entente était si parfaite que cela relevait de l'évidence. Pendant l'été, nous partions en voyage à l'autre bout de la terre, avec trois sous en poche. Nous vivions de pas grand-chose pendant quelques semaines. Je peignais mes aquarelles, il rédigeait un carnet de voyage, et nous revenions des souvenirs plein la tête, prêts à reprendre notre vie studieuse. Pourtant, au bout de deux ans de relation, je dois bien le reconnaître, je sentis que tout n'était pas si clair. Fils unique, Hector visait avant tout la réussite. Il voulait briller, s'élever au-dessus de ses camarades, réussir, montrer de quel bois il se chauffait. Il prépara un concours très prestigieux, et comme beaucoup, il échoua lorsqu'il le passa pour la première fois. Il fallut le remettre sur les rails et il triompha l'année suivante. De mon côté, je savais pertinemment ce qui motivait mon travail : l'espoir d'occuper un jour un poste clé dans un musée parisien, tout autant que retrouver Hector et la famille que nous allions construire, le soir en rentrant chez moi après de dures et passionnantes journées de labeur. J'avançais en ce sens, sans me poser davantage de questions. Le jour où Hector me proposa de m'installer dans son appartement, je me lançai dans l'aventure emplie d'espoir. Je marchais le long d'un sentier clairement tracé, nageant dans la satisfaction, heureuse de mon travail et de l'investissement que je vouais à mon couple. J'allais tomber de haut.

Aliénor interrompit son récit lorsque l'hôtesse qui avait déjà parcouru tout le couloir avec son petit chariot, lui demanda ce qu'elle voulait boire. Elle réclama son sempiternel jus de tomate accompagné d'un sachet de sel parfumé au céleri, comme à chaque fois qu'elle prenait l'avion. Ulysse émit un léger sourire. Lui aussi demandait toujours un jus de tomate. Ils burent quelques gorgées de leur boisson, avant qu'Aliénor reprenne :

— Au fond de moi, je savais qu'Hector était moins mordu, mais je ne l'aurais admis pour rien au monde. Le tableau rendait si bien, nous avions l'air si heureux. Au fond, ce qu'il lui fallait pour me quitter, c'était un prétexte. Je le lui fournis malgré moi, d'une façon très douloureuse.

Aliénor se tut. Comme pour reprendre des forces, parce qu'elle parvenait au point le plus difficile de son récit, elle avala son jus de tomate.

— J'avais commencé ma thèse depuis six mois, me concentrant sur la vie d'Édouard Vadim qui me fascinait. Mon tuteur, confiant et bienveillant, me laissait penser que tout se jouerait avec cette thèse. Si je parvenais à convaincre de la justesse de mon travail les membres du jury, je pouvais espérer empocher un poste d'assistant dans l'un des meilleurs départements de peinture du Louvre, avant de passer le concours de conservateur, pour lequel je me préparerais ensuite. Mais le rouage se coinça lorsque je découvris que j'étais enceinte.

La jeune femme resta silencieuse quelques secondes. Puis, la voix un peu cassée, puisant dans ce qui lui restait de courage, elle continua :

— Je me rappellerai toute ma vie ce moment où j'ai su que j'attendais un enfant, en regardant le test à 2 euros que j'avais acheté à la pharmacie, sans trop y croire. Un vent de panique m'envahit, en même temps qu'une immense plénitude. Bien sûr, ce n'était pas prévu. Bien sûr, c'était trop tôt. Bien sûr, nous ne gagnions pas beaucoup d'argent et il faudrait sans doute se serrer la ceinture pendant plusieurs mois, voire plusieurs années. On n'avait jamais vraiment abordé ce sujet avec Hector. Mais j'étais si profondément heureuse. La vie allait éclore en moi, et déjà, sans le connaître, j'aimais ce petit être de tout mon cœur. Mon existence entière avait été bouleversée en quelques secondes. J'ai toujours voulu avoir des enfants, j'ai toujours aimé les enfants. Je n'imaginais pas qu'Hector puisse se poser la moindre question face à ce test de grossesse positif dont j'avais prévu de lui montrer le résultat le soir même.

J'attendis son retour avec impatience et lorsque, enfin, il passa le seuil de la porte, j'accourus vers lui, légèrement intimidée, et surexcitée à l'idée de ce que j'allais lui apprendre. Il vit tout de suite que j'avais quelque chose d'important à lui dire. Il tenta de deviner quelle était cette grande nouvelle, en me posant des dizaines de questions, et quand finalement, je crachai le morceau, il tomba quasiment à la renverse. Son visage se figea, il s'écroula sur le canapé, prit sa tête entre ses mains avant de me demander si, vraiment, je pensais que c'était une bonne nouvelle. J'avais ma thèse à finir, nous étions à un tournant de notre vie professionnelle : l'arrivée d'un bébé risquait d'ébranler l'équilibre dont nous avions tant besoin à ce moment-là. Je fondis en larmes. Hector ne me le dit jamais frontalement, mais je lus entre les lignes qu'il me demandait d'avorter. Je ne dormis pas de la nuit. Chacun dans un coin du lit, nous nous tournions le dos, muets, incapables de comprendre la réaction de cet autre en qui nous avions remis toute notre confiance.

Le lendemain matin, j'expliquai à Hector que je souhaitais garder l'enfant que je portais, avec ou sans son consentement. La nuit m'avait porté conseil, j'étais incapable de me défaire de ce bébé. Hector me regarda droit dans les yeux, sans rien dire. Il attrapa sa mallette, noua sa cravate et m'informa qu'il se donnait la journée pour réfléchir. Il partit en claquant la porte. Je restai chez moi toute la matinée. L'après-midi, je donnai mes cours habituels sans conviction, persuadée qu'Hector allait me quitter. Je fis quelques courses pour tenter de me changer les idées, avant de rentrer. Lorsque je poussai la porte, il était déjà là, assis sur le canapé du salon. Sa mine était défaite, il me sembla même qu'il avait pleuré. Il m'invita à m'asseoir à côté de lui et m'expliqua doucement qu'il avait commencé par se sentir perdu en entendant la nouvelle. D'un côté, il voulait construire sa vie avec moi, de l'autre, il ne s'imaginait pas une seconde en père de famille. « Nous sommes si jeunes », ne cessait-il de répéter. Il avait réfléchi toute la journée, pesant le pour et le contre, et finalement, il était heureux et souhaitait que nous ayons cet enfant tous les deux.

Je n'en crus pas mes oreilles et lui sautai au cou. Nous passâmes l'une des plus merveilleuses soirées de notre vie commune, à la fois émerveillés et angoissés du grand chambardement qui allait s'opérer pour nous.

En me réveillant le lendemain matin, j'eus le sentiment de ne pas être passée loin du drame pourtant, et je perçus pendre au-dessus de ma tête une épée de Damoclès invisible, sournoise. Ce moment de doute et d'incertitude n'avait-il pas révélé la faille qui s'était insinuée entre nous ?

J'appris la nouvelle à ma sœur, à mes parents. Bien que cette grossesse n'arrive pas tout à fait comme ils l'auraient souhaité pour leur fille encore doctorante, ces derniers surent se réjouir et me serrèrent dans leurs bras. Ils appréciaient Hector, ils lui faisaient confiance.

Mais quelques jours plus tard, je me réveillai en pleine nuit, baignant dans une mare de sang, frissonnant de tous mes membres, pliée en deux par la douleur. Hector appela les pompiers, je fus transférée aux urgences les plus proches. Sur le moment, je crus faire une fausse couche. Intérieurement, je pensai qu'Hector s'en sentirait soulagé.

Il resta avec moi, silencieux, tenant ma main, m'épongeant le front. Je le voyais soucieux et cela me réconfortait, d'une certaine façon. Peu après mon arrivée à l'hôpital, le médecin qui m'examina, m'expliqua que la situation se révélait plus compliquée qu'il ne l'avait d'abord pensé. Ma grossesse se passait très mal puisqu'elle se déroulait en réalité en dehors de l'utérus. Non seulement le bébé n'avait aucune chance de survivre, mais je risquais de mourir s'il ne m'opérait pas immédiatement. Je tombai dans un précipice, perdant toute notion de réalité. On me prépara rapidement, on me drogua, on m'emmena au bloc, cet endroit blanc et froid comme la mort, dont le souvenir me hante encore parfois. On m'endormit finalement, sous les yeux d'Hector autorisé à m'accompagner pour l'anesthésie, enveloppé dans une combinaison stérile, en papier vert.

Je garde un souvenir confus de mon réveil. J'avais froid, la nausée me tordait les entrailles. À côté du lit, Hector avait disparu, remplacé par ma mère, arrivée pendant l'opération.

L'aide-soignante prévint le médecin que je reprenais mes esprits, et ce dernier, le même que celui qui m'avait expliqué la situation la veille, un grand quinquagénaire à lunettes et aux cheveux grisonnants, vint me rendre visite. Il commença par lire la feuille de soins qui pendait au bout de mon lit. Je le voyais à peine, perdue entre la douleur physique et la peine intense d'avoir perdu mon bébé, presque au moment où j'apprenais qu'il était là, niché au creux de mon ventre. Il exigea qu'on me donne davantage d'antalgiques, puis il mit ses mains dans ses poches et m'expliqua que l'opération ne s'était malheureusement pas passée comme il l'aurait souhaité. Je me souviens que ma mère attrapa ma main, en souriant, avant de la serrer très fort. En fait, la grossesse extra-utérine, déjà bien avancée, avait causé d'irréparables dégâts. En bref, je ne pourrais plus jamais porter la vie.

Aliénor se tut. Elle fit signe à l'hôtesse et demanda un verre d'eau. Blanche comme un linge, elle se sentait désorientée, perdue, suspendue dans l'espace et dans le temps. Elle n'osait même pas regarder Ulysse, de peur de voir dans ses yeux ce qu'elle avait perçu dans le regard d'Hector. Elle s'essuya les paupières avec un mouchoir, but son verre d'eau à petites gorgées, se redressa et reprit son récit.

— Je contemplai les yeux de ma mère, je sentis la main du médecin se poser sur mon épaule, et je sombrai en entendant leur voix appeler mon nom. Lorsque je revins à moi quelques secondes plus tard, je pleurai pendant de longues minutes, envahie par le vide et la frustration. Ce fut le moment qu'Hector choisit pour entrer dans ma chambre. En me voyant dans cet état, il demanda au médecin un compte rendu de la situation. Ce dernier lui expliqua que l'accident dont j'avais été victime m'avait endommagée à tout jamais. Il m'était désormais impossible de tomber à nouveau enceinte. La silhouette d'Hector se figea. Il m'adressa un regard fuyant et sortit de la pièce sans un mot. Trop occupée par ma propre peine, je ne réagis pas, restant blottie dans les bras de ma tendre maman, qui me berçait comme un enfant en répétant tout doucement « ma petite chérie, ma petite chérie ».

Le médecin quitta ma chambre en expliquant que je pouvais quand même m'estimer heureuse d'être en vie. « On ne réchappe pas toujours de ce type de problème », avait-il ajouté. Je restai hospitalisée quelques jours. Au départ, je ne pouvais pas me lever, brisée par la douleur et la tristesse. Petit à petit, je sentis mes forces refaire surface, et je finis par pouvoir me mettre debout. Hector passait me voir chaque jour à l'heure du déjeuner. Nous parlions peu, je n'y attachai pas la moindre importance, persuadée que la peine occupait ses pensées autant que les miennes. Totalement déboussolée, sans doute obsédée par la nouvelle de mon infertilité, je commençais à parler d'adoption, évoquant le témoignage d'amis de mes parents pour qui tout s'était bien passé. À chaque fois, je me mettais à pleurer toutes les larmes de mon corps, mais je me répétais qu'il serait possible de fonder une famille, qu'il allait falloir constituer des dossiers, que ce ne serait pas simple, mais que cela restait envisageable. En réalité, j'étais encore sous le choc, terrorisée, profondément heurtée par ce qui m'arrivait. Ma mère acquiesçait à mes propos en m'adressant de grands sourires, Hector ne répondait rien.

C'est lorsqu'on évoqua ma sortie de l'hôpital que je compris l'étendue du désastre. Comme s'il avait eu besoin que je me trouve au plus bas de mon état physique et mental, à un moment particulièrement intense et douloureux, Hector avait fini par réaliser que nous n'aspirions pas au même bonheur. Contrairement à moi, la construction d'une famille ne serait jamais une priorité. Mes idées d'adoption l'effrayaient, il se sentait incapable de me soutenir plus longtemps, il préférait s'en aller. Il me quitta donc le jour de ma sortie. Je ne tentai même pas de le retenir, admettant au fond de moi-même que cette séparation n'était que l'aboutissement d'un malaise que j'avais senti naître en nous bien plus tôt. Maman vint me chercher en taxi, mes parents me dorlotèrent pendant de longues semaines.

Aliénor interrompit son récit pour boire quelques gorgées de son verre d'eau. Elle ne détourna pas son regard de la tablette du fauteuil qu'elle avait ouverte face à elle. Il fallait qu'elle achève ce qu'elle avait commencé.

— Le temps a passé. La douleur s'estompa dans un halo de déception. Je prévins mon directeur de thèse que j'étais contrainte de mettre mon travail en pause pour des raisons médicales. Il se montra discret, compréhensif, et suspendit mon contrat en m'informant que je pouvais toquer à sa porte dès que je m'en sentirais le courage et la forme. Il garderait mon financement de côté aussi longtemps qu'il le pourrait.

Pendant des semaines, j'ai haï Hector, persuadée qu'il m'avait tout arraché. C'était injuste au fond, il ne pouvait strictement rien à ma stérilité, mais c'est le seul moyen que j'ai trouvé pour me relever, me nourrir, reprendre une vie à peu près normale.

Nos amis ne comprirent pas le motif de notre séparation. Nous n'avions parlé de ce qui m'était arrivé à personne et je me contentai donc de couper les ponts. Seules quelques connaissances très proches furent mises dans la confidence, mais je me détachai d'elles assez vite. Je ne supportais plus le regard de pitié qu'elles m'adressaient à chaque fois que j'entrais dans leur champ de vision. Je n'osais plus reprendre mes habitudes, terrorisée à l'idée de croiser Hector par surprise. J'errais dans des quartiers inconnus de Paris, flânant au gré des rues en attendant que le temps passe, incapable de reprendre les choses là où je les avais laissées.

Un matin, je décidai qu'il me fallait changer d'air, ma survie en dépendait. Je parlai de cette idée à mes parents qui accueillirent la nouvelle en hochant la tête, comprenant qu'à Paris, tout me rappelait Hector et cette maternité perdue. Je fixai longuement une carte de France, résignée à m'éloigner le plus possible de la capitale et de mon ancienne vie. Je sélectionnai Brest et Nice, ce fut Nice.

Quand je débarquai dans cette ville inconnue, les choses ne furent pas simples. Mes parents et ma sœur me manquaient, je me sentis déracinée, perdue, déboussolée. La situation évolua dès que je trouvai un emploi. Au Cornet doré, on ne me posa pas de questions. On me laissa trimer du matin au soir, on m'accepta, on m'invita même à boire des verres après le service. Jacquotte comme les autres m'ouvrirent de nouveaux horizons, dont Hector ne faisait pas partie. Je me laissais prendre au jeu sans ne jamais rien révéler de mon passé parisien.

À ce moment de son histoire, Aliénor baissa la tête, avant de reprendre d'une voix tremblante :

— Je me suis promis de me protéger. Ce que j'ai vu dans le regard d'Hector ce jour où il est parti, j'ai décidé que je ne devais plus jamais le lire dans les yeux d'un homme. C'était facile, Ulysse, tellement facile, jusqu'à ce que tu débarques avec cette impression que tu fais naître en moi que tout est encore possible, que le meilleur est à venir. Je m'étais interdit de retomber dans le panneau, tu comprends ? C'est la raison pour laquelle je suis partie en courant l'autre jour, quand tu m'as appris que tu rentrais à Paris, et que tu ne voulais pas que notre histoire s'arrête.

Alors seulement, elle le regarda fixement, les yeux étrangement secs, et elle murmura avec humilité :

— Ulysse, je suis toute cassée, je n'ai plus rien à offrir.

Ulysse poussa un profond soupir, puis il embrassa la main de la jeune femme. Ces confidences lui avaient remué les entrailles, mais confiant, il répondit :

— Tu dis que tu n'as plus grand-chose à offrir, et tu es là pourtant.

Aliénor s'adossa à nouveau à son fauteuil.

— Cela veut dire que tu as voulu tenter ta chance, je me trompe ? reprit-il.

Elle ne répondit rien, perdue entre ses doutes et la terreur qu'il l'abandonne à son tour.

— Tu as voulu vérifier que je partirais en courant, au moment où j'apprendrais ton histoire, avec l'espoir, infime sans doute, que ce ne soit pas le cas. Pour être honnête Aliénor, je connaissais une partie de ton secret. Ton compte rendu d'opération m'est tombé entre les mains au moment où je prenais un livre dans ta bibliothèque, il y a quelques semaines. J'ai compris d'où venait ta réserve, cette crainte décelée de temps en temps, au détour d'un regard ou d'un geste, alors que nous passions de si bons moments tous les deux.

Elle le regarda à nouveau fixement. Dans ses yeux, il lut la surprise mêlée à la colère, mais la tristesse prit finalement le dessus. Il dit alors en l'attirant contre lui :

— À nous deux, je crois que nous parviendrons à panser nos plaies bien mieux que si nous restons chacun dans notre coin, tu ne crois pas ?

Aliénor s'agrippa à sa chemise et se laissa pleurer pendant de longues minutes. Autour d'eux, les passagers parlaient à voix basse, s'interrogeant sur les raisons de ces sanglots. Une hôtesse apporta même un paquet de mouchoirs qu'elle tendit à Ulysse d'un œil compatissant.

Lorsque enfin, Aliénor releva la tête, Ulysse écarta les mèches de cheveux que les larmes avaient collées sur sa peau, et lui sourit avec une infinie tendresse. Elle répondit à son sourire en éclatant de rire, tandis que la voix du commandant de bord annonçait leur proche atterrissage. Lorsque l'avion posa ses roues sur la piste, serrée contre Ulysse qui n'avait pas l'air décidé à la laisser s'éloigner de lui, Aliénor comprit que le bonheur était enfin revenu.

34

Bérénice

Je pousse la porte de L'Itinérance, cette jolie galerie du vieux Nice, tenue par un couple auréolé de succès et d'amour, Julia et Nicolas, dont les enfants caracolent au milieu des visiteurs et des photos. Il y a un monde fou. Je les contemple tous, heureux et fiers d'être présents ce soir, aux côtés de leur ami, de leur amour, de leur enfant, de cet inconnu dont les clichés respirent la liberté. Ils ne me voient pas mais, moi, je les vois chaque jour depuis ce funeste soir où j'ai perdu la vie.

Je leur apparais parfois, la nuit : pour les uns, je suis un rêve qui apaise, et pour les autres un cauchemar qui paralyse.

Ce soir, la page se tournera définitivement, même si je reviendrai les voir, souvent. J'espère qu'ils sentiront l'amour que je leur porte, la fierté que je ressens en constatant ce qu'ils ont su accomplir depuis l'accident, la façon dont ils se sont relevés, chacun à sa manière.

Ulysse est là, parmi la foule.

Lorsque nous nous sommes regardés lors de cette soirée à laquelle j'étais allée un peu par hasard, j'ai immédiatement compris que nos destins seraient liés d'une façon ou d'une autre. Était-ce une simple vision causée par la drogue, ou savais-je déjà que c'était la fin ? Ulysse, lui, le pauvre, ignorait tout. Il ne pouvait deviner que j'allais mourir quelques heures plus tard. Il ne pouvait imaginer mon épuisement physique et moral, il ne pouvait savoir que la chute m'emportait déjà. Maintenant encore, et à l'image de nous tous, il se pose cette question. S'il ne m'avait pas ramassée sur ce canapé, si nous n'avions pas percuté la voiture de Madeleine, serais-je encore en vie ? Nul ne pourra jamais répondre, il est trop tard pour regretter.

Bien sûr, j'aurais voulu vivre encore, voir ma fille grandir, passer quelques années auprès de mon père, aimer et être aimée. La cruauté de l'accident demeure, elle m'a fauchée sans prévenir. J'aurais dû faire attention, me reprendre en main, arrêter de me détruire comme je le faisais, à coups de vodka et de cocaïne. Mais derrière cette femme confiante et froide forgée par la dureté de son métier, je suis restée la petite fille abandonnée par sa mère. L'incompréhension m'a empêchée de lui pardonner et, sans pardon, la paix est impossible.

Ulysse a relégué sa canne dans un coin de la galerie, il déambule au milieu de ses invités, un sourire béat sur les lèvres. Il offre de chaleureuses poignées de main, remercie et rougit lorsqu'on lui adresse un compliment. Si je ne le savais pas, jamais je ne devinerais que sous la toile de son pantalon, c'est une jambe métallique qui lui permet de tenir debout. Il rayonne par sa présence, son assurance discrète et distinguée, sa beauté et son humilité. Si je n'avais pas disparu, si la vie nous l'avait permis, nous nous serions aimés.

Ulysse aurait pu mourir, lui aussi. Il aurait pu laisser son âme dans cette voiture fumante, à côté de mon corps inerte, et ne jamais se relever. Il a su revivre. Mieux que cela, il s'est révélé. Abandonnant les artifices qui brillaient comme des paillettes, il s'est lancé dans une quête de la beauté, à la rencontre du monde et des hommes.

J'aime à penser que la vision de mes grands yeux violets n'est pas étrangère à cet être nouveau qu'il est devenu, même si je sais que le grand instigateur de cette révolution reste mon père.

Comme je suis heureuse de le voir là ce soir, feuilletant d'une main l'ouvrage qu'Ulysse lui a dédicacé, et caressant de l'autre le dos de Madeleine, qui se tient à ses côtés, rêveuse, le visage penché sur son épaule, aimante et bienheureuse.

Un moment, j'ai cru qu'il n'y parviendrait pas. J'ai cru qu'il ne saurait pardonner le lourd secret de cette femme attendue pendant de longues années. Il a pris son temps, luttant pendant des semaines contre ses sentiments. Dans son esprit, il ne pouvait décemment l'aimer. On l'admet facilement. Pourtant, elle est parfaite, Madeleine, si douce, si tendre à l'égard de cet homme que la vie n'a pas épargné. Lorsque deux si belles personnes se rencontrent, elles n'ont pas le droit de laisser passer leur chance, et mon père l'a finalement compris. À force de la voir en rêve, il a pris son courage à deux mains et l'a rappelée. Lorsqu'elle a lu « Georges » sur l'écran de son téléphone, elle a tout de suite décroché, et le week-end suivant, elle débarquait sur le quai de la gare du Croisic. Églantine lui a sauté dans les bras, en lui tendant un bouquet de pivoines plus grand qu'elle.

Depuis, Madeleine passe la moitié de son temps dans la maison de la rue Saint-Christophe. Elle n'a pas encore prévenu Francis, mais dès que la tournée de *Cyrano* sera achevée, elle compte quitter définitivement Paris. Elle veut profiter de la mer, elle veut aimer Georges et prendre soin d'Églantine. Je lui en suis profondément reconnaissante.

Églantine est là, elle aussi. Elle se goinfre discrètement à côté du buffet, picorant dans les plateaux de petits-fours, de sa petite main potelée, en se hissant sur la pointe des pieds, sa fidèle souris à ses côtés. Elle ne me voit pas, mais je la prends dans mes bras, je la cajole et la caresse, je l'embrasse et la mordille autant que je peux. Son odeur, ses rires et l'éclat de ses yeux pétillants me manquent plus que tout. Mais elle est entre de bonnes mains, cela me rassure, mon cœur s'allège, et je sais que je peux partir sereine. Mon père et Madeleine prendront soin d'elle.

Glissant à côté d'elle, furtive et élégante dans sa longue combinaison noire, Aliénor a laissé ses cheveux détachés. Elle jette des regards pleins d'amour vers Ulysse, tend une coupe de champagne à Oscar et sa femme, venus de Paris assister au vernissage de l'exposition dédiée aux photos de leur fils. Ils en profitent pour faire la connaissance de la jeune femme dont la fraîcheur et l'enthousiasme ont rapidement fait mouche. Elle est intimidée mais elle est fière aussi, heureuse d'avoir trouvé cet homme qui a fait renaître l'espoir dans ses entrailles. Parfois, elle pense à son ventre vide pour toujours, et ses yeux se gorgent de larmes. Mais ce n'est plus comme avant. Seule la tristesse demeure, l'aigreur a disparu. Ulysse comprend sa peine, il la partage aussi. Il reste heureux qu'elle soit entrée dans sa vie. Parfois, il murmure : « Nous trouverons bien une solution… » Dans son chagrin, elle sourit car elle comprend que ces quelques mots renferment les promesses d'un avenir radieux.

Aliénor travaille toujours chez Jacquotte, mais elle a levé le pied depuis qu'elle a repris sa thèse, à mi-temps. Elle ne veut pas quitter Nice pour le moment. Ulysse fait des allers-retours en avion, mais il s'installera bientôt chez elle. Si son ouvrage remporte le succès escompté – et William est plutôt confiant sur ce point – il pourra planifier sa prochaine expédition. Ils ont décidé qu'Aliénor l'accompagnerait. En attendant, le professeur de thèse de la jeune femme comprend qu'elle ne souhaite pas revenir dans la capitale. Lorsqu'ils doivent échanger de vive voix, ils en conviennent à l'avance, elle passe alors quelques jours à Paris, le temps de le rencontrer, et elle repart aussitôt dans le Sud. Ses parents sont ravis de la voir si épanouie après les longs mois de calvaire endurés. Ils sont également là ce soir. Assis dans un coin, ils admirent le merveilleux ouvrage publié aux Éditions Whatkins.

À propos de Whatkins, William assiste aussi au vernissage. Il discute avec Gabrielle et Valentin Garaut : les deux hommes sont envoûtés par les tatouages de la jeune femme brune. Elle les leur explique un à un, amusée et presque flattée que ses dessins provoquent une telle fascination. Elle leur raconte ses voyages, ils l'écoutent attentivement, emportés par l'écho des souvenirs de leurs propres périples.

Et puis, il y a Jacquotte et les jumeaux, et tous ces inconnus qui admirent les photos accrochées au mur. Ils s'épanchent sur le talent de l'artiste en buvant du champagne.

Comme j'aimerais qu'ils me voient. Comme j'aimerais qu'ils aperçoivent dans mon regard l'amour que je leur porte, la tendresse qui m'envahit lorsque je les contemple, la plénitude à laquelle ils me permettent d'aspirer. Je peux partir tranquille, apaisée et sereine, emplie de l'étrange sensation que notre accident n'aura pas été vain.

Je les regarde tous, j'enserre mon père de mes bras qu'il ne peut pas sentir, et je lui insuffle tout le courage possible, j'embrasse encore une fois les cheveux de ma fille adorée, je respire son parfum vanillé d'enfant, et je m'éloigne doucement vers la porte, sur laquelle Julia a placardé l'affiche de l'exposition « À Bérénice ».

Le battant se referme sur mon ombre. Je ne suis plus, mais je demeure en chacun pour toujours.

Remerciements

Merci à toi, Raphaël, qui me soutiens depuis le début dans l'écriture de ce roman. Tu m'as toujours encouragée, malgré les moments de doutes et je t'en suis profondément reconnaissante. Quelle fierté de t'avoir à mes côtés.

Merci, Solène, mon soleil, pour ta joie de vivre et le bonheur que tu fais naître partout où tu passes. Merci, Camille, merveilleux petit être arrivé avec fracas : grâce à toi, j'ai osé prendre une voie nouvelle.

Merci à mes parents, à mes frères et à ma sœur, à ma famille de m'avoir incitée à publier ce texte, quels que soient les obstacles rencontrés.

Merci à mes amies de toujours qui m'ont lue parmi les premières et m'ont apporté leurs conseils judicieux.

Merci, Virginie, d'avoir bien voulu croire en ce texte : grâce à toi, je réalise un rêve d'enfant.

Merci aux premiers lecteurs de ce roman, qui m'ont aidée à le faire connaître. Enfin, merci à vous qui avez pris la suite.

Collection « Instants suspendus »
aux éditions Archipoche

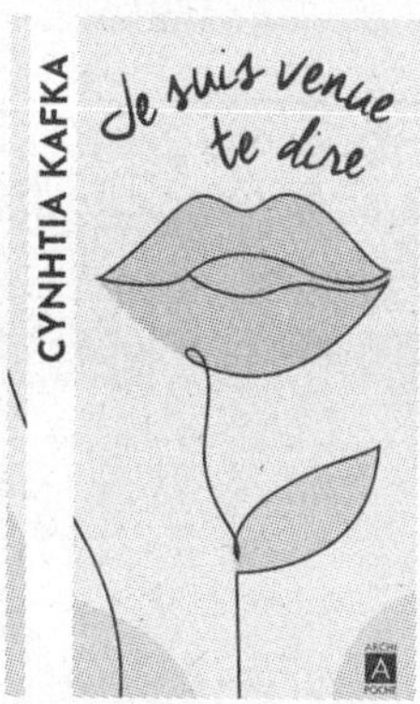

Cet ouvrage a été composé
par Atlant'Communication
au Bernard (Vendée)

Impression réalisée par

CPI FRANCE
à La Flèche (Sarthe)

en janvier 2023
pour le compte des Éditions Archipoche

#lisez! engagé
www.lisez.com
Pour plus d'information :
Imprimé sur du papier issu de forêts gérées durablement.

Imprimé en France
N° d'impression : 3051160
N° d'édition : 8
Dépôt légal : février 2023